LES OMBRES DE BIG BEN

MICHELLE SALTER

LES OMBRES DE BIG BEN

traduit de l'anglais
par Maryline Beury

ARCHIPOCHE

Ce livre a été publié sous le titre
The Suffragette's Daughter
par Bloodhound Books.

Notre catalogue est consultable à l'adresse suivante :
www.archipoche.com

Éditions Archipoche
92, avenue de France
75013 Paris

ISBN 979-1-0392-0453-8

Hampshire, 1914

Elle portait une cape de lin trop épaisse pour cette chaude soirée d'été, qui dissimulait ses traits.

Perchée à l'extrémité de la jetée en bois, elle contemplait l'eau, une eau qui semblait l'inviter. Elle avait envie de sauter, d'éprouver le froid du lac, puis de se laisser submerger, de venir flotter à la surface et de partir à la dérive. Son corps entier n'était que fatigue.

Le bruit d'un train entrant en gare l'arracha à sa rêverie. Elle baissa sa capuche et toucha ses cheveux, peu habituée encore à les sentir si courts. Un carré brun à hauteur d'oreilles avait remplacé sa longue chevelure blonde. Son regard s'attarda une dernière fois sur l'onde d'un gris argenté, puis elle sortit de l'ombre et marcha en direction de la gare.

Elle avança jusqu'au bout du quai et monta à bord. C'était le dernier train de la soirée ; aucun autre voyageur ne prit place dans sa voiture de tout le trajet.

Une fois parvenue à destination, elle attendit quelques minutes avant de descendre. Le quai était désert lorsqu'elle y posa enfin le pied. La panique la saisit. Et si personne ne venait ? Où irait-elle ? Elle n'avait rien d'autre que les vêtements qu'elle portait.

Elle traversa le hall de gare vide en prenant de profondes respirations qui lui laissèrent un goût de charbon brûlé dans la bouche. Une grande silhouette surgit bientôt de derrière un kiosque, à l'autre bout du hall. Rabattant la capuche pour dissimuler au mieux son visage, elle se dirigea vers cette personne.

— Est-ce que quelqu'un vous a vue ?

La voix lui était familière. Sa peur s'atténua.

— Je ne crois pas.

Elle repoussa sa capuche.

— Et si l'on m'a vue, je ne pense pas qu'on m'ait reconnue.

— Bien.

— Je me suis cachée au bord du lac jusqu'à l'arrivée du train.

Elle regrettait encore de ne pas s'être immergée dans les eaux paisibles.

— C'est étrange de me dire que je ne reverrai peut-être plus jamais Waldenmere…

— Vous ne reverrez plus jamais le lac. Vous ne *devez* jamais revenir à Walden.

Elle hocha la tête. Elle n'avait d'autre choix que d'approuver.

— Il y a une voiture taxi dehors. J'ai payé la course. Le conducteur vous emmènera là où vous vivrez maintenant.

— Vous ne venez pas avec moi ?

— Je ne peux pas. On remarquerait mon absence.

— Pourquoi faites-vous cela ?

Elle prit le sac qu'on lui tendait.

— Parce que j'ai connu la détresse, autrefois. Et que je me souviens de ma peur.

1

Six ans plus tard

À mes yeux, le lac représentait une forme de constance dans un monde en perpétuel changement. Durant les années de guerre à Londres, j'avais souvent rêvé que j'y retournais. Même en cette sombre matinée de mars, Waldenmere possédait une beauté irréelle.

Si je m'éveillais avant l'aube, j'enfilais mes vêtements et sortais de la maison en catimini. J'adorais les moments où j'avais le lac pour moi seule. Aux premières lueurs, il régnait sur Waldenmere un calme qui s'évaporait à mesure que le jour progressait. Me trouver près de l'eau à cette heure me rassurait – la tempête était passée, nous étions tranquilles maintenant.

Je ne sais depuis combien de temps je me trouvais là quand je me suis rendu compte que je n'étais pas seule. Je regardais la lumière changer sur la surface plane et argentée de l'eau quand le bruit du premier train a attiré mon regard en direction de la gare. Un homme était debout sur la jetée. Il m'a adressé un sourire triste, comme s'il savait qui j'étais.

Une courte distance nous séparait, mais il flottait dans l'air une brume légère, et j'ai dû plisser les yeux pour distinguer son visage. Je ne l'ai pas reconnu. Il tenait à la main quelque chose qu'il a laissé tomber dans l'eau. On aurait dit une poignée de fleurs.

J'ai frissonné et resserré mon manteau sur moi. En partant, j'ai jeté un regard en arrière pour voir s'il avait bougé, mais il est resté sur la jetée.

— Puis-je prendre quelques jours de congé ? demandai-je en forçant ma voix dans le vacarme des presses d'imprimerie qui tournaient en bas.

J'accrochai mon manteau au vestiaire, posai mon sac sur mon bureau et me rendis à celui d'Elijah.

— Pourquoi, quels sont tes projets ? demanda-t-il sans relever les yeux des notes qu'il prenait.

Une épaisse fumée de cigarette flottait dans l'air. J'agitai vainement une main pour tenter de la dissiper.

— Mme Siddons m'a invitée à assister à un débat à la Chambre des communes. J'aimerais rester quelques jours à Londres avec mamie et tante Maud.

Mme Sybil Siddons était la candidate des Libéraux pour l'élection partielle locale. Et je comptais faire tout ce qui était en mon pouvoir pour qu'elle devienne la prochaine députée d'Aldershot.

— Ah.

Il cessa d'écrire et passa ses doigts jaunis par la nicotine dans ses cheveux gris.

— Tu devrais peut-être en parler d'abord à ton père, Iris ?

— C'est fait. Quand je suis arrivée, il se disputait justement avec Mme Siddons à ce sujet.

— Et quelle a été la conclusion ? s'enquit Elijah en me scrutant de ses yeux injectés de sang.

— Il a dit que je pouvais y aller.

— Pauvre Thomas. J'imagine qu'il n'avait pas une chance, face à vous deux.

— Il ne sert à rien d'éviter cet endroit pendant des lustres. Vous avez bien dû assister à des débats, là-bas ?

— De nombreuses fois, oui, lorsque je travaillais pour *The Telegraph*. Je ne peux pas te promettre que tu apprécieras l'expérience.

— Alors je peux avoir des congés ?

— C'est d'accord. De toute façon, tu as besoin d'en apprendre davantage sur le monde de la politique.

— Allons-nous soutenir Mme Siddons ? hasardai-je.

J'avais peu d'espoir de voir mon chef s'engager à ce stade, mais je tentai tout de même le coup.

— Je verrai ce qu'elle aura à dire lors de la campagne électorale, et je me déciderai ensuite.

Il alluma une autre cigarette. Je voulus ouvrir la fenêtre, mais me doutai qu'il se plaindrait immédiatement du courant d'air.

— Que pensez-vous du fait d'avoir des femmes au Parlement ?

Si Elijah avait des opinions progressistes sur de nombreux sujets, il conservait toutefois sur d'autres une tendance toute traditionaliste.

— Je pense que les députées femmes vont considérablement améliorer notre système parlementaire. Mais je jugerai chaque candidat sur son mérite, quel que soit son sexe.

Je ne voyais rien à objecter à cette réponse aussi exaspérante que raisonnable.

— D'autres candidats ont-ils été annoncés ?

Il s'adossa dans son fauteuil et me coula un sourire plein d'ironie. Je pris la chaise la plus proche. Je le connaissais suffisamment pour savoir qu'il avait quelque chose de croustillant à révéler.

— Lady Delphina Timpson est en lice pour les Conservateurs.

— Quoi ? Une autre candidature féminine ?

Voilà qui anéantissait mon rêve d'une victoire triomphale sur l'opposition masculine.

— Que vas-tu faire maintenant ? demanda-t-il en me regardant d'un air amusé. Avec deux femmes à soutenir ?

— Je jugerai chacune à ses mérites, répondis-je en imitant son argument, et en mentant éhontément.

Mme Siddons était mon amie depuis la mort de ma mère. Six années et une Grande Guerre plus tard, je n'avais aucune intention de changer d'allégeance.

— Nous devenons ainsi la première circonscription de tous les temps à avoir deux femmes se présentant l'une contre l'autre dans une élection partielle.

Il tira une longue bouffée satisfaite sur sa cigarette.

Ce n'était pas rien pour notre petite circonscription du nord-est du Hampshire. Mais je voulais que ce soit Mme Siddons la troisième femme à occuper un siège au Parlement. Pas une autre.

— Qui est le candidat travailliste ? demandai-je.

— Donald Anstey. Je ne sais pas grand-chose sur lui. Il soutient l'idée que des femmes soient députées… Même si je parie qu'il n'aurait jamais imaginé devoir en affronter deux simultanément.

— Pourrons-nous tous les interviewer ?

— C'est l'idée. J'ai déjà fait la demande au bureau de Lady Timpson.

— Je connais sa fille, Constance. Elle était à l'académie de Mlle Cotton en même temps que moi, mais je ne l'ai pas vue depuis des années. Et ce Donald Anstey, alors ?

— Oh, il paraît bien falot comparé à la puissante Mme Siddons et à la riche Lady Timpson. Je suppose qu'il fera ce qu'il peut pour obtenir quelques colonnes dans les journaux.

— Ça va donner un coup de fouet aux ventes.

J'étais en proie à des émotions mitigées, irritée qu'une autre femme s'oppose à Mme Siddons, et ravie en même temps : une configuration comme celle-ci allait forcément susciter un intérêt national, surtout avec une candidate aussi célèbre que Lady Timpson.

Elijah reprit tout son sérieux de professionnel :

— Fais des recherches et rédige des notes sur chaque candidat. Je veux des informations impartiales. Je sais que tu préfères Mme Siddons, mais je ne tolérerai aucun biais personnel. Pas encore, en tout cas. Nous déciderons peut-être de ne pas soutenir tel ou tel candidat.

— Nous ?

J'avais déjà décidé de faire tout cela, exactement.

— Je veux dire, M. Laffaye et moi.

— M. Laffaye vous dit-il parfois ce qu'il faut écrire ? Ou ne pas écrire ?

En tant que rédacteur en chef du *Walden Herald*, Elijah était responsable du contenu du journal. Mais c'est Horace Laffaye qui en était propriétaire et tenait les cordons de la bourse. Je m'étais souvent interrogée sur la mesure de son influence.

— Il m'offre ses conseils, dont je suis libre de tenir compte ou non. Fort heureusement, nous avons tendance à être d'accord sur la plupart des sujets. Et je suis sûr que ce sera encore le cas.

Je me demandai ce qui se passerait dans le cas contraire.

Après le travail, je me rendis à Waldenmere en passant par un chemin de terre qui longeait les bureaux du *Herald* sur Queens Road et menait à Grebe Stream. Un de mes trajets préférés était de suivre le cours d'eau jusqu'à Heron Bay, où il se jetait dans le lac.

Des oxalis et des ficaires fleurissaient sur les berges, et des violettes constellaient les bords du sentier. Les arbres étaient encore nus, mais leurs feuilles ne tarderaient pas à apparaître.

Comme je l'espérais, je repérai bientôt un chevalet installé dans une clairière près de Heron Bay. Bien qu'il fît doux pour un mois de mars, le fond de l'air restait tout de même frais. Mon amie Alice Thackeray était enveloppée dans un épais manteau de laine vert, le pinceau dans sa main droite caressant délicatement la toile. Ses cheveux roux se détachaient vivement sur le décor gris de l'eau. Je me frayai un chemin parmi les fougères pour la rejoindre dans la clairière.

— Tu dois avoir les mains gelées.

J'observai son aquarelle. Elle avait d'abord procédé à une simple esquisse du rivage et venait de commencer à appliquer de la couleur sur les roselières. Plus elle avançait, plus les roseaux semblaient onduler sous la brise.

— J'aimerais pouvoir peindre comme ça.

Elle se tourna et me sourit, puis fronça les sourcils.

— Iris. Tu as encore mis un pantalon.

— Devine qui se présente face à Mme Siddons pour l'élection ?

Je m'assis sur un tronc posé à terre mais me relevai rapidement – il était trop humide.

— Un type qui s'appelle Anstey. Mon père dit que c'est un communiste.

— Non, je ne parle pas de lui. Lady Delphina Timpson.

— La mère de Constance ?

J'avais maintenant toute son attention.

— Elle-même. C'est la candidate des Conservateurs. Elle l'a annoncé ce matin au QG de l'armée à Aldershot. Aux côtés de Lord Tobias Timpson.

— Deux femmes qui se présentent ? Papa va être furieux.

Alice se mit à laver ses pinceaux.

— Lady Timpson espère décrocher le vote des militaires.

— Elle n'aura pas celui de mon père. Il n'aime pas que les femmes se mêlent de politique.

— Eh bien, dans ce cas, il va devoir voter communiste, dis-je en jubilant à l'idée du dilemme qui allait déchirer le colonel Thackeray. As-tu revu Constance depuis l'école ?

— Quelquefois, oui, pendant la guerre. Elle nous a donné des vêtements et de la nourriture… Enfin, au Club des femmes de Walden, je veux dire. On distribuait tout cela aux familles du coin qui en avaient le plus besoin.

Elle couvrit précautionneusement sa toile.

— Tu es déjà allée à Crookham Hall ? demandai-je en aidant Alice à ranger ses affaires de peinture.

— Quelquefois, pour danser. Les Timpson organisaient des bals pour soutenir le moral des troupes. C'est un vrai palace… Pourquoi, tu vas y aller ?

— Peut-être. Elijah veut interviewer Lady Timpson.

J'avais peu de chances d'être invitée là-bas à une autre occasion. Alice était la fille respectée d'un militaire haut gradé, quand je n'étais que de basse extraction.

— Quand penses-tu t'y rendre ?

— Pas avant une semaine au moins. Elijah n'a pas encore obtenu de rendez-vous fixe. Il m'a donné quelques jours de congé pour que je puisse rester un peu à Londres. Ce sera dans les jours qui suivront.

Je fis part à mon amie de l'invitation de Mme Siddons.

— Ce n'est pas là que ta mère… ? demanda Alice tout en refermant sa boîte de peinture.

— Si.

Nous partîmes ensemble à travers les fougères pour regagner le sentier.

— Je suis surprise que Mme Siddons veuille t'emmener là-bas, dit Alice en passant son bras sous le mien.

— Moi aussi.

— À ton avis, est-ce qu'elle tente de t'influencer, par rapport à ce que tu pourrais dire d'elle dans le journal ?

— Je ne pense pas qu'elle prendrait le risque de m'emmener à la Chambre des communes si c'était tout ce qu'elle voulait, répondis-je en essayant – vainement – de ne pas avoir l'air sur la défensive.

— Oui, j'imagine. Tu es sûre d'avoir envie d'y aller ?

Il y avait de l'inquiétude dans sa voix.

— Oui, dis-je avec davantage d'assurance que je n'en éprouvais. Et puis, de toute façon, il faut que j'aille rendre visite à mamie et tante Maud.

— Une simple visite ?

— Une simple visite.

— Je n'aimerais pas du tout que tu déménages à nouveau. Tu m'as beaucoup manqué pendant la guerre.

— Toi aussi, tu m'as manqué. Et Waldenmere également.

J'évitai pourtant son regard. La vérité, c'est que ç'avait été l'idée de mon père de revenir vivre à Walden. Il m'avait convaincue d'y retourner en me trouvant un poste au *Herald*. Elijah était un de ses vieux amis, de l'époque où ils travaillaient au *Telegraph*. Ce n'est pas ainsi que j'avais imaginé lancer ma carrière dans l'écriture, mais je m'étais fait refouler de toutes les autres rédactions des journaux de Londres. Et après tout, *The Walden Herald*, ce n'était pas si mal pour commencer.

Et voilà qu'à présent, la paisible Walden devenait la scène d'une histoire ayant toutes les chances de susciter un intérêt au niveau national. Pour une fois, je semblais être au bon endroit, au bon moment.

Après avoir quitté Alice, je ne rentrai pas tout de suite chez moi ; c'est en direction de la gare que je dirigeai mes pas. Je m'attendais à moitié à voir encore l'homme sur la jetée, mais n'y trouvai personne.

Curieuse de voir ce qu'il avait lâché dans le lac, j'avançai jusqu'à l'extrémité de la jetée et regardai dans l'eau. Une demi-douzaine de fleurs mauves s'étaient échouées sur la rive, où elles paraissaient étrangement déplacées. Il ne s'agissait pas des simples violettes des chiens qui poussaient un peu partout à Waldenmere.

C'étaient des violettes odorantes. La fleur des suffragettes.

2

Je traversai le grand hall des Chambres du Parlement, le ventre noué par la nervosité, et commençai à me déplacer en décrivant une boucle, faisant semblant d'examiner chaque peinture et de lire chaque inscription. Mais tout cela restait flou à mes yeux. Je voulais avoir l'air de marcher d'un pas nonchalant, alors que je savais précisément où j'allais. Sitôt que j'avais franchi le seuil du hall, mes yeux avaient cherché les grilles de métal ornées qui étaient incrustées dans les fenêtres.

Ces grilles se trouvaient autrefois rivées aux arches de pierre de la Galerie des âmes, mais elles avaient été nettoyées et transportées dans le grand hall après le coup d'éclat de ma mère.

Je sentis mon pouls s'accélérer en m'en approchant. Après m'être assurée que personne ne me regardait, je tendis la main pour toucher le treillage métallique. Les grilles demeuraient impressionnantes, quoiqu'elles n'eussent probablement pas été aussi abîmées si ma mère ne les avait pas peintes. Je laissai mes doigts courir sur la ferronnerie, l'imaginant en pleine action. Avait-elle eu peur ? Ou s'était-elle sentie exaltée ?

— Est-ce que ce sont celles… ?

Mme Siddons se matérialisa soudain près de moi, me faisant sursauter.

J'acquiesçai d'un hochement de tête.

Ces grilles avaient été conçues dans les années 1830 afin de dissimuler les femmes dans la galerie au regard des hommes, en bas. Les députés ne devaient pas être perturbés par des femmes les observant travailler. Le problème, c'est que l'imposante pièce de ferronnerie obscurcissait leur vision des travaux parlementaires et entraînait une intense chaleur dans la Galerie des dames. Ma mère n'avait pas été la première suffragiste à le souligner.

En 1908, Helen Fox et Muriel Matters, de la Women's Freedom League, s'étaient enchaînées à ces grilles pendant que l'homonyme de ma mère, Violet Tillard, avait poussé une grande banderole roulée au travers du treillage, au bout d'une ficelle.

— Comment ta mère s'y est-elle prise ? C'était le jour où Emmeline a tenté de remettre une pétition au roi, n'est-ce pas ?

— Oui, le 21 mai 1914. Nous ne savions pas ce qu'elle mijotait. Nous pensions qu'elle manifestait simplement avec les autres vers Buckingham Palace.

— Et finalement, elle est venue ici ?

— Elle savait qu'il n'y aurait pas de policiers – ils seraient tous à la manifestation. Je ne sais comment, elle a réussi à entrer dans la Galerie des dames, et elle a peint les grilles en vert suffragette. Ensuite, elle a fait descendre une banderole de la Women's Social and Political Union dans la chambre, en bas.

Mme Siddons sourit et posa la main sur le métal défraîchi. Je contemplai les grilles une dernière fois et elle m'emmena jusqu'à la Galerie des visiteurs, où le public pouvait s'asseoir. Nous passâmes devant plusieurs députés que je reconnus, et qui la saluèrent cordialement. J'étais impressionnée. Mais je ne pouvais m'empêcher de me demander quel soutien ceux-ci lui accorderaient si elle se retrouvait un jour dans l'arène avec eux, et non en tant que simple spectatrice.

À l'intérieur de la chambre, mon regard fut immédiatement attiré par la Galerie des dames. Celle-ci n'était pratiquement plus utilisée de nos jours, mais le simple fait de savoir que ma mère s'y était trouvée juste avant de mourir me donna la chair de poule.

Lorsque commença le débat concernant le projet de loi sur le suffrage égal, je me concentrai sur les intervenants. Lady Astor se leva pour faire face à son public exclusivement masculin et prononça un discours convaincu mais peu convaincant sur les raisons pour lesquelles les femmes devraient avoir un droit de vote identique à celui des hommes. Le député conservateur Winston Churchill riposta alors avec fougue, farouchement opposé à ce projet de loi. Des échanges houleux s'ensuivirent, avec moult interjections du président de la Chambre des communes.

— J'aurais aimé que ma mère soit là pour voir ça, chuchotai-je à Mme Siddons. Même si elle n'aurait sûrement pas manqué de faire quelque chose d'assez embarrassant pour qu'on se fasse jeter dehors.

— J'avoue que cela me démange moi-même, dit Mme Siddons avec un petit rire avant de secouer la tête. Tout cela ne mène à rien.

En 1918, la loi de représentation du peuple avait donné le droit de vote à tous les hommes de plus de vingt et un ans, et uniquement aux femmes de plus de trente ans, si elles étaient propriétaires ou riches locataires, diplômées de l'université britannique ou épouses d'un universitaire.

À vingt et un ans, je n'entrais dans aucune de ces catégories et ne pouvais donc pas voter. Ma mère n'aurait pas été satisfaite, et je ne l'étais pas davantage. Mais, comme on pouvait s'y attendre, le projet de loi fut rejeté, et la discussion remise à plus tard.

— C'était atterrant, commentai-je.

À chaque pas en avant, on semblait en faire deux en arrière.

— Je suis surprise que des femmes aient encore envie de se présenter aux élections. Elles se font prendre de haut, ridiculiser par les autres députés et laminer par la presse. Je ne pourrais pas supporter cela.

Ce fut un soulagement de quitter l'atmosphère viciée et enfumée de la galerie pour retrouver l'air frais du soir. Nous marchâmes lentement vers le pont de Westminster.

— Il est vrai que la plupart du temps, les journaux préfèrent s'intéresser à mon apparence plutôt qu'à ce que j'ai à dire, concéda Mme Siddons.

Elle contempla la grosse bague d'émeraude qui scintillait à sa main droite.

— Au début, ils parlaient des chapeaux de Lady Astor. Maintenant, ils s'intéressent à vos boucles d'oreilles, répondis-je en souriant.

Mme Siddons portait une longue robe de soie vert foncé épousant sa silhouette. Un chapeau de soie similaire couvrait une partie de sa chevelure brune aux boucles parfaites. Et au mépris des commentaires acerbes de la presse sur son goût pour les bijoux onéreux, elle arborait des boucles d'oreilles en émeraude en plus de la bague assortie. Dans un pays encore à genoux après une guerre l'ayant laissé exsangue, ces signes ostentatoires de richesse n'étaient guère appréciés.

— Je suis certaine que Delphina et moi serons sans cesse comparées sur les sujets de mode aussi bien que sur les sujets politiques. Quant à M. Anstey, à part un éventuel commentaire sur le type de chapeau qu'il porte, je doute qu'ils se préoccupent de ses vêtements.

Delphina ? Mme Siddons était donc proche de son adversaire ?

— Comment vivez-vous le fait que Lady Timpson se présente face à vous ?

— Je me réjouis qu'il y ait plus de femmes en politique… Mais je ne suis pas bien sûre de ses motivations.

— Comment l'avez-vous connue ?

— Nous étions amies quand nous étions jeunes. Je ne l'ai pas beaucoup vue, ces dernières années.

J'avais envie d'en savoir davantage, mais nous approchions de l'endroit où *cela* s'était passé. Mme Siddons dut sentir mon appréhension, car elle me prit la main.

— Veux-tu que nous empruntions un autre chemin ? me demanda-t-elle.

Nous étions à l'angle où le Parlement rejoint le pont de Westminster.

— Non.

Je voulais aller à l'endroit exact. Je ne pouvais pas m'en empêcher. Je ne savais pas trop pourquoi, mais il fallait que j'y aille.

— C'était ici, dis-je en m'arrêtant brusquement. C'est ici que ma mère a fini dans l'eau.

Nous restâmes plantées dans l'ombre de Big Ben.

— Elle devait se diriger vers ces marches menant au pont quand elle est tombée dans l'eau.

Le fleuve était noir et d'apparence fétide. Je frémis, essayant de refouler l'image de ma mère sombrant dans ces ténèbres boueuses, avalant de l'eau putride.

— Partons, dit Mme Siddons en tirant sur ma main.

— Je suis surprise que le WSPU n'ait pas mis une plaque à sa mémoire.

J'eus un petit rire forcé.

— « La suffragette Violet Woodmore est tombée ici – une martyre de plus à sa cause. »

— Elle n'est pas tombée.

La voix grave et rauque me fit sursauter. Un vieil homme au visage parcheminé nous regardait. Il portait l'uniforme écarlate des marins de la Tamise.

— Elle a sauté.

3

Nos yeux se braquèrent sur lui.

— Je l'ai vue sauter. Elle a surgi de nulle part et s'est jetée dans le fleuve.

Le marin désigna l'endroit où s'étaient produits les faits.

— Non, dis-je doucement. Elle est tombée.

— Elle a pu trébucher, si elle était pressée, argua Mme Siddons en me cramponnant le bras.

— Elle a sauté. J'en suis certain.

Il retira sa casquette et la tordit entre ses mains.

— Elle a dû trébucher, et l'on aura pu croire qu'elle sautait, insistai-je cependant que différents scénarios de la scène défilaient déjà dans ma tête. Est-ce qu'elle courait ? Est-ce que quelqu'un la poursuivait ?

— Je n'ai rien vu de tel. À un moment, elle était là, debout, et l'instant d'après, elle était dans l'eau.

— Qu'avez-vous fait ? s'enquit Mme Siddons.

— Je l'ai repêchée, ramenée sur la rive, et ensuite le sergent d'armes a emporté son corps.

— Le sergent d'armes devait être à sa poursuite, dis-je.

Ma colère enfla en pensant que ma mère, si fragile, avait été transportée comme un sac de linge.

Le marin secoua la tête.

— Non. C'est moi qui l'ai appelé. Il n'était pas là quand elle a sauté.

— Elle n'aurait jamais fait ça, m'obstinai-je en essayant de garder mon calme. Elle ne savait pas nager.

— C'est bien ce que j'ai vu… Une pure folie, en effet. En plus, elle a failli se faire percuter par un bateau. Je ne sais pas quelle mouche l'a piquée.

— Peut-être n'avez-vous simplement pas vu ce qui a provoqué sa chute ? hasarda Mme Siddons avec diplomatie.

— J'ai vu toute la scène très clairement de mon bateau.

Il n'en démordait pas. Je ne savais pas quoi dire de plus. Le soir tombait, et un frisson me parcourut l'échine en même temps que je remarquai que j'avais mal à la tête. Lorsque Mme Siddons m'entraîna par le bras, je la laissai nous guider.

Elle m'emmena à la St. Stephen's Tavern, de l'autre côté de la route, où elle commanda deux brandies. Je m'attendais à ce que le barman nous demande de partir, puisque aucun homme ne nous accompagnait, mais il l'accueillit comme une vieille amie.

— Tu as toujours cru que ta mère était tombée accidentellement ?

Mme Siddons nous avait trouvé une petite table dans un coin. La taverne sentait la bière et le cigare.

— Nous pensions qu'elle avait été vue en sortant du palais de Westminster. Qu'elle avait paniqué et glissé dans l'eau.

— Est-il possible qu'elle ait sauté ? En manière de protestation, je veux dire ?

Elle poussa vers moi le verre de brandy.

— Non.

Non, ma mère n'aurait pas fait cela. Elle ne savait pas nager. Jamais elle ne s'était baignée avec moi à Waldenmere. Elle se contentait de patauger en eaux peu profondes.

J'avalai une gorgée de brandy, qui me brûla la gorge.

Un homme que je reconnus comme étant un député conservateur salua Mme Siddons d'un hochement de tête en passant près de notre table. Elle lui coula un sourire presque aguicheur, avant de se tourner à nouveau vers moi.

— Elle n'a pas été arrêtée, n'est-ce pas ?

— Non, elle a été emmenée à l'hôpital St. Thomas. La police est venue, mais papa était déjà là. Quelqu'un l'avait prévenu. Il les a persuadés qu'elle était trop souffrante pour pouvoir partir avec eux.

— Ils sont repartis sans l'interpeller ?

Mme Siddons arborait une mine intriguée.

— Oui, répondis-je en me demandant à quoi elle pensait. Vous pensez qu'un policier aurait pu la pourchasser ? La forçant ainsi à sauter dans l'eau ? C'est peut-être pour ça qu'ils se sont montrés si indulgents…

— Certains policiers peuvent parfois aller un peu trop loin.

— Ils n'ont pas été tendres avec les femmes qui marchaient sur Buckingham Palace.

Je repensai aux articles des journaux de ce jour-là.

— Ils les ont saisies par la poitrine, les ont forcées à se mettre à terre et ont soulevé leurs jupes.

— Oui, on a vu des policiers avoir une conduite inacceptable pendant les manifestations. Je pense qu'ils avaient été encouragés dans ce sens. Mais je ne suis pas sûre qu'ils iraient jusqu'à forcer une femme à se jeter dans un fleuve.

Elle posa une main sur mon bras.

— Ne prends pas trop au sérieux ce qu'a dit ce marin. Il a probablement exagéré.

J'opinai, sans être convaincue. L'homme paraissait sûr de lui. Je balayai la salle du regard et constatai alors qu'il y avait quantité de députés assis en petits groupes dans la taverne. Mme Siddons suivit mon regard.

— On prend davantage de décisions ici qu'au Parlement, me confia-t-elle.

Elle savait clairement comment fonctionnait ce petit monde. Et comment jouer le jeu. Elle au moins ne perdait pas son temps dans des manifestations stériles, pensai-je avec amertume.

— Qu'est-ce qu'elles ont dit ?

— Qui donc ? me demanda Mme Siddons, perplexe.

— À la WSPU, je veux dire. Vous êtes bien allée à leur QG de Lincoln's Inn après, n'est-ce pas ? D'après elles, qu'est-il arrivé à maman après sa sortie du bâtiment ?

— Elles ne savaient pas. Elles ont présumé qu'elle était tombée dans sa hâte de s'enfuir.

— Elles n'ont pas pensé qu'elle puisse avoir sauté ?

Mme Siddons fit non de la tête.

— Ont-elles dit si quelqu'un la poursuivait ?

Je regrettais de ne pas être allée le leur demander moi-même.

— Elles me l'auraient dit, si elles avaient cru que quelqu'un l'avait poussée à faire cela. Tu sais comment elles étaient… Si elles avaient vraiment pensé qu'un représentant des autorités avait provoqué sa mort, elles l'auraient crié sur tous les toits.

C'était juste.

— Je ne sais pas comment nous nous serions débrouillées avec elles, sans vous.

Ma famille fréquentait occasionnellement Sybil Siddons lorsque nous vivions à Walden. Nous ne l'avions pas vue depuis notre emménagement à Londres. Mais voilà que, quelques jours après la mort de ma mère, elle était venue frapper à notre porte.

— Je savais que vous auriez besoin d'aide pour faire face à l'équipe d'Emmeline.

Elle prit son verre sur la table et termina son brandy.

À l'époque, Mme Siddons était une suffragiste, membre du National Union of Women's Suffrage Society. Leur objectif était d'obtenir le droit de vote pour les femmes par des moyens légaux et pacifiques, en intervenant au niveau parlementaire. Ma mère, elle, était une suffragette, membre du mouvement plus radical d'Emmeline Pankhurst, le Women's Social and Political Union. Leur credo était « Des actes, pas des paroles », et leurs méthodes comprenaient des campagnes de désobéissance civile et autres actes de vandalisme.

Quel dommage que ma mère n'ait pas emprunté le même chemin que Mme Siddons et utilisé sa cervelle pour gagner une position de pouvoir, plutôt que de se jeter à corps perdu dans la bataille.

— L'année d'avant la mort de maman, je l'avais accompagnée à la procession funéraire d'Emily Davidson. Je venais d'avoir quatorze ans, et j'ai dû porter une robe blanche avec une écharpe violette, en tenant un bouquet de lis blancs.

Je frémissais encore à ce souvenir.

— Je voulais rendre hommage à Emily, mais j'ai détesté ce moment. Il y avait un monde fou.

Les suffragettes avaient voulu organiser un événement similaire pour ma mère. Heureusement, Mme Siddons était parvenue à les en dissuader. Elle avait également réussi à convaincre le révérend Childs de permettre que ma mère fût enterrée à l'église St. Martha de Walden.

— Je suis vraiment contente qu'on ait pu la ramener à Walden. Loin de tous ces gens.

Le ressentiment affleurant dans ma voix ne m'échappa pas.

— Elles commençaient à devenir trop militantes, de l'avis même de certains de leurs membres. C'est la raison pour laquelle des groupes plus pacifiques, comme les

United Suffragists, se sont formés, dit Mme Siddons avant d'exhaler un soupir. De temps en temps, j'en parlais à Emmeline, quand le WSPU dépassait les bornes.

— Ce qui n'était pas rare, commentai-je sans chercher à dissimuler ma colère.

— Je sais que tu les considères comme responsables de ce qui est arrivé. Mais elles avaient le sentiment de ne pas avoir le choix… Elles avaient peu d'alliés au Parlement. C'est grâce à des femmes comme ta mère que nous sommes maintenant représentées en politique.

— Croyez-vous qu'elle se sentait prête à mourir pour la cause ?

Mon hostilité ne s'arrêtait pas à la WSPU.

— Je crois surtout que tu accordes trop de crédit à ce qu'a déclaré ce marin, tout à l'heure. Fais attention à ce que tu diras à ta famille. Ce serait dommage de les faire souffrir davantage.

Je fixai le fond de mon verre vide et restai muette.

— Désolée, Iris. J'espérais que cette journée atténuerait ta colère contre ta mère. Je voudrais que tu sois fière d'elle.

Je m'abstins de répondre.

Je levai les yeux vers la fenêtre de la pièce où ma mère était morte. J'ignorais qui habitait ici, maintenant.

Je m'étais levée tôt afin d'aller marcher un peu avant le petit déjeuner. En cheminant vers Hither Green Lane, j'étais passée par Glenview Road, où trois maisons avaient été détruites par un raid de zeppelin en 1917. Quinze personnes, dont plusieurs enfants, avaient péri. Aujourd'hui, trois ans plus tard, il demeurait un trou béant dans le paysage urbain.

Je n'éprouvai rien de spécial en contemplant mon ancienne maison. J'y avais été heureuse autrefois, mais ce temps me paraissait bien lointain déjà. Je traversai la route et marchai le long du haut mur qui encerclait le Park Fever Hospital.

Arrivée au portail de métal, je jetai un œil sur le campus de l'hôpital. Dès mes dix-huit ans, j'avais rejoint le détachement des volontaires de santé. C'était en 1917, et ma première mission avait eu lieu au sein de cet établissement. Le temps que j'y avais passé m'avait appris à étouffer mon chagrin et à me concentrer sur mon travail.

L'année suivante, j'avais été transférée à l'hôpital militaire de Lewisham, où j'étais mal préparée au défilé sans fin des blessés. Ces longues journées de service m'aidaient à ignorer la peine de mon deuil personnel. Mais aujourd'hui, je craignais d'avoir refoulé trop de choses. Les souvenirs de ma mère commençaient à s'effacer, et cela me faisait peur. Je devais parfois lutter pour me rappeler les traits de son visage.

Je m'étais sentie perdue après avoir quitté le monde de l'hôpital, et ce n'est qu'en commençant à écrire pour *The Herald* que j'avais commencé à retrouver un semblant de motivation et d'ambition.

Je continuai de marcher sur Hither Green Lane puis obliquai sur Brightside Road, où ma grand-mère, Josephine Armitage, vivait avec ma tante Maud.

— Iris. Viens donc prendre le petit déjeuner avec nous.

De toute évidence, l'oreille fine de mamie devait être tendue vers ce qui se passait au niveau de l'entrée. J'accrochai mon manteau et fermai la porte sur les rues ravagées par la guerre, avant de humer l'odeur du pain à peine sorti du four, mêlée à un parfum de gardénia.

— Tu es trop maigre. Tu devrais manger plus.

Ma grand-mère me scruta à travers ses lunettes rondes. C'était une femme grande et mince dotée d'un appétit de moineau, qui mettait rarement en pratique ce qu'elle préconisait pour les autres.

— On dirait que c'est la mode chez les jeunes femmes d'être squelettiques, de nos jours, ajouta-t-elle.

Tante Maud découpait d'épaisses tranches de pain. Plus petite, plus ronde et plus gentille que mamie, elle possédait les mêmes cheveux châtains et les mêmes yeux souriants que ma mère. Je me sentis soulagée. En avisant sa silhouette, je me demandai si ma mère serait devenue ronde, elle aussi, en vieillissant.

— Tu aurais pu dire à Mme Siddons de venir ici, dit-elle.

Mamie s'assit lentement sur sa chaise tandis que tante Maud glissait un coussin dans son dos.

— Elle avait à faire à Westminster, répondis-je.

Ce n'était pas vrai.

— C'est sûrement mieux ainsi, commenta ma grand-mère avec une moue sévère. Il y a des rumeurs qui circulent à propos d'elle et de Lloyd George, tu sais.

Voilà pourquoi j'avais préféré retrouver Mme Siddons à la Chambre des communes, et non ici : on ne pouvait jamais savoir ce que ma grand-mère allait dire.

— Ton père était-il content que tu viennes ? demanda-t-elle en me regardant par-dessus ses binocles.

— Non. Mais il comprend.

— Tu as bien fait d'accepter son invitation, intervint tante Maud en posant un œuf à la coque devant sa mère. Nous devons tous passer à autre chose et aller de l'avant.

Les narines de ma grand-mère frémirent. Elle n'avait aucune intention d'aller de l'avant.

— Alors, comment se présente cette élection ? Penses-tu que Mme Siddons va gagner ?

Ma tante s'efforçait clairement de changer de sujet.

— Je n'en suis pas sûre. Elle est populaire à Walden, mais moins à Aldershot. Lady Timpson a fait de généreuses donations aux associations de combattants, et les militaires ont beaucoup d'influence dans la région.

— Qui est le candidat des Travaillistes ?

Tante Maud étala de la confiture sur une tranche de pain.

— M. Donald Anstey. Nous ne savons pas grand-chose de lui. Elijah doit l'interviewer prochainement.

— Ce vieux coquin d'Elijah n'est pas encore mort à force de boire et de fumer ? persifla mamie.

— Deux femmes se présentant dans une même circonscription, c'est un grand pas en avant, enchaîna ma tante, ignorant sa mère.

Je m'apprêtais à répondre quand ma grand-mère intervint encore :

— N'est-ce donc pas suffisant, d'être une épouse et une mère ? Violet serait encore parmi nous, sans toutes ces bêtises.

— Ne rabaisse pas la cause pour laquelle elle s'est battue, gronda tante Maud, prête à sortir de ses gonds.

— Non, ce n'est pas suffisant.

Les mots ne sortirent pas de ma bouche avec la conviction que j'espérais. Parce que, dans un coin de mon cœur, j'aurais aimé que ce soit suffisant pour ma mère.

Après le petit déjeuner, je me réfugiai dans ma chambre à l'étage, qui avait aussi été la chambre d'enfance de ma mère. D'une certaine manière, j'y trouvai une forme de réconfort ; mais je m'y sentis étrangement peu à ma place. Alors que je commençais tout juste à me sentir chez moi à Walden, ce voyage à Westminster me ramenait brusquement vers le passé. Si bien que je ne savais plus trop où était ma place. Ni où j'avais envie d'être.

— Sais-tu pourquoi ils n'ont pas porté plainte contre maman, après ce qu'elle a fait à la Chambre des communes ?

J'étais enfin seule avec tante Maud. Toute la journée, mamie m'avait bombardée de questions sur mon expédition à Westminster. À 22 heures, elle avait décrété que la soie verte sur une femme de l'âge de Mme Siddons était vulgaire, et était montée se coucher.

— Ils avaient suffisamment de pain sur la planche avec les manifestations de Buckingham Palace. Presque soixante-dix femmes ont été arrêtées sur Bow Street – même Mme Pankhurst. Du coup, Violet, c'était une suffragette de moins à gérer.

Elle posa deux tasses de chocolat chaud sur la petite table du salon.

— Donc, ils ont simplement laissé papa la ramener à la maison ?

J'envisageais encore des scénarios impliquant la police dans l'accident de ma mère.

— Je pense qu'ils savaient qu'elle était trop abîmée par ce qu'elle avait vécu, et qu'elle ne risquait guère de leur poser d'autres problèmes, répondit tante Maud avec douceur.

Je me souvins alors de ce moment, dans la cuisine de Hither Green Lane. Le médecin était descendu de l'étage et avait rejoint papa dans son bureau, tandis que je montais dans la chambre de maman avec Lizzy, notre gouvernante.

Ma mère avait toujours été frêle, et ses deux peines de prison n'avaient fait qu'accentuer sa maigreur. Les grèves de la faim et le nourrissage de force avaient laissé des traces mais, à chaque fois, nous étions parvenus à la remettre sur pied. Cette fois – la dernière –, c'était différent. Son teint pâle présentait une étrange teinte bleutée. L'eau souillée de la Tamise s'était insinuée dans son estomac déjà fragile, et son corps la lâchait progressivement. J'avais passé douze heures à son chevet, en tenant dans la mienne sa main inerte.

La douleur qui m'avait envahie au moment de sa mort avait rapidement tourné à la colère. Tante Maud avait voulu me donner les médailles de ma mère : la broche en herse qui lui avait été décernée après son premier séjour en prison, et la médaille venue saluer sa grève de la faim. Mais je lui avais dit de les jeter. Qu'étaient-elles devenues ?

— Ta mère n'aimerait pas que tu ressasses tout cela, tu sais, me dit ma tante. Rappelle-toi plutôt les bons moments que vous avez passés à Walden.

— En sortant de la Chambre des communes, on s'est arrêtées à l'endroit où elle est tombée dans le fleuve. Là, on a rencontré un marin qui dit l'avoir vue sauter. Il l'a aidée à sortir de l'eau.

— Quoi ?

— Il prétend qu'elle n'est pas tombée, mais qu'elle a sauté.

— Non, c'est faux, s'indigna tante Maud. Tu sais bien qu'elle n'aurait pas fait ça.

— Pour quel motif est-elle allée à la Chambre des communes ? Qui a eu cette idée ?

— Je ne sais pas. C'est sorti d'une de leurs réunions au Lincoln's Inn. La police étant mobilisée ailleurs, elles se sont dit que c'était une bonne occasion de retourner à la Galerie des dames.

— Elle ne peut pas y être allée seule… Qui l'a accompagnée ? Et pourquoi ces personnes ne l'ont-elles pas aidée ?

— Je crois qu'elles étaient deux ou trois.

— Comment s'appelaient-elles ?

— Il me semble que l'une d'entre elles était Rebecca Dent. Tu te souviens d'elle ?

Je fis non de la tête.

— Tu la vois encore ?

Il fallait que je parle à cette Rebecca Dent. Je ne pouvais pas ignorer ce que le marin avait déclaré. J'avais besoin de savoir pourquoi ma mère avait fini dans l'eau du fleuve.

— Je ne l'ai pas vue depuis des années. J'ai demandé de ses nouvelles quand j'ai croisé certaines d'entre elles pendant la guerre. C'est comme ça que j'ai appris qu'elle avait disparu.

— Disparu ? Comment cela ?

— On ne sait pas. Elle a simplement disparu, au début de la guerre.

4

— A-t-elle été tuée durant les bombardements ? Sans que son corps soit retrouvé ?

Je songeai aux familles de Glenview Road.

— Non, rien de ce genre. Rebecca ne vivait pas à Londres. Elle habitait à Walden.

Tante Maud remonta son châle sur ses épaules. Il ne restait plus que quelques braises dans la cheminée, mais nous risquions de subir les foudres de mamie si nous remettions du charbon dans l'âtre à cette heure tardive.

— À Walden ?

Je croyais que ma mère s'était engagée dans le mouvement après notre déménagement à Londres. J'avais du mal à imaginer qu'il pût exister une branche du WSPU à Walden.

— Oui. Elle était la domestique de la dame dont tu as parlé l'autre jour.

— Quelle dame ?

Je frissonnai et avalai une gorgée de chocolat. Il me tardait de retrouver la chaleur de mon lit, mais j'avais envie d'en savoir davantage.

— Lady Timpson. Celle qui se présente à l'élection.

— Tu veux dire qu'une suffragette travaillait au service des Timpson ?

— Je suppose qu'elle ne le leur avait pas dit. Sinon, elle aurait perdu sa place. Mais je présume que cela a dû se savoir, plus tard.

— Mais que lui est-il arrivé ?

Tante Maud haussa les épaules.

— Elle a juste disparu, comme ça, un jour. Je ne sais rien de plus.

— Qui d'autre était avec maman ? demandai-je encore. Tu m'as dit qu'elles étaient trois.

— Je sais seulement que l'une d'elles était peut-être Rebecca, mais je n'en suis pas certaine.

— Est-ce qu'on pourrait aller au Lincoln's Inn, pour essayer d'en savoir plus ?

Cela me paraissait être le meilleur endroit pour commencer.

— Le WSPU s'est dissous pendant la guerre. Je ne sais pas trop comment on pourrait les contacter, maintenant.

— Quand as-tu appris la disparition de Rebecca ?

— Pas avant 1917. Elle avait disparu depuis trois ans déjà. Les Pankhurst s'étaient engagés dans l'effort de guerre dans cette période, et j'ai participé à quelques-unes de leurs collectes de fonds. Certaines des anciennes amies de ta mère y étaient. J'avoue que j'ai évité de leur parler, au début.

Tante Maud prit un tisonnier et se pencha pour tenter de ranimer un peu les braises.

— J'aurais fait la même chose.

— J'essayais de ne pas être trop amère. Mais le fait de les voir mener leurs vies comme si de rien n'était me chamboulait. Nous avions perdu Violet, et j'étais en colère, dit-elle en continuant de remuer les braises. Et puis, comme la guerre durait…

— Elles ont perdu des proches, elles aussi ? suggérai-je pour terminer sa phrase.

Mon chagrin et ma colère avaient suivi un processus similaire.

— Des pères, des maris, des fils… Tellement d'attente, sans jamais savoir. À redouter l'arrivée d'un télégramme. Je ne pouvais pas rester dans cette colère.

Tante Maud s'adossa dans son fauteuil.

— C'est drôle, maintenant que tout cela est terminé, j'observe le même ressentiment chez ceux qui ont perdu des êtres chers à la guerre quand ils parlent avec des gens qui en sont revenus sains et saufs.

Je comprenais ce qu'elle voulait dire. Et une fois encore, j'éprouvai un immense soulagement en pensant que la guerre était enfin derrière nous.

— Savais-tu où maman allait, ce jour-là ?

C'est dans une disposition un peu troublée que j'étais rentrée à Walden. Au cours du dîner, je ne pus m'empêcher de titiller mon père sur ce sujet.

— Non. Je pensais qu'elle allait marcher sur Buckingham Palace avec les autres.

Il avait pris le ton empreint de patience qu'il employait toujours avec moi lorsque nous parlions de ma mère. Ou de la mort de ma mère, plus précisément.

— As-tu essayé de l'en empêcher ?

— Bien sûr. Je savais que les forces de police seraient présentes en masse. J'avais peur que la manifestation ne dégénère et qu'il y ait des violences.

— Qu'est-ce qu'elle t'a dit ?

— De ne pas m'inquiéter. Qu'elle se tiendrait à bonne distance du danger. Il ne m'est pas venu à l'idée qu'elle pouvait parler de Westminster.

Mon père tenta de se concentrer à nouveau sur son repas.

— Pourquoi n'a-t-elle pas dit ce qu'elle mijotait ?

Je chipotais dans mon assiette.

— Parce qu'elle savait ce que j'en aurais dit. Le WSPU devenait trop radical. Je lui avais demandé de quitter le mouvement.

— Il y avait d'autres femmes avec elle ? À la Chambre des communes, je veux dire.

— Probablement.

Il continua de manger.

— Combien ? Qui ?

Il resta silencieux le temps de finir sa bouchée.

— Je ne sais pas.

— Un marin nous a dit qu'il l'avait vue sauter dans l'eau.

Mon père posa ses couverts, et son front se barra d'un pli.

— Tu sais très bien qu'elle n'aurait pas fait cela.

— Alors pourquoi a-t-il dit ça ?

— Je suppose que l'histoire a été déformée au fil des ans. Si ça se trouve, cet homme n'était même pas sur place. Violet n'aurait pas sauté.

Il repoussa son assiette.

— Elle est morte dans un accident tragique. Il n'y a rien de plus à dire.

— Comment peux-tu savoir qu'il s'agissait d'un accident ? Tu n'y étais pas. Tu ne sais pas ce qui s'est passé, et on dirait que ça ne t'a jamais intéressé de le savoir.

Je regrettai ces mots sitôt qu'ils furent sortis de ma bouche.

— Iris.

Il entortilla sa serviette.

— Ta mère pouvait être téméraire… J'ai essayé de la protéger, mais elle ne m'a jamais facilité la tâche.

Il ferma les yeux et se frotta l'arête du nez.

Ma mère était têtue comme une mule, je le savais. Elle ne discutait pas, elle ignorait purement et simplement ce que les autres lui disaient. Elle déposait un baiser sur ma joue et sur celle de mon père, puis disparaissait pour se lancer dans sa prochaine croisade. Il avait toujours été vain de l'implorer.

Mais quelle avait été son intention, ce jour-là ? Pourquoi avait-elle fini dans l'eau ? Cela faisait-il partie de son plan pour rendre la protestation plus radicale ?

— Excuse-moi.

J'avais conscience d'être injuste en faisant peser sur mon père le poids de ma frustration.

— Je comprends tes questionnements, mais je ne peux rien te dire.

Je décidai de tenter une autre approche.

— Connaissais-tu Rebecca Dent ?

— Oui. C'était une amie de ta mère. Pourquoi ?

— Elle a disparu. Tu le savais ?

Il secoua la tête.

— Depuis quand ? s'enquit-il.

— Je ne sais pas trop… en 1914, en tout cas. Aux environs du moment où la guerre a été déclarée.

— Je n'ai jamais entendu parler de ça quand j'étais à Walden, en 1916.

Mon père avait été recruté dans la corporation nouvellement créée des services secrets. Il parlait couramment l'allemand et avait voyagé dans tout le pays. Pendant un moment, il avait été logé à Mill Ponds, un grand manoir en bordure de Waldenmere. Son propriétaire, le général Cheverton, avait mis sa demeure au service de l'effort de guerre pour la formation d'un bataillon de jeunes officiers.

— Sa disparition ne semble pas avoir fait beaucoup de bruit, dis-je avant de boire un peu d'eau. Si Constance Timpson avait été portée disparue, le pays entier aurait été au courant. Mais une domestique de la même maison, on n'en parle même pas.

— C'est la guerre qui faisait les gros titres. Cela dit, je suis quand même surpris de ne pas en avoir entendu parler.

Il avait l'air perplexe.

— Si Elijah avait été à la tête du *Herald* à cette époque, la nouvelle aurait fait la une du journal.

Non sans fierté, je me rendis compte que mon père avait raison. Elijah aurait mené l'enquête sur un tel sujet, et n'aurait pas laissé les gens l'oublier. Pouvais-je encore le convaincre de faire quelque chose, six ans après les faits ?

— Comment maman et Rebecca sont-elles devenues amies ?

— Elles se sont rencontrées dans une réunion du WSPU à Londres.

— Je croyais qu'elles s'étaient connues ici, à Walden.

— De vue, seulement. Quand Rebecca a compris que ta mère l'avait reconnue, elle lui a demandé de ne dire à personne qu'elle faisait partie du WSPU. Elle craignait d'être renvoyée si son employeur l'apprenait. Elle tenait à ce que personne à Walden ne sache qu'elle était une suffragette.

— Je ne me rappelle pas avoir rencontré Rebecca.

— Nous ne la fréquentions pas quand nous étions à Walden. Cela aurait pu paraître curieux. Mais une fois que nous nous sommes installés à Londres, elle est venue chez nous à plusieurs reprises. C'était une experte en broderie, elle réalisait des choses magnifiques. Un jour, elle t'a montré comment faire.

— Oui, je me souviens ! m'exclamai-je. Elle était grande, avec de longs cheveux blonds.

J'étais assise à table avec ma mère, tante Maud et Rebecca, en train de broder des fleurs violettes sur des écharpes à bandes mauves et vertes.

— C'est exact. Une femme séduisante. Et intelligente. Elle n'avait pas d'éducation formelle, mais elle était cultivée.

— Elle était assez jeune, non ?

— La dernière fois que je l'ai vue, c'était début 1914. Elle devait avoir environ vingt-cinq ans.

— Je n'arrive pas à croire qu'on l'ait oubliée de la sorte.

Maintenant que je pouvais mettre un visage sur ce nom, je me sentais encore plus déterminée à savoir ce qui était arrivé à Rebecca.

— Moi non plus. Apparemment, la presse de l'époque ne s'est pas souciée de son cas.

Il agita un doigt en me regardant, avant d'ajouter :

— Ils étaient trop occupés à diaboliser les Allemands.

C'était un sujet récurrent chez mon père. Pendant la guerre, il avait vite été exaspéré par la propagande diffusée par le gouvernement et l'armée, dont les propriétaires de journaux se faisaient complices. Il avait alors quitté *The Daily Telegraph* pour devenir rédacteur indépendant, et travaillait désormais pour plusieurs groupes de presse.

— Je vais demander à Elijah de publier un article sur elle.

Il fallait que je ravive l'intérêt pour cette affaire. Sa disparition pouvait tout à fait être liée à la manifestation de la Chambre des communes. Et si je découvrais ce qui était arrivé à Rebecca, peut-être en apprendrais-je davantage sur la mort de ma mère.

— Je n'ai jamais entendu parler d'une Rebecca Dent, dit Elijah en se carrant dans son fauteuil. Mais la guerre venait juste de commencer. J'imagine que ce genre d'histoire n'a pas fait la une.

— Ni la une, ni aucune autre page. Mais Lord et Lady Timpson ont bien dû signaler sa disparition à la police.

— Va donc voir Ben Gilbert.

Elijah agita sa cigarette en l'air.

— C'était avant qu'il devienne policier, mais il pourra faire des recherches. Je serais curieux de savoir ce que la police a trouvé. À mon avis, l'enquête n'a pas dû être très fouillée, mais ne tirons pas de conclusions hâtives.

— Peut-on publier quelque chose ? demandai-je en éventant la fumée qui flottait devant mon visage.

— Pas maintenant, non. Nous sommes trop près de l'élection, on nous reprocherait de vouloir discréditer

Lady Timpson par des moyens fallacieux. Vois d'abord ce que Ben peut te dire.

J'étais déçue, mais je comprenais. Je tournai les talons en direction de mon bureau.

— Oublie cette Rebecca pour le moment, lança-t-il dans mon dos. Et commence plutôt à faire tes devoirs. On va interviewer Donald Anstey à 10 heures demain matin. Il habite sur Church Road, alors viens directement chez moi. On ira là-bas à pied.

Le lendemain matin, je frappai à la porte du cottage de Church Road qui avait été la maison de mon enfance avant notre déménagement à Londres.

Elijah avait acheté la propriété en 1895, afin d'en faire une résidence secondaire pour ses fins de semaine. À l'époque, il habitait à Londres mais aimait fuir la capitale dès qu'il le pouvait. Envoyé en mission outre-Atlantique en 1898, il avait loué le cottage à mes parents, juste mariés. J'y étais née un an plus tard. Lorsque nous étions partis pour Londres en 1913, Elijah avait repris le cottage.

Le domicile de Donald Anstey se trouvait plus loin sur Church Road – juste après l'église St. Martha. Le trajet était bref, mais Elijah eut rapidement le souffle court. Je me forçai à ralentir le pas.

Nous nous arrêtâmes devant un joli cottage de brique rouge et d'ardoise grise, et Elijah frappa à la porte. La stupeur me saisit quand elle s'ouvrit.

Donald Anstey était l'homme que j'avais vu sur la jetée, quelques jours plus tôt.

5

— Il me semble que je vous ai vu l'autre jour. Sur la jetée, près de la gare.

Je pouvais maintenant l'observer de plus près. C'était un homme au physique agréable, avec des cheveux châtain clair grisonnant légèrement sur les tempes. Il devait avoir environ trente-cinq ans, estimai-je.

— Je vais souvent marcher à Waldenmere. Cela m'aide à mettre de l'ordre dans mes pensées.

Donald Anstey m'adressa le même sourire triste, comme s'il savait qui j'étais.

Nous étions dans un étroit vestibule tapissé d'un papier peint vert passé où était accrochée une série d'aquarelles de lacs écossais. La maison paraissait compacte pour un homme aussi grand, et il dut se baisser pour franchir la porte menant au salon.

Je m'attendais à ce qu'il ajoute quelque chose au sujet de notre rencontre, mais il ne dit rien de plus. Je voulais savoir, pour les fleurs. Seulement, je me voyais mal lui demander, ici et maintenant, pourquoi il avait lâché une poignée de violettes dans l'eau.

Elijah s'assit lourdement dans un des fauteuils élimés. Le petit salon était décoré du même papier vert et d'autres paysages d'Écosse – cette fois, des aquarelles montrant des vallons des Highlands.

— Pourquoi avez-vous voulu entrer en politique, monsieur Anstey ?

Je pris place au bout d'un fauteuil et sortis mon carnet. Je n'avais pas l'habitude de prendre des notes lors d'un entretien, et espérais que la conversation n'irait pas trop vite.

— Avant la guerre, j'étais employé au Conseil de l'agriculture et de la pêche. J'ai pu voir en direct comment fonctionnait un gouvernement. Tous des vieux… et Lord ceci, et Lord cela.

Il parlait avec un léger accent écossais.

— Bref, de riches aristocrates n'ayant aucune idée de la vie que mènent les gens ordinaires de la classe ouvrière. Et puis, un jour, j'ai entendu un discours de Keir Hardie… Un homme remarquable. D'un coup, ma vocation m'est apparue clairement, et j'ai rejoint le Parti travailliste.

Au lieu d'évoquer la circonscription, Donald se mit à parler des orientations de son parti, et de la façon dont les travailleurs, les syndicalistes et les socialistes devraient s'unir pour amener le changement.

— Soutenez-vous les droits des femmes ? demanda Elijah.

— Oh, oui, répondit Donald en hochant la tête.

— Êtes-vous favorable à ce qu'il y ait plus de femmes au Parlement ?

— Oui.

— Comment vous sentez-vous face à deux femmes dans ce scrutin ?

Il prit un instant pour réfléchir.

— Plein d'humilité.

— Depuis combien de temps habitez-vous à Walden ?

— Environ un an, répondit-il après une courte pause.

À chaque question, il prenait son temps avant de fournir une réponse mesurée et généralement brève. Je me rendis compte que je n'allais avoir aucun mal à suivre le rythme de cette conversation.

— Pourquoi vous être installé ici ?

— Avant, j'habitais à Londres, mais quand je suis revenu de mes obligations militaires à l'étranger, j'avais envie d'un endroit plus calme.

— Quels sont vos projets pour améliorer la vie de vos électeurs ?

Nouvelle pause, assez longue.

— J'aimerais augmenter les crédits à destination de l'aide aux personnes âgées et vulnérables, sans oublier nos anciens combattants. Nous avons aussi un besoin criant de logements pour les familles les plus pauvres.

Il arborait une expression sincère en parlant et, quand il avait terminé, il se taisait un moment, semblant réfléchir à ce qu'il venait de dire.

Mes doigts se mirent à pianoter sur l'accoudoir de mon fauteuil. En dépit de ses bonnes intentions, Donald Anstey ferait un bien piètre orateur en public.

— Vous dites que nous devons créer de nouveaux logements, reprit Elijah, qui semblait déterminé à l'épingler sur un sujet ou sur un autre. Pensez-vous à un endroit en particulier ?

Le silence habituel s'installa, et je contins un petit sourire en avisant l'expression agacée d'Elijah. Donald Anstey finit par répondre :

— J'élabore des plans pour un projet relativement ambitieux. Si je suis élu, ce sera ma priorité numéro un.

Il s'interrompit alors, comme s'il craignait d'en avoir trop dit. Mon stylo resta suspendu au-dessus du carnet.

— Et où, exactement ? insista Elijah.

Nous avions besoin d'informations concrètes à publier pour les habitants de la région, pas de généralités sur la politique du parti.

Donald Anstey prit une profonde inspiration et fit le grand saut :

— Il y a quantité de logements insalubres sur la rive opposée du canal de Basingstoke, jusqu'à Crookham Hall. Caravanes et taudis ont poussé comme des champignons autour de la ferme des Moffat. De jeunes enfants y vivent dans des conditions indignes. Ces gens doivent avoir des logements décents : c'est donc là que nous devrions construire.

La vigueur de sa réponse me prit au dépourvu, et je dus m'empresser de prendre note. Samuel Moffat avait hérité de l'exploitation à la mort de ses parents, un an auparavant. Et l'homme n'était pas un fermier. L'endroit était dans un état pitoyable. J'avais entendu dire que certains de ses camarades de guerre s'étaient trouvés sans logis, et que Samuel les laissait camper sur ses terres. Ce campement improvisé s'était bientôt étendu aux alentours de la propriété, sur les terres communales.

— Intéressant, commenta Elijah, reprenant du poil de la bête à l'idée de la controverse à venir. Mais cela risque de ne pas plaire à tout le monde.

— Je sais que les Timpson veulent nettoyer les lieux. Mais se sont-ils demandé où iront ces gens ? C'est principalement le terrain communal qu'ils occupent, et je crois que nous pouvons trouver les fonds pour construire des logements que ces familles pourront louer. Ils vivent dans la misère et la crasse. De nos jours, c'est inacceptable.

— Les Moffat sont encore propriétaires de la ferme et d'une partie des terres, objecta Elijah.

— Ils seront bien contents de s'en débarrasser. Tout tombe en ruine autour d'eux.

Donald Anstey avait visiblement foi en son projet.

— Je pense que Lord et Lady Timpson ne sauteront pas de joie à l'idée d'avoir de tels voisins, ajouta Elijah en se grattant le menton, imaginant probablement la tension que cela allait créer entre les deux candidats.

— Mon programme vise à construire une société plus égalitaire, avec davantage de justice sociale et de droits pour les travailleurs. Je me moque bien des états d'âme de l'aristocratie.

M. Anstey avait beau s'être montré plus animé en nous expliquant son projet, je n'étais toujours pas sûre qu'il soit de taille face à une Mme Siddons ou à Lady Timpson. En revanche, je ne doutais nullement de son intégrité, et je commençais à l'apprécier. Alors que nous étions sur le départ, il posa soudain une main sur mon bras.

— Je suis désolé de ce qui est arrivé à votre mère. Sincèrement.

Ses mots me prirent de court. Je me contentai de hocher la tête.

— Comment est-il au courant, pour ma mère ? demandai-je à Elijah alors que nous remontions la rue en direction de l'église St. Martha.

— Il a dû reconnaître ton nom et faire le rapprochement.

Je gardai le silence. Pour quelque raison obscure, le fait qu'il avait évoqué ma mère avait refroidi mes bonnes dispositions envers Donald Anstey.

— C'est un type intéressant, dit Elijah en sortant une cigarette. Il a du mérite de se lancer dans ce projet de construction près de Crookham.

— Il est ennuyeux. On ne peut pas le soutenir.

— Merci pour cette opinion totalement impartiale.

J'ignorai son sarcasme.

— Lorsque je l'ai vu près du lac, l'autre jour, il a jeté des violettes dans l'eau.

— Des violettes ?

— Vous ne trouvez pas ça étrange ?

— C'était peut-être en souvenir de quelqu'un qu'il a perdu.

— Je le trouve bizarre.

Elijah poussa un soupir.

— Je vais me recueillir sur la tombe de ma mère, dis-je en m'arrêtant devant l'église St. Martha.

— Iris.

Je voyais bien qu'il essayait de trouver les mots pour me parler. Lorsque j'étais enfant, il était comme un oncle pour moi. Mais à la mort de ma mère, il avait semblé ne plus savoir comment se comporter avec une jeune fille de quatorze ans en colère. Avec le recul, je m'étais rendu compte que cela n'avait pas dû être simple pour lui. Il ne s'était jamais marié et n'avait pas eu d'enfants. Je ne l'avais pas beaucoup vu pendant la guerre, et maintenant qu'il était mon patron, une nouvelle amitié se nouait peu à peu entre nous.

— Ne t'appesantis pas sur le passé. Tu es une fille intelligente. Tu devrais te concentrer sur l'avenir.

Il commença à s'éloigner avant de me lancer par-dessus son épaule :

— Ne traîne pas. Tu as du travail à faire.

En quittant le bureau ce soir-là, je partis à la recherche de Ben. Je le trouvai à la mairie, en train d'aider sa mère et Alice à tout ranger après une réunion du Club des femmes de Walden.

Lors de mon retour à Walden, j'avais été surprise de voir que le petit garçon blond avec lequel je jouais autrefois était devenu l'agent de police Benjamin Gilbert. C'était maintenant un jeune homme costaud coiffé d'une belle tignasse de cheveux blond vénitien. Et assez séduisant. Ce qui n'avait pas échappé à Alice.

— Tu voulais me voir ? me demanda-t-il tout en finissant de démonter une table posée sur des tréteaux. Je m'apprêtais à raccompagner Alice chez elle.

Je vis sa mère lui couler un regard en biais.

— On n'aura qu'à discuter en chemin.

L'air du soir était frais mais agréable. J'étais impatiente de quitter la mairie, Mme Gilbert ne cessant de me jeter des regards qui me mettaient mal à l'aise. Alice et elle voulaient que je rejoigne le groupe, mais je résistais. J'avais beau admirer leur travail, je ne me sentais pas encore prête à rallier leurs rangs.

— As-tu déjà entendu parler d'une femme appelée Rebecca Dent ?

Nous avions laissé Mme Gilbert fermer le local pour prendre le chemin en direction de Waldenmere.

— Non, je ne crois pas, répondit Ben. Pourquoi ?

— Elle était femme de chambre chez Lord et Lady Timpson, et a disparu en juillet ou en août 1914, je pense.

— Oui, je m'en souviens, s'exclama Alice. Tout le monde parlait de ça à l'époque. Mais on l'a vite oubliée, avec la guerre.

— Est-ce que quelqu'un l'a cherchée ?

— Il me semble que Lord Timpson a organisé des recherches sur les terres de Crookham Hall, répondit Alice en grimaçant comme elle sondait sa mémoire.

— Que disaient les gens à propos de sa disparition ? Est-ce qu'il y avait des ragots qui circulaient ? demandai-je en nouant mon bras à celui d'Alice.

— On disait qu'elle avait dû s'enfuir parce qu'elle ne s'entendait plus avec Lady Timpson. Une autre rumeur prétendait que Rebecca voyait un homme et était partie avec lui.

Mais si les terres alentour avaient été fouillées, c'est que l'on craignait aussi que quelque chose de grave lui soit arrivé. J'étais curieuse de voir Crookham Hall de mes propres yeux.

— Comment est Constance Timpson maintenant ? Tu disais que tu étais allée à des soirées là-bas ?

— Je l'aime bien, répondit Alice. Elle est terriblement intelligente, sans rien avoir de méprisant ou de condescendant. J'imagine qu'elle a dû nous trouver sans grand intérêt, mais elle n'en a rien montré.

— Je devais avoir treize ans, la dernière fois que je l'ai vue. C'était juste avant que nous partions vivre à Londres.

Je me demandai s'il serait possible de renouer mon amitié avec Constance.

— Et Lady Timpson, comment est-elle ?

Delphina Timpson, née Hinchcliffe, venait d'une riche famille d'industriels. Elle avait hérité de Hinchcliffe Holdings à l'âge de vingt et un ans, après la mort de son père en 1889. Contre toute attente, elle avait géré l'entreprise seule et l'avait fait prospérer mieux que son père, à son époque. À trente ans, elle avait surpris son monde en épousant Lord Timpson et avait quitté sa ville natale de Barnsley pour s'installer dans la demeure des ancêtres de son époux, Crookham Hall.

— Elle, elle est condescendante, dit Alice en riant. Dans le plus pur style châtelaine... Très, très dominatrice. Elle mène Constance et Daniel à la baguette.

— Daniel ?

— Le grand frère de Constance. Je l'ai vu quelquefois au début de la guerre, avant qu'il soit appelé. Il est assez gentil, mais plutôt du genre à préférer la vie au grand air ; pas très causant. Constance s'est excusée pour lui, en nous expliquant qu'il aimait mieux s'occuper de la propriété et n'était pas très doué pour les bavardages mondains.

— Et Lord Timpson ?

— Adorable. Complètement différent de sa femme. Un homme charmant, vraiment. Je ne comprends pas pourquoi il l'a épousée.

— L'argent, peut-être ? suggérai-je.

— C'est ce qu'on dit, reconnut Alice. Crookham Hall coûte une fortune à entretenir. Et elle voulait un titre de noblesse.

— C'est donc un mariage d'intérêt ? Pourquoi n'a-t-il pas vendu les bijoux de la famille ? Il possède des saphirs d'exception, à ce qu'on dit.

— Il ne pouvait pas vendre le saphir Star, répondit Alice, l'air choqué. Ce bijou est dans la famille Timpson depuis une centaine d'années : l'un de ses ancêtres l'a acquis en Birmanie pendant une guerre dans les années 1820, je crois.

— Tu l'as déjà vu ?

Par « acquis », je supposais qu'elle voulait dire que des soldats l'avaient volé à des autochtones à la faveur du conflit.

Elle secoua la tête.

— J'espérais que Lady Timpson ou Constance le porte lors d'un des bals… Mais j'imagine que ç'aurait été jugé trop ostentatoire en période de guerre. Même si Lady Timpson ne paraît pas être du genre à se préoccuper de ce genre de chose.

Décidément, cette Lady Timpson semblait avoir une sacrée personnalité. Il me tardait de la rencontrer.

— Regarde, Ben : le martin-pêcheur est encore là, dit Alice en désignant l'autre rive.

Nous quittâmes le sentier et suivîmes le parcours du martin-pêcheur le long de Grebe Stream jusqu'à Heron Bay. Là, nous restâmes un moment à observer l'oiseau descendre en piqué sur ses proies, et je me demandai combien de temps Alice et Ben avaient passé ici rien que tous les deux.

— Comment ta mère a-t-elle connu Rebecca Dent ?

Ben repoussa les vrilles d'un saule pleureur qui risquaient de s'emmêler dans les longs cheveux d'Alice.

— C'était une suffragette.

— Quoi ? Rebecca Dent était une suffragette ? s'écria Alice. Personne n'en a parlé, à l'époque.

— Je suppose que ça faisait désordre dans la maison des Timpson.

Ben écarta à nouveau des branches de saule afin qu'Alice et moi puissions passer sans encombre sur le sentier.

— Ils ne le savaient pas. Personne ne le savait à Walden, d'après mon père.

— Comment l'as-tu appris ?

Alice consulta sa montre-bracelet. Le ciel s'assombrissait, et l'on ne tarderait pas à l'attendre à Sand Hills Hall.

— Rebecca était avec ma mère quand elle a pénétré dans la Chambre des communes.

— Et personne ne le savait au moment de sa disparition ?

Ben paraissait soudain plus intéressé. Je lui fis signe que non.

— Je vais aller parler au commissaire Cobbe à Aldershot. Il se souviendra sûrement de l'affaire. Avec un peu de chance, il me laissera peut-être même jeter un œil au dossier.

Nous étions maintenant au pied de la colline qui menait au manoir. Ben savait qu'il avait tout intérêt à ne pas accompagner Alice plus loin.

Le manoir de Sand Hills surplombait le lac du haut du versant est d'un coteau. En bas de la pente demeuraient les vestiges d'une jetée en bois qui servait autrefois à lancer des hydravions. Il n'en restait plus que quelques piquets en bois, mais la partie la plus basse dépassait encore de l'eau, tel un embarcadère abandonné.

— Pourquoi t'intéresses-tu à cette femme maintenant ? demanda Alice en frissonnant.

La fraîcheur s'accentuait. Nous restâmes tous les trois un moment près des restes de la jetée. J'hésitais. Puis, je leur confiai ce que le marin m'avait dit au sujet de ma mère.

— Ce n'est peut-être pas vrai, dit Ben, les sourcils froncés. Pourquoi aurait-elle sauté ?

— Elle ne savait pas nager. Je ne vois qu'une seule raison…

Ma voix se fissura malgré moi.

— Je ne peux pas m'empêcher de me demander si elle a décidé de sauter par pur esprit de protestation. Même si cela signifiait…

Je laissai ma phrase inachevée.

6

Le lendemain après-midi, je tapais un article sur l'élection partielle quand Ben passa la tête par la porte de mon bureau.

— As-tu vu le dossier sur Rebecca ? demandai-je avant qu'il ait le temps de parler.

Elijah était dans son antre, la porte ouverte.

— Je ne veux pas t'interrompre dans ton travail. On se retrouve après, si tu préfères ? chuchota Ben.

— Venez par là, vous deux, lança Elijah.

Nous obtempérâmes et nous retrouvâmes bientôt dans un nuage de fumée face à lui.

— Alors, dites-moi ce que vous avez trouvé sur cette Rebecca Dent.

Ben sortit son carnet.

— Elle a commencé à travailler à Crookham Hall à l'âge de quinze ans, après la mort de sa mère ; elle n'avait pas d'autre famille. Elle y est entrée comme blanchisseuse avant de devenir femme de chambre. En mai 1914, elle a été promue femme de chambre principale. Elle avait vingt-cinq ans lorsqu'elle a disparu, le 1er août 1914. Le majordome a déclaré que Rebecca se levait habituellement à 6 heures pour tout préparer avant que la famille descende prendre son petit déjeuner. Ce matin-là, personne ne l'a vue. La cuisinière a pensé qu'elle devait être malade et on a envoyé une autre domestique la voir dans sa chambre, mais elle n'y était pas.

— Qu'avait-elle fait la veille ? demandai-je en chassant d'un geste la fumée devant moi.

Ben parcourut ses notes.

— Elle était allée à Londres, ce qu'elle faisait souvent lorsqu'elle avait un jour de repos. Elle est rentrée vers 17 h 30, et a dîné dans la cuisine avec le reste du personnel, puis elle est montée dans sa chambre.

— Et après ?

Je me levai et allai ouvrir la fenêtre en dépit des protestations d'Elijah. J'avais besoin d'avoir les idées claires.

— Personne ne le sait. On ne l'a jamais revue.

— Elle a dû repartir du manoir, dit Elijah.

— Son lit n'était pas défait. Tout était comme d'habitude dans sa chambre.

— Quelqu'un l'a-t-il entendue sortir ? demandai-je.

— Non. Lord et Lady Timpson étaient à Londres ce week-end-là. Le reste de la famille s'était retiré dans ses quartiers, comme à l'accoutumée. Depuis qu'elle avait pris du galon, Rebecca avait une chambre rien que pour elle.

— Il ne manquait rien de spécial ? s'enquit Elijah.

— Le majordome en a parlé à Lady Timpson quand elle est rentrée, et la chambre de Rebecca a été fouillée. Rien ne semblait sortir de l'ordinaire. Ses vêtements et objets personnels étaient toujours là.

— Qui a fait part de sa disparition à la police ?

J'étais curieuse de savoir comment les Timpson avaient réagi.

— Le majordome. Quelques jours plus tard.

— Les Timpson n'ont rien fait ? Ils n'étaient pas inquiets ? Cette femme travaillait tout de même pour eux depuis des années.

— Rien n'indiquait que quelque chose de fâcheux lui soit arrivé. En même temps, cela ne donnait pas non plus l'impression qu'elle se soit enfuie. Au bout d'un moment, Lord Timpson a lancé des fouilles sur le domaine. Ensuite, comme ça n'avait rien donné, il a écrit à une de ses connaissances de Scotland Yard pour lui demander de mener une enquête.

— Il semble être le seul à s'être soucié de ce qui était arrivé à Rebecca, soulignai-je.

— Tout le monde avait la tête ailleurs à ce moment-là, dit Ben, y compris la police. Et il n'y avait pas grand-chose d'autre dans le dossier.

— Avez-vous discuté avec le commissaire Cobbe ? demanda Elijah.

— Il m'a montré les rapports qu'il avait rédigés. Apparemment, Rebecca était une personne assez secrète. Les domestiques n'ont pas pu lui en apprendre beaucoup. La rumeur prétendait qu'elle voyait un homme, mais personne n'a pu dire de qui il s'agissait.

— Il s'agissait peut-être d'une couverture pour ses activités de suffragette, suggérai-je, réfléchissant à haute voix. Un petit ami fictif bien pratique pour justifier ses escapades régulières à Londres ?

— La littérature trouvée dans sa chambre indiquait qu'elle avait des sympathies avec le mouvement suffragiste, mais rien qui la reliait à un groupe spécifique, déclara Ben. Elle gardait pour elle cet aspect de sa vie. Aucune des personnes interrogées par la police ne savait qu'elle était suffragette.

— Ont-ils seulement exploré la piste suffragiste ? demanda Elijah.

— Oui, ils ont creusé de ce côté-là. Rebecca avait rejoint le Women's Freedom Movement en 1908, elle était donc militante depuis un moment.

Ben tourna une page de son carnet.

— Apparemment, elle a changé d'allégeance en 1912, quand elle a rallié le WSPU.

L'année où elle avait rencontré ma mère dans une réunion.

— Que sont devenus ses effets personnels ?

— Une note déclare que le majordome a mis toutes ses affaires dans une malle restée dans le grenier de la maison, au cas où Rebecca reviendrait.

— On pourrait y jeter un œil ?

— Non. Le commissaire ne veut pas rouvrir le dossier. Pas après un tel délai.

Ben rangea son carnet dans sa poche et se leva.

— Il ne m'autorisera jamais à approcher les Timpson à ce sujet.

— Quand va-t-on interviewer Lady Timpson ? demandai-je après le départ de Ben.

— En début de semaine prochaine.

— Où ça ?

— À Crookham Hall, répondit Elijah en me coulant un regard circonspect.

Une des choses que j'adorais dans ce travail, c'était qu'il me donnait accès à des lieux et à des gens que je n'aurais jamais pu fréquenter autrement. Je n'évoluais pas du tout dans les mêmes cercles que les Timpson. Certes, je connaissais Constance pour l'avoir côtoyée à l'époque de l'académie de Mlle Cotton, mais cela était simplement dû au manque d'établissements de niveau supérieur pour jeunes filles. Les filles de la haute société et de la classe moyenne se retrouvaient mélangées à l'académie, car il n'existait pas d'autre structure pour elles. Lorsque Constance s'était rebellée contre le fait d'avoir une instructrice personnelle, préférant étudier en compagnie de jeunes filles de son âge, elle avait atterri chez Mlle Cotton.

— Pourrions-nous aborder le sujet de Rebecca lors de l'interview de Lady Timpson ?

Il s'alluma une cigarette et grimaça.

— J'en doute.

Crookham Hall se révéla à la hauteur de ce que j'attendais d'une demeure de ce genre. J'avais lu qu'une grande partie du manoir datait de l'époque georgienne. Construit en 1728, c'était un édifice à trois niveaux typique de la période, avec des rangées de fenêtres symétriques et deux hauts piliers à son entrée. Au XIXe siècle, de nouvelles ailes y furent ajoutées pour former un ensemble en U donnant sur une cour.

— M. Whittle et Mlle Woodmore, annonça le majordome en nous invitant à entrer dans une vaste pièce de réception.

De hautes fenêtres laissaient voir les prés verdoyants qui bordaient le côté du manoir, et j'eus l'impression d'être dehors. Je compris rapidement que la pièce avait été décorée de manière à s'accorder au paysage extérieur, qu'elle complétait. Un mur était couvert d'un papier de soie au motif de glycines grimpantes, les trois autres peints dans une nuance verte. Un velours vert recouvrait les canapés et de splendides rideaux de damas encadraient les fenêtres. Le mobilier était tout en acajou, et le parquet ciré d'une teinte foncée et profonde.

À notre grande surprise, toute la famille était présente. Nous nous attendions à interviewer Lady Timpson seule, et Elijah parut aussi déconcerté que moi en pénétrant dans ce cadre empreint de formalisme.

Lord Timpson était debout près de la cheminée, fumant un cigare. Son fils Daniel se tenait devant la fenêtre, le regard perdu dans le lointain, tandis que Constance était assise à côté de sa mère sur un canapé.

— Iris, quelle joie de te revoir. Monsieur Whittle, merci de venir nous rendre visite. Je vous en prie, asseyez-vous.

Constance nous désigna le petit sofa en face d'elles.

La dernière fois que je l'avais vue, c'était une adolescente de treize ans au visage fin et sérieux, que l'on voyait rarement sans un livre à la main. C'était maintenant une séduisante jeune femme aux longs cheveux châtains et aux yeux bleu foncé. Elle était vêtue d'une robe de velours mauve qui soulignait sa silhouette élancée.

Lady Delphina Timpson s'avança au bord du canapé vert, nous accueillant d'un grand sourire. Elle portait un ensemble sombre et sobre constitué d'une veste bleu marine cintrée et d'une longue jupe du style de celles de Lady Astor. Sur toutes les photos d'elle que j'avais pu voir dans les journaux, elle arborait des robes bien plus sophistiquées. De toute évidence, à l'instar de Lady Astor, elle avait décidé d'adopter un nouveau style plus conforme à ses ambitions de carrière en politique. Probablement afin d'éviter les commentaires sur ses choix vestimentaires, pensai-je.

— Soyez les bienvenus à Crookham Hall. Nous sommes ravis de vous recevoir, dit-elle. Vous serez peut-être surpris de nous voir tous réunis pour vous accueillir, mais mon mari et mes enfants ont tenu à être présents, ce matin.

J'avais du mal à la croire. Daniel Timpson semblait avoir envie d'être n'importe où sauf ici. Il adressa un petit sourire forcé à sa mère, puis tourna à nouveau son regard par la fenêtre. Cent vingt hectares de terres agricoles, de bois et de pâturages entouraient le manoir. D'après ce que m'avait confié Alice, c'est sûrement là qu'il aurait préféré être en cet instant.

— Ils sont aussi désireux que moi de discuter des manières dont nous pouvons aider ceux de notre communauté qui en ont besoin, continua Lady Timpson. Nous formons une équipe. Lorsque les citoyens votent pour un Timpson, ce n'est pas seulement moi, mais toute ma famille qui se met à leur service.

La manœuvre était astucieuse. Les électeurs masculins étaient plus susceptibles de voter pour une femme s'ils pensaient qu'il y avait un homme derrière elle.

— Mère croit fermement à la réforme sociale, déclara Constance, qui paraissait plus détendue que son frère. Nous aimerions la soutenir dans son effort.

— Les Timpson ont toujours été de généreux bienfaiteurs envers nos voisins moins fortunés, ajouta Lord Timpson en souriant à sa fille.

C'était un bel homme, aux yeux bleu clair et aux cheveux gris.

— Peut-être pourriez-vous nous expliquer à quelles problématiques sociales vous souhaitez vous attaquer, Lady Timpson ? demanda Elijah.

— Je pense que nous devrions en faire davantage pour nos anciens combattants. Après tout, Aldershot est la terre d'accueil de l'armée britannique. Nous devrions en faire un exemple pour le reste du pays.

— Comment comptez-vous aider les anciens soldats ?

— En augmentant les opportunités d'emploi dans la région. Après s'être battus pour notre pays, ces braves garçons devraient avoir un travail en rentrant chez eux. J'ai d'ambitieux projets en la matière.

— Pourriez-vous nous faire part de ces projets ?

— Tout cela sera révélé le moment venu, monsieur Whittle. Je négocie encore certains aspects de la question. Toutefois, je peux vous dire que je compte utiliser mon entreprise de production alimentaire pour acquérir des terres afin d'aider les fermiers locaux. Maintenant que la guerre est finie, il est temps de recommencer à investir.

— Si je ne m'abuse, vous avez acquis de nombreuses parcelles juste avant la guerre, et pendant celle-ci. Des terres qui avaient été mises sous protection par la Society for the Promotion of Nature Reserves, non ?

Je jetai un coup d'œil surpris à Elijah. Je ne savais rien de cette histoire.

— Je comprends parfaitement les préoccupations des associations comme la SPNR.

Lady Timpson poussa un soupir comme si ce sujet était par trop ennuyeux.

— Mais avec la guerre qui menaçait, la priorité était de s'assurer que notre pays ne meure pas de faim. Raison pour laquelle le Conseil de l'agriculture et de la pêche a décidé d'autoriser l'exploitation de ces terres à des fins de production agricole.

— Mais…

Lady Timpson le coupa :

— Mais la guerre est terminée, maintenant. Il est temps de se concentrer sur l'avenir. Le peuple britannique doit être fier de son pays, et fier de faire partie de sa force de travail. Je compte utiliser ma position de dirigeante de l'une des plus prospères entreprises du pays afin d'aider mes électeurs. Je connais nombre de personnes haut placées, et je n'ai pas honte de me servir de mon influence. Si valeureux que soient mes camarades candidats, surtout cette chère Sybil, force est d'admettre qu'ils ne possèdent pas autant de ressources que moi. J'ai le pouvoir de faire bouger les choses.

Malgré les nombreuses années qu'elle avait passées dans le Hampshire, Lady Timpson avait gardé un semblant d'accent de Barnsley.

— On pourrait vous opposer que devenir députée vous mettra en situation de conflit d'intérêts, répondit sèchement Elijah. Comment allez-vous voter sur des sujets ayant une conséquence directe sur vos affaires ? Par exemple, Mme Siddons aimerait que les enfants entre douze et seize ans soient tous scolarisés. Et donc qu'ils ne travaillent pas à l'usine.

— Sybil est une vieille amie. Nous sommes d'accord sur de nombreux sujets, et j'admire ses positions sur l'éducation… Cela dit, elle devrait prendre en compte les réalités de la vie de la classe ouvrière. De nombreux foyers dépendent du revenu apporté par leurs enfants, et je refuse d'ôter le pain de la bouche à des bébés affamés en interdisant à des jeunes de travailler dans mes usines. Au lieu de quoi, je veille à ce que tous mes employés soient correctement payés et traités.

Elijah lui soumit d'autres exemples de projets de loi susceptibles d'influer directement sur les affaires de Hinchcliffe Holdings. De mon côté, je scrutai les réactions du reste de la famille. Constance se contentait de contempler sa tasse de thé, tandis que Daniel ne manifestait aucun intérêt pour la conversation, préférant regarder des chevaux dans le lointain. Lady Timpson, elle, s'abstint de répondre.

— Naturellement, mon épouse mentionnera le conflit d'intérêts lorsque ces questions donneront lieu à des débats au Parlement, intervint Lord Timpson.

Voyant que Lady Timpson ne comptait pas s'exprimer davantage à ce propos, Elijah passa à autre chose :

— Il y a un autre sujet dont j'aimerais vous entretenir.

— Je vous en prie.

— Une de vos domestiques a disparu en 1914. Mlle Rebecca Dent. Avez-vous eu des nouvelles d'elle ?

Je retins mon souffle.

Il y eut un changement notable dans l'atmosphère. Daniel tourna la tête vers nous tandis que ses parents et sa sœur paraissaient décontenancés par la question. Constance fut la première à se ressaisir.

— Non. Aucune nouvelle.

— Pourquoi cette question, monsieur Whittle ? s'enquit Lady Timpson. Auriez-vous appris quelque chose, de votre côté ?

Elijah fit non de la tête.

— Une bien triste histoire, dit Lord Timpson, appuyé contre la cheminée. Nous n'avons jamais pu savoir ce qui était arrivé à Mlle Dent. Je ne suis pas sûr que la police ait accordé à cette affaire toute l'attention nécessaire, avec la guerre et tout ce qui s'est passé.

Elijah releva les yeux vers lui.

— Si *The Walden Herald* avait existé à l'époque, nous l'aurions fait connaître à nos lecteurs. Maintenant que notre notoriété est bien établie dans la région, peut-être pourrions-nous lancer un appel afin de tenter de recueillir des informations ?

— C'est extrêmement aimable de votre part, répondit Lord Timpson en acquiesçant.

Sa femme, elle, paraissait consternée.

— Peut-être après les élections, continua Elijah, au soulagement visible de Lady Timpson.

— Nous avons fait tout ce qui était en notre pouvoir pour retrouver cette pauvre femme. C'est ainsi que nous avons appris qu'elle était une suffragette, maugréa cette dernière avec une moue de dégoût. Nous ignorions totalement ses agissements.

— Mère. Il n'y a rien de mal à être une suffragette.

Constance me glissa un regard aux couleurs de l'excuse. Je me demandai ce qu'elle savait exactement.

— Elle nous a trompés. Nous ne lui devons rien, poursuivit Lady Timpson. Je ne vois pas l'intérêt de revenir sur les sujets qui fâchent.

— Moi, je l'aimais bien, Rebecca, intervint soudain Daniel. Je crois qu'elle est encore en vie. Elle avait juste besoin de partir d'ici.

Un silence pesant suivit cette déclaration pour le moins inattendue.

Je sentis que Daniel me regardait et posai les yeux sur lui, mais il détourna le regard. Il était séduisant, avec ses longs cils bruns et son visage juvénile. Je me rappelai qu'il avait un an de plus que Constance, donc environ vingt-deux ans.

— Ce que Daniel veut dire, c'est que nous avons passé le domaine au peigne fin après sa disparition. Mais cela n'a rien donné.

Lord Timpson lança à son fils un regard réprobateur.

— Si bien que nous pensons qu'elle a dû s'enfuir.

— Bon débarras. Ces femmes étaient des criminelles, assena Lady Timpson. Quand je pense que nous l'avons laissée vivre sous notre toit alors qu'elle faisait partie de cette bande de harpies.

Je sentis le feu me monter aux joues.

— Nous apprécions votre sollicitude, monsieur Whittle, dit Constance en posant une main sur le genou de sa mère.

Mais plus rien ne semblait pouvoir arrêter Lady Timpson :

— Rebecca Dent s'est probablement enfuie parce qu'elle avait participé à je ne sais quelle manifestation ayant mal tourné, et qu'elle avait peur de se faire arrêter.

Je bouillais littéralement. Seulement, je devais aussi admettre qu'il était possible que Lady Timpson eût raison. Était-il possible que quelqu'un ait appris que Rebecca faisait partie de la manifestation de la Chambre des communes, et menacé d'en informer la police ?

7

— Je ne comprends pas comment quelqu'un dans sa position peut avoir autant de mépris pour les droits des femmes. Bel exemple de solidarité !

— Pas étonnant que Rebecca se soit enfuie, dit Elijah en sortant ses cigarettes. Il est clair que Lady Timpson se moquait bien d'elle.

— Nous ne savons pas si elle s'est enfuie.

Par la fenêtre de la voiture, je regardai les bois et les prés qui entouraient le manoir.

— Quelle alternative vois-tu ?

— Lord Timpson a organisé des recherches dans tous les environs après sa disparition… Qu'espérait-il découvrir ?

— Que sa femme ait assassiné la bonne et balancé son corps dans la roseraie ? Ou que Rebecca ait dérapé et se soit foulé la cheville lors d'une promenade ?

— Comment saviez-vous que Hinchcliffe Holdings avait acquis ces parcelles, au fait ?

Je baissai la vitre de la fenêtre.

— C'est M. Laffaye qui me l'a dit. Le bruit court qu'elle a payé quelqu'un du Conseil de l'agriculture et de la pêche pour lui donner une liste des sites que le SPNR avait mis sous protection. Elle se serait servi de l'information pour acheter ces terres à bas prix.

— Voilà qui en dit long sur son sens de l'éthique en affaires. Constance et Lord Timpson avaient l'air gênés.

— Ils doivent en avoir l'habitude. Elle a la réputation d'écraser tous les obstacles qui se présentent sur son passage.

— Ça ne lui a pas plu, quand vous lui avez dit que vous évoqueriez l'affaire de Rebecca dans le journal.

— Rien d'étonnant. Elle compte mener une campagne basée sur l'intégrité de sa famille. Une domestique qui disparaît mystérieusement, ça ne va pas dans le sens d'une maisonnée heureuse.

— Elle cache quelque chose.

Je passai la tête par la fenêtre.

— D'abord Anstey, et maintenant Lady Timpson… Décidément, tu n'apprécies pas beaucoup les adversaires de Mme Siddons, pas vrai ? lâcha Elijah avec un sourire en coin.

Ignorant sa remarque ironique, je regardai Crookham Hall disparaître de ma vue. Lady Timpson savait quelque chose au sujet de Rebecca, j'en avais la conviction. Et j'avais la ferme intention de revenir au manoir jusqu'à ce que je sache de quoi il s'agissait. Pour ce faire, je devrais raviver mon amitié avec Constance. En attendant, je comptais bien en apprendre autant que possible sur la famille Timpson.

Le lendemain, nous nous rendîmes à Grebe House pour interviewer Mme Siddons.

Cette maison était ma préférée parmi les quatre qui donnaient sur Waldenmere. Elle n'était pas aussi imposante que Mill Ponds ou Sand Hills Hall au nord du lac, ni aussi chic que sa voisine de Heron Bay Lodge, où habitait Horace Laffaye, mais j'adorais son charme rustique, avec le lierre qui courait jusqu'au toit et entre ses fenêtres sur pignon. En outre, elle avait l'avantage de surplomber l'endroit où le ruisseau se jetait dans le lac.

— Iris, M. Whittle. Ravie de vous voir.

Mme Siddons continuait d'ignorer avec superbe les commentaires de la presse sur son goût pour les bijoux ou les beaux vêtements. Aujourd'hui, elle portait une longue robe de soie violine avec un collier assorti en améthyste et marcassite.

Nous avions été invités à prendre le café, mais l'objectif de la rencontre n'avait rien d'un bavardage mondain. Sitôt qu'Elijah se fut enfoncé dans un canapé bas tapissé de velours rouge, cerné de coussins crème, elle alla droit au but :

— L'une de mes priorités est de créer de nouveaux établissements scolaires. Nous avons besoin de davantage d'écoles dans la région. J'ai repéré un certain nombre de bâtiments désormais inutilisés, qui seraient tout à fait adaptés. J'en ai parlé aux autorités locales et, avec un peu de budget, nous pourrions ouvrir une dizaine de nouvelles écoles en moins d'un an.

Elijah luttait pour se redresser dans son canapé et prendre les rênes de l'entretien. Lors des rendez-vous précédents, il avait dirigé la discussion en posant toute une série de questions. Mais Mme Siddons avait pris les choses en main.

— Savez-vous combien de jeunes soldats appelés à faire la guerre ne savaient ni lire ni écrire ? Savez-vous combien d'entre eux se sont enrôlés juste pour toucher une solde et avoir trois repas garantis par jour ? La guerre nous a montré qu'il y a quantité de jeunes hommes pauvres et peu éduqués dans ce pays. Et comment les avons-nous récompensés pour le service rendu à la nation ? Avaient-ils tous un travail et un foyer où revenir, après cela ?

Elle poursuivit, n'attendant visiblement pas de réponse à ces questions.

— Nous sommes chanceux : le taux d'emploi est relativement élevé dans notre partie du Hampshire. Mais nous avons besoin de davantage de logements. Des logements décents pour les familles, pas des caravanes ou des abris de fortune. Je compte demander au gouvernement de mobiliser des fonds pour bâtir des maisons en bordure de la ville, peut-être même créer un nouveau village entre Walden et Aldershot.

Apparemment, les cabanes des terres des Moffat étaient vouées à devenir un sujet politique.

— Qu'en est-il des services nécessaires pour aider ces familles ?

Elijah était enfin parvenu à glisser une question. En revanche, il avait renoncé à essayer de s'extirper des profondeurs du canapé.

— J'ai déjà abordé la question des écoles, mais il faut aussi prendre en compte celle du service médical. J'aimerais que Walden ait son propre hôpital ; celui-ci pourrait venir en soutien du grand hôpital militaire d'Aldershot. J'ai un bâtiment en vue, mais il faudrait pouvoir le relier au système d'évacuation des eaux usées et y faire installer un chauffage central. Si nous pouvons également y faire venir l'électricité, alors nous pourrions tenter de lever des fonds pour acheter des appareils à rayons X.

Je griffonnais à toute vitesse pour ne perdre aucun de ces éléments. La rapidité et la précision de ses réponses n'avaient rien à voir avec celles de Donald Anstey, longues à venir et laconiques. De toute évidence, Mme Siddons avait effectué des recherches approfondies. Il était presque l'heure de déjeuner lorsque j'aidai Elijah à s'extraire de son canapé pour quitter Grebe House.

Le lac étincelait sous la lumière lorsque nous sortîmes. J'admirai la vue depuis Heron Bay tandis qu'Elijah fouillait ses poches en quête d'une cigarette.

— Elle est impressionnante, n'est-ce pas ?

J'étais encore tout imprégnée de cette interview. Mme Siddons nous avait fourni suffisamment de matière pour que nous puissions rédiger un article solide expliquant les raisons pour lesquelles elle avait bien plus à offrir que les autres candidats.

— J'ai besoin d'un verre.

— Lady Timpson a été assez évasive sur la façon dont l'investissement de son entreprise créerait de l'emploi. Et assez vague aussi sur tout le reste, d'ailleurs, continuai-je. Il n'y a aucune comparaison possible entre ses discours creux et le programme concret de Mme Siddons.

Il sourit et alluma sa cigarette.

— Concernant l'éducation, je pense que Mme Siddons est dans le juste, concéda-t-il. Mais Anstey a de bonnes idées aussi.

— Une bonne idée, rétorquai-je. Une seule.

— Écoute, j'ai un travail pour toi : tu vas me rédiger un bref portrait de chaque candidat, avec un résumé des principales idées qu'il défend. Mais…

Elijah marqua une pause pour soigner son effet.

— Je veux que tu sois impartiale. Pas question que l'on sente le moindre parti pris. Rien que des faits, pas de rumeurs ou de commérages.

— Oh, monsieur Whittle. Ce serait mal me connaître.

Nichée dans un bosquet derrière la baie se trouvait Heron Bay Lodge, une élégante maison en bois peinte dans une douce nuance de gris, avec une véranda en hauteur qui donnait sur Waldenmere.

Vêtu d'un costume bien coupé et coiffé d'un chapeau chic couvrant ses cheveux gris-blanc, Horace Laffaye nous faisait signe depuis l'entrée de sa demeure. Son apparence impeccable correspondait parfaitement à l'allure de sa maison.

— Monsieur Whittle ! Aimeriez-vous vous joindre à moi pour boire un doigt de cognac ? C'est un cru spécial que j'ai fait venir de France. Il n'est pas trop tôt pour prendre un verre, n'est-ce pas ? Je me sentirais tellement plus civilisé si vous m'accompagniez.

— À plus tard, Iris, me dit Elijah en avançant vers M. Laffaye.

J'acquiesçai. J'aurais bien aimé voir l'intérieur de Heron Bay Lodge, mais je possédais suffisamment de discernement pour savoir quand ma présence était souhaitée ou non.

De retour au bureau, je me mis au travail et rédigeai le portrait des candidats ainsi qu'un résumé de leurs propositions. En milieu d'après-midi, Elijah n'était toujours pas revenu. Pour tuer le temps, j'insérai une nouvelle feuille de papier dans ma machine à écrire et m'amusai à composer de nouveaux portraits :

Lady Delphina Timpson – Parti conservateur

Lady Timpson, 53 ans, propriétaire de Hinchcliffe Holdings, est une femme d'affaires accomplie dirigeant plusieurs usines de production alimentaire dans le pays. La rumeur prétend que son père s'est enrichi en offrant des pots-de-vin afin de corrompre des fonctionnaires locaux. Il semble que sa fille ait perpétué cette tradition familiale en soudoyant un député pour que celui-ci l'aide à acquérir des sites ayant bénéficié d'une protection légale en tant que réserves naturelles. On dit encore qu'elle a épousé son mari pour son titre, et que lui l'a choisie pour son argent. Actuellement, elle se sert de sa fortune et de sa position pour acheter des voix. En dépit de sa promesse d'investir pour favoriser l'emploi dans la région, il est plus vraisemblable qu'il ne s'agisse que d'un calcul supplémentaire de sa part afin de remplir davantage son porte-monnaie.

M. Donald Anstey – Parti travailliste

M. Anstey a 36 ans et est célibataire, probablement parce que la seule chose qui le passionne est le Parti travailliste. Il semble n'avoir aucune vie en dehors de son travail, et soutient toutes les causes qui se présentent : les droits des femmes, la gratuité des soins médicaux pour les personnes âgées et malades, les logements pour les anciens combattants – sans avoir la moindre idée sur la manière d'y parvenir. On dit que ses sympathisants apportent des lits de camp lors de ses allocutions publiques, sachant le temps qu'il faut à l'homme pour terminer une phrase.

Mme Sybil Siddons – Parti libéral

Mme Siddons, 51 ans, est entrée en politique en 1901 après la mort de son mari dans la guerre des Boers. Devenue conseillère municipale du Hampshire County Council, elle a grandement contribué à faire en sorte que tous les enfants de la région aient accès à la scolarité. Elle se bat pour améliorer l'éducation et n'hésite pas à s'attaquer aux entreprises qui ne respectent pas les lois sur le travail des enfants. Les hommes la trouvent insupportable car elle passe outre à leur baratin et fait avancer les choses plutôt que de les laisser pontifier indéfiniment sur tous les sujets.

J'ai ouï dire qu'elle aurait un lien privilégié avec le Premier ministre George Lloyd, mais il est possible que ce soit une invention de ma grand-mère.

J'entendis le pas lourd d'Elijah dans l'escalier et sortis ma feuille de la machine pour la poser sur son bureau. Puis, je refermai la fenêtre de son antre et courus regagner ma place.

Il poussa un grondement sourd en passant devant mon bureau, laissant dans son sillage une odeur d'alcool et de cigare. Quelques minutes plus tard, je l'entendis ricaner.

— Viens par là, aboya-t-il.

J'arborai une expression innocente et me rendis à son bureau.

— Une chance que l'imprimeur n'ait pas pris ce papier pour l'intégrer à la prochaine édition.

Il agita la feuille devant moi.

— Bon, donne-moi les vrais portraits maintenant.

Je les lui tendis et patientai le temps qu'il les lise. Il émit de petits grognements.

— C'est bon, ça ira, annonça-t-il à ma grande satisfaction.

— M. Laffaye vous a-t-il fait part d'une préférence pour un candidat particulier ?

— Pas encore, non.

— Vous le connaissez depuis longtemps ?

Leur relation m'intriguait. À première vue, ces deux-là n'auraient pas pu être plus différents – Elijah le débraillé, le négligé, à côté de l'impeccable Horace dans ses costumes raffinés.

— Nos chemins se sont croisés à l'époque où je travaillais pour *The Telegraph*. Et puis, il s'est installé à Walden en 1913.

Elijah avait rejoint mon père dans les rangs des services secrets pendant une courte période de la guerre. Et, comme lui, il avait décidé de ne pas retourner à Fleet Street après cela. Son intention était de prendre sa retraite, mais Horace lui avait alors proposé de lancer *The Herald*.

— Que faisait M. Laffaye avant sa retraite ?

— Il était banquier. Mais pas un banquier quelconque, comme ont pu le croire des gens du coin quand il est arrivé ici, répondit Elijah avec un petit rire.

— Comment cela ?

Ce que je voulais savoir, c'était comment il était devenu si riche.

— Il a beaucoup voyagé. Cite un pays au hasard : il y est allé. Il a passé beaucoup de temps aux États-Unis. Le nom d'Horace est connu à Wall Street, affirma-t-il avec fierté.

— Et il a fini à Walden…

— Ce n'est pas plus mal qu'ailleurs.

— Probablement.

Je m'attardai près de la porte.

— Au fait, je vais à Londres me faire couper les cheveux samedi. J'ai appris que la SPNR donnait une conférence au Muséum d'histoire naturelle ; j'irai peut-être, pour en savoir plus sur leur compte.

— Hmm, évite quand même de leur chercher des poux dans la tête. Je ne suis pas sûr que le journal ait besoin de se mettre Lady Timpson à dos.

Il avisa mes cheveux.

— Pourquoi est-ce que tu ne te fais pas couper les cheveux ici ?

— La coupe au carré n'est pas encore parvenue jusqu'au salon de Mme Maskell.

— Ah, c'est comme ça que ça s'appelle ?

Il observa ma tête comme s'il la voyait sous un nouveau jour.

— Qu'est-ce que vous savez de la SPNR ?

Je préférai changer de sujet. Mon apparence était jugée trop moderne pour Walden. Jusqu'alors, Elijah n'avait jamais émis de commentaire sur ma coiffure ou mes vêtements, et cela me convenait parfaitement.

— Pas grand-chose. C'est juste une chose qu'Horace m'a dite. Je n'aurais pas dû t'en parler.

— Cela pourrait très bien avoir un lien avec la disparition de Rebecca. C'était dans la même période, après tout.

— Il est très peu probable que ce genre de lien existe.

Il me coula un regard circonspect.

— Fais attention à ce que tu dis. On ne peut pas se permettre d'être poursuivis pour diffamation.

— Je vais seulement assister à un meeting.

Et poser quelques questions, tant que j'y serai.

— Depuis quand t'intéresses-tu à la nature ?

— Je crois qu'il est important de protéger les aires où elle est particulièrement belle.

— Hmm, fit-il d'un ton soupçonneux.

Je m'abstins de lui dire que je comptais également retourner à Westminster, histoire de voir si je pourrais avoir une nouvelle discussion avec le marin.

8

J'inspirai profondément. L'odeur de la lotion de mise en plis me rappela la première fois où ma mère m'avait emmenée au Dolly's Salon à Lewisham, quand j'étais adolescente.

— Ta tante Maud est venue la semaine dernière encore, me dit Dolly Dawes. À mon avis, elle vient se fait coiffer pour pouvoir souffler un peu. Ta mamie lui mène la vie dure, en ce moment.

J'eus un petit sourire triste. Même Dolly avait remarqué à quel point ma grand-mère devenait pénible. J'attrapai des magazines sur la table et m'installai face au miroir. Un passage chez Dolly, c'était aussi l'occasion de lire les rubriques beauté de la semaine – celles qui ne m'intéressaient pas, comme je le déclarais à mon père. Tout en feuilletant les pages, je songeai que Dolly connaissait décidément bien ma famille. Elle avait été la coiffeuse de ma mère pendant des années.

— L'autre jour, je suis allée écouter un débat à la Chambre des communes.

Je guettai sa réaction dans le miroir.

— Ah.

Elle commença à me couper les cheveux.

— C'était une drôle d'expérience.

— Quelle tragédie, tout de même, dit-elle en secouant la tête. Ta mère était une femme courageuse, mais c'était trop lourd pour elle, à la fin.

— C'est pour ça que j'ai envie d'en savoir davantage sur ce qui s'est passé le dernier jour.

— Tu ferais mieux de laisser le passé derrière toi, ma belle.

Elle cessa de manier les ciseaux et me regarda dans le miroir.

— Je connaissais suffisamment ta mère pour savoir qu'elle aurait préféré que tu t'occupes de ta propre vie.

— Est-ce que des amies suffragettes de maman venaient ici ?

— Quelques-unes, oui. Je suis moi-même allée quelquefois à Lincoln's Inn. Je n'ai jamais rejoint le mouvement, mais je les aidais quand je pouvais. Lorsque l'une d'elles sortait de la prison de Holloway, j'allais la coiffer, histoire qu'elle retrouve un peu de dignité. C'est terrible ce qu'elles subissaient là-bas.

Elle frémit, puis se rendit compte de ce qu'elle venait de dire.

— Pardon, ma chérie, ce n'est pas très malin de ma part de te dire ça.

— Ce n'est pas grave.

Je m'efforçai de refouler le souvenir du corps émacié de ma mère.

— Connaissais-tu une femme appelée Rebecca ? Rebecca Dent.

— Oh oui, je me souviens de Mlle Dent. Elle avait de beaux cheveux blonds. Elle voulait tout le temps que je les lui fasse bien brillants pour ses rendez-vous avec son amoureux.

Le petit ami avait donc bel et bien existé et n'était pas une couverture pour ses réunions de suffragettes.

— C'était quand ?

— Je ne l'ai pas vue depuis des années. Un jour, elle n'est plus venue, je ne sais pas pourquoi. Avant la guerre, je la voyais bien une fois par mois, le vendredi, la plupart du temps – c'était son jour de congé. Une fois coiffée, elle allait le voir avant de rentrer à Walden.

— Sais-tu qui était cet homme ?

— Elle ne parlait pas beaucoup de lui, ce qui était assez inhabituel. La plupart des filles ne peuvent pas s'empêcher de me raconter comme leur fiancé est formidable, tout ça. Du coup, je me suis dit que celui-là était peut-être marié.

— Ma tante pense que Rebecca était avec ma mère lorsqu'elle a pénétré dans la Chambre des communes.

— Oui, avec Kathleen Hooper. Je me souviens qu'elles en ont parlé au Lincoln's Inn.

Dolly secoua la tête.

— Elles étaient toutes en larmes… Elles savaient que tout ça commençait à leur échapper.

Kathleen Hooper. Tante Maud avait donc raison : il y avait deux autres femmes avec ma mère. Et Rebecca avait un petit ami, peut-être marié, qu'elle retrouvait à Londres lors de ses jours de congé. C'était un début.

— Et elles sont entrées toutes les trois dans la Chambre des communes ? Ensemble ?

— Je n'en suis pas sûre. Je crois que Kathleen est restée à l'extérieur.

Dolly s'arrêta pour me regarder dans le miroir.

— Je sais que ta maman te manque, ma belle. Mais tu ne devrais plus penser à ça, tu sais.

— Je suis curieuse.

— Le carré te va très bien. Tu as de beaux cheveux épais, comme ta mère.

Elle recula pour mieux admirer son travail.

— Je ne pourrais pas en dire autant de toutes les jeunes femmes qui viennent ici pour ça. J'essaie de les dissuader, mais elles ne m'écoutent pas.

— Sais-tu où je pourrais trouver Kathleen ? demandai-je en regardant à peine ma nouvelle coiffure.

— Voilà des années que je ne l'ai pas vue. Autrefois, elle habitait à Catford, mais c'était avant la guerre.

En sortant du salon de Dolly, je sautai dans le bus pour aller de Lewisham à Hither Green. Ce qui me manquait le plus, dans mon ancienne vie londonienne, c'était la facilité avec laquelle je pouvais circuler en bus et en métro. Il y avait peu de véhicules motorisés à Walden.

En descendant à Hither Green, je sentis tout de suite la douce odeur familière de la biscuiterie Chiltonian. Pendant la guerre, l'usine avait fabriqué des biscuits pour l'armée. Elle se diversifiait maintenant en proposant des gâteaux secs plus élaborés, dont certains pouvaient se trouver dans les salons de thé environnants. Mamie trouvait ces nouveaux biscuits vulgaires et n'en voulait pas à la maison, si bien que tante Maud et moi allions en cachette au Chiltonian Café pour nous régaler des fameux *bourbon creams*.

Je trouvai ma tante installée à notre table habituelle, dans un angle, une théière déjà posée devant elle. Elle devait être arrivée en avance pour s'échapper au plus tôt de la maison. J'avais proposé que nous nous retrouvions au café pour déjeuner afin de pouvoir lui parler loin des oreilles indiscrètes de ma grand-mère.

Lorsque la serveuse eut pris notre commande, je la questionnai sur Kathleen Hooper.

— Kathleen ? Je ne l'ai pas vue depuis des lustres. Une femme bien. Je l'ai rencontrée plusieurs fois, quand je donnais un coup de main à la soupe populaire. Pourquoi ?

— D'après Dolly Dawes, elle était avec maman à Westminster ce jour-là. Ainsi que Rebecca.

— Je n'ai jamais pensé à le demander à Dolly. C'est vrai qu'elle connaissait pourtant pas mal des femmes du Lincoln's Inn. Mais je suis surprise que Kathleen se soit engagée dans ce genre d'action. Dolly t'a-t-elle dit où elle habitait ? Elle vivait à Catford avant, mais je crois qu'elle a déménagé après avoir perdu son mari.

— Elle ne l'a pas vue depuis des années.

J'espérais que ma tante saurait où était Kathleen. Elle dut sentir ma déception.

— Je peux me renseigner, si tu veux ? Peut-être que quelqu'un saura où elle habite maintenant. Moi aussi, j'ai envie de savoir ce qui est arrivé à Violet. Je regrette de ne pas avoir posé davantage de questions à l'époque, mais je n'avais qu'une envie : refermer ce chapitre.

— Je sais. Moi aussi.

— N'en parle pas à ta grand-mère, tu veux bien ? Ça ne sert à rien de la chambouler avec cette histoire. En as-tu discuté avec ton père ?

— Il ne savait même pas que Rebecca avait disparu. Mais il pense aussi que nous devrions essayer de savoir ce qui s'est passé.

Je marquai une pause.

— Le hic, c'est qu'il ne veut plus parler de maman. Pour l'instant, je vais éviter d'aborder le sujet de Kathleen avec lui.

— Oui, c'est sûrement mieux ainsi. Voyons d'abord si nous parvenons à la retrouver.

La serveuse nous apporta nos sandwichs et une nouvelle théière. J'attendis qu'elle se soit éloignée avant de continuer :

— Quand est-ce que maman est devenue suffragette ?

Il y avait tant de sujets que mon père n'abordait jamais.

— Oh, ça s'est fait progressivement, sur quelques années.

Tante Maud parut songeuse.

— Violet devait avoir environ ton âge quand nous avons perdu notre père. Sa mort a été un énorme choc pour elle. Pour nous toutes, d'ailleurs. C'était le seul homme de la maison, toutes nos vies tournaient autour de lui. Un an après, Violet est tombée amoureuse de ton père. Ils se sont mariés quelques mois plus tard. Elle n'avait que vingt-deux ans, et tu es vite arrivée.

C'était étrange de penser que ma mère s'était mariée et avait eu un enfant alors qu'elle était à peine plus âgée que je ne l'étais aujourd'hui. Personnellement, je ne pouvais même pas envisager une telle chose.

— Violet était heureuse à Walden. Mais elle a commencé à trouver son univers un peu étroit par rapport à celui de ton père. Elle était passée du statut de fille à celui d'épouse sans avoir eu le temps de réfléchir à ce qu'elle désirait vraiment.

— Quand s'est-elle engagée dans le WSPU ?

— Courant 1911. Ton père était en déplacement pour son travail et Violet se sentait un peu seule à Walden, alors vous êtes venues chez nous pendant un moment. Un jour que nous nous promenions à Hyde Park – tu devais avoir onze ou douze ans –, nous avons vu Emmeline et sa bande prononcer un discours.

— Oui, je me rappelle.

Je revoyais ces femmes ceintes de leur écharpe s'égosiller dans le kiosque à musique.

— Il y avait des hommes qui les huaient. Mamie voulait qu'on s'éloigne, mais maman a refusé.

— C'est exact. Elle était fascinée. Je me souviens encore de l'expression de son visage.

— C'est à ce moment-là qu'elle a rejoint le mouvement ?

— Non, plus tard. Mais je suppose que ce jour a été le déclic. Elle s'est mise à lire tout ce qu'elle trouvait sur la cause, puis à écrire des articles pour les bulletins d'information des suffragettes.

— Et Walden est devenu trop petit pour elle ?

— Elle n'était pas satisfaite de l'éducation que tu recevais chez Mlle Cotton, mais c'est tout ce qui existait. Ton père n'avait pas les moyens d'engager une instructrice. C'est là que Violet a commencé à penser à revenir à Londres.

— J'aurais préféré que nous restions à Walden…

Bien tranquilles dans le petit cottage d'Elijah.

— En revenant à Londres, elle espérait trouver du travail et vivre de sa plume. En fait, elle s'est surtout investie de plus en plus pour la cause. Ta grand-mère et moi étions folles de joie quand vous vous êtes installés à Hither Green Lane. Mais quand Violet a commencé à participer aux manifestations et a fini à Holloway, nous nous sommes rendu compte que c'était une erreur.

— Pourtant, tu t'es investie auprès des suffragettes toi aussi, non ?

— J'allais à une réunion de temps en temps et je distribuais des tracts, rien de plus. J'avais foi en cette cause. Et je l'ai toujours. Mais je crois que si j'ai suivi le mouvement, c'était surtout pour empêcher Violet d'aller trop loin, avoua-t-elle.

J'avais déjà soupçonné cet état de fait.

— Je ne me suis jamais engagée dans aucune action dangereuse, poursuivit tante Maud. Seulement, je ne pouvais pas retenir Violet. Elle estimait que les femmes devaient obtenir le droit de vote, à tout prix. Au début, ton père la soutenait. Sauf qu'à ce moment-là, il ne savait pas la moitié de ce qui se passait.

— Maman lui mentait ?

— Disons qu'elle ne lui racontait pas tout. Et puis, Thomas était tellement absorbé par son travail que cela lui facilitait la tâche.

Mon père accaparé par son travail, ma mère par la cause qu'elle défendait… Je me rappelais que je m'étais parfois sentie exclue, telle une étrangère assistant à leur vie.

— Lorsqu'elle a été envoyée en prison, nous savions que tout cela commençait à déraper. Je regrette que nous n'ayons pas essayé davantage de…

— Je sais.

Je pris sa main dans la mienne.

— Moi aussi j'ai demandé à maman d'arrêter, un jour.

— Et qu'a-t-elle dit ?

— Qu'elle faisait tout cela pour moi. Pour que j'aie un meilleur avenir. Je me suis sentie coupable de lui avoir posé la question, sur le moment.

Les larmes me montèrent aux yeux.

— Tu as raison. Elle pensait que les femmes devaient obtenir le droit de vote, à n'importe quel prix.

Même si le prix à payer était sa propre vie ?

9

Après déjeuner, je pris un bus jusqu'au Muséum d'histoire naturelle à South Kensington. Comme j'avais passé plus de temps que prévu avec tante Maud, j'étais un peu en retard.

Dans le hall d'entrée, je pris un dépliant de la Society for the Promotion of Nature Reserves. Le premier paragraphe indiquait :

L'un des objectifs de la SPNR est d'identifier les sites naturels devant être préservés, et d'encourager ceux qui le peuvent à les acquérir et à en prendre soin.

— Puis-je vous aider ?

Je me retournai vers un jeune homme qui m'observait attentivement.

— J'ai entendu parler de l'association et je me suis dit que j'allais venir pour en savoir davantage, dis-je avec un sourire que j'espérais aussi enthousiaste que possible. La conférence a-t-elle commencé ?

— Pas encore, mais j'étais sur le point de fermer les portes. Je suis sûr que je peux vous trouver une petite place.

— Merci, je serais tellement déçue de la manquer.

— Vous avez choisi le bon jour. C'est Mme Juliet Rendall qui s'exprime aujourd'hui. Elle est un des membres fondateurs de l'association, et la seule femme du bureau. Certains vieux briscards ont tendance à radoter un peu, mais Juliet est passionnante. Venez, je vais vous trouver une place.

Nous franchîmes deux doubles portes donnant sur un grand auditorium presque plein. Je m'attendais à trouver un public d'hommes d'âge mûr arborant la barbe et un air sérieux, mais découvris à la place de petits groupes de jeunes gens, hommes et femmes, qui bavardaient gaiement.

— On s'installe au fond ? Loin des habitués, chuchota mon nouvel ami.

De toute évidence, il avait décidé de me prendre sous son aile.

Je hochai la tête. Je préférais éviter de me retrouver au beau milieu d'une foule d'amoureux de la nature quand je ne connaissais rien à ce sujet.

— Ici, ce sera bien.

Il me désigna deux chaises au dernier rang.

— Au fait, je m'appelle Percy Baverstock.

— Et moi Iris Woodmore.

— Iris, quel joli prénom. Je peux vous appeler par votre prénom ? Vous pouvez m'appeler Percy.

— Faites-vous partie de l'association, Percy ?

— Oh, oui. Désolé, j'aurais dû vous le dire tout de suite. Je ne suis pas un simple imbécile qui passait par là. Même si je suis tout de même un imbécile, naturellement.

Il repoussa les cheveux de son front.

— Mais j'ai une bonne raison d'être là : je m'occupe de l'accueil aux portes, pour recevoir les gens et les renseigner, tout ça. Probablement parce que je parle tout le temps.

Je lui souris. Il avait des yeux intelligents et des cheveux ondulés qui ne cessaient de lui tomber devant les yeux. J'avais l'impression qu'il serait de bonne compagnie, même s'il ne m'apportait aucune information utile.

— Ah, voilà Juliet.

Le silence se fit peu à peu dans la salle. Une grande femme brune d'une trentaine d'années monta sur scène. Pendant une heure, elle expliqua en quoi l'agriculture et le développement industriel avaient endommagé la campagne au cours du dernier siècle. Tout en parlant, elle fixait de son intense regard bleu les jeunes membres du public assis au premier rang, qui paraissaient captivés.

Sa ferveur se fit encore plus contagieuse quand elle souligna l'importance cruciale de créer des lois pour préserver les zones déterminantes pour la vie sauvage. Je me surpris à griffonner quelques notes sur certains sites que la SPNR voulait protéger, et je ne pus m'empêcher de penser que Waldenmere possédait les critères requis pour en faire partie. Une fois son discours achevé, des personnes du public lui posèrent quelques questions, même si elles semblaient aussi bien renseignées sur le sujet que l'oratrice devant eux. Je m'efforçai de suivre le fil des discussions.

— Alors, qu'en avez-vous pensé ? me demanda Percy.

Nous faisions la queue pour prendre un thé dans la petite cantine adjacente au hall d'entrée.

— C'est passionnant. Je savais le mal que les compagnies de chemins de fer avaient occasionné, mais j'ignorais que tant d'autres industries en avaient fait tout autant.

— La plupart des gens l'ignorent.

Nous prîmes nos tasses et allâmes nous asseoir à une table.

— Le public semblait être au courant. J'avoue ne pas avoir tout compris à leurs questions.

— Ce sont des habitués. Raison pour laquelle c'est toujours agréable de voir de nouvelles têtes. Juliet espérait attirer davantage de femmes vers l'association en animant les conférences elle-même.

Il écarta les boucles rebelles de son front.

— Votre coiffure est très chouette. Vous venez de les faire couper, non ?

— Oui.

Je repoussai une mèche derrière mon oreille.

— Pourquoi, je sens la lotion à mise en plis ?

Il plissa le nez.

— Un chouïa, oui.

Je partis à rire.

— Aimez-vous danser ?

— Pardon ? dis-je, décontenancée par ce brusque changement de sujet.

— Danser, vous savez…

Il agita ses mains et tapa des pieds par terre.

— Je ne suis pas très douée pour ça. Je ne connais pas les danses modernes.

— Je peux vous les apprendre. Il y a un club formidable à Soho, avec un groupe qui joue les dernières chansons à la mode. On pourrait y aller ce soir. Après tout, vous sortez juste de chez le coiffeur, ce serait dommage de ne pas profiter d'une aussi belle coiffure.

— Désolée, je dois rentrer à Walden.

J'imaginais déjà la tête de mon père si je rentrais tard en lui disant que j'étais allée danser dans un club à Soho.

— Walden ? Je connais bien. Je suis de Winchester, s'exclama-t-il. Waldenmere est magnifique. J'ai fait beaucoup d'études là-bas.

— Quel genre d'études ?

— Je travaille ici, au musée. La plupart du temps, je catalogue des choses pour l'herbier, mais parfois, je visite des sites pour les documenter. Waldenmere est un de mes préférés. C'est formidable de voir les lieux s'épanouir maintenant que le camp militaire n'est plus là. J'ai emmené une fille pique-niquer là-bas, l'an dernier ; malheureusement, elle n'aimait pas les insectes et s'est fait piquer par une abeille. Je ne l'ai jamais revue. Ce n'est pas si simple de trouver une fille qui aime la nature, vous savez.

— Je n'aime pas beaucoup les insectes, moi non plus.

Je m'efforçai de ne pas sourire devant son air déçu, avant qu'il ne change à nouveau brusquement de sujet.

— Il y a deux femmes qui se présentent dans votre région pour les élections partielles, n'est-ce pas ? Laquelle soutenez-vous ? Mme Siddons, je parie.

Sa façon de passer du coq à l'âne était déconcertante.

— J'ai interviewé tous les candidats pour le journal pour lequel je travaille. Mme Siddons était clairement la meilleure des trois.

— Ah, vous êtes journaliste ? J'ai vu que vous preniez des notes, tout à l'heure. J'espère que vous écrirez un bel article sur notre association.

— En fait, c'est mon patron, le rédacteur en chef, qui mène ces interviews et pose les questions. Moi, je prends seulement des notes, précisai-je.

— Mais vous êtes journaliste ?

— Oui, en quelque sorte.

— Qu'avez-vous pensé de Lady Timpson ?

— Des opinions très arrêtées. Manque de sincérité.

Il sourit.

— Vous la connaissez ?

Un peu tard, je me rappelai la remarque d'Elijah sur la nécessité d'éviter tout procès en diffamation.

— Je connais son fils, Daniel. Nous étions ensemble à Winchester College. Il est plus jeune que moi, mais nous jouions au rugby ensemble. Un assez bon ailier, vu sa taille. Il a raté ses examens, comme moi – mais c'est moins embêtant quand on a un père possédant une immense propriété qu'il vous charge d'entretenir.

— Vous êtes allé à Crookham Hall ?

— Oh oui, souvent. C'est beau, n'est-ce pas ? Daniel adore la nature, c'est ce qui nous a rapprochés. Lord

Timpson n'est pas un mauvais bougre. Quand j'étudie les plantes aquatiques à Waldenmere, il me laisse prélever des échantillons dans le ruisseau et le petit canal qui traverse leur propriété.

— Et Lady Timpson ? Vous la connaissez ?

— Je la connais, oui.

Il pianota sur le bord de sa tasse du bout des doigts.

— Et je connais certains aspects de sa façon de faire des affaires.

Ne voyant pas trop comment aborder le sujet autrement, je décidai de jouer franc jeu.

— Lorsque nous l'avons interviewée, mon chef lui a posé une question concernant un scandale sur l'acquisition de certaines parcelles. C'est comme ça que j'ai eu connaissance de l'existence de la SPNR.

— Et donc, vous êtes venue aujourd'hui pour voir un peu de quoi il retournait ?

Le ton restait amical, mais quelque chose avait changé dans son attitude. Si volubile qu'il fût, Percy n'était pas un imbécile.

— Oui. Vous êtes au courant de cette histoire ?

— Je sais ce qui s'est passé. Est-ce que votre patron veut écrire un article à charge sur Lady Timpson ? Pour entacher la réputation d'un candidat ?

— Non, du tout. C'est une initiative personnelle.

— Pourquoi ?

Je réfléchis quelques instants. J'appréciais Percy, mais je n'étais pas prête à m'ouvrir à un inconnu de l'histoire de ma mère et de Rebecca. En outre, s'il était un ami proche de Daniel, il avait peu de chances de me livrer de grandes révélations sur Lady Timpson.

— Ça n'a pas d'importance… Désolée d'avoir mis cela sur le tapis.

— Je serais curieux de savoir pourquoi vous vous y intéressez maintenant. Les faits remontent à six ans déjà.

Il tapotait encore le bord de sa tasse. Je décidai de prendre la tangente.

— Merci pour le thé, dis-je en me levant.

Je me sentais bien bête. J'aurais dû préparer une explication justifiant ma curiosité. Le moins que l'on puisse dire, c'est que je n'étais pas encore une journaliste d'investigation confirmée.

— Je dois vraiment y aller.

— Désolé, je vous ai froissée.

Il s'empressa de se lever à son tour, faisant crisser les pieds de sa chaise sur le carrelage.

— Je fais toujours ça avec les filles… Je veux dire, je ne sais pas leur parler comme il faudrait.

— Non, non, pas du tout, tentai-je de le rassurer. J'ai passé un bon après-midi, c'était très intéressant. Mais je dois filer à Waterloo, sinon je risque de rater mon train.

— Je suis un idiot. Vous vous intéressez à Lady Timpson pour des raisons personnelles… alors, évidemment, vous n'alliez pas raconter cela à un type que vous ne connaissez que depuis une heure.

— Vous êtes tout sauf un idiot. Mais vous avez raison. C'est une chose difficile à expliquer.

— J'espère que nos chemins se croiseront à nouveau, Iris. Et peut-être pourrons-nous un jour poursuivre cette conversation, si nous nous connaissons mieux. En tout cas, si vous avez envie de danser, vous pourrez toujours me trouver au Foxtrot Club le samedi soir.

Il agita ses mains et tapa à nouveau des pieds. Des gens le regardèrent en biais, mais il semblait s'en moquer. Le Percy extraverti et spontané était de retour.

— Je m'en souviendrai, répondis-je en lui souriant.

Je souriais encore lorsque je montai dans le bus. Mon père ne me laisserait jamais aller dans un club, mais après tout, il n'était pas obligé de le savoir. Peut-être pourrais-je dormir chez mamie et tante Maud et leur dire que j'allais au cinéma avec une amie. Parviendrais-je à m'échapper pour sortir seule dans un club sans que personne le sache ? Percy était plus susceptible de me faire des confidences dans ce contexte, surtout s'il buvait quelques verres. Et puis, ce serait agréable de sortir avec un beau garçon. Il n'y en avait pas beaucoup à Walden, à part Ben – mais celui-ci avait le béguin pour Alice.

Je descendis du bus près de Westminster et marchai jusqu'au bout du pont pour voir si je pouvais retrouver le marin, tout en me maudissant de ne pas lui avoir demandé son nom. J'approchai des Chambres du Parlement et scrutai les bateaux sur l'eau, surprise par l'intensité de l'activité sur la Tamise à cette heure de la journée.

Au bout du pont, je descendis les marches à l'endroit qu'avait emprunté ma mère. Un chagrin par trop familier m'envahit. Qu'avait-elle pu éprouver en sombrant dans ces eaux froides et ténébreuses ? J'avais envie de déguerpir, mais me trouvais en même temps hypnotisée par le mouvement fluide et constant du fleuve. Je restai là un moment, à regarder les bateaux accoster et les piétons traverser le pont. Le saut de ma mère, s'il s'était bien agi de cela, avait dû provoquer un certain émoi cet après-midi-là.

— Tiens, vous revoilà ?

Je me tournai, surprise. C'était lui, avec son uniforme écarlate et son visage buriné.

— Bonjour. Je m'appelle Iris Woodmore.

— Je me disais bien que vous deviez être de sa famille. Moi, c'est Raymond Nichols, dit-il en effleurant sa casquette.

— Violet Woodmore était ma mère.

— Je suis désolé. J'aurais fait plus attention à ce que je disais si je l'avais su.

— Ce n'est pas grave.

— C'est vraiment tragique, ce qui s'est passé.

— À votre avis, pourquoi a-t-elle sauté ?

J'éprouvais un cruel besoin de comprendre ce qui avait pu la pousser à un tel acte.

— Je ne sais vraiment pas. C'était assez curieux de faire ça. Il y avait des bateaux et des barges un peu partout sur l'eau, c'est un miracle qu'elle n'en ait percuté aucun.

— Êtes-vous sûr que personne ne la poursuivait ?

— Comme je le disais, le sergent d'armes n'est venu qu'après qu'on l'a appelé. Je n'ai vu personne d'autre. Il n'y avait pas de policiers dans le coin, ce jour-là.

Il retira sa casquette et passa une main dans ses cheveux gris épars.

— Qui d'autre y avait-il sur le pont à ce moment-là ?

— Oh, beaucoup de gens. Des députés commençaient à arriver. Des ouvriers étaient en train d'installer ces garde-fous.

Il empoigna l'une des balustrades métalliques qui bordaient désormais cet angle du Parlement.

— Dommage qu'ils n'aient pas été posés plus tôt, elle aurait sauté moins facilement s'ils avaient été là. Il y avait aussi une nourrice avec un groupe de petits enfants qui sortaient juste de l'école – les garçons en culottes courtes et les filles en robe vichy, ils ont dévalé les marches pour aller regarder les bateaux. Vous auriez dû les entendre hurler quand elle a plongé.

Je frémis, imaginant la panique générale.

— A-t-elle fait signe ou crié pour appeler à l'aide ?

— Non, en tout cas, je n'ai rien entendu, dit-il avant de se gratter la tête. Elle avait quelque chose entre les mains… Un genre de pot.

— Celui de la peinture qu'elle avait utilisée sur les grilles.

— Oui, je me suis dit que ça y ressemblait, acquiesça-t-il.

— Y avait-il quelqu'un avec elle ? Une autre femme ? Ou quelqu'un qui l'aurait ensuite cherchée ?

— Non. Elle était seule.

Nous discutâmes pendant un moment, mais l'homme n'avait rien de plus à m'apprendre. Je le remerciai et retournai vers la gare de Waterloo.

Dans le train, je repensai à tout ce qu'il m'avait dit, sans que cela m'éclaire davantage sur les intentions de ma mère. Peut-être s'agissait-il d'un geste spectaculaire afin de faire la une des journaux. De se jeter dans la Tamise juste à côté des Chambres du Parlement pour attirer l'attention sur la cause défendue par les femmes. Seulement, si tel avait été le cas, pourquoi le WSPU ne l'avait-il pas relayé ? Et où étaient passées Rebecca et Kathleen ? Je les imaginais mal avoir abandonné ma mère à son triste destin. Cela ne tenait pas debout.

10

— Selon vous, quel genre de personne était Rebecca ? demandai-je par-dessus la tête de Lizzy.

Elle m'avait fait monter sur une chaise dans la cuisine pour pouvoir épingler l'ourlet de ma robe.

— Oh, je ne l'ai vue que deux ou trois fois.

Elle s'arrêta pour réfléchir, une épingle à la main.

— Je trouvais que c'était une jeune femme sensée. J'ai du mal à croire qu'elle soit partie sans dire un mot à personne. Et je suis surprise qu'elle soit allée à la Chambre des communes avec ta mère.

— Vous voulez dire que vous croyez que c'est ma mère qui l'a persuadée de participer à la manifestation, et non l'inverse ?

C'était une hypothèse qui me turlupinait. Ma mère avait trente-huit ans à sa mort ; elle était donc plus âgée et censée être plus sage que Rebecca, âgée de vingt-cinq ans seulement. Mais je la soupçonnais d'avoir été la plus téméraire des deux.

— Oh, fit-elle en prenant conscience de ce qu'elle venait de dire.

— Eh bien ?

— Ma chère petite, tu te montes le bourrichon à cause de ce que ce marin t'a raconté, mais c'est n'importe quoi.

Lizzy avait une piètre opinion des Londoniens. Mon père et ma mère l'avaient engagée comme gouvernante dès leur mariage, quand ils s'étaient installés dans le cottage d'Elijah. Elle nous avait ensuite suivis à Londres, mais ne s'était jamais habituée à la vie citadine. Dire qu'elle était heureuse en retournant à Walden serait un euphémisme. Je ne l'avais jamais vue aussi joyeuse que le jour où mon père avait annoncé qu'il venait d'acheter cette maison.

— Mais vous pensez qu'il est plus probable que ce soit maman qui ait organisé le coup ?

— Tu sais comment ta mère pouvait être. Des deux, je pense que c'était son idée à elle, concéda Lizzy. En revanche, elle n'aurait jamais forcé quelqu'un à faire une chose dont il n'avait pas envie.

J'en étais moins sûre. Je me rappelai la fois où j'avais été traînée dans la procession funéraire d'Emily Davidson.

— Pourquoi portes-tu cette robe pour travailler ? lança Lizzy pour essayer de changer de sujet.

— Le patron ne veut pas qu'on mette de pantalon.

— J'avoue que je préfère te voir en jupe. Mais cela me surprend de la part d'Elijah. Il ne t'a jamais embêtée avec tes pantalons, jusqu'ici.

— Je parle du grand patron : M. Laffaye. Il vient avec nous à Crookham Hall aujourd'hui. D'après Elijah, « les femmes en pantalon heurtent sa sensibilité ».

Lady Timpson avait invité la presse et les dignitaires locaux à une annonce qu'elle donnerait sur Broad Oak Bridge. Le pont se situait dans le tournant du canal de Basington qui traversait la propriété de Crookham. Le bruit courait qu'elle comptait faire repartir la navigation sur le canal.

— On aurait pu s'attendre à ce qu'il ait vu assez de femmes portant le pantalon pendant la guerre pour surmonter cette sensibilité, grinça Lizzy en reculant pour examiner mon ourlet. Décidément, les hommes sont de drôles d'oiseaux.

Comme beaucoup de femmes appelées à faire des travaux manuels, j'avais commencé à porter des pantalons et de vieilles chemises lorsque j'avais participé au déblaiement des rues touchées par les bombardements. Sauf qu'à la différence des autres, je ne les avais pas remisés au placard une fois la guerre terminée. J'en portais maintenant de plus élégants, même s'ils continuaient de provoquer des haussements de sourcils dans la petite ville guindée de Walden.

Sans me mettre de pression, Elijah m'avait demandé si j'avais une robe que je pourrais porter pour l'occasion. Il s'attendait à ce que je regimbe, mais je ne voulais pas risquer de manquer une chance de retourner à Crookham Hall. Il fallait que j'essaie de me rapprocher de Constance.

Par ailleurs, j'avais rarement l'opportunité de rencontrer Horace Laffaye, et cet homme m'intriguait, en plus de payer mon salaire. Inutile de compromettre une telle occasion en pinaillant à cause d'une robe.

— Suis-je assez présentable comme ça pour le patron ? demandai-je en franchissant le seuil de l'antre d'Elijah.

Ma robe vert pâle à hauteur de mi-mollets avec veste assortie serait peut-être un peu moderne au goût de M. Laffaye, mais je ne voulais pas aller jusqu'à en porter une longue.

Elijah émit un grognement en guise de réponse. Son costume bleu marine était légèrement moins froissé qu'à l'accoutumée. J'avançai jusqu'à la fenêtre et vis la Daimler se garer dehors. Se rendre à Crookham Hall en voiture avec chauffeur et en écoutant les conversations des patrons, c'était tout de même mieux que de passer l'après-midi assise devant ma machine à écrire.

La voiture exhalait une odeur de cire et de cuir haut de gamme.

— Mademoiselle Woodmore, monsieur Whittle, comme c'est aimable à vous de vous joindre à moi pour cette petite sortie.

Nous n'avions pas eu le choix. J'avais reçu un coup de fil de sa secrétaire, qui avait déclaré : « M. Laffaye viendra vous chercher à 14 h 30 et vous accompagnera à Crookham Hall pour la réception de Lady Timpson. »

Je savais désormais qu'Horace Laffaye préférait donner l'impression d'être un spectateur curieux dénué de toute velléité d'intervenir. En vérité, il aimait avoir le contrôle sur tout ce qui l'entourait. S'il se passait quelque chose de susceptible de modifier le cours paisible de la vie de Walden, cela retenait immédiatement toute son attention.

La cause de son inquiétude du jour : Lady Timpson venait de reprendre à l'armée la propriété du canal de Basingstoke. Les derniers chargements de pièces d'avions provenant de la Royal Air Factory de Farnborough avaient voyagé d'Aldershot à Woolwich Arsenal en empruntant cette voie de navigation l'année dernière. Depuis lors, elle était à l'abandon.

— C'est une initiative astucieuse, commenta Elijah.

— Un coup de maître, vous voulez dire.

Horace était tiré à quatre épingles dans un costume trois pièces gris pâle, faisant paraître Elijah encore plus fripé à côté de lui.

— Mais pour quoi faire ? demandai-je.

Je ne comprenais pas l'intérêt qu'il y avait à acheter ce canal. Comme pour beaucoup de voies fluviales, le trafic s'y était considérablement réduit depuis des années, les chemins de fer poursuivant leur déploiement à travers tout le pays. Au cours des quarante dernières années, pas moins de six compagnies différentes avaient géré la navigation du canal. Toutes avaient fini en liquidation judiciaire.

— Comment Lady Timpson va-t-elle pouvoir rentabiliser cet achat ?

— Je doute que ce soit son but, ma chère, répondit Horace. Commercialement, l'affaire est vouée à l'échec.

— Elle a acheté des voix pour l'élection, expliqua Elijah. Elle a grassement payé l'armée pour un bout de voie navigable qui ne leur est plus d'aucune utilité. Et elle promet de réemployer le canal à des fins agricoles pour soutenir les fermes alentour. Si bien qu'après cela...

— Elle aura le soutien des militaires et des paysans, termina Horace. Ce qui représente presque la totalité des électeurs de notre petit coin du Hampshire.

— C'est stupéfiant. En somme, elle s'achète un siège au Parlement ?

Ils opinèrent du chef, souriant au spectacle de ma naïveté. Je remarquai qu'ils avaient l'air très complices.

— Malheureusement, c'est parfois ainsi que la politique fonctionne, dit Elijah.

— Et pour Lady Timpson, c'est l'occasion de se présenter en sauveuse, ajouta Horace avec une petite moue.

— Pensez-vous qu'elle portera le saphir Star ? demandai-je.

— Ah çà, ce serait quelque chose ! Mais on ne l'a pas vu depuis juin 1914.

— Êtes-vous sur une piste quelconque à ce sujet ? s'enquit Elijah en arquant un sourcil.

— Oh, juste intrigué, répondit Horace en lui souriant. Ce n'est probablement rien... Lord Timpson a pu se dire que le joyau serait plus en sécurité enfermé dans un coffre qu'accroché au cou de sa femme en guise de décoration.

— Il aurait peut-être été mal vu qu'elle le porte pendant la guerre, vous ne croyez pas ? dis-je en me rappelant les propos d'Alice.

— Voilà bien le genre de scrupule qui ne pèse pas lourd chez Lady Timpson, aiguillonna Horace. Cela dit, ce n'est pas faux. Mais Constance a été présentée à la cour l'année dernière, et le précieux bijou a brillé par son absence. On aurait pourtant pu s'attendre à le voir en une telle occasion.

Je n'en savais pas assez sur les bals des débutantes et autres cérémonies mondaines pour avoir un point de vue sur le sujet, mais ce détail piqua ma curiosité.

Lady Timpson portait un tailleur ajusté bleu marine et n'arborait qu'un simple collier de perles. Aucun saphir en vue. Elle avait fait ériger un grand chapiteau dans un champ à côté de Broad Oak Bridge. Sous le chapiteau, de longues enfilades de tables étaient couvertes de victuailles et des serveuses élégamment vêtues circulaient avec des plateaux de rafraîchissements. Parmi les invités, on dénombrait des dignitaires locaux, des militaires et des représentants de la presse.

— À l'origine, le canal de Basingstoke a été conçu pour fournir une voie de transport et favoriser ainsi le développement économique de l'agriculture du Hampshire.

Elle avait laissé à ses invités assez de temps pour profiter de ses largesses avant de commencer, mais pas assez pour que ceux-ci soient ivres.

— Je compte aujourd'hui lui redonner sa gloire d'antan. Je vais procéder à des investissements pour restaurer des sections négligées de la voie fluviale afin que celle-ci puisse à nouveau être exploitée commercialement.

Applaudissements polis du public.

— Je tiens à remercier mon mari, qui me soutient dans ce projet de Basingstoke Canal Holdings. Comme vous le savez, cette partie du canal traverse la propriété de Crookham Hall. Mon mari a eu la gentillesse de m'autoriser à construire un ensemble de hangars le long de cette section navigable. En créant ici un vaste espace de stockage, nous pourrons offrir à nos fermiers l'aide dont ils ont besoin pour transporter à Londres de la farine ou d'autres denrées, dans des barges qui reviendront chargées de charbon et d'engrais.

Lord Timpson se tenait derrière sa femme, tout sourire. Ils formaient un étrange couple. Lady Timpson était une femme grande et replète avec une bouche charnue et sensuelle qui lui conférait une apparence de chaleur et de générosité. Son mari, au contraire, était mince et doté de traits fins, aristocratiques, qui lui donnaient un air froid et distant. Pourtant, dans la conversation, il s'était montré bien plus aimable et compatissant que son épouse.

J'étais étonnée que celui-ci ait consenti à céder ne serait-ce qu'une fraction de sa propriété ancestrale à une entreprise de fret. Pourquoi dénaturer la beauté d'un site aussi remarquable ? Je supposais que sa femme avait dû déployer toute sa force de conviction face à ses objections.

Lady Timpson continua, soulignant sans vergogne le temps et l'argent qu'elle avait investis dans ce projet. La plupart des invités souriaient avec un air satisfait, ce qui n'était pas de bon augure pour Mme Siddons.

Une fois le discours terminé, je me frayai un chemin parmi la foule pour chercher Constance. Elijah et Horace étaient en grande discussion avec un homme en uniforme qui avait l'apparence d'un haut gradé de l'armée.

Je repérai Constance près du pont, en train de parler avec sa mère, et m'approchai d'elles en faisant semblant de regarder le canal. Lorsque Lady Timpson alla discuter avec un de ses invités, je rejoignis mon ancienne camarade de classe.

— Iris, buvons un verre de champagne ensemble. Et bavardons un peu.

Elle leva une main, et une serveuse apparut avec deux verres.

— J'espérais te revoir. Je suis désolée pour ce que ma mère a dit l'autre jour, à propos des suffragettes. Elle a des opinions un peu vieux jeu.

— Oh, j'ai l'habitude.

Je portai le verre délicat à mes lèvres. Le champagne était frais et délicieux.

— Pour une femme qui dirige sa propre entreprise, Mère est étrangement indifférente aux droits des femmes. Elle est de la génération de Mlle Cotton, malheureusement.

— Alice reçoit encore une carte de Mlle Cotton, de temps en temps. Mais elle a dû perdre mon adresse…

Constance rit à ma petite plaisanterie.

— Comment va Alice ? Je l'ai vue quelques fois pendant la guerre. Je crois qu'elle travaillait avec un groupe de femmes qui aidait les familles démunies dont les hommes étaient partis au front, c'est bien cela ? Nous leur avons donné du linge de maison et des vêtements.

— Elle va bien. Et elle travaille toujours pour le Club des femmes de Walden.

— C'est vrai ? Je pensais qu'il n'aurait plus lieu d'exister après la guerre.

— Ils aident les familles des soldats qui n'ont pas pu retrouver de travail à cause de leurs blessures.

C'était étrange de parler de pauvreté tout en sirotant un champagne hors de prix.

— Lorsque cette entreprise de fret sera montée, j'aimerais pouvoir proposer un emploi à ces hommes-là. Je me rappelle combien ç'a été difficile pour Daniel quand il est revenu des tranchées, la première fois. Le problème, c'est que je ne suis pas sûre qu'il y ait un jour assez d'activité pour ça.

Constance avait un air studieux qui n'enlevait rien à sa beauté. Ses longs cheveux châtains étaient coiffés en un chignon soigné et, bien que sa longue robe rouge foncé fût d'un style traditionnel, elle parvenait à avoir l'air moderne. À côté d'elle, ma propre robe avait déjà moins d'allure.

— Ta mère avait pourtant l'air confiante, répondis-je.

— Mère n'a qu'une idée en tête : devenir députée. Elle pense que son affaire l'aidera à atteindre ce but. Mais on ne peut pas mélanger les affaires et la politique. J'ai bien peur que Basingstoke Canal Holdings ne soit vouée à l'échec.

Elle eut soudain l'air paniquée en prenant conscience de ce qu'elle venait de me confier. Sa mère nous regardait depuis l'ombre du chapiteau.

— Tu ne publieras pas ce que je viens de te dire, n'est-ce pas ?

— Bien sûr que non, la rassurai-je. Nous sommes amies. Pourquoi ta mère veut-elle devenir députée ? C'est déjà une femme d'affaires accomplie. Pour quelle raison se lancer dans la politique ?

— J'avoue ne pas trop le savoir moi-même. Je pense que l'idée lui est venue quand elle a appris que Mme Siddons se présentait. D'un coup, elle est devenue obsédée par l'idée d'être la prochaine femme à occuper un siège au Parlement.

— Mme Siddons ?

— Elles étaient amies autrefois. Avant de devenir ennemies. Ne me demande pas pourquoi... Lorsque Mère a entendu dire que Mme Siddons se présentait à l'élection partielle, elle a annoncé qu'elle se présentait aussi. Elle était proche du Parti conservateur depuis un moment déjà, mais je pensais qu'elle pousserait Père à devenir député plutôt que de se présenter elle-même.

— Ça n'intéresse pas ton père ?

Je ne voulais pas paraître trop curieuse, mais j'avais très envie de savoir comment fonctionnait la famille Timpson.

— Absolument pas. Et il n'est pas très emballé non plus par la candidature de Mère – trop de mondanités à son goût, tout ça. Il préfère passer du temps à son club à Londres, ou à chasser ici. Une vie calme lui convient mieux.

Constance jeta un regard en direction du chapiteau et baissa d'un ton.

— Dis-moi, pourquoi M. Whittle a-t-il posé des questions à propos de Mlle Dent, l'autre fois ?

— C'est à cause d'une chose qui s'est produite lorsque je suis allée écouter un débat à la Chambre des communes.

Je ne savais pas vraiment jusqu'où je pouvais aller, mais je devais gagner sa confiance.

— Oh. Ça a dû être difficile pour toi.

— Tu es au courant de… de ce qui est arrivé à ma mère là-bas ?

— Oui. J'ai voulu t'écrire une lettre de condoléances à ce moment-là. Je comptais aussi envoyer des fleurs quand j'ai appris que les funérailles auraient lieu à St. Martha. Mais Mère ne m'a pas autorisée à le faire.

— C'était gentil de ta part. J'imagine que ça a dû créer un petit scandale.

J'avais peu de souvenirs de ce jour-là, à part la prostration que j'avais éprouvée aux côtés de mon père quand on avait descendu en terre le cercueil de ma mère.

— Tu sais comment c'est, dans une petite ville comme la nôtre…

Elle paraissait embarrassée.

— Je ne m'en suis pas rendu compte sur le moment. Nous sommes repartis directement à Londres.

— Mais quel rapport y a-t-il avec Rebecca ?

— C'était une amie de ma mère. Et il y a des choses que tu ignores à son sujet.

Je voulais piquer sa curiosité.

— Je ne pouvais rien dire devant tes parents, surtout connaissant l'avis de ta mère sur les suffragettes.

— Constance ! appela Lady Timpson, juste au bon moment.

Elle me jeta un regard noir depuis l'entrée du chapiteau.

— Je ne peux pas te raconter ça ici, murmurai-je.

— Viens me voir un jour où Mère sera à Londres. On pourra discuter tranquillement.

— D'accord, avec plaisir.

— Je t'écrirai pour te dire quand.

Et Constance s'éloigna au petit trot.

11

— Bonjour, Iris. J'espérais tomber sur vous.

Je me retournai et vis Percy Baverstock vêtu d'un costume chic, un verre de champagne à la main.

— Percy. Qu'est-ce que vous faites ici ?

— J'espionne.

Il plissa les yeux en direction de la silhouette de Constance.

— Vous espionnez Constance ?

— Non, bien sûr que non. Si jolie qu'elle soit… D'ailleurs, vous êtes resplendissante, vous aussi.

Il fouilla dans sa poche.

— Tenez, voici ma carte, j'ai oublié de vous la donner, l'autre jour. Il y a mon adresse dessus. On pourrait peut-être se revoir un de ces quatre.

— Vous n'êtes quand même pas venu jusqu'ici pour me la donner ?

Je pris la carte, flattée.

— Je suis surtout venu pour découvrir ce que la redoutable Lady T concoctait pour le canal. Il figurait sur notre liste, vous savez.

— La liste des sites naturels à préserver ?

Il acquiesça. Une serveuse apparut à nos côtés, et il posa nos verres vides sur le plateau pour en prendre deux autres, pleins.

— Nous savions que l'armée céderait les droits de navigation tôt ou tard, mais nous voulions que le cours d'eau soit maintenu en état de réserve naturelle. Apparemment, nous avons encore perdu face à Hinchcliffe Holdings.

Il avala une gorgée de champagne, visiblement déterminé à profiter de l'hospitalité de « la redoutable Lady T ».

— Comment avez-vous su pour aujourd'hui ? demandai-je en buvant plus modérément que lui.

— J'ai croisé Daniel en ville. Il m'a invité à venir pour mener ma petite enquête.

— Comment ça ?

— Histoire de voir si nous pouvons faire quelque chose pour ce site. Il ne veut pas que sa mère fasse construire ici. Il adore cet endroit.

— On comprend pourquoi.

De là où nous étions, nous pouvions voir un long ruban d'eau serpenter au travers de bosquets et de prés verdoyants parés çà et là des couleurs des premières fleurs du printemps. Seuls le chapiteau et les personnes qui l'entouraient venaient gâcher la vue.

— C'est magnifique, n'est-ce pas ? Nous observons le canal depuis un moment déjà. Ce cours d'eau fournit un habitat idéal pour de nombreuses espèces. Les loutres, notamment, s'y plaisent beaucoup ; mais si la zone s'industrialise, elles ne tarderont pas à disparaître.

— Il y en a toute une famille qui vit près de Broad Oak Bridge.

Daniel apparut derrière Percy, accompagné de son père.

— Bonjour, mademoiselle Woodmore. Quel plaisir de vous revoir, me dit Lord Timpson avec un grand sourire.

— Je n'avais jamais vu cette partie de votre propriété, répondis-je. C'est superbe, toute cette nature parfaitement préservée.

— Merci. Crookham Hall est dans ma famille depuis des générations. J'aime gérer les lieux conformément à la tradition de mes ancêtres.

— Dans ce cas, pourquoi laisser Mère construire ici ? lança Daniel non sans hargne.

— Désolé, fils, dit Lord Timpson en lui tapotant le dos. Tu sais comment est ta mère, quand elle a une idée en tête. Mais ce ne sera peut-être pas aussi mal que tu le crois.

Daniel prit une mine renfrognée.

— Et si tu me montrais un peu les catiches, Dan ? suggéra Percy.

La proposition parut plaire à Daniel, et les deux amis partirent en direction des berges du canal.

— Les catiches ? Qu'est-ce que c'est ? demandai-je, perplexe.

— C'est ainsi que l'on nomme les terriers des loutres. Daniel est fou de la faune sauvage depuis sa plus tendre enfance.

Les yeux de Lord Timpson s'attardèrent sur son fils qui s'éloignait.

— Il passe tout son temps dehors, à observer les loutres, les chouettes et autres bêtises de ce genre. Et il refuse de chasser.

— Pas étonnant qu'il s'entende bien avec Percy.

Une serveuse apparut à mes côtés pour prendre mon verre vide – j'avais fini mon champagne sans même m'en rendre compte. Je refusai poliment d'en prendre davantage.

— Je ne sais pas ce que je vais faire de ce garçon. Il a la tête dans les nuages la moitié du temps, soupira Lord Timpson. Il serait temps qu'il grandisse.

L'attitude du lord était détendue, mais une détermination évidente perçait dans sa voix. En tant qu'héritier de la propriété des Timpson, Daniel était censé se montrer à la hauteur des attentes de sa famille.

— J'espérais avoir l'occasion de vous parler, reprit Lord Timpson en se tournant vers moi. Je me demandais pourquoi M. Whittle a évoqué le cas de Mlle Dent, l'autre jour… Personnellement, j'aborde le sujet chaque fois que je rencontre les quelques connaissances que j'ai dans la police. Malheureusement, on ne m'apprend jamais rien de nouveau.

— C'est gentil à vous. Apparemment, personne ne se soucie vraiment de la retrouver.

J'étais heureuse qu'il aborde le sujet. J'avais été tentée de le faire moi-même, mais j'avais craint que cela paraisse déplacé.

— Moi, je m'en soucie. Et ma famille aussi. Seulement, j'ai bien peur que trop de temps se soit écoulé depuis lors pour que la police s'y intéresse maintenant. Et vous, pourquoi vous y intéressez-vous ?

De toute évidence, il s'attendait à ce que je lui fasse des confidences, car il posa une main sur mon bras et m'entraîna doucement à l'écart de la foule.

— C'était une amie de ma mère.

Je vis Elijah et Horace nous regarder de loin.

— Vraiment ? Comment se sont-elles connues ?

— Toutes deux étaient membres du Women's Social and Political Union.

— Ah, d'accord, fit-il, l'air pensif. Nous n'avons appris les sympathies de Mlle Dent qu'après sa disparition. J'aurais aimé qu'elle se sente assez à l'aise pour nous en faire part.

— Beaucoup de suffragettes cachaient leur engagement à leurs employeurs, vous savez.

— Je comprends cela, dit-il en opinant. Je dois avouer que ma femme n'aurait probablement guère apprécié, si elle l'avait su. Cela dit, Mlle Dent a été une servante loyale de ma famille pendant dix ans. Si elle avait eu des ennuis, j'aurais fait de mon mieux pour arranger les choses.

— À votre avis, que lui est-il arrivé ?

— Sur le moment, j'ai pensé qu'elle ne devait plus être heureuse de travailler pour nous et qu'elle avait décidé de partir. Mon épouse peut être assez dure avec le personnel.

Il exhala un nouveau soupir.

— Il faisait si bon vivre à Crookham Hall à l'époque de mes parents, si vous saviez.

— Plus maintenant ?

— Moins. Nous avons perdu un grand nombre d'ouvriers agricoles pendant la guerre, et il est difficile de garder les domestiques.

— Croyez-vous encore qu'elle s'est enfuie ?

— Je n'en suis plus si sûr désormais. Six ans ont passé, sans la moindre nouvelle. J'ai plutôt tendance à croire qu'il lui est arrivé quelque chose, dit-il, le regard grave.

— Toutes ses affaires étaient encore dans sa chambre, c'est bien cela ?

— Oui. Au début, je me suis dit qu'elle avait besoin de prendre un nouveau départ – vous voyez, en laissant derrière elle son tablier et sa vie de domestique. Mais aujourd'hui, je ne sais pas… Était-elle proche de votre mère ?

J'acquiesçai, sans aller jusqu'à lui dire que Rebecca avait participé au dernier acte militant de ma mère. Je pris soin de choisir mes mots :

— Oui. Je crois que Mlle Dent a été très ébranlée par la mort de ma mère.

— Je vois.

Le pli qui barrait son front se détendit.

— Je comprends mieux pourquoi vous voulez savoir ce qui lui est arrivé.

Soudain, il prit mes mains dans les siennes, me laissant désarçonnée par cette proximité et l'intensité de son regard sur moi. Affreusement embarrassée, je vis Elijah et Horace hausser les sourcils ; Elijah posa alors son verre, semblant prêt à intervenir pour me tirer d'un éventuel mauvais pas.

— J'ai été sincèrement navré d'apprendre les tragiques circonstances du décès de votre mère. Constance m'a raconté ce qui s'est passé. Écoutez, passons un marché : si j'apprends quoi que ce soit au sujet de Mlle Dent, je vous en informerai immédiatement ; et si vous apprenez quelque chose, vous m'en ferez part tout aussi rapidement.

Ses yeux bleus avaient quelque chose d'hypnotisant.

— Bien sûr, dis-je en m'efforçant de dissimuler ma gêne.

Il eut un sourire radieux.

Et je poussai un soupir de soulagement lorsqu'il lâcha enfin mes mains avant de s'éloigner.

La foule commençait à se disperser quand je regagnai l'allée du manoir. Je pris bientôt un chemin plus sinueux, qui me permettrait de regarder un bâtiment de style gothique que j'avais repéré en bordure des jardins. Il était orné de statues d'anges et de citations bibliques.

Vues de près, les sculptures de pierre étaient féeriques. J'effleurai l'aile déployée de l'un des anges, qui paraissait animée en dépit de sa froideur. J'avais l'impression que la créature céleste pouvait m'ouvrir ses bras et venir m'enlacer l'instant d'après.

Je faillis pousser un cri en sentant soudain une main sur mon épaule.

Percy fit un bond en arrière comme je me retournais en le bousculant.

— Holà, attention ! J'ai failli renverser mon verre.

— Juste ciel, Percy. Vous m'avez fait une peur bleue.

— Désolé. Vraiment. Je ne voulais pas vous effrayer.

Il s'apprêtait à passer un bras autour de moi, mais mon expression dut l'en dissuader.

— C'est quoi, cet endroit ?

— Le mausolée. Là où les Timpson enterrent leurs morts, précisa-t-il gaiement.

— Argh, lâchai-je en frémissant à l'idée d'une salle remplie de cadavres. C'est horrible.

— Un peu déplaisant, n'est-ce pas ?

Il avala une gorgée de champagne.

— Voulez-vous vous faire une toile avec moi ?

— Une quoi ?

— Aller au cinéma, au Strand. On pourrait aller danser après.

Il s'éloigna en sautillant avant d'ajouter :

— Faites-moi signe si vous êtes partante.

— Qu'est-ce qui s'est passé, quand Lord Timpson t'a pris les mains ?

Elijah alla droit au but dès notre retour dans la Daimler.

— Il m'a posé des questions à propos de Rebecca.

Ma gêne de tout à l'heure évaporée, je me sentais maintenant flattée de l'attention que me portait Lord Timpson. Et amusée que l'incident ait suscité une telle curiosité.

— Ah, tiens donc !

— Ce n'est pas moi qui ai abordé le sujet, dis-je, un peu sur la défensive. Il voulait savoir pourquoi nous nous intéressions à elle.

— Que lui as-tu dit ?

— Qu'elle était amie avec ma mère.

J'ignorais ce qu'Horace pouvait savoir de mon histoire.

— Et que Rebecca avait été secouée par la mort de ma mère. C'est à ce moment-là qu'il m'a pris les mains.

— J'ai expliqué à M. Laffaye ce qui t'a poussée à entreprendre de chercher Rebecca.

Elijah semblait soucieux de la façon dont je réagirais à cette nouvelle.

— Je me suis dit que cela pourrait nous aider, ajouta-t-il.

Bien sûr. Horace vivait déjà à Walden, à l'époque. Et il aimait tout savoir de ce qui se passait en ville.

— Vous souvenez-vous de sa disparition, monsieur Laffaye ?

— Oui. Malheureusement, d'autres événements sont venus occulter cette affaire. L'armée venait juste d'installer son camp à Waldenmere, et j'ai pensé un moment qu'un soldat aurait pu être lié à la disparition de Mlle Dent. J'en ai parlé à l'un de mes contacts des services secrets de l'armée, à l'époque. D'ailleurs, vous m'avez peut-être vu discuter avec lui, tout à l'heure ?

— Le grand avec la moustache ?

— C'est cela. Le capitaine Finaly Fortesque est un vieil ami. Il a mené une enquête approfondie, et rien n'a pu indiquer qu'il y ait eu le moindre lien entre le camp militaire et ce qui est arrivé à Mlle Dent. Je lui en ai reparlé aujourd'hui, mais il m'a dit qu'il n'y avait rien de nouveau depuis la dernière fois que nous avions évoqué l'affaire.

J'étais touchée qu'il ait fait un effort pour tenter de retrouver Rebecca.

— Avec tout ce qui se passait à l'époque, la presse avait autre chose à se mettre sous la dent que la disparition d'une domestique, poursuivit Horace. Ce qui est fort regrettable, au demeurant. La police n'avait pas grand-chose dans le dossier ; un peu de publicité les aurait peut-être aidés à en savoir davantage.

— Il n'est pas trop tard. *The Herald* pourrait publier un article, histoire de rafraîchir la mémoire des gens. On ne sait jamais… quelqu'un pourrait se rappeler quelque chose.

— Lord Timpson n'est pas le seul à avoir parlé de Rebecca aujourd'hui, intervint Elijah. Lady Timpson nous a clairement fait savoir qu'elle ne voulait plus entendre parler de cette affaire.

— Constance aussi était curieuse de savoir pourquoi nous nous y intéressions. Elle souhaite me parler quand ses parents seront absents.

— Mine de rien, évoquez donc le sujet du saphir Star, tant que vous y serez, suggéra Horace.

La requête était courtoise, mais de celles qu'une personne dans ma position ne pouvait refuser.

— Vous ne pensez tout de même pas que Rebecca l'a volé ?

L'idée m'avait trotté dans la tête tout l'après-midi. D'après les dires d'Horace, le saphir avait été vu pour la dernière fois en juin 1914, et Rebecca s'était volatilisée un ou deux mois plus tard.

— Que ferait une simple domestique d'un joyau aussi connu ? s'interrogea Elijah en secouant la tête. Ce n'est pas facile à vendre, du moins sans attirer l'attention. Et les Timpson auraient signalé sa disparition.

— Le jeune maître Timpson est donc le seul membre de la famille à ne pas avoir abordé le sujet de Mlle Dent aujourd'hui, si je comprends bien ? fit remarquer Horace.

— Et alors, cela signifie-t-il qu'il est coupable ou innocent ? demanda Elijah avec un sourire en coin.

— Ah, telle est la question ! répondit Horace en brandissant un doigt en l'air. Le garçon peut tout à fait être blanc comme neige, auquel cas le sujet ne l'inquiète pas et il n'éprouve aucun besoin de s'interroger sur l'intérêt que nous portons à l'affaire. À la différence des autres membres de la famille.

— Ou bien ? fit Elijah avec complaisance.

— Ou bien il sait déjà ce qui est arrivé à Rebecca. Si bien qu'il n'a aucune curiosité concernant sa disparition.

— Mais s'il était impliqué, il voudrait sûrement savoir pourquoi nous posons des questions à ce sujet, non ? contra Elijah.

Horace haussa les épaules.

— Il ne devait avoir que seize ou dix-sept ans au moment des faits, commentai-je.

Mais Daniel avait dit ouvertement qu'il appréciait Rebecca. Pouvait-il avoir été amoureux d'elle ? Mon père l'avait décrite comme une femme séduisante.

— Dans ce cas, pourquoi les trois autres membres de la famille ont-ils abordé le sujet ? demanda Elijah.

— Lord Timpson et Constance veulent nous aider, répondis-je. Mais Lady Timpson nous a bien fait comprendre qu'elle souhaite que nous laissions tomber cette histoire.

— Rien de surprenant pour une candidate en campagne électorale, dit Elijah.

— Mais qu'est-ce qui nous empêche d'en parler tout de même dans le journal ? Qu'en pensez-vous, monsieur Laffaye ?

— Mon rédacteur en chef l'a déjà dit : si nous relançons l'affaire maintenant, cela pourrait laisser croire que nous cherchons à entacher la réputation de Lady Timpson.

Il posa une main sur le genou d'Elijah.

— Nous devrons attendre un moment plus propice pour le publier – après les élections.

Je savais que cet argument aurait dû me suffire.

— Le journal va-t-il rester impartial ? demandai-je en m'efforçant d'adopter un ton désinvolte. Ou bien va-t-on soutenir un candidat ?

— M. Whittle et moi en avons longuement discuté.

Horace se tourna pour regarder Elijah.

Celui-ci allait-il filer doux pour faire plaisir à Horace ? Je commençais à me rendre compte que les deux hommes avaient une relation bien plus profonde que je ne l'avais cru.

— Et nous avons décidé de soutenir Mme Siddons, annonça Elijah avec un subtil hochement de tête, comme pour admettre sa défaite.

— Excellent choix, dis-je en souriant.

— Mais…

Horace leva une main en l'air, suspendant un instant mon euphorie.

— Si Lady Timpson venait à gagner, je préférerais ne rien publier sur la disparition de Mlle Dent. Cela donnerait l'impression que nous attaquons une députée fraîchement élue, juste parce que nous avions soutenu une autre candidate.

Je regardai Elijah, cherchant son aide. En vain.

— Je comprends le dilemme, concéda-t-il.

Je tapotai la banquette de cuir du bout des doigts, déçue et frustrée. Certes, je voulais que *The Herald* soutienne Mme Siddons, et la nouvelle représentait une grande satisfaction. Mais d'un autre côté, je n'avais presque rien appris sur Rebecca. Un article dans le journal représentait l'étape suivante la plus logique pour tenter de recueillir des informations. Sans cela, je doutais de parvenir un jour à découvrir quelque chose de nouveau.

Et si d'aventure Lady Timpson était élue, il serait encore plus difficile d'amener quelqu'un à témoigner contre elle.

12

En rentrant à la maison, je fus heureuse de voir la veste de mon père au crochet et sa serviette au pied du vestiaire. J'avais envie de lui parler de la campagne de Mme Siddons. Lady Timpson était en train de prendre l'avantage, nous avions besoin de réunir des soutiens.

— Tu ne devineras jamais ce que…

La suite mourut sur mes lèvres. En entrant dans le salon, je vis Donald Anstey assis dans un fauteuil en face de mon père, un verre de whisky à la main.

— Bonjour, mademoiselle Woodmore.

— Oh, bonjour, monsieur Anstey.

— Donald et moi discutions de sa campagne électorale. Je vais l'aider à rédiger une note expliquant le concept des « Travaillistes et le Nouvel Ordre social » en termes plus simples.

— Ah.

J'étais furieuse, mais trop polie pour dire quelque chose.

— Où étais-tu ? s'enquit mon père.

— À Crookham Hall.

— Ah oui. Alors, c'était quoi, la grande annonce de Lady Timpson ?

— Elle compte rétablir la navigation du canal pour aider les agriculteurs locaux à transporter leur production jusqu'à Londres.

C'est tout ce que je parvins à dire pour rester aimable.

— Ça a déjà été tenté – en pure perte – bien des fois, commenta mon père en secouant la tête.

— Elle s'achète des voix, que voulez-vous.

Donald Anstey posa son verre sur le plateau et se leva.

— Je ne suis pas surpris, conclut-il.

— Les gens ne seront pas dupes. Si nous parvenons à bien faire passer le message des Travaillistes, je crois que nous avons une chance, dit mon père en le gratifiant d'une bourrade dans le dos.

Ils continuèrent de discuter dans le couloir tandis que je restais dans le salon, ruminant ma colère.

— Et Mme Siddons, alors ? attaquai-je bille en tête lorsque mon père revint. Tu ne trouves pas que c'est important d'avoir des femmes au Parlement ?

— Si. Et si elle se présentait avec les Travaillistes, elle aurait mon vote.

— Après tout ce qu'elle a fait pour nous après la mort de maman ?

— Je lui suis très reconnaissant pour son aide à ce moment-là, et je sais que tu lui es fidèle pour ça. Mais cela ne devrait pas influencer ton vote.

— Je ne suis pas autorisée à voter, lui rappelai-je froidement. Mais je compte soutenir Mme Siddons dans sa campagne, parce que je crois que son programme est meilleur que celui des autres candidats.

— Donald comprend pourtant beaucoup mieux les problèmes qui touchent les travailleurs. Mme Siddons vient d'un milieu privilégié. Je sais que tu es impressionnée par son charisme, mais cela ne signifie pas nécessairement qu'elle fera une femme politique efficace.

— Je ne suis pas impressionnée par son charisme, rectifiai-je en ravalant ma fureur. J'ai écouté les idées des trois candidats, et je pense que celles de Mme Siddons sont les plus sensées, surtout concernant l'éducation.

Il soupira et se servit un autre verre.

— D'ailleurs, sache qu'Elijah et M. Laffaye pensent la même chose que moi. *The Walden Herald* va soutenir Mme Siddons, lâchai-je avant de quitter la pièce.

Cette nuit-là, je ne cessai de me tourner et me retourner dans mon lit, trop agitée que j'étais par ma colère. Je finis par réussir à m'endormir en essayant de penser à un moyen d'assurer la victoire de Mme Siddons. J'espérais que la nuit me porterait conseil, et me réveiller avec une idée brillante. Au lieu de quoi, je rêvai que j'étais en train de danser avec Percy Baverstock sur les rives du canal de Basingstoke.

J'étais encore furieuse lorsque je descendis prendre mon petit déjeuner, et un silence pesant se fit autour de la table. Lizzy haussa les sourcils en me tendant une lettre de tante Maud.

Voudrais-tu venir à une réunion sur la contraception? Ainsi commençait sa lettre. Pourquoi diable voulait-elle m'instruire sur ce sujet à ce moment précis? me demandai-je. Évitant le regard de mon père, je continuai de lire:

Marie Stopes donne une conférence sur la contraception constructive au Queen's Hall samedi prochain. L'événement devrait rassembler beaucoup d'anciennes suffragettes, il est possible que nous y croisions d'anciennes amies de ta mère.

Je poussai un soupir de soulagement. Le Queen's Hall était autrefois un des endroits préférés du WSPU. J'y étais allée une fois avec ma mère, pour assister à un meeting que donnait Emmeline Pankhurst. Cela valait vraiment la peine d'essayer.

Tante Maud avait raison: le Queen's Hall regorgeait d'anciennes suffragettes. Je reconnaissais quelques visages, mais, compte tenu de l'ampleur de la foule, je doutais que nous puissions y trouver Kathleen Hooper. Ma tante, elle, paraissait plus confiante.

— Reste ici pendant que je vais faire un tour, pour voir.

Sur ce, elle partit vers un groupe de femmes qu'elle semblait connaître.

Je restai au fond du hall, scrutant l'assistance. La plupart des personnes présentes étaient des femmes, mais on trouvait aussi quelques hommes çà et là.

— Alors ? demandai-je à tante Maud quand elle revint.

— Personne n'a vu Kathleen depuis des années, répondit-elle, visiblement déçue.

— Quelqu'un aurait-il quand même quelque chose d'intéressant à nous dire ?

J'avais l'impression de me heurter sans cesse à un mur.

— J'ai trouvé quelqu'un qui connaissait ta mère et Rebecca. Elle nous retrouvera au salon, après.

— Comment s'appelle-t-elle ?

— Ena O'Connor. Elle doit avoir près de quatre-vingts ans maintenant. C'était l'une des plus assidues au Lincoln's Inn – et un peu la grand-mère de tout le monde. Elle soutenait constamment le moral des troupes à coups de thé et de petits gâteaux.

— Ena la Théière. Je me souviens d'avoir entendu maman me parler d'elle.

Ce n'était peut-être pas grand-chose, mais au moins aurais-je un premier lien avec le WSPU.

Ena O'Connor était une toute petite dame avec des cheveux gris relevés en chignon. Des yeux vifs et bleu clair éclairaient un visage strié de rides profondes. Nous la rejoignîmes sur un long banc de bois posté près du mur du hall.

— Ça alors. Tu es le portrait craché de ta mère.

Elle tendit une main pour effleurer ma joue. Je me sentis gênée par le poids de son regard rivé sur moi.

— Excuse-moi. Mais tu me rappelles tellement Violet…

Je ne savais pas trop comment entamer la conversation. Ma tante s'en chargea pour moi.

— Iris est allée à la Chambre des communes récemment.

— Ah, je vois.

— Ce qui a réveillé des souvenirs, comme vous pouvez l'imaginer, continua tante Maud.

— Je suis vraiment navrée de ce qui est arrivé à ta mère.

— J'aimerais en savoir plus sur ce qui s'est passé ce jour-là. Le jour de la manifestation.

Ena opina mais resta silencieuse.

— Savez-vous qui était avec elle à la Chambre des communes ? Étaient-elles nombreuses ?

La vieille dame secoua la tête. Des gens sortaient du hall, certains saluant Ena au passage.

— Il n'y avait que ma mère et Rebecca, alors ? insistai-je.

— Et Kathleen Hooper, lâcha Ena d'une voix chevrotante.

— Qui avait eu cette idée ?

— Ta mère.

— Rebecca a voulu y participer ?

— En quelque sorte. Sauf que cela devait rester secret. Elle ne se livrait à aucune action où elle risquait d'être reconnue. Elle ne participait pas aux distributions de tracts dans les rues, ni aux marches de manifestation. Habituellement, elle nous donnait juste un coup de main au Lincoln's Inn. Mais elle voulait prendre part à une action forte.

— Et donc, elle a décidé de se rendre à la Chambre des communes avec ma mère ?

— Violet lui avait dit qu'il n'y aurait rien à craindre, parce que tous les policiers seraient à Buckingham Palace. Leur plan était de ne pas attirer l'attention ; elles voulaient juste peindre les grilles et suspendre la bannière en haut de la chambre, pour faire passer leur message. C'est Violet qui a pris les plus gros risques. Rebecca devait seulement surveiller les alentours.

— Savez-vous pourquoi cela s'est mal passé ?

— Je n'en suis pas sûre… Rebecca était censée rester dans le Vestibule des députés pour faire le guet au cas où quelqu'un arriverait pendant que ta mère montait à la Galerie des dames. Ensuite, Rebecca devait la suivre vers la sortie et emporter le pinceau et le pot de peinture. Après quoi, elles devaient partir chacune de leur côté.

Ena s'interrompit pour saluer d'autres femmes qui sortaient du hall.

— Kathleen Hooper attendait un peu plus loin, sur le pont, avec un cheval et une charrette. Rebecca devait cacher le matériel à l'arrière et Kathleen s'en aller juste après, afin que Violet et Rebecca n'aient rien en leur possession qui puisse les incriminer si elles se faisaient arrêter.

— Où étaient-elles quand ma mère est tombée à l'eau ?

Je n'avais pas envie de harceler ce petit bout de femme, mais j'avais besoin d'entendre tout ce qu'elle savait.

— Kathleen était sur le pont avec le cheval et la charrette. Quand Rebecca l'a rejointe, elle n'avait pas la peinture. Elle a dit à Kathleen qu'elle avait été bloquée à l'intérieur et que Violet était sortie en se faisant expulser.

— Je ne comprends pas… Comment maman a-t-elle pu sortir, et pas Rebecca ?

Je me rendis compte que le hall était désormais vide autour de nous, et qu'on nous demanderait sûrement de partir bientôt.

— Je ne sais pas. Nous ne l'avons jamais su. Et nous n'avons jamais revu Rebecca au Lincoln's Inn après cela. Kathleen nous a dit qu'elle était trop bouleversée.

— Vous êtes au courant que Rebecca a disparu deux mois plus tard ? demanda tante Maud.

— Oui, je l'ai appris. Je me suis souvent demandé si c'était par culpabilité, répondit Ena en refoulant ses larmes. Peut-être qu'elle ne se pardonnait pas ce qui est arrivé, et qu'elle se jugeait responsable de la mort de Violet.

Je sentis ma poitrine se serrer.

— J'adorais être avec elles au Lincoln's Inn, continua Ena en se tamponnant le coin des yeux. Mais quand la guerre a éclaté, et que nous avons fermé boutique, il était temps que j'arrête. Il y avait eu trop de souffrances.

Tante Maud passa un bras sur les épaules de la vieille dame.

— Merci, Ena. Sauriez-vous où nous pouvons trouver Kathleen ?

— Je n'ai aucune nouvelle d'elle depuis des années. Elle était très mal en point quand elle a perdu son Leonard.

— Si jamais vous apprenez quelque chose à son sujet, pourriez-vous m'en informer ?

— Je demanderai. Je me rends à la plupart des réunions comme celle-ci.

Elle nous adressa un sourire plein de mélancolie.

— Je suis toujours une suffragiste, vous savez. Et je mourrai droit dans mes bottes.

13

J'avais envoyé un message à Percy pour lui donner rendez-vous à Hyde Park à l'heure du déjeuner. Comme je l'espérais, tante Maud était pressée de rentrer à la maison.

— Je ne suis pas sûre que cela nous ait fait avancer, grommela-t-elle, visiblement aussi frustrée que je l'étais.

— Au moins, nous en savons un peu plus qu'avant.

Je lui donnai l'accolade et la quittai à la station de métro de Hyde Park Corner.

C'était une sombre journée d'avril, humide et fraîche. J'étais en avance à mon rendez-vous avec Percy, mais j'avais envie de marcher et de réfléchir. Le parc était presque désert, me laissant tout loisir de flâner en repensant à ce qu'Ena avait dit.

Que s'était-il passé à Westminster cet après-midi-là ? Je devais maintenant envisager l'éventualité que l'action de ma mère avait entraîné la perte de Rebecca, en plus de sa propre mort. Je commençais à me dire que j'aurais dû écouter les autres et ignorer les déclarations du marin de la Tamise. Mon regard dériva vers le lac du parc, et je me mis à songer aux moments que j'avais passés ici avec ma mère. Je faillis pousser un cri quand quelqu'un me prit soudain le bras.

— Pardon. Pardon. Pardon. Et voilà, je recommence… Quel nigaud je fais. Mais je n'étais pas sûr que c'était toi, au début.

— Percy, tu es impossible. Ça commence à devenir une habitude. Tu aimes me ficher la trouille, ou quoi ?

— Tu portes un pantalon.

Il dit cela comme s'il était possible que je ne sois pas au courant.

— Oui, je le savais, merci.

— Pardon. Mais c'est pour ça que je n'étais pas sûr que ce soit toi. Je t'ai vue sortir du Queen's Hall tout à l'heure. Il y avait un intervenant intéressant ?

— Marie Stopes.

— Ah, la femme qui se bat pour, euh…

— La contraception.

— Voilà.

Il parut soulagé que je prononce le mot à sa place.

— Excellente initiative de ta part. Enfin, je veux dire, pas juste de ta part. Bref, tu vois ce que je veux dire… Bon, j'arrête de m'enfoncer. Tu veux aller déjeuner ?

— Dans une minute. Je voudrais te parler de quelque chose d'abord.

Je désignai un banc non loin de nous.

— Tu as le temps ?

— Bien sûr, répondit-il, l'air ravi.

— Je veux t'expliquer pourquoi je t'ai posé ces questions au sujet de Lady Timpson.

Nous prîmes place sur le banc, et je ne pus réprimer un frisson.

— Veux-tu que je te réchauffe les mains ?

Je lui dardai un regard noir.

— Non, pardon, bien sûr que non, bredouilla-t-il. Vas-y, je suis tout ouïe.

— Un jour, j'ai assisté à un discours que donnait Emmeline Pankhurst dans ce kiosque, là-bas. J'étais avec ma mère, ma tante et ma grand-mère.

— Ce devait être quelque chose. Il paraît qu'elle savait ameuter les troupes, celle-là.

— Ma mère était certainement de cet avis, répondis-je avant de m'arrêter.

Tout bien considéré, que savais-je de Percy ? Il avait l'air de quelqu'un de bien, mais avais-je vraiment envie de m'ouvrir à lui des détails de mon passé ? Le doute qui m'envahit dut se voir.

— Tu peux me faire confiance, tu sais.

Il étira ses longues jambes tout en se tournant pour me faire face.

— Je ne suis pas aussi bête que j'en ai l'air, je t'assure.

Je décidai de prendre le risque. Je voulais en savoir plus sur les petites affaires cachées de Lady Timpson, et Percy était la seule personne de mon entourage à connaître la famille ainsi que la vérité sur cette histoire d'acquisition de terres. Je lui confiai donc le récit de l'engagement de ma mère et de sa mort. Il demeura muet tandis que je parlais, mais je vis son expression changer. Une fois encore, je fus frappée par sa capacité à passer en un instant d'une attitude bavarde et charmante au plus grand sérieux.

— Je suis désolé pour ta mère, dit-il enfin en se levant. On marche ?

J'acquiesçai. J'avais les pieds engourdis par le froid.

— Je comprends que tu veuilles savoir ce qui est arrivé à Rebecca. Mais je ne suis pas sûre que ce que je vais te dire puisse t'être utile.

Il souffla dans ses mains en coupe pour les réchauffer.

— Je veux en savoir davantage sur Lady Timpson et l'acquisition de ces terres. C'était à peu près à la même époque. Faisais-tu déjà partie de la SPNR, à l'époque ?

Je m'aperçus que je ne savais même pas quel âge il avait ; autour de vingt-cinq ans, probablement.

— Oui, j'avais raté mes examens l'année précédente, et il n'était pas question que j'aille à l'université. Mon père ne savait pas quoi faire de moi. J'avais dix-neuf ans.

Étant donné que la seule matière où j'avais manifesté un peu d'aptitude était la biologie, il m'a trouvé un poste de catalogueur pour l'herbier du Muséum d'histoire naturelle. C'est là que j'ai découvert l'association, et que j'en suis devenu membre.

— Quand est-ce que l'association a sollicité le soutien du gouvernement ?

— Après une réunion, en février 1914. Nous avons commencé par échanger avec le Conseil de l'agriculture et de la pêche et le Conseil de l'éducation, afin de voir s'ils seraient partants pour nous soutenir. Nous voulions essayer d'attirer des représentants de ces institutions dans notre comité. Nous avons noué des contacts utiles, et l'un d'eux nous a donné un tuyau : il était question que la Commission de développement du gouvernement récupère de vastes surfaces de « terres en friche » au bénéfice d'une exploitation vivrière.

— Des terres en friche ?

Cela n'augurait rien de bon.

— Attends, ne sois pas si sceptique. Tu as vu cette superbe portion de Basingstoke Canal. Eh bien, sur le papier, c'est une voie navigable industrialisée laissée à l'abandon. Sauf que les « terres en friche » alentour sont exactement le genre d'endroits dont nous voudrions faire des réserves naturelles. Notre contact nous a dit que nous devrions établir une liste des sites que nous aimerions voir préservés, et la soumettre au gouvernement dès que possible. À l'été, nous en avions identifié quatre-vingt-dix-huit, déclara-t-il avec enthousiasme. Des endroits magnifiques.

— Qui exactement était censé acquérir ces sites ?

Nous nous arrêtâmes devant la Serpentine et regardâmes un couple de cygnes glisser sur l'eau.

— L'idée était que si des fonctionnaires de la Commission de développement achetaient l'un des sites, ils garderaient une petite portion de terre qui deviendrait une réserve naturelle.

Il repoussa une mèche de cheveux en arrière.

— Et alors, est-ce que des terres ont été protégées ?

— Pas un seul hectare. Il y a eu des fuites, la liste a été éventée. Avant même que commencent les négociations avec le Comité, quelqu'un disait au propriétaire que le gouvernement comptait récupérer ses terres pour les mettre sous un ordre quelconque de protection. On les a alors persuadés de vendre ces surfaces pour les cultiver ou les mettre en pâturage pour le bétail. Résultat : comme les terres servaient à la production vivrière, le gouvernement ne pouvait plus y toucher.

— Et c'est Hinchcliffe Holdings qui a tout raflé ?

— Tout.

Il secoua la tête, encore abasourdi.

— En clair, Lady Timpson montrait notre liste aux propriétaires terriens et leur disait que le gouvernement allait les forcer à céder leurs terres pour rien, ou une somme dérisoire. Ce qui était faux, bien entendu. À la place, elle leur faisait une offre d'achat, inférieure à la valeur réelle du bien, et la plupart ont accepté son offre.

— Mais comment Lady Timpson a-t-elle mis la main sur votre liste ?

Je songeai un instant que Daniel avait pu tremper dans l'affaire, mais l'hypothèse était peu vraisemblable, considérant son amour de la nature.

— Elle a payé un député, qui se trouvait faire partie du Conseil de l'agriculture et de la pêche.

— Comment le sais-tu ?

— Donald Anstey nous l'a dit.

Décidément. Encore ce maudit Anstey.

— Mais lui, comment l'a-t-il su ? demandai-je avec un soupir exaspéré.

— Il nous a dit qu'il ne pouvait pas révéler sa source. À l'époque, il travaillait pour le Conseil et il connaissait beaucoup de monde à Westminster.

— Que s'est-il passé ensuite ?

— Pas grand-chose. Nous ne pouvions rien prouver. Nous avons essayé d'obtenir des conseils juridiques, mais nous ne savions pas comment attaquer. La guerre nous a porté le coup de grâce. Les ressources alimentaires étaient plus importantes que les réserves naturelles, et Lady Timpson a dit aux propriétaires terriens qu'ils contribueraient ainsi à l'effort de guerre, puisque son entreprise exploiterait la terre pour l'agriculture, ce qui était vrai.

Il eut un haussement d'épaules.

— Au niveau politique, l'affaire a été balayée des agendas et n'a jamais été remise sur le tapis.

— Et Lady Timpson a continué d'acheter des terres à des prix ridicules et de s'enrichir ?

Comment avait-elle osé voler la précieuse liste de Percy et l'utiliser à des fins personnelles ?

— La guerre a été une période très profitable pour elle, dit Percy en enfouissant ses mains dans ses poches.

— Et maintenant ? Tu comptes réessayer ?

— Nous ne dresserons plus aucune liste – ça nous a servi de leçon. À la place, nous faisons pression sur les députés pour qu'ils soutiennent un changement de loi qui permettrait de donner le statut de réserve naturelle à certains sites. Mais on se passerait bien de voir Lady Timpson élue… Jamais elle ne nous soutiendra. Nous comptons voter pour Anstey.

— Et Mme Siddons, alors ?

— Elle ne nous connaît pas. Nous aimerions essayer de lui parler, comme nous ne sommes pas sûrs qu'Anstey décrochera la timbale.

— Je peux t'arranger un rendez-vous avec elle. Peux-tu venir à Walden ? Elle y passe le plus clair de son temps en ce moment.

Je me sentais plus déterminée que jamais à voir Mme Siddons remporter l'élection partielle.

— Je suis sûre qu'elle aura à cœur de te soutenir. Enfin, de soutenir l'association.

— Je serais enchanté de venir à Walden, dit Percy avec un grand sourire. On pourrait faire un pique-nique à Waldenmere ? Non, il fait encore trop froid à cette période, peut-être… Mais je pourrais apporter une couverture pour nous tenir chaud ?

— Un meeting aura lieu d'ici deux semaines à la mairie. Tous les candidats s'exprimeront. Si tu veux, je te présenterai Mme Siddons après.

— Oh oui, avec plaisir ! Formidable. Je te promets de me tenir convenablement.

Je lui souris en retour. Avant de me rappeler que mon père et Elijah seraient eux aussi présents à ce meeting.

14

Une fois revenue de Londres, je ne savais plus vraiment que faire. Ce qu'Ena m'avait confié n'avait fait qu'accroître ma confusion à propos de Rebecca. Pourquoi n'avait-elle pas quitté la Chambre des communes avec ma mère ? Quant aux confidences de Percy, si elles m'avaient permis de mieux cerner le caractère de Lady Timpson, elles ne m'avaient en revanche apporté aucune révélation digne d'intérêt.

C'est alors que je reçus une lettre de Constance Timpson, qui me demandait de venir la voir le mercredi suivant, lorsque ses parents seraient à Londres pour la journée.

Pour éviter la dépense d'une calèche, je décidai de m'y rendre à pied en passant par Waldenmere puis en suivant le sentier qui remontait le long du canal. Alors que je marchais sur le chemin de halage traversant le domaine de Crookham, j'aperçus les habitations de fortune dont avait parlé Donald Anstey.

Parvenue à Broad Oak Bridge, je traversai le pont pour mieux voir. D'un côté du pont s'étalaient les pittoresques bois et pâturages appartenant aux Timpson. De l'autre, la berge donnait sur des prés piétinés où étaient regroupées une douzaine de caravanes et de cabanes. Plus loin se dressait la ferme des Moffat, qui paraissait abandonnée. Le toit de l'une des granges était effondré, et il n'y avait pas la moindre tête de bétail en vue.

Force était d'admettre que, sur ce point, Donald Anstey avait raison : ce n'était pas un endroit pour élever des enfants. J'entendis un bébé crier dans l'une des caravanes et vis de tout jeunes bambins, pieds nus, en train de jouer dans l'herbe. C'était une belle journée d'avril, mais il était évident que les cabanes, construites à la va-vite, ne devaient guère protéger leurs occupants des rigueurs de l'hiver.

Deux ou trois jeunes hommes me virent regarder dans leur direction. Leur expression était loin d'être engageante. L'un commença à marcher vers moi à grandes enjambées.

— Qu'est-ce que vous faites ici ?

Je reconnus Samuel Moffat. Il portait une veste pleine de trous et était maigre, le visage émacié. Je savais qu'on lui avait décerné une médaille militaire pour sa bravoure sur le champ de bataille, et me rappelai les propos de Mme Siddons sur les jeunes hommes peu éduqués qui avaient servi leur pays et se retrouvaient maintenant sans emploi, vivant dans la misère. Samuel avait-il mieux mangé dans les tranchées qu'il ne pouvait se le permettre maintenant ?

— Je vais à Crookham Hall, répondis-je sans me démonter.

— Eh ben, vous êtes au mauvais endroit, dit-il avant de tendre le doigt vers sa ferme. C'est pas Crookham Hall, ici.

Ses amis ricanèrent.

— Je travaille pour *The Walden Herald*. J'ai interviewé des candidats à l'élection partielle, et certains parlent de construire des maisons ici.

— Des paroles, toujours des paroles, rien de plus. On a entendu le même genre de beaux discours dans la bouche des politiciens pendant toute la guerre, grogna-t-il.

Murmures d'approbation chez ses amis.

— Vous ne voulez pas vendre cet endroit ? demandai-je en désignant la ferme. Ça doit être dur de gagner votre vie.

— Ce serait moins dur si les Timpson payaient ce qu'ils doivent.

— Pourquoi, qu'est-ce qu'ils vous doivent ?

J'avais du mal à imaginer que les Timpson aient une dette envers les Moffat.

— Ça vous regarde pas, maugréa-t-il en se rapprochant de moi. Et n'allez pas publier de bobards dans votre journal.

— Nous ne publions pas de bobards. En fait, si vous avez à vous plaindre des Timpson, nous pourrions même vous aider.

— J'ai pas besoin de votre aide.

J'estimai qu'il était temps que je m'en aille. Je repassai le pont et quittai le chemin de halage pour couper à travers un champ faisant partie du domaine de Crookham. Probablement n'oseraient-ils pas me suivre là-bas.

— Hé, vous ! C'est une propriété privée ici.

Daniel Timpson arriva vers moi à cheval.

J'avais mis un pantalon, trouvant la tenue plus pratique pour marcher, et songeai soudain que j'avais peut-être commis une erreur. Samuel et sa bande avaient été accusés de braconnage à plusieurs reprises, et Daniel pouvait être armé. Je me mis à gesticuler de manière aussi amicale que possible.

— Oh, mademoiselle Woodmore.

Il tira sur les rênes et arrêta sa monture.

— Désolé. Je vous ai prise pour l'un de ces types des taudis d'en face, même s'ils osent rarement s'aventurer par ici en pleine journée.

— Constance m'a invitée. C'était plus simple pour moi de venir à pied.

J'étais soulagée de constater qu'il n'était pas armé, et me rappelai alors que Lord Timpson m'avait dit que son fils refusait de chasser.

— Samuel et ses acolytes vous ont-ils embêtée ?

— Non. J'étais juste un peu trop curieuse à leur goût.

— Parfois, il essaie de jouer aux durs devant ces petits voyous. Mais ce n'est pas un mauvais bougre. On se connaît depuis qu'on est gosses.

— Pourquoi est-il si hargneux ?

— Les temps sont durs pour lui depuis la guerre. Son frère Isaac est mort au front et ses parents ont été emportés par la grippe espagnole vers la fin de la guerre. Il ne reste plus que lui et sa sœur Hannah maintenant, et ils n'arrivent pas à gérer la ferme tout seuls.

— Samuel m'a dit que votre famille leur devait de l'argent, vous êtes au courant ?

J'étais curieuse de voir sa réaction à cette question.

— Avant, mon père donnait de l'argent au vieux Ned Moffat pour les aider à s'en sortir. Mais depuis que ces cabanes ont poussé, Mère a décidé que ce serait terminé.

— D'après ce qu'il disait, j'ai pourtant cru comprendre qu'il existait une sorte d'accord entre vous ?

Quoi qu'il en fût, il était cruel de la part de Lady Timpson de priver Samuel et sa sœur de cette ressource quand ils vivaient dans un tel dénuement.

— Oh, c'est qu'il est convaincu que sa ferme est une route d'accès à notre propriété, et que nous devrions lui payer un droit de passage. Ce n'est pas vrai – la route appartient à la commune, et de toute façon, nous ne l'utilisons pas. Mais je suppose que si le projet de ma mère se concrétise, ce sera une autre affaire.

— Leur ferme est dans un état déplorable.

— J'aimerais la lui acheter. Non que ce soit un bon investissement – la terre est pauvre. Je ne sais pas comment le vieux Ned est parvenu à l'exploiter aussi longtemps. Mais Mère pourrait y installer ses maudits entrepôts.

— Et que deviendraient les Moffat ?

— Je pourrais trouver un poste à Samuel dans l'exploitation, et un autre pour Hannah au manoir. Seulement, il faudrait d'abord pouvoir convaincre ma mère de cracher le fric.

Lorsque Lady Timpson entendrait parler du projet de construction de Donald Anstey sur ces terres, elle risquait de vite changer d'avis.

— Sautez donc sur le dos de Marley, je vais vous emmener au manoir, m'enjoignit Daniel.

Marley étant un gigantesque étalon noir, je ne voyais pas trop comment je pourrais lui sauter sur le dos ; mais avec l'aide de Daniel, je parvins tant bien que mal à lui grimper dessus, cependant que le cavalier chevronné étouffait un petit rire en me voyant me démener.

Une fois bien en selle, j'appréciai le petit galop à travers champs. Le paysage était splendide. Accrochée à Daniel, j'avais l'impression d'être l'une de ces héroïnes de romance, emmenée par son amant. Fantasme qui ne tarda pas à s'étioler comme mon chevalier commençait à se répandre sur les pratiques agricoles qu'il employait au sein du domaine.

Lorsque nous parvînmes au manoir, je descendis non sans mal de Marley, avec un certain soulagement.

— Merci, Daniel. Je ne m'étais pas rendu compte de l'étendue des cultures sur la propriété.

— Je suppose qu'il t'a ennuyée avec ses grandes théories sur l'agriculture ? lança Constance en sortant pour nous accueillir.

— Oh non, c'était très intéressant, mentis-je effrontément.

En vérité, plutôt que de l'écouter, je me demandais lequel des deux, entre Daniel et Percy, était le plus joli garçon. Avec ses longs cils bruns et son air grave, Daniel était très séduisant. Mais je commençais à beaucoup aimer le visage ouvert et pétillant de Percy.

— Te joins-tu à nous pour le thé ? demanda Constance à son frère.

— Oui, mais juste quelques minutes.

Il avisa à nouveau mon pantalon.

Je me trouvai intimidée en retournant dans l'immense salle de réception verte sans Elijah à mes côtés. Mais Constance et Daniel parlaient facilement et s'entendaient visiblement à merveille. Cette atmosphère détendue n'avait rien à voir avec le rendez-vous guindé pour l'interview de l'autre fois. Sans Lord et Lady Timpson, Crookham Hall était un autre endroit.

— Daniel et moi avons discuté de Rebecca, me dit Constance de sa voix parfaitement posée. Nous n'en parlons jamais devant nos parents. Mère est encore fâchée qu'elle ait été suffragette.

— Votre père, lui, ne semblait pas s'en formaliser.

— Il est plus ouvert d'esprit que Mère sur ce sujet-là, approuva Constance.

— Moi, je crois qu'elle est toujours vivante, annonça Daniel.

— Pourquoi une telle conviction ? demandai-je.

— C'est juste une intuition que j'ai. Elle était intelligente, elle avait des idées. Je pense qu'elle en avait assez d'être domestique. Comment le lui reprocher ? Je ne suis pas sûr qu'elle ait envie qu'on la retrouve.

Il y avait un je-ne-sais-quoi dans ses yeux qui me fit penser qu'il essayait de faire passer un message sans le dire ouvertement.

— C'est possible, convins-je.

Je le regardai fixement, mais il ne laissa rien paraître de plus.

— Bon, je dois retourner aux écuries, dit-il en se levant. Ravi de vous avoir revue, Iris. La prochaine fois, je vous ferai faire le tour de tout le domaine.

— Je crois que tu as tapé dans l'œil de Daniel, me dit Constance quand son frère fut parti.

— Oh, il voulait sûrement juste être poli. Il m'a prise pour un braconnier quand il m'a vue de loin, tout à l'heure.

Elle eut un petit rire.

— Il n'a pas l'habitude de voir des filles en pantalon, tu sais. Nous avons tous deux reçu une éducation assez conventionnelle, et il ne fréquente pas beaucoup de monde depuis la guerre.

— Ta mère veut qu'il travaille dans l'entreprise familiale ?

— Elle le voulait. Mais en réalité, Daniel est plutôt fait pour reprendre le domaine. C'est moi qui veux entrer dans les affaires.

— Ah oui ?

— Oui. En dépit de tous les efforts de Mlle Cotton, j'ai réussi à acquérir quelques compétences utiles.

Je lui souris.

— Je ne sais pas si je serais capable d'assumer une telle responsabilité, quand on pense que la vie de tous ces gens dépend de soi… Ça ne t'effraie pas ? demandai-je, même si ma conversation avec Daniel m'avait amenée à penser que les Timpson trouvaient normal d'exercer un tel contrôle sur l'existence des autres.

— Si. Mais je crois que je pourrais améliorer les choses. Mère dirige encore Hinchcliffe Holdings comme son père le faisait. Moi, j'apporterais des changements, en commençant par interdire le travail des enfants dans les usines. Mais il faut du temps pour ça ; on ne prive pas une famille d'un revenu indispensable du jour au lendemain.

— Serait-elle heureuse que ce soit une femme qui prenne la relève ?

Malgré mon antipathie pour Lady Timpson, j'avais du respect pour la façon dont elle avait réussi dans un univers habituellement réservé aux hommes. Mais j'avais aussi entendu dire que Hinchcliffe Holdings n'avait que mépris pour le bien-être de ses employés. Était-ce le prix à payer pour réussir ?

— Elle commence à se faire à l'idée. Elle sait que Daniel ne serait pas heureux loin de l'exploitation. En tout cas, elle nous laisse tranquilles pour le moment : elle ne pense qu'à son élection. Au moins, elle n'essaie plus de me dégoter un mari à la hauteur de ses attentes, et une occupation respectable pour Daniel.

— Pourquoi ne pourrais-tu pas concilier les deux ? Diriger une entreprise et trouver un bon parti ? Elle l'a bien fait, elle.

Je me tus brusquement, craignant que ma remarque n'ait l'air de sous-entendre que Lady Timpson s'était mariée au-dessus de sa caste.

— Pardon, je ne voulais pas…

— Oh, ne t'en fais pas. Je sais que tout le monde dit que mon père a épousé ma mère pour son argent, et qu'elle l'a choisi pour son titre. Et il y a du vrai là-dedans. Mais c'est un arrangement qui leur a convenu à tous deux. Ils sont heureux ensemble depuis vingt-trois ans.

Je restai stupéfaite face à la sincérité de ce constat. Mais il me donnait aussi l'occasion d'aborder le sujet cher à Horace sans avoir l'air de mettre les pieds dans le plat.

— Ce doit être très onéreux d'entretenir un si bel endroit. J'ai lu quelque part que quantité de propriétaires de belles demeures avaient été forcés de vendre leurs bijoux de famille. Au moins, vous avez toujours le saphir Star, en cas de coup dur, dis-je sur le ton de la plaisanterie.

Constance me sourit.

— Père est trop attaché à l'histoire de sa famille. Si cela ne tenait qu'à moi, je le vendrais. À quoi bon posséder quelque chose qui ne sort jamais du coffre-fort ? Nous n'avons même plus le droit de le porter.

— J'aimerais beaucoup le voir, un jour.

— Parfois, je me demande si Père n'a pas oublié où il est.

Apparemment, Constance elle-même n'avait pas vu le bijou depuis des années.

— Quand nous étions au canal, tu m'as dit que tu avais quelque chose à me raconter à propos de Rebecca ?

demanda-t-elle, préférant visiblement en revenir au motif de ma visite.

— Oui. Lorsque je suis allée à la Chambre des communes, il s'est passé quelque chose qui m'a poussée à vouloir en savoir plus sur les circonstances de la mort de ma mère.

Je n'étais pas encore prête à lui révéler que ma mère s'était peut-être jetée à l'eau.

— Et j'ai appris qu'en fait, Rebecca était avec elle ce jour-là.

— Avec ta mère ? Rebecca s'est introduite dans la Chambre des communes ? dit-elle, l'air sidéré.

— Elle faisait le guet pendant que ma mère peignait les grilles.

— Je n'arrive pas à le croire. Elle était tellement discrète… Jamais je ne l'aurais imaginée faire une chose aussi risquée.

Elle secoua la tête.

— Tu en es sûre ?

J'acquiesçai.

— Y a-t-il eu des signes qui pouvaient indiquer que quelque chose n'allait pas, avant sa disparition ?

— Non, rien. Elle était simplement là un jour, et envolée le lendemain.

— As-tu pensé que quelqu'un aurait pu lui faire du mal ?

— Au début, non. Nous pensions juste qu'elle avait rencontré un homme et qu'elle était partie avec lui C'était une jolie femme. Même s'il était curieux qu'elle n'ait emporté aucune de ses affaires.

— Tu crois qu'elle est morte ?

— Malheureusement, c'est ce que je pense maintenant, oui. Père a écrit à l'un de ses contacts dans la police – je ne suis pas sûre qu'ils se seraient souciés d'elle, sans cela. Si elle était encore vivante, à se cacher quelque part comme le soupçonne Daniel, je crois qu'ils auraient découvert quelque chose.

C'était ce à quoi je m'attendais, mais je me sentis consternée de l'entendre de sa bouche.

— Désolée. Tu espérais de meilleures nouvelles ?

— Je voulais surtout en savoir plus sur cette journée à la Chambre des communes. Il pourrait exister un lien entre ce qui est arrivé à ma mère et la disparition de Rebecca.

Je m'attendais à rencontrer un certain scepticisme face à cette suggestion, mais Constance se fit pensive, semblant réfléchir à l'hypothèse.

— Cela prouve en tout cas que Rebecca menait une double vie… Personne ici ne soupçonnait ce qui se passait. Nous n'aurions jamais imaginé qu'elle puisse être une suffragette.

— Avez-vous encore ses effets personnels ?

D'après les dires de Ben, ceux-ci devaient toujours se trouver dans le grenier.

— Mlle Grange, notre femme de chambre, les a rangés dans une malle au cas où Rebecca referait surface. Aimerais-tu les voir ?

— Oui, volontiers.

Peut-être que le fait de voir et de toucher ses affaires me permettrait de mieux cerner Rebecca.

Je pus bientôt découvrir d'autres parties du manoir en suivant Constance pour emprunter plusieurs escaliers menant au grenier. La demeure était impressionnante, avec ses vastes pièces à haut plafond et de grandes fenêtres offrant une vue panoramique sur la propriété. Je me demandai ce que l'on pouvait éprouver en habitant dans un endroit aussi somptueux, rempli de mobilier sculpté et de décorations précieuses. Les armoiries de la famille apparaissaient sous de nombreux portraits et sur des boucliers. Mais était-on encore sensible à toute cette beauté en vivant ici tous les jours ? Les Timpson semblaient tenir pour acquise cette existence privilégiée. Qu'en était-il des domestiques ? Était-ce un plaisir pour eux d'évoluer parmi de telles splendeurs ? Ou bien y avait-il un revers de médaille, plus sombre, à faire partie de l'empire Timpson ?

Même le débarras sous les toits était admirable. Je m'attendais à trouver un grenier poussiéreux dépourvu de fenêtres ; à la place, je découvris un espace lumineux et aéré grâce à la présence d'une verrière en dôme dans le plafond. Une grosse malle noire occupait un coin de la pièce, à côté d'une table en bois ayant visiblement subi les outrages du temps.

— Je m'installais souvent à cette table de couturière avec Rebecca, quand elle était dans la nursery.

Constance effleura la surface vernie.

— Ses broderies étaient incroyables. Elle m'a appris à coudre, mais je n'ai jamais eu son talent.

— Elle me l'a appris aussi… Un jour, je l'ai aidée à broder des écharpes pour les suffragettes.

— Quand je pense à tout ce qu'elle nous aura caché…

Elle ouvrit la malle.

— Sais-tu ce que tu cherches ?

— Non, pas vraiment.

Je n'avais aucune idée de ce que j'espérais trouver.

— Je te fais probablement perdre ton temps, ajoutai-je.

— Ne t'en fais pas, je vais te laisser regarder ça toute seule. Prends tout le temps que tu voudras, et retrouve-moi au salon en bas quand tu auras terminé.

Je lui étais reconnaissante de m'accorder ce moment d'intimité. Pour je ne sais quelle raison, j'avais envie de faire cela seule. J'ouvris la malle et commençai à en exhumer les effets personnels de Rebecca, que je posai précautionneusement sur la table, un à un. Par habitude, j'entrepris d'en établir une liste détaillée :

– Culottes longues, camisoles, corsets, cache-corsets et jupons – aucun neuf, mais tous propres et soigneusement reprisés.

– Deux robes longues grises à col blanc.

– Trois tabliers blancs amidonnés.

– Deux coiffes blanches amidonnées.

– Une robe d'hiver et une robe d'été.

– Une paire de gants en vélin usés.

– Une boîte d'épingles à cheveux.

– Des rubans à cheveux.

– Une brosse à cheveux et un miroir assorti décorés de petites roses mauves sur fond blanc.

– Un pot de crème hydratante Ponds, presque vide.

– Une boîte de poudre de riz, une de rouge, et une houppette.

– Une broche d'émail en bouquet de fleurs nouées par un ruban.

– Un livre sur la cuisine végétarienne.

– Un dépliant des horaires de train entre Walden et Waterloo.

– Un exemplaire du journal *Le Vote des femmes* datant de février 1914.

– Une carte postale en soie avec le mot « Amitié » brodé sur le recto. Au verso, écrits à la main, les mots « Ou amour ? » et l'initiale « D ».

Tout cela constituait un bien maigre témoignage d'une vie. Je pris la carte postale. Les mots étaient inscrits à l'encre bleu foncé, d'une écriture précise, presque carrée. Les lettres comportaient peu d'arrondis et quantité d'angles aigus. Ce D était-il le mystérieux petit ami de Rebecca ? Celui dont elle ne voulait pas parler ? Je glissai la carte dans ma poche. Elle ne manquerait à personne maintenant, et c'était le seul indice que je possédais.

15

J'étais en train de remettre les vêtements dans la malle lorsque je m'aperçus qu'il n'y avait aucune paire de chaussures dans ces affaires. Pas plus que de manteaux. Je retrouvai un peu d'espoir : peut-être Rebecca s'était-elle enfuie, finalement.

Je sortis du débarras et commençais à descendre quand je remarquai une porte tapissée de feutrine verte – celle qui devait donner sur le quartier des domestiques. Ne voyant personne autour de moi, je la poussai doucement. Les gonds tournèrent sans bruit et, en un seul pas, je quittai le faste de la maison principale pour m'engager dans un couloir obscur aux murs peints en blanc. Il n'y avait aucune décoration, à part une rangée de clochettes sous chacune desquelles était placée une étiquette.

Je restai là quelques instants, ne sachant que faire. J'ignorais tout de l'agencement des lieux. La seule chose que je savais, c'est qu'en poursuivant mon chemin vers le bas, de ce côté de la porte, je finirais par arriver dans les cuisines.

Je parcourus le couloir, qui me mena bientôt à un autre couloir bordé de portes de chaque côté. L'une d'elles s'ouvrit soudain, et une domestique apparut. Elle sursauta en me voyant.

— Qui êtes-vous ? me demanda-t-elle.

— Iris Woodmore. Je suis venue voir Constance – Mlle Timpson, je veux dire. Je crois que je me suis un peu perdue.

— Vous êtes bien loin du salon.

La jeune femme me regarda avec méfiance.

— J'étais dans le débarras du grenier. Mlle Timpson m'a autorisée à aller jeter un œil dans une malle.

— Ah, oui. Les affaires de Rebecca.

Elle parut un peu apaisée à cette nouvelle.

— Mlle Grange nous a dit que vous étiez là-haut.

— La chambre de Rebecca devait se trouver par ici, j'imagine ?

En vérité, je n'en avais pas la moindre idée.

— C'est la mienne maintenant. Je suis femme de chambre principale.

Elle avait un visage frais et juvénile, un peu rond, et des taches de rousseur sur le nez.

— Connaissiez-vous Rebecca ? m'enquis-je sans trop d'espoir.

— Un peu.

— Vous deviez être bien jeune alors ?

— J'avais quatorze ans quand je suis arrivée dans cette maison. J'étais blanchisseuse, au début. Puis on m'a donné un poste de femme de chambre. C'est Rebecca qui m'a appris le métier.

Elle me considérait encore avec un brin de suspicion.

— Pourquoi la cherchez-vous ?

— C'était une amie de ma mère. Je n'ai appris que récemment qu'elle avait disparu.

— Votre mère ne vous l'a pas dit ?

— Elle est morte peu de temps avant la disparition de Rebecca.

— Oh, je suis désolée.

— Comment vous appelez-vous ?

Je vis que sa méfiance à mon endroit s'atténuait. J'avais quelque scrupule à tirer avantage de sa compassion, mais il était possible qu'elle fût une source intéressante d'information.

— Olive Evans.

— Vous l'aimiez bien, Rebecca ?

La question pouvait paraître étrange, mais jusqu'ici, plus j'en apprenais sur Rebecca, moins j'avais l'impression d'en savoir sur sa personnalité.

— Je ne la connaissais pas très bien. Elle était assez secrète, vous savez. Gentille, aussi. Certains la trouvaient un peu pimbêche, mais moi, non. Elle lisait des livres et elle parlait mieux que nous, d'accord, mais elle ne se croyait pas supérieure aux autres.

— Avait-elle l'air chamboulée, la dernière fois que vous l'avez vue ? Ou malheureuse ?

— Elle n'était pas chamboulée, mais elle n'était pas heureuse non plus. À mon avis, cela faisait longtemps qu'elle n'était pas heureuse.

— Qu'est-ce qui vous fait dire ça ?

— Elle ne s'intégrait pas. Elle ne voulait pas s'intégrer. Je pense qu'elle aurait voulu être ailleurs. Faire autre chose.

— Vous pensez qu'elle s'est enfuie d'ici ?

Elle haussa les épaules tout en sondant mon regard.

— Qu'y a-t-il ?

Je voyais qu'elle avait envie de me dire quelque chose mais qu'elle n'osait pas.

Elle regarda des deux côtés du couloir puis me fit signe d'entrer dans la pièce dont elle venait de sortir. À l'intérieur, il n'y avait qu'un lit simple poussé contre le mur, une modeste penderie et une commode surplombée d'une vasque et d'un broc.

Olive souleva le coin d'un vieux tapis rectangulaire posé près du lit. Elle retira alors une petite latte du plancher.

Je m'agenouillai près d'elle. Un court instant, une folle pensée me traversa l'esprit : avait-elle trouvé le saphir ? Mais la petite cavité était vide lorsque je regardai à l'intérieur.

— Qu'avez-vous trouvé ici ? demandai-je.

— Rien.

— Ah.

Je m'assis sur mes talons.

— Mais il devait y avoir quelque chose de caché. Regardez, il y a du tissu au fond… Rebecca a dû emporter ce qui se trouvait là.

Je voyais ce qu'elle voulait dire. Il ne restait rien dans cette cachette secrète. Pour autant, cela signifiait-il que le saphir était passé par là ?

— Il y a autre chose.

Les yeux d'Olive pétillaient et ses gestes étaient vifs. De toute évidence, elle avait réfléchi à tout cela et mourait d'envie de s'en ouvrir à quelqu'un.

— Ils ont dit qu'aucun de ses effets personnels n'avait disparu, mais c'est faux. Elle avait un petit médaillon en or. Je ne l'ai jamais vue le porter ici, mais je l'ai croisée un jour à la gare, quand elle descendait du train de Londres, et elle le portait. Pourtant, il n'était pas là quand j'ai aidé Mlle Grange à ranger toutes ses affaires.

— Savez-vous d'où elle tenait ce bijou ?

Je me relevai et contemplai la pièce au mobilier spartiate.

Olive remit la latte en place et le tapis par-dessus. Lorsqu'elle se leva, je remarquai que ses joues s'étaient empourprées.

— Pensez-vous qu'il lui avait été offert par son petit ami ?

— Peut-être.

Une fois encore, elle parut tiraillée, hésitant à me confier quelque chose.

— Connaissez-vous quelqu'un d'ici qui ait la lettre D comme initiale ? demandai-je. Un membre du personnel, peut-être ?

— Vous parlez de la carte postale ? Voilà encore un point que je n'ai pas pu éclaircir – ce n'est pas un membre du personnel, en tout cas. Cela aurait pu être Daniel… Il lui faisait un peu les yeux doux. Mais je l'imagine mal lui adresser une carte comme celle-ci.

Olive était un cadeau tombé du ciel pour moi. Et un fin limier.

— D'après vous, qui lui a donné ce médaillon ?

— Une fois, je me suis levée en pleine nuit. J'ai cru entendre du bruit en provenance de sa chambre et j'ai ouvert ma porte. Ma chambre était plus loin dans le couloir à l'époque, plus près des escaliers.

— Et qu'avez-vous vu ?

— Lord Timpson marchait dans le couloir, vers la porte verte que vous avez franchie tout à l'heure. Je n'en suis pas totalement sûre, mais je crois qu'il sortait de la chambre où nous sommes.

— Vous voulez dire que Rebecca et lui…

Je m'efforçai de trouver une formule décente.

— … avaient une relation ?

Elle acquiesça d'un hochement de tête.

Je n'avais pas une grande expérience des demeures comme Crookham Hall, mais il me paraissait assez suspect d'imaginer Lord Timpson s'aventurer nuitamment dans cette partie de la maison.

— Vous ne direz à personne que je vous en ai parlé, n'est-ce pas ?

Elle lissa sa jupe et redressa son tablier.

— Promis. Vous vous plaisez, ici ?

— On dit que c'est l'une des meilleures maisons de tout le Hampshire.

À son expression, je vis qu'elle savait que ce n'était pas la question que je lui avais posée.

— Est-ce que la famille vous traite bien ? insistai-je.

— Ma chambre me plaît. Et la table est bonne, dit-elle avant d'hésiter à poursuivre. Parfois, Lady Timpson est un peu difficile à satisfaire… Mais Lord Timpson est toujours gentil, lui. C'est pour ça que j'ai été très choquée en le voyant, cette nuit-là.

— Une dernière question : avez-vous déjà vu le saphir Star ?

Elle eut un petit rire.

— Juste une fois, oui. Je n'avais jamais rien vu d'aussi beau… bleu foncé avec une lumière blanche en même temps.

— Quand était-ce ?

— Lady Timpson l'a porté à la dernière grande garden-party que nous avons donnée avant la guerre.

Elle réfléchit quelques instants.

— Ce devait être en juin 1914, je pense. Il reste enfermé en sécurité depuis.

Je fus tentée de demander où mais préférai m'abstenir, ne voulant pas passer pour une voleuse potentielle.

— Je dois descendre maintenant, dit Olive.

Elle ouvrit la porte et vérifia qu'il n'y avait personne dans le couloir avant que nous sortions.

Je m'apprêtais à la remercier quand une voix stridente retentit soudain.

— Olive, que se passe-t-il ?

Une femme élégamment vêtue émergea d'une porte au bout du couloir.

— Mlle Woodmore s'est perdue, mademoiselle Grange. Je la raccompagnais pour qu'elle puisse retrouver Mlle Constance.

Olive feignait l'innocence à la perfection.

— Désolée, j'ai dû prendre la mauvaise porte, ajoutai-je en m'efforçant d'arborer un air confus.

— Je vais vous ramener en bas. Olive, allez en cuisine, ordonna Mlle Grange en passant à grands pas devant nous.

— Merci, Olive. Et pardonnez-moi de vous avoir dérangée, dis-je comme elle reculait déjà.

— Je vous en prie, mademoiselle.

Elle m'adressa un clin d'œil complice.

Je lui souris et m'empressai de rejoindre Mlle Grange, qui filait comme une flèche en direction de la porte verte.

— C'est curieux, dis-je dans son dos. Je n'ai trouvé ni chaussures ni manteau dans la malle de Mlle Dent.

— Je les ai donnés à une petite bonne. Il y a eu pénurie pendant la guerre, ç'aurait été dommage qu'ils ne servent à rien.

Ma lueur d'espoir s'éteignit. L'intendante poussa la porte tapissée de vert et m'invita à circuler.

— Est-ce que vous connaissiez bien Mlle Dent ?

— Pas bien, non.

Elle se tut pour me scruter. Elle paraissait moins contrariée maintenant que nous étions de l'autre côté de cette porte.

— À mon avis, personne ne la connaissait bien. Mais c'était une employée minutieuse et scrupuleuse. J'avais de grands projets pour elle.

— Quel genre de projets ?

— Je pensais la former pour qu'elle puisse prendre ma place au moment de ma retraite. Ç'aurait été une magnifique promotion pour elle. Malheureusement, cela ne semblait guère l'intéresser.

Après ce que j'avais appris à son sujet, voilà qui ne m'étonnait pas beaucoup.

— Elle a dit : « Une bonniche est une bonniche, quel que soit le titre qu'on lui donne. » Cela juste après qu'on l'a promue femme de chambre principale, et qu'elle a eu sa propre chambre individuelle.

Mlle Grange secoua la tête, encore scandalisée.

Je la suivis jusqu'au salon tapissé de végétation où Constance était assise à un bureau près d'une fenêtre. J'espérai que Mlle Grange aurait le tact de ne pas mentionner l'endroit où elle m'avait trouvée.

— Je suis tombée sur Mlle Woodmore dans le quartier des domestiques, avec Olive, annonça-t-elle sans détour.

Je refoulai une brusque envie de lui tirer la langue.

— Oui, je me suis trompée de porte, dis-je en haussant bêtement les épaules.

Sur ce, Mlle Grange quitta la pièce. Constance haussa les sourcils avec une expression perplexe.

— As-tu trouvé quelque chose d'intéressant ?

Son intonation était moins chaleureuse que tout à l'heure.

Je secouai la tête.

— Oh, de toute façon, je ne m'attendais pas à grand-chose. En tout cas, c'est très gentil de ta part de m'avoir laissée regarder ses affaires.

— Mes parents sont partis à Londres avec la voiture, mais je me suis arrangée pour qu'une de nos calèches puisse te ramener chez toi.

Je répondis que cela ne me dérangeait pas de marcher, mais elle insista. Je la soupçonnai de vouloir s'assurer que je quitte la propriété sans avoir d'autre occasion de fureter.

Je contemplai les hectares de terres tandis que la calèche s'éloignait du manoir. Cet immense domaine avait-il englouti Rebecca, ou s'était-elle enfuie ? J'avais beaucoup apprécié l'ouverture de Constance mais, quelque part, j'avais toujours une dent contre les Timpson. Qui avait pleuré Rebecca, à sa disparition ? Elle n'avait pas de famille. Constance et Daniel avaient dit l'apprécier, mais elle n'était qu'une employée parmi d'autres pour eux. Une nouvelle femme de chambre principale avait été formée, et la vie avait repris son cours normal.

Je sortis la carte postale de ma poche. Qui qu'il fût, ce D avait aimé Rebecca. D'amitié… ou d'amour ? Telle était la question. Seules deux personnes de la maisonnée possédaient cette initiale – Daniel et Delphina. Je n'imaginais ni l'un ni l'autre écrire un tel message. Daniel avait seize ans à l'époque. S'il était concevable qu'il eût développé un tendre sentiment pour elle, on pouvait difficilement penser qu'il eût été le mystérieux petit ami qu'elle retrouvait à Londres lors de ses jours de congé. Il devait alors être au lycée à Winchester. Mais cela restait possible.

Et Delphina, alors ? Lady Timpson aurait-elle pu risquer de tout perdre en entretenant une relation amoureuse avec une femme ? La chose était difficile à concevoir. Si cela venait à se savoir, le scandale serait trop grand. Elle aurait fini par perdre sa famille et son entreprise. Toutefois, là aussi, cela restait possible.

Autre question : les sentiments de l'admirateur de Rebecca étaient-ils réciproques ? Ou était-elle amoureuse de Lord Timpson ? Si leur relation – en admettant qu'il s'agisse de cela – avait mal tourné, cela aurait pu justifier son brusque départ. Et fournir en même temps à Lady Timpson une bonne raison de se débarrasser d'elle.

J'avais du mal à envisager ce que Rebecca avait pu attendre de la vie. De toute évidence, elle aspirait au changement. Au mépris du danger, elle avait participé à un acte de rébellion risqué. Et probablement désirait-elle quitter Crookham Hall. Mais pourquoi diable s'évaporer ainsi du jour au lendemain alors qu'elle aurait simplement pu donner sa démission ?

J'avais beau en avoir appris un peu sur Rebecca, je n'avais toujours pas la moindre idée de l'endroit où elle pouvait se trouver. Ce mystère ne serait-il résolu que si l'on retrouvait son corps ? Alors que la calèche empruntait un virage, j'aperçus l'étrange mausolée dans le lointain. Quel meilleur endroit y avait-il pour faire disparaître un corps que le cacher parmi d'autres cadavres ? Sauf que jamais je n'oserais aller mener la moindre fouille dans un pareil lieu.

16

— Les voilà, dans toute leur gloire.

Elijah aligna sur son bureau les photos des trois candidats.

Mme Siddons et Lady Timpson avaient fait appel à des photographes professionnels, cette dernière ayant opté pour un portrait en pied. Elle s'inspirait toujours du style de Lady Astor, arborant un tricorne et un tailleur cintré. Son expression était sérieuse, méditative.

Mme Siddons, quant à elle, avait choisi un plan buste où elle apparaissait portant un chapeau de velours, des boucles d'oreilles en pendentifs et une robe décolletée. Son visage était fendu d'un demi-sourire à la Mona Lisa, comme si elle comptait séduire ses électeurs.

À l'inverse, M. Anstey avait fourni une photo de lui perché sur une caisse en bois dans la rue, s'adressant à un groupe de travailleurs qui brandissaient des pancartes où l'on pouvait lire : « Rétablissons les droits syndicaux ».

— Que Dieu nous aide, soupira Elijah en secouant la tête avec un sourire en coin.

Je souris à mon tour. Qu'allaient faire les électeurs de ces trois propositions ?

— Dépose-moi ça en bas quand tu partiras, tu veux bien ? dit-il en me tendant les photos. Avec ceci.

Il avait enfin validé le long article que j'avais rédigé sur Mme Siddons. Notre campagne pouvait commencer, mais j'avais des sentiments mitigés. J'avais parié sur Mme Siddons afin qu'elle devienne la troisième femme à intégrer le Parlement. Seulement, en positionnant le journal en sa faveur, j'allais me priver d'une source potentielle d'information sur Rebecca si Lady Timpson emportait l'élection.

Après en avoir fini avec le typographe, je pris un raccourci jusqu'au lac et retrouvai Alice à Heron Bay. Je lui racontai ma visite à Crookham Hall, ma rencontre avec Daniel Timpson et notre petite chevauchée sur le dos de Marley.

— Comme c'est romantique ! dit-elle en riant.

— De se faire prendre pour un braconnier ?

— Une chance que tu aies porté un pantalon. Personnellement, je n'aurais même pas essayé de grimper sur ce cheval.

— Tu le connais bien, Daniel ? demandai-je en pensant à la carte signée D. Est-ce qu'il t'a déjà écrit ?

— Arrête, on dirait ma mère.

Son sourire s'évanouit. Elle consulta sa montre-bracelet et commença à ranger son matériel de peinture.

— Comment cela ?

— Elle m'a incitée à entretenir mon amitié avec Constance, mais en réalité, c'est dans l'espoir que je me rapproche de Daniel. Tu imagines le couple qu'on ferait…

Il était rare d'entendre Alice s'exprimer d'un ton aussi agacé.

— Pardon, ce n'est pas du tout ce que je voulais dire, bredouillai-je. Ça ne m'est même pas venu à l'esprit.

— Ce n'est pas grave, ne fais pas attention. Je suis trop sensible. Je sais bien que tu ne penses pas à ces choses-là. Si seulement je pouvais être comme toi.

Je me rendis compte que j'avais de la chance. Il était peu probable que ma famille essaie un jour de me pousser vers un mariage que je n'aurais pas désiré – sauf ma grand-mère, peut-être. En tout cas, je n'avais pas à me préoccuper de cela. Alice, en revanche, avait de bonnes raisons de s'inquiéter.

— Pourquoi veux-tu savoir si Daniel m'a écrit ?

Elle prit mon bras comme nous marchions côte à côte.

— Je voudrais voir son écriture.

Je lui parlai de la carte postale que j'avais trouvée.

— Tu crois qu'il aurait pu entretenir une relation avec Rebecca ? demanda-t-elle avec une moue dubitative.

— l était peut-être juste amoureux d'elle ?

— C'est possible. En société, il n'est pas très à l'aise avec les filles. Une fois, Constance m'avait demandé de danser avec lui – elle me disait que ce n'était pas le même homme quand il travaillait au grand air, mais que dans une salle de bal, il avait tendance à faire tapisserie. C'est elle qui a dû lui remplir son carnet de bal.

Alice repoussa ses longs cheveux par-dessus ses épaules. Je l'imaginai en train de danser avec Daniel ; ils feraient un beau couple, tous les deux.

— Comment cela s'est-il passé quand il est parti se battre ?

— Il a obtenu un commandement à dix-huit ans et fait un passage par Mill Ponds avant d'être envoyé en France. Ce devait être en 1916, je pense.

Elle fronça les sourcils, essayant de se rappeler.

— Je ne l'ai pas beaucoup vu après cela. À part lors d'un bal, une fois. Il était en permission, et je l'ai trouvé encore plus renfermé que d'habitude.

Bien sûr qu'il avait eu un commandement. On était tout de suite nommé officier quand on était le fils d'un lord.

— La seule autre personne de la famille ayant D pour initiale est Lady Timpson, hasardai-je.

— Et on l'imagine mal avoir écrit cela.

— Certes.

L'idée d'une femme aimant une autre femme ne venait même pas à l'esprit d'Alice. Mais ce n'était pas le moment d'aborder ce sujet. Si je pensais peu probable que Lady Timpson fût l'auteur du billet doux adressé à Rebecca, je ne voulais toutefois pas en exclure l'hypothèse.

— Ce « D », ça ne peut pas être un des domestiques ? demanda Alice.

Je lui racontai ce que m'avait dit Olive.

— C'est peut-être juste un commérage de gens de maison, commenta-t-elle, visiblement choquée. Lord Timpson ne me paraît pas être ce genre d'homme.

— Peut-être, mais je me vois mal poser la question à Constance.

— Je me demande pourquoi elle t'a invitée au manoir…

— Par curiosité, je crois. J'ai l'impression qu'elle veut être la première à savoir si je découvre quelque chose.

— Pour protéger quelqu'un ?

— Pour protéger la famille et l'entreprise, probablement. Il est clair qu'elle compte prendre la direction de Hinchcliffe Holdings, un jour.

— C'est vrai qu'elle dégage une sorte de détermination à la fois ferme et tranquille. Je n'aimerais pas l'avoir comme ennemie.

— Moi non plus. Tu aurais vu le regard qu'elle m'a jeté quand elle a appris que j'avais fouiné dans le quartier des domestiques.

Alice eut un petit rire.

— Elle fait partie de ces gens qui semblent toujours savoir quoi dire et comment se comporter. Je ne pourrais jamais avoir une telle assurance, ajoutai-je avec un brin d'envie.

— Je croyais que tu te moquais de ce que les autres pensent de toi ? me taquina Alice avec un sourire affectueux. J'ai toujours admiré cette qualité chez toi.

— Oh, je ne suis pas si dure à cuire. Je sais que pas mal de gens me trouvent bizarre à Walden, dis-je en passant une main sur mes cheveux courts.

— Bizarre, non, rectifia Alice en me pressant le bras. Un peu moderne pour notre petite ville conventionnelle, peut-être.

— C'est ce que Constance a dit, à sa manière. Mais je ne pense pas qu'elle soit aussi conventionnelle qu'elle le paraît. Lorsque j'ai parlé du projet de Donald Anstey de construire des logements à la place des baraques de fortune, elle ne s'est pas montrée aussi choquée que je m'y attendais.

En le formulant, je me rendis compte que j'avais aussi de l'admiration pour elle.

— Il faut faire quelque chose pour ces cabanes, dit Alice. Je ne les ai pas vues de mes propres yeux, mais certaines femmes de notre groupe y apportent des lots de nourriture ou de vêtements, et elles disent qu'elles sont insalubres. La dernière fois que j'y suis allée, c'était vers la fin de la guerre, quand M. et Mme Moffat étaient en train de mourir de la grippe. La ferme était déjà sur la mauvaise pente.

— Je pensais tout de même que Constance verrait d'un mauvais œil tout ce qui est susceptible de gâcher le paysage de leur bien-aimé domaine familial.

Alice resta songeuse quelques instants.

— Crookham Hall est magnifique, c'est indéniable. Mais à mon avis, Constance ne l'aime pas comme Daniel peut l'aimer. Elle aspire à s'échapper, à tracer son propre chemin dans le monde. J'ai l'impression qu'elle se sent un peu piégée en étant la fille de Lord et Lady Timpson.

— Sa mère voudrait lui trouver un mari fortuné.

Retour au sujet délicat du mariage.

— Pauvre Constance, s'émut Alice. Pourquoi n'aurait-elle pas le droit de se choisir elle-même un époux ?

— Oh, elle ne doit pas manquer de soupirants. Percy la trouve superbe, par exemple.

Je souris en repensant à cette conversation absurde.

— J'aimerais bien rencontrer ce Percy, dit Alice en me coulant un regard oblique.

— Il te plairait. Et tu lui plairais sûrement aussi. En fait, je crois qu'il aime toutes les filles qu'il rencontre.

— Il a l'air drôle. En tout cas, il n'a pas été rebuté par ton style insolite.

— Il voudrait m'emmener danser.

— Tu vas y aller ? me demanda Alice, visiblement tout excitée à cette idée.

— J'aimerais bien, avouai-je. Mais je ne sais pas si je vais oser. Et toi, tu aimerais aller danser avec Ben ?

Elle se rembrunit soudain.

— Ça ne sert à rien d'en parler… Tu sais ce qu'il en est de la situation.

Nous étions parvenues aux ruines de l'ancienne jetée.

— Je dois y aller, je ne voudrais pas fâcher mon père, dit-elle.

Je la regardai gravir la pente jusqu'à ce que sa robe rose pâle disparaisse à l'horizon. Un étranger aurait considéré Alice Thackeray comme une jeune femme bénie des dieux : belle, intelligente, gentille et issue d'une famille fortunée. Mais depuis mon retour à Walden, j'avais pris conscience des problèmes qu'elle devait affronter. Son père dirigeait sa vie et elle avait rarement son mot à dire sur les décisions la concernant. Je m'inquiétais pour son avenir.

Je décidai de revenir à pied par Heron Bay et de m'arrêter à Grebe House. Lorsque nous étions passées par là, tout à l'heure, j'avais remarqué la calèche de Mme Siddons dans l'allée – elle ne s'était pas encore laissé séduire par les avantages d'une voiture automobile.

Je frappai à la porte et elle m'emmena au salon.

— Mon article va bientôt être publié, lui annonçai-je.

— Formidable. Tu remercieras M. Whittle pour moi. J'enverrai un mot à M. Laffaye pour lui faire part de ma gratitude. Le soutien du *Walden Herald* pourrait bien être déterminant.

Elle me désigna le canapé.

— Assieds-toi, je t'en prie, et dis-moi où tu en es, toi.

Je m'installai dans le canapé de velours rouge et lui racontai ma visite à Crookham Hall ainsi que tout ce que j'avais appris au sujet de Rebecca.

— Lady Timpson vous a-t-elle déjà parlé de Rebecca Dent ? demandai-je ensuite.

Mme Siddons secoua la tête.

— Nous n'avons plus de contacts depuis de nombreuses années. Il arrive parfois que nous nous croisions lors de certains événements, mais nous nous parlons rarement. Une fois, j'ai eu une longue discussion avec Constance lors d'un déjeuner sur l'herbe. Une jeune femme futée… J'ai été impressionnée par sa connaissance du monde des affaires.

— Elle voudrait interdire le travail des enfants dans les usines.

— Bien. Mon père avait pris position sur ce sujet il y a des années ; cela l'avait rendu très impopulaire à l'époque, mais depuis lors, la plupart des patrons d'usine lui ont emboîté le pas. Hinchcliffe Holdings est très en retard à ce niveau, comme à beaucoup d'autres.

Elle portait des boucles d'oreilles de saphir en pendentifs qui étincelaient et bougeaient quand elle parlait.

— Avez-vous déjà vu le saphir Star ? demandai-je.

— Non. Et pourtant, Dieu sait si cela me plairait, tu peux me croire, répondit-elle en riant. Apparemment, c'est un bijou incroyable – une étoile blanche à six branches sur une pierre d'un bleu profond. Je suis surprise qu'elle ne l'ait pas porté une seule fois au cours de la campagne pour me faire de l'ombre. Je ne possède rien qui supporte la comparaison avec un pareil joyau.

Ce détail me parut intéressant. Lady Timpson pouvait en effet s'assurer une belle publicité dans la presse et prendre ainsi l'avantage sur ses adversaires rien qu'en portant son saphir en public. Pourquoi s'était-elle privée d'une telle occasion ?

— Comment l'avez-vous rencontrée ?

Il me serait toujours utile d'en savoir plus sur elle.

— Son père et le mien n'étaient pas vraiment amis, mais ils évoluaient dans les mêmes sphères. Delphina et moi étant à peu près du même âge, nous allions aux mêmes réceptions.

— Était-ce à York ?

Le père de Mme Siddons était un homme d'affaires et philanthrope bien connu. Il avait fait fortune dans l'industrie textile et lancé des dizaines d'associations caritatives.

— Oui, nous habitions en ville et Delphina venait souvent de Barnsley pour passer du temps chez nous. Nous sommes devenues de grandes amies. Nous nous disputions beaucoup, dit-elle en souriant. Mais nous riions aussi beaucoup.

— À quel moment vous êtes-vous fâchées ?

J'imaginais déjà ces deux femmes au caractère bien trempé échanger des propos cinglants.

— Bien plus tard. Lorsqu'elle m'a dit qu'elle comptait épouser Tobias, j'ai exprimé quelques réserves…

— Pourquoi ?

— Parce que c'était un mariage d'intérêt. Je n'étais pas sûre que ce soit vraiment ce qu'elle désirait.

Je lui confiai qu'Olive m'avait dit avoir vu Lord Timpson sortir de la chambre de Rebecca.

— Cela ne me surprend pas.

Elle se mit à jouer avec la bague sertie d'un saphir à son doigt.

— D'après vous, comment réagirait Lady Timpson si elle l'apprenait ?

— Oh, elle ne réagirait pas, répondit-elle avec un geste de la main balayant la question. Ce n'est probablement pas la seule croix qu'elle ait eue à porter… Comme je le disais, il s'agissait avant tout d'un mariage d'intérêt. C'est du titre de lord que Delphina est tombée amoureuse.

Constance avait dit la même chose. Leur relation de couple n'en demeurait pas moins étrange à mes yeux.

— Êtes-vous au courant du fait que Hinchcliffe Holdings a acheté des parcelles de terre au nez et à la barbe de la SPNR ? demandai-je.

— Cela a-t-il un rapport avec le jeune homme que tu veux me faire rencontrer ? Un garçon intéressant, semble-t-il, ajouta-t-elle avec un petit sourire.

— C'est Elijah qui me l'a conseillé, me défendis-je maladroitement.

Je savais qu'elle avait envie d'en savoir plus sur Percy.

— J'ai eu vent de la rumeur, à l'époque. Voilà bien un procédé typique de Delphina. Pourquoi cela t'intéresse-t-il ?

— Parce que c'était peu ou prou en même temps que la disparition de Rebecca. Et que Lady Timpson a la réputation d'être sans merci.

— En affaires, oui. Elle était déterminée à réussir quand elle a repris Hinchcliffe Holdings.

— À n'importe quel prix ?

— Non.

Mme Siddons parut vouloir dire quelque chose, puis se raviser.

— Non, je ne dirais pas à n'importe quel prix. Delphina recherchait toujours l'approbation de son père.

Quand il est mort, elle s'est dit qu'elle devait perpétuer l'affaire familiale, pour honorer sa mémoire.

Mais elle paraissait songeuse. J'avais l'impression que quelque chose d'autre l'avait traversée – une chose dont elle ne souhaitait pas s'ouvrir à moi.

17

— Iris ! appela une voix essoufflée.

Percy arriva en haut des marches de la mairie de Walden, les joues empourprées par l'exercice. Un peu plus bas, mon père et Elijah le suivaient à un rythme bien plus mesuré.

— J'ai couru depuis la gare, annonça-t-il, le souffle court. Je ne voulais pas rater une miette de l'action.

Il se plia en deux pour reprendre haleine. Nous bloquions l'entrée de la mairie, et je m'apprêtais à lui dire de s'écarter de là.

— Jolies jambes.

Il profita de sa position penchée pour scruter le bas de ma robe.

Mon père et Elijah s'arrêtèrent derrière lui en haussant tous deux les sourcils.

— Percy, lançai-je sans lui laisser le temps de prononcer une autre bêtise, je te présente mon père, Thomas Woodmore. Et mon patron, Elijah Whittle, rédacteur en chef du *Walden Herald*.

— Aaaah, fit Percy en se redressant vivement. Enchanté, messieurs. Percy Baverstock.

— De la Society for the Promotion of Nature Reserves, je présume ? demanda Elijah avec un sourire en coin à mon endroit.

— Tout à fait, répondit l'intéressé avec un sourire radieux. Il me tarde de rencontrer Mme Siddons, cet après-midi. J'aimerais tant la rallier à notre cause. En revanche, je compte éviter la redoutable Lady T, autant que faire se peut.

Un toussotement nous parvint du côté de Lady Timpson, qui se tenait sur le côté des marches en compagnie de Daniel.

— Oh, pardon… Je veux dire : bonjour ! bredouilla Percy avant de prendre une grande inspiration. Et salut Daniel, hein, vieille branche !

Je ne pus m'empêcher d'admirer l'aisance avec laquelle il passait d'une gaffe à une autre.

— Salut, Percy. Content de te voir, dit Daniel avec un rictus.

— Allons-y, maintenant, décréta froidement Lady Timpson.

Et tous de nous pousser pour la laisser passer. Daniel adressa une grimace à Percy et emboîta le pas à sa mère.

— On entre avant que je ne me ridiculise une fois de plus ? suggéra gaiement Percy.

— Je crois que c'est une bonne idée.

Une fois à l'intérieur, je partis à la recherche de Mme Siddons. Laisser Percy avec mon père et Elijah n'était pas sans risque, mais j'étais curieuse de voir comment « Delphina » et « Sybil » allaient se saluer.

— Sybil, quelle joie de te revoir.

Lady Timpson lâcha des baisers dans l'air autour des joues de Mme Siddons.

— Delphina, tu as l'air en pleine forme, répondit Mme Siddons en lui rendant ses baisers aériens.

— Merci. Je crois que la politique me convient à merveille.

Lady Timpson ajusta la veste cintrée de son tailleur gris.

— Plus que les affaires ? s'enquit Mme Siddons.

— Par chance, j'ai de l'énergie pour les deux.

J'échangeai un regard amusé avec Constance, qui se tenait derrière sa mère. Lord Timpson apparut au côté de son épouse.

— Tu te souviens de ma vieille amie Sybil, n'est-ce pas, chéri ? dit Lady Timpson en agrippant le bras de son mari.

— Bien sûr.

Le lord offrit un sourire chaleureux à Mme Siddons.

— Ravi de vous revoir. Venez donc nous rendre visite au manoir un de ces jours, quand toutes ces histoires d'élection seront derrière nous.

Lady Timpson se raidit à cette proposition. En dépit des efforts de chacun, la tension était palpable.

— Que la meilleure gagne, comme on dit. Et que nulle n'ait de rancœur une fois les résultats proclamés, poursuivit Lord Timpson. Après tout, il ne s'agit que de politique.

— Absolument, approuva Mme Siddons en le gratifiant de son plus beau sourire. Nous devrions tous apprendre à pardonner et oublier.

Une étincelle sembla crépiter brièvement entre elle et Lady Timpson à cette dernière phrase. Une idée me vint brusquement : Mme Siddons aurait-elle jadis eu des vues sur Tobias Timpson avant leur mariage ? C'était un homme séduisant. Peut-être était-ce leur rivalité à son sujet qui avait causé leur brouille ?

— Il n'y a rien à pardonner.

Pour une fois, Lady Timpson paraissait sincère.

Comme à l'accoutumée, le visage de Mme Siddons ne trahit rien de ses pensées.

Les deux femmes partirent en direction de la scène cependant que Constance, Lord Timpson et moi allions prendre nos places dans la salle.

— Des nouvelles de notre amie disparue ? s'enquit Lord Timpson en posant une main sur mon épaule.

Je fis non de la tête.

— Tant pis. Pas de nouvelles, bonnes nouvelles, espérons.

Je n'en avais pas la moindre idée. Était-il sincère ? Il avait qualifié Rebecca d'amie. Était-ce ce qu'elle avait été pour lui ? Une amie ? Une amante ? Ou les deux ? Je songeai aux mots écrits sur la carte postale : amitié ou amour ? Se pouvait-il qu'ils se soient donné de petits noms affectueux ? Un code secret entre maître et domestique ? Lord Timpson pouvait-il être le fameux « D » ?

Percy me faisait signe de venir m'asseoir près de lui. Je le rejoignis, et, bientôt, nous écoutâmes Lady Timpson, première à prendre la parole. Son discours se révéla être peu ou prou une répétition de celui qu'elle avait donné à Broad Oak Bridge. Sauf que, cette fois, son public n'avait pas profité de ses largesses avant de l'entendre, et qu'il n'y avait pas de dignitaires locaux. La foule était majoritairement constituée de travailleurs de Walden, et ceux-ci paraissaient un tantinet sceptiques face à ses projets d'exploitation du canal.

Vint ensuite le tour de Mme Siddons, qui prononça un discours plus général, concentré principalement sur les questions d'habitat et d'éducation. Elle reçut un accueil plus chaleureux, quoique relativement tiède lui aussi. Bien malin qui eût pu dire laquelle des deux candidates semblait susciter plus d'enthousiasme que l'autre.

Les deux femmes s'étaient habillées avec davantage de sobriété qu'à l'accoutumée pour l'occasion. Mais même dans leurs « costumes de politiciennes », Lady Timpson et Mme Siddons étaient plus richement vêtues que toutes les personnes présentes dans la salle.

Le conseiller municipal William Mansbridge, qui animait la rencontre, remonta sur l'estrade.

— Je pense que nous avons entendu assez de femmes pour aujourd'hui, déclara-t-il. Nous allons enfin pouvoir entendre une parole d'homme.

Quelques-uns applaudirent au milieu du ricanement général. D'autres murmurèrent d'obscurs propos sur le fait que les femmes prenaient le travail des hommes.

— Quel imbécile, chuchotai-je à Percy.

— Un vrai crétin condescendant à l'ancienne, renchérit-il à haute voix juste au moment où les applaudissements et la rumeur s'éteignaient.

Et toute l'assemblée de se tourner vers lui tandis que William Mansbridge le fusillait du regard depuis son estrade.

J'étouffai un petit rire. De son côté, mon père me regarda en arquant les sourcils ; Elijah, lui, avait un demi-sourire aux lèvres.

Donald Anstey monta sur scène, arborant une expression aussi atone que son costume. Je dus cependant admettre qu'il paraissait plus à l'aise que ses adversaires dans un tel lieu. Comme beaucoup d'autres bâtiments municipaux depuis la guerre, la grande salle de la mairie n'était guère reluisante. L'apparence de Donald Anstey était assortie au cadre.

Il radota un moment sur le Parti travailliste, m'arrachant un bâillement – ainsi qu'à bien d'autres personnes dans l'assistance. Comme je l'avais imaginé, sa façon de parler avait le don d'entraîner son auditoire dans une torpeur proche de l'endormissement.

Mais l'homme finit par s'animer enfin lorsqu'il entreprit de décrire son projet de construction de logements près de Crookham. Et le public le suivit. L'expression consternée sur le visage de Lady Timpson valait le coup d'œil. Même le sympathique Lord Timpson en perdit son sempiternel sourire. À l'inverse, Constance paraissait captivée par le discours du rival de sa mère.

Un tonnerre d'applaudissements éclata à la fin de son allocution, et je fus dépitée de voir mon père frapper dans ses mains tout en hochant la tête, visiblement convaincu.

J'espérai que le reste du public applaudissait seulement pour le plaisir d'avoir vu la mine déconfite de Lady Timpson, et non par réelle adhésion au programme de Donald Anstey.

La salle se vida rapidement et, non sans excitation, j'emmenai Percy voir Mme Siddons pour procéder aux présentations convenues.

— Quelle femme charmante. C'est vraiment gentil à toi de me l'avoir présentée.

À ma grande surprise, Percy avait fait preuve de la conduite adéquate. Il avait succinctement expliqué les objectifs de la SPNR, ainsi que les raisons pour lesquelles ils cherchaient à faire évoluer la loi pour protéger les réserves naturelles. Mme Siddons s'était montrée enthousiasmée et avait promis de les soutenir. Je me sentais assez contente de moi.

Nous marchions maintenant autour de Waldenmere avant que Percy ne prenne son train pour Londres. Mon père m'avait jeté un regard acéré lorsque je lui avais dit que nous partions nous promener, mais il ne s'y était pas opposé.

— Comme c'est beau ici, dit Percy en prenant une grande respiration. Tu as de la chance d'avoir tout cela près de chez toi.

— C'est le gros avantage quand on vit à Walden.

Le temps était magnifique et sublimait la vue sur le lac, à la surface duquel se reflétait un unique nuage dans le bleu du ciel. On n'entendait rien d'autre que le chant des oiseaux.

— Tu n'as pas toujours vécu ici, n'est-ce pas ? Tu ne m'as pas dit que tu habitais à Londres quand tu as perdu ta mère ?

— Je suis née à Walden. Nous avons déménagé à Hither Green quand j'avais treize ans. Nous ne sommes revenus ici que l'année dernière.

— Pourquoi ce retour ?

— Mon père pensait que nous serions plus heureux ici.

— Et est-ce le cas ?

— Je ne sais pas trop, répondis-je avec un haussement d'épaules. J'ai du mal à savoir où j'aurais envie d'être. Londres me manque, mais j'adore Waldenmere. Il y a quelque chose ici qui m'apaise.

— Je comprends ça. J'aime marcher dans les parcs de Londres, mais ce n'est pas la même chose qu'ici.

Il prit à nouveau une profonde inspiration, comme pour se remplir du paysage autant qu'il le pouvait.

— Quand je pense à ma mère, c'est en deux périodes bien distinctes. D'abord ici, à Walden, quand j'étais petite. On allait cueillir des fleurs, patauger dans l'eau… Puis à Londres, quand elle était suffragette. Je préfère mes souvenirs d'elle quand nous étions ici.

— J'adorerais vivre dans cet endroit, dit Percy.

— Il n'y a pas de club pour danser à Walden, tu sais.

Je souris en pensant aux contradictions apparentes de ce citadin amoureux de la nature.

— C'est vrai. J'adore aussi danser. Que fais-tu le soir ?

Son front se plissa comme il devait se figurer les affres d'une vie sans occasion de sortir dans des clubs.

— Pas grand-chose. Mais j'ai de bons amis autour de moi.

Je tendis le doigt devant moi.

— D'ailleurs, en voilà deux.

Nous étions parvenus à Heron Bay, où Alice peignait à son emplacement habituel, Ben perché sur une souche non loin d'elle. Je les présentai à Percy.

— Ma foi, c'est excellent, commenta Percy en observant l'œuvre de mon amie. J'aimerais pouvoir peindre aussi bien.

— Ça aide d'avoir un aussi beau paysage autour de soi, répondit Alice avec modestie.

— Tu as beaucoup de talent, je t'assure. Moi, je suis complètement nul, je ne possède pas une once de fibre artistique. Sauf si l'on compte la danse, peut-être… Est-ce que tu aimes danser ?

— Quoi ? Oh, oui… Quand j'en ai l'occasion.

— Comment ça s'est passé à la mairie ? demanda Ben, probablement pour détourner l'attention que Percy prêtait à Alice.

— Difficile à dire, répondis-je. À mes yeux, aucun favori n'a clairement émergé. J'espérais que le soutien apporté à Mme Siddons par *The Herald* ferait bouger les choses.

— Je comprends pourquoi l'endroit s'appelle Heron Bay.

Percy tendit le bras vers une île couverte de hauts sapins.

— Je vois déjà quatorze nids.

— Ils ont disparu pendant la guerre, dit Alice. L'armée avait installé un camp ici. Il y avait d'horribles tanks partout sur les berges, et les hérons se sont enfuis.

— Eh bien, ils sont revenus et ils se reproduisent.

Percy étrécit les yeux en scrutant les arbres.

— Ce n'est pas un peu tôt pour les petits ? demandai-je.

— Les hérons pondent leurs œufs en février ou mars et les couvent pendant vingt-cinq jours. Ils doivent éclore en ce moment. Tiens, regarde un peu ce mâle : il a la gorge pleine de poissons pour nourrir ses petits.

Nous regardâmes les hérons aller et venir de leur nid.

— C'est tellement calme, comparé à Londres.

Percy s'étira les bras en l'air.

— Mais je suppose que tout le monde va à l'église et que personne n'enfreint jamais la loi. Est-ce que le flic du coin passe ses journées au pub à boire de la bière brune et à jouer aux dominos ?

Alice éclata de rire.

— J'arrive parfois à m'extraire d'une partie pour aller faire une ronde, oui, dit Ben sèchement.

— Ben est le gardien de la paix local, expliquai-je.

— Oh, désolé, l'ami, je ne savais pas. Je n'ai qu'admiration pour vous autres.

Il se pencha vers Ben et continua sur le ton de la confidence :

— Tes collègues m'ont rendu de fiers services quand j'avais bu une limonade de trop et que je ne savais plus où j'habitais.

— Je comprends, fit Ben avec un sourire.

Alice rit encore.

— Une fois, j'ai passé la nuit au poste de Marylebone en compagnie de dames tout à fait fascinantes…

— Percy, il va être l'heure de prendre ton train, intervins-je.

— Déjà ? Très bien, alors allons-y. J'espère qu'on se reverra, dit-il en regardant Alice plus que Ben.

« Elle est drôlement jolie, commenta-t-il dès que nous nous fûmes éloignés. Je suppose que ce policier l'a lui aussi remarqué.

— J'espère juste que le père d'Alice ne les verra pas ensemble.

— Pourquoi donc ? J'aurais cru que n'importe quel père serait enchanté de marier sa fille à un bon citoyen comme un policier plutôt qu'à un corniaud dans mon genre.

— Alice est la fille d'un colonel de haute extraction. Et Ben le fils d'un forgeron.

— Ah, le bon vieux système de classes britannique… Dieu merci, j'ai des parents qui se fichent bien de tout cela. Ils accueilleraient à bras ouverts n'importe quelle fille qui voudrait bien de moi. Sauf qu'aucune ne s'est manifestée, jusqu'ici.

Je ris sous cape, charmée par son autodérision.

— Comment est ton père, à toi ?

Il mit une main en visière sur son front.

— Oh, tu vois ce faucon crécerelle, là-bas ? Il a repéré une proie.

— Plutôt socialiste, répondis-je en regardant le rapace.

— Il aimerait sûrement te marier à un type comme Anstey, alors.

Je frémis à cette idée, tandis que l'oiseau de proie descendait en piqué.

— Je ne compte épouser personne, déclarai-je. Pas si cela signifie devenir la propriété de mon mari.

— Oui, il n'y a rien de folichon à l'idée de faire partie des meubles. Je ne suis pas pressé non plus de souscrire aux liens sacrés du mariage. Il y a trop de jolies filles avec qui danser… Constance, la sœur de Daniel, est une pure beauté par exemple, tu ne trouves pas ?

— Existe-t-il des filles qui ne te plaisent pas, Percy ?

— J'avoue être assez adepte du beau sexe. Mais après avoir vécu des années coincé dans un camp et des tranchées, j'estime avoir passé suffisamment de temps auprès de mes congénères masculins.

— Ça a dû être dur.

Peu d'hommes parlaient de ce qu'ils avaient vécu pendant la guerre. Je me posais d'innombrables questions à ce sujet, mais j'avais appris à retenir ma langue auprès des personnes concernées.

— J'ai eu de la chance… Mais j'ai perdu de très bons copains.

Son expression se fit grave.

— Pour je ne sais quelle raison, je suis revenu en un seul morceau, et j'ai l'impression que ce serait mal de ne pas profiter de la chance que j'ai eue.

— Je crois comprendre.

Après tant de vies perdues, je ne pouvais pas reprocher à Percy de vouloir profiter de la sienne.

— Est-ce que ça veut dire que tu viendras danser avec moi ?

Il bondit devant moi et me fit face, me bloquant le passage.

— Peut-être un de ces jours, quand je m'en sentirai l'audace.

Je le poussai gentiment et poursuivis mon chemin.

— Tu veux dire, la prochaine fois que tu te disputeras avec ton père et que tu voudras te rebeller ?

Il revint marcher à mon côté tandis qu'un petit rire s'échappait de ma gorge.

— Tu es bien plus futé que tu en as l'air, tu sais.

— Je vais prendre ça comme un compliment, dit-il en grimaçant.

Nous nous arrêtâmes devant la gare.

— Des nouvelles à propos de Rebecca ? s'enquit-il, passant à nouveau de la légèreté au plus grand sérieux.

Je lui résumai ma visite à Crookham Hall. En raison de son amitié avec Daniel, je m'abstins de mentionner qu'Olive avait vu Lord Timpson dans le couloir des domestiques au beau milieu de la nuit.

— Constance pense qu'elle est morte, conclus-je dans un soupir.

— C'est possible. Tout ce temps passé sans aucune nouvelle… Allons, ne sois pas triste.

Il déposa un baiser sur ma joue sans que j'aie le temps de protester.

— Tu es revenue à Walden pour être heureuse. Et tu mérites de l'être.

Sur ce, il partit en trottant vers la gare.

J'ouvris la porte sans faire de bruit. J'avais passé plus de temps que prévu avec Percy. Je m'arrêtai dans l'entrée, guettant des voix. Si Elijah se trouvait dans le salon avec mon père, je pourrais monter à l'étage sur la pointe des pieds sans qu'ils le remarquent. Mais si mon père était seul, il allait me poser des questions.

— Ton père n'est pas encore rentré.

Lizzy surgit de la cuisine, me faisant sursauter.

— Il a dû aller boire un verre avec Elijah. À moins qu'il ne soit encore fourré avec Donald Anstey, dis-je avec un soupçon d'agacement.

— Non, M. Anstey est venu ici tout à l'heure, il le cherchait. Il a laissé des documents pour que ton père les lise.

Elle me montra une chemise cartonnée posée sur la console de l'entrée et retourna dans la cuisine.

J'ôtai ma veste et m'apprêtais à monter quand quelque chose retint mon regard sur la chemise cartonnée. Un mot y était épinglé. Et cette écriture me disait quelque chose. Je pris le tout et montai dans ma chambre.

Comme d'habitude, le tiroir de mon vieux bureau en bois résista comme j'essayais de l'ouvrir, et je tirai dessus avec impatience. Mon père avait tenté de me convaincre de le remplacer par un neuf, mais je ne voulais pas m'en séparer. Le bois avait beau être égratigné et taché, j'écrivais sur ce vieux meuble depuis mon enfance et j'y étais attachée. Le tiroir céda enfin et je fourrageai dans les papiers jusqu'à ce que je trouve ce que je cherchais.

Je posai la carte postale issue de la malle de Rebecca sur le plateau taché d'encre, à côté de la note laissée par Donald Anstey à l'attention de mon père. Les deux étaient signées de l'initiale D. Les seuls mots manuscrits sur la carte étaient « Ou amour ? », suivis de l'initiale, mais l'écriture était la même que sur la note ; un lettrage précis, tout en lignes aiguës, sans arrondis. Avec la même encre bleu foncé sur les deux. Donald Anstey pouvait-il être le mystérieux petit ami de Rebecca ?

18

— Alors, quelles sont les intentions de ce M. Baverstock ? demanda Elijah, campé devant mon bureau.

— Il veut que j'aille danser avec lui dans un club de Soho.

Il eut un petit rire.

— Tu l'as dit à ton père ?

— Non. Je pensais y aller et dormir chez mamie et tante Maud. Je pourrais sortir en cachette à la nuit tombée, en robe courte, retrouver Percy, me saouler puis rentrer en catimini, au nez et à la barbe de tout le monde.

Il arqua un sourcil.

— Je plaisante, précisai-je.

— Je sais.

Il partit vers son bureau.

— C'est peut-être dommage, d'ailleurs, ajouta-t-il.

— Comment cela ?

— Pourquoi es-tu aussi raisonnable ? demanda-t-il en se retournant dans l'encadrement de sa porte.

— Vous préféreriez que je le sois moins ?

Cette conversation devenait un peu bizarre.

— Non. Mais parfois, je crois que ça te ferait du bien, dit-il en me regardant fixement.

— Pourquoi ?

Me trouvait-il trop sérieuse, voire cynique ?

— Je ne sais pas, répondit-il avec un haussement d'épaules. Je ne sais pas comment sont censées être les filles de ton âge. Mais peut-être que tu as grandi trop vite.

— Je ne peux plus y faire grand-chose maintenant. Je pense qu'on est toute une génération à avoir grandi trop vite.

— C'est vrai. Sauf Percy peut-être, qui a l'air un peu benêt.

— Détrompez-vous, il est loin d'être idiot, rétorquai-je. Enfin, il l'est un peu, des fois.

Je le suivis jusqu'à son bureau, où je posai côte à côte la carte postale de Rebecca et la note de Donald Anstey – je l'avais récupérée dans la corbeille à papier après que mon père l'avait jetée.

— Qu'est-ce que c'est que ça ?

Il avisa les deux mots tout en s'allumant une cigarette.

— Une carte postale envoyée à Rebecca, que j'ai trouvée parmi ses affaires à Crookham Hall. Et une note laissée par Donald Anstey à mon père, hier.

Elijah les examina attentivement avant de pousser un petit sifflement.

— On dirait bien la même écriture, reconnut-il. Elle est assez singulière.

— Je voudrais l'interroger à propos de Rebecca. Je pourrais inventer une raison de me rendre chez lui, en lui disant que je veux écrire quelque chose sur son projet de logement, par exemple.

— Non.

Il se carra dans son fauteuil.

— Je ne dis pas qu'Anstey n'a rien fait de mal, mais je ne pense pas que tu doives l'aborder seule à ce propos. Nous irons lui parler ensemble.

— Quand irons-nous ? Et que lui dirons-nous ?

Je pris place sur la chaise face à son bureau.

— Du calme. On ne va nulle part pour le moment. Anstey doit passer ici récupérer sa photo, c'est le seul exemplaire qu'il possède. Nous attendrons qu'il vienne. Ce sera mieux que de se pointer chez lui pour lui poser des questions personnelles sur sa vie amoureuse.

Je dus ravaler mon impatience – l'idée était en effet plus judicieuse.

— Pensez-vous qu'ils se voyaient ?

— Tu veux dire : est-ce qu'il emmenait Rebecca danser à Soho ? dit Elijah en soufflant sa fumée de cigarette. Bizarrement, j'imagine mal la scène.

Décidément, il ne comptait pas me laisser oublier Percy et son invitation à danser.

— Il a plutôt dû l'emmener à un rassemblement syndical en guise de soirée romantique, ironisai-je.

Cela le fit rire.

— Tu peux te moquer, dit-il en agitant sa cigarette en l'air. Mais s'ils se plaisaient, il est fort possible que ce soit la politique qui les ait réunis.

Là, il marquait un point. Mes propres parents s'étaient rencontrés lors d'un meeting politique.

Nous dûmes attendre deux longues journées avant que Donald Anstey ne se décide à apparaître.

— Bonjour, lança-t-il en franchissant la porte du bureau.

J'étais avec Elijah dans son antre, en train de prendre des notes. Il ouvrit son tiroir, en sortit la maquette de une que nous avions préparée et la posa au milieu de son bureau. Le gros titre annonçait :

6 ans plus tard : la domestique de Crookham Hall toujours portée disparue

— Monsieur Anstey. Vous êtes venu chercher votre photographie ?

Elijah posa la photo à côté de la maquette.

Donald Anstey tendit la main pour prendre le cliché et se figea brusquement, les yeux rivés sur le gros titre.

— Rebecca Dent ? dit-il, soudain alerte. Il y a du nouveau dans l'affaire ?

— Non.

Elijah repoussa la page de une comme si celle-ci avait peu d'importance.

— Nous préparons un appel à information. Nous ne le publierons qu'après l'élection partielle.

— Pourquoi maintenant ? demanda l'homme politique en s'efforçant de détourner le regard de la maquette.

— Je suis surprise que vous connaissiez cette affaire, intervins-je. Vous ne vous êtes installé à Walden qu'après la guerre, c'est bien ça ?

Un silence pesant s'installa.

— J'en ai entendu parler dans les journaux, à l'époque.

— Ah oui ? L'affaire a pourtant fait peu de bruit. Raison pour laquelle nous désirons agir maintenant.

Il resta silencieux.

Elijah fit glisser la page pour la positionner juste devant Donald.

— Nous nous sommes dit qu'il fallait rafraîchir la mémoire des gens. On ne sait jamais, quelqu'un pourrait avoir de nouvelles informations utiles à la police.

— Cela n'intéresse pas la police.

Il avait toujours les yeux fixés sur la minuscule photo de Rebecca placée sous le titre.

— Pourquoi dites-vous cela ? demandai-je.

— C'est juste l'impression que j'ai eue.

Un nouveau silence se fit.

— Rebecca Dent était une amie de ma mère.

Je commençais à perdre patience.

Il opina, confirmant qu'il le savait. Le silence régna une fois encore.

— Lorsque j'ai appris que Rebecca était avec ma mère à la Chambre des communes, j'ai voulu lui parler. C'est alors que j'ai découvert qu'elle avait disparu. Depuis, je me démène pour en savoir plus sur sa disparition.

Il ne parut pas surpris de la participation de Rebecca à cette action fatidique. Mais il garda le silence.

Je regardai Elijah, exaspérée. Il hocha subtilement la tête. Nous lui avions laissé tout loisir de nous parler de sa relation avec Rebecca. Relation qui avait bel et bien existé, à en juger par sa réaction.

— J'ai quelque chose à vous montrer.

Je me rendis à mon bureau et en revins avec la carte postale, que je posai devant lui.

— Qu'est-ce que c'est ?

Soudain blême, il prit la carte et la retourna.

— Constance Timpson m'a autorisée à jeter un œil aux effets personnels de Rebecca. J'y ai trouvé ceci, entre autres. Et j'ai reconnu votre écriture sur la note que vous avez laissée à mon père, l'autre jour.

Donald resta comme pétrifié quelques instants avant de se laisser tomber sur une chaise, l'air abattu. Mais toujours sans dire un mot.

— Ce message semble indiquer que vous étiez assez intime avec Mlle Dent, n'est-ce pas ? aiguillonna Elijah.

— Je l'aimais.

Donald se prit la tête entre les mains. Je ne savais pas vraiment s'il pleurait. Peu m'importait ; au moins, il manifestait une certaine émotion.

— Comment avez-vous connu Rebecca ?

En dépit de mon impatience, je m'efforçai de ne pas trop le brusquer. Donald prit une profonde inspiration et releva la tête.

— Elle avait une amie, Kathleen Hooper. Le mari de Kathleen, Leonard, était membre du Parti travailliste. Les Hooper l'ont emmenée à un meeting que j'animais.

— Et vous avez fait plus ample connaissance ? dit Elijah.

— Elle sortait du lot, avec ses longs cheveux blonds. Leonard nous a présentés… et je suis tombé amoureux sur-le-champ.

— Vous la retrouviez ensuite le vendredi, c'est cela ?

Il acquiesça encore, sans demander comment je savais cela.

— C'était son jour de repos. Elle venait en ville, se faisait coiffer, puis elle me retrouvait après mon travail. Je terminais de bonne heure le vendredi.

Il eut un petit sourire.

— Ce furent les plus beaux jours de ma vie.

— Vous saviez qu'elle était suffragette ?

— Oui, et je la soutenais. Mais certaines actions du groupe commençaient à m'inquiéter. Elle m'a dit qu'elle envisageait de quitter le WSPU pour rejoindre un mouvement moins radical.

Une fois de plus, je me demandai quelle influence ma militante de mère avait pu exercer sur cette femme plus jeune.

— Quand l'avez-vous vue pour la dernière fois ?

— Début juillet 1914. Je lui ai dit que j'allais en Écosse rendre visite à ma famille et que je serais absent quelques semaines.

— Et vous n'avez jamais revu Rebecca après cela ?

Elijah scruta le visage de son interlocuteur.

— J'ignorais tout de sa disparition jusqu'à mon retour.

Son expression disait tout du choc que, de toute évidence, il ressentait encore.

— Ce sont Kathleen et Leonard qui me l'ont appris.

— Avez-vous une idée de ce qui aurait pu la pousser à partir ?

Je ne comprenais pas pourquoi il avait dissimulé leur relation, à l'époque. Visiblement, il était alors très épris de Rebecca.

Il secoua la tête.

— Elle n'était pas heureuse à Crookham Hall. Elle disait qu'elle voulait partir et commencer une nouvelle vie en tant que couturière. J'aurais voulu la soutenir, mais je n'avais pas beaucoup d'argent. Alors nous avons tous les deux commencé à économiser.

— Pourquoi êtes-vous allé en Écosse ? demanda Elijah.

— Pour voir mes parents. Je savais que la guerre était inévitable. Si elle était déclarée, je comptais m'enrôler. Je voulais les revoir avant, expliqua-t-il, un peu sur la défensive.

— Rebecca le savait-elle ?

— Oui. Je lui avais dit que cela me semblait être mon devoir. Mon travail au Conseil n'était pas vraiment vital. En fait, je me suis engagé et j'ai été affecté peu après la disparition de Rebecca.

Un nouveau et long silence se fit dans la pièce. Il avait l'air épuisé.

— Est-ce à cause de Rebecca que vous avez emménagé à Walden ?

Il ne pouvait pas avoir atterri ici par hasard.

Il hocha la tête.

— Je ne pouvais pas faire grand-chose pendant la guerre – je me suis battu loin d'ici pendant presque quatre ans. À mon retour, j'avais envie de vivre dans un endroit calme, et je suis venu m'installer ici.

— Avez-vous découvert quelque chose depuis que vous êtes à Walden ? demanda Elijah.

— Pas vraiment. Mais je sais que les Timpson y sont pour quelque chose.

— Que voulez-vous dire par là ?

Je me demandai s'il soupçonnait quelque aventure cachée.

Elijah secoua discrètement la tête. Je lui avais fait part de la suspicion d'Olive à propos de Lord Timpson et de

Rebecca, mais il m'avait conseillé de ne pas en parler à Anstey à ce stade.

— Je ne sais pas exactement… Mais je suis sûr qu'ils ont une responsabilité quelconque dans l'histoire.

Une étincelle rageuse vint éclairer un instant son visage défait.

— Mais naturellement, tout ce que je pourrais dire maintenant passerait pour une tentative de discréditer mon adversaire.

— Vous pensez que Lady Timpson puisse être impliquée ? demanda Elijah.

— L'un d'entre eux l'est forcément. Seulement, j'ignore lequel. Daniel avait le béguin pour elle.

— C'est elle qui vous l'a dit ?

Donald fit signe que oui.

— Il lui faisait les yeux doux. Lady Timpson s'en est aperçue, ce qui a compliqué la vie de Rebecca. Elle était gentille avec lui quand il était petit, mais elle a dû se montrer ferme avec le jeune homme qu'il est devenu. Il sortait tout juste de l'école.

Voilà qui donnait à Daniel et à sa mère un motif pour se débarrasser d'elle. Daniel s'était-il offusqué de se voir rejeté ? Ou avait-il découvert qu'elle couchait avec son père ? Lady Timpson avait-elle décidé d'agir pour résoudre le problème ?

— Pourquoi n'êtes-vous pas allé voir la police sur le moment ? s'enquit Elijah.

— Je n'avais pas de raison de le faire. Et rien de spécial à leur dire.

Le ton défensif était de retour.

Si inadéquate que fût la réponse, Elijah m'adressa un nouveau signe de tête ; nous avions déjà poussé Anstey assez loin dans ses retranchements.

Mais pourquoi avait-il caché sa relation avec Rebecca ? Et était-il vraiment en Écosse au moment de sa disparition, ou bien s’était-il trouvé un alibi facile ? S’il avait découvert une relation entre elle et Lord Timpson, comment avait-il pu réagir ? Il l’avait dit lui-même : il l’aimait.

19

Le lendemain matin, je décidai de m'arrêter au poste de police en me rendant au travail.

Ben m'ouvrit la porte, le regard un peu trouble.

— C'est à propos de Rebecca ?

Il me fit signe de le suivre dans la minuscule cuisine. Là, je lui parlai de Donald Anstey.

— Aurais-tu moyen de savoir s'il était bien en Écosse quand Rebecca a disparu ?

— Seulement en interrogeant ses parents. Et je n'obtiendrais pas l'autorisation.

Il posa la bouilloire sur le feu.

Je me doutais qu'il me répondrait de la sorte et changeai d'approche en abordant une autre question qui me turlupinait.

— Cela va te paraître macabre, mais j'ai repensé au mausolée.

Je remarquai une pile de vaisselle sale dans l'évier. Ben partageait le logement avec l'agent Sid King, et les deux hommes ne faisaient le ménage que lorsque la mère de Ben devait venir s'occuper de leur linge.

— Le mausolée ?

Il gratta son menton où affleurait une barbe de la veille. Son expression n'avait rien d'encourageant.

— À Crookham Hall.

Devais-je tenter de l'amadouer en proposant de laver la vaisselle ?

— Ah, je vois où tu veux en venir : au cas où il y aurait un corps caché parmi les corps, c'est ça ?

— Oui. Personne ne penserait à aller chercher par là.

Je regardai mieux le contenu de l'évier et décidai de m'abstenir.

— Le commissaire l'a fait.

Ben paraissait plus intéressé.

— Ah oui ?

Il partit dans le petit bureau mitoyen et fouilla dans une pile de papiers désordonnée.

— Il m'a laissé lire les notes qu'il a prises sur l'enquête, dit-il en feuilletant des pages. Tiens, les voilà. Le manoir et toutes ses dépendances ont été fouillés.

— Y compris le mausolée ?

— Le majordome avait les clés de tous les bâtiments, sauf celles du mausolée. Il a déclaré au commissaire qu'il n'existait qu'une clé, et que c'était Lord Timpson qui l'avait. Le commissaire a insisté pour qu'on ouvre tout de même le mausolée. Je plains le pauvre gars qui a écopé de cette tâche.

J'approuvai d'un hochement de tête. J'avais moi-même rapidement renoncé à l'idée d'essayer d'y avoir accès pour examiner les lieux de mes propres yeux.

— Lord Timpson a accompagné l'officier au mausolée, lut Ben à voix haute. Il est resté présent le temps nécessaire aux fouilles, puis a refermé derrière nous.

— Qu'ont-ils trouvé ?

— Rien. Rien d'autre que ce qui était censé être là.

J'étais déçue et soulagée en même temps ; je n'aurais pas aimé que ce tombeau gothique fût la dernière demeure de Rebecca.

— Les terres ont-elles été fouillées, elles aussi ?

— Pas par la police. Le domaine est trop grand, il aurait fallu beaucoup d'hommes. Lord Timpson a organisé des recherches. Il a mobilisé tout son personnel pendant des heures, mais ils n'ont rien trouvé non plus. Aucun élément ne tendait à indiquer que Rebecca avait pu subir une agression ou une fin violente. Elle a simplement disparu.

Je quittai Ben et me rendis à mon bureau, où je passai le reste de la journée à me chamailler avec Elijah. Il voulait que j'oublie un peu Rebecca et que je me concentre sur l'élection partielle, mais je ne parvenais pas à penser à autre chose.

En fin de journée, j'envisageai de faire encore un saut au poste de police et de demander à Ben s'il voudrait bien me laisser lire les notes du commissaire. Mais alors que je sortais du bureau, j'entendis un bruit en provenance du croisement en haut de la rue. Un fourgon de police tracté par des chevaux remontait Walden High Street, suivi de Ben et de Sid, qui pédalaient comme de beaux diables sur leurs bicyclettes. Je partis en direction de la mairie.

La rue principale était plus animée qu'à l'accoutumée, pour un jeudi soir. Des badauds s'attardaient devant les magasins, bavardant et profitant du soleil. Il s'était forcément passé quelque chose pour que Walden sorte ainsi de sa torpeur habituelle.

À l'intérieur de la mairie, des membres du Club des femmes triaient des piles de linge derrière de longues tables sur tréteaux, avant de les ranger dans différentes caisses. Un brouhaha de conversations emplissait la pièce. Je repérai Alice vers le fond de la salle, en compagnie de Mme Gilbert et de deux autres dames.

— Que se passe-t-il ? demandai-je. Je viens de voir Ben et Sid suivre un panier à salade. Où est-ce qu'ils allaient ?

— À Crookham Hall.

Alice posa une couverture pour bébé dans une caisse étiquetée « Famille Carter ».

— Pourquoi, que s'est-il passé ?

Mon cerveau était en ébullition. Pouvait-il y avoir un rapport avec Rebecca ? Avait-on découvert un corps ?

— Ben n'a pas voulu le dire, répondit-elle en poussant la caisse sur la table. Ce sera tout pour la liste des Carter, madame Gilbert.

— Le docteur y est allé, lui aussi, déclara une dame âgée, Mlle Briggs, qui habitait la même rue que moi. Je crois qu'il y a eu un accident.

— J'espère que personne n'est blessé.

Tout en le disant, je ne pus m'empêcher de penser que l'événement pourrait peut-être forcer Lady Timpson à se retirer de l'élection.

— Je ne serais pas surprise que ce soit à cause de ces gens qui habitent dans les taudis d'à côté, assena une femme au visage rougeaud.

Mlle Briggs approuva et porta à son nez un mouchoir parfumé à la lavande, comme si la puanteur l'incommodait jusqu'ici. Les deux femmes s'interrompirent dans leur tâche pour laisser libre cours à leurs commentaires sur le mode de vie indigne adopté par certains individus.

— Nous serons bientôt fixées, conclut Mme Gilbert avec une moue pincée.

Je me rendis compte que j'avais créé une nouvelle interruption dans un après-midi déjà riche en événements.

— Tu crois que quelqu'un du manoir aurait pu tirer sur un braconnier ? me souffla Alice.

— C'est possible.

Je vis Mme Gilbert me couler un regard hostile.

— Bon, je ferais mieux d'y aller.

— Tu me diras si tu apprends quelque chose, murmura-t-elle comme je tournais les talons.

Le lendemain matin, Lizzy nous dit que la police avait été vue près de Broad Oak Bridge. Apparemment, l'incident concernait Samuel Moffat ou quelqu'un vivant dans les baraquements.

— Que se passera-t-il si quelqu'un a pris un coup de fusil ? demandai-je à mon père.

— Tout dépend de la gravité des faits… Si la victime est seulement blessée et que c'est un Timpson qui a tiré, j'imagine que le magistrat le laissera tranquille, dit-il avec un air dégoûté. Anstey a raison de faire de ce problème une priorité : un désastre est inéluctable. Ces familles ont des bouches à nourrir, il faut bien qu'elles trouvent à manger d'une manière ou d'une autre.

Je ne pouvais rien objecter à cela.

— Alors, tu as entendu les cancans ? lança Elijah lorsque j'arrivai au bureau à la première heure.

Je ne pris pas la peine de lui faire croire que c'était autre chose que la curiosité qui m'amenait ici de si bonne heure. Je posai ma sacoche sur mon bureau et m'empressai de le rejoindre dans son antre.

— J'ai vu la police se précipiter à Crookham Hall hier soir, en partant. Qu'avez-vous entendu dire à ce sujet ?

— Que Lord Timpson est mort.

20

Je restai bouche bée. Il n'avait aucunement l'air de plaisanter.

— Mort ? Mais… comment ?

— Je ne sais pas encore. J'ai reçu un message de Ben Gilbert, il veut me parler ce matin.

— Pourquoi ? Vous savez des choses sur cette histoire ?

— Ben et moi avons un accord, dit-il en s'allumant une cigarette. Pour être plus précis, disons plutôt qu'il agit sur ordre du commissaire Cobbe. Ben me fournit des informations sur un crime si le commissaire estime qu'un peu de publicité peut leur être utile.

— Il s'agit donc d'un crime ?

— C'est l'impression que j'ai.

— Pauvres Constance et Daniel…

— Et Lady Timpson, ajouta-t-il.

— Oui, je suppose.

Mais en dépit de ce que Constance avait déclaré, je n'étais pas convaincue que Delphina Timpson eût beaucoup d'affection pour son époux.

— Voulez-vous que je prenne des notes quand Ben viendra ?

— Tu espionneras sûrement derrière la porte si je te dis non, répondit-il, un petit rictus sur les lèvres.

— Pas du tout, objectai-je avec une bonne dose de mauvaise foi.

— Va nous faire du café et je te laisserai te joindre à nous.

Il étouffa un bâillement.

— Je suis sûr que Ben sera preneur d'un bon café bien fort. Il n'a pas dû dormir beaucoup.

Je m'empressai de gagner la salle de rédaction et mis de l'eau à bouillir.

Ben s'effondra dans le fauteuil face au bureau d'Elijah et prit le café que je lui tendais. Il n'était pas rasé et paraissait recru de fatigue.

— Que s'est-il passé ? demandai-je en m'asseyant près de lui.

Elijah toussota tout en m'adressant un sourire sardonique.

— Pardon.

J'étais censée le laisser poser les questions. Je pris mon bloc-notes, mon crayon, et essayai d'afficher un air concentré.

— On a trouvé le corps de Lord Timpson flottant dans le canal. Apparemment, il a été blessé à la tête et s'est noyé.

— Bon Dieu.

Elijah lâcha sa cigarette.

— Un pathologiste du ministère va venir dans la journée pour examiner le corps.

Ben avala un peu de café.

— Quand l'a-t-on vu pour la dernière fois ? demanda Elijah.

— Il est parti faire un tour à cheval avec Lady Timpson après le petit déjeuner hier matin. Elle est rentrée avant lui, ce qui n'avait rien d'inhabituel – Lord Timpson chevauchait souvent plus longuement que sa femme quand ils y allaient ensemble. Elle l'a laissé aux alentours de 10 heures. À 13 heures, la famille s'est installée pour déjeuner ; c'est là qu'ils se sont rendu compte qu'il n'était toujours pas revenu. Daniel est parti à sa recherche et a découvert le corps dans le canal près de Broad Oak Bridge.

— D'après vous, que s'est-il passé ? Cela pourrait-il être le fait d'un braconnier ? Daniel nous a dit qu'on leur avait volé des faisans.

On savait déjà qui allait être soupçonné en premier lieu.

— Nous explorons cette piste, répondit Ben avec prudence. Il est possible que Lord Timpson ait menacé quelqu'un, et que l'individu ait riposté.

— Avait-il des biens de valeur sur lui ?

Elijah prit son stylo.

— Une montre à gousset et un étui à cigarettes, qui portaient tous deux les armoiries de la famille, ont disparu. Mais ils pourraient tout à fait être dans l'eau. Nous fouillons le canal. Son cheval est un animal de grande valeur, mais il était toujours sur place. C'est en le voyant que Daniel a repéré l'endroit où se trouvait son père.

— Se peut-il que Lord Timpson ait simplement perdu l'équilibre au bord de l'eau ? Ou qu'il soit tombé de sa monture ? demandai-je.

— À première vue, cela paraît peu vraisemblable, mais nous attendons de voir ce que dira le pathologiste.

Ben se frotta les yeux et bâilla.

— Que voulez-vous que je publie dans *The Herald* ? s'enquit Elijah.

— Écrivez que Lord Timpson a péri dans un tragique accident à Broad Oak Bridge. Le commissaire Cobbe souhaite que vous mentionniez l'emplacement exact. En fin d'article, demandez à toute personne s'étant trouvée dans les lieux ces deux derniers jours de contacter le poste de police de Walden.

Elijah opina en se grattant le menton.

— Entre nous : quel est votre avis sur tout cela ?

— Je ne crois pas à l'hypothèse de l'accident, répondit Ben en se penchant en avant. À en juger par les marques au sol, il y a eu une bagarre. Peut-être une altercation avec un des gars des baraquements de l'autre côté du canal, qui aura mal tourné. Ou alors…

— Ou alors quoi ? relançai-je comme il ne terminait pas sa phrase.

— Ce pourrait aussi être un employé, ou un ancien employé qui lui en aurait voulu.

— Vous pensez à quelqu'un de particulier ? demanda Elijah.

Ben secoua la tête.

— Non, c'est juste une possibilité parmi d'autres.

— Mais pourquoi ?

Je pensais déjà à Rebecca.

— Pourquoi lui en aurait-on voulu ?

— Je ne sais pas. Certains domestiques de Crookham Hall que nous avons interrogés nous ont confié que les Timpson étaient très exigeants avec eux. Une femme de chambre s'est suicidée il y a quelques années. Et avant cela, Rebecca Dent a disparu du jour au lendemain.

— Lord Timpson avait pourtant l'air de quelqu'un de bien, commenta Elijah.

— Peut-être avait-il tendance à séduire les femmes de chambre, suggérai-je.

— À vrai dire, les plaintes concernent surtout Lady Timpson. Comme je le disais, ce n'est qu'une hypothèse parmi d'autres dans notre enquête.

Je lui resservis du café.

— Pourrait-il y avoir un lien entre la disparition de Rebecca et la mort de Lord Timpson ?

— Sans connaissance d'un tel lien, nous ne pouvons pas faire grand-chose.

Je gardai le silence cependant qu'une terrible pensée me venait : aurais-je mis des personnes en danger en essayant de retrouver Rebecca ? Se pouvait-il que Lord Timpson ait découvert quelque chose à son sujet ? Et été tué avant qu'il puisse le dire à quelqu'un ?

Au cours des semaines suivantes, la police continua d'interroger tout le monde à Crookham Hall ainsi que sur les terres des Moffat, mais rien de nouveau n'émergea. Notre article dans *The Herald* ne généra aucune information nouvelle.

Les ragots allaient bon train à Walden, phénomène qui ne fit que s'intensifier comme on n'arrêtait aucun suspect. Je voulus publier un article évoquant la possibilité d'un lien avec la disparition de Rebecca, mais Elijah s'y opposa, arguant qu'il ne voulait pas risquer de poursuite en justice. Au lieu de quoi, nous devions nous concentrer sur l'élection partielle, même si cela captivait moins nos lecteurs. Le bruit courait pourtant que la lady allait retirer sa candidature.

— Nous sommes convoqués, ma chère, annonça Elijah en replaçant une lettre dans une enveloppe. M. Laffaye veut que nous venions le voir.

— Pourquoi ?

J'avais très envie de découvrir l'intérieur de Heron Bay Lodge, tout en espérant qu'Horace n'ait pas de mauvaise nouvelle pour nous. Les ventes du journal se portaient bien, mais était-ce suffisant ? Il pouvait toujours décider de nous couper les vivres.

— Il nous expliquera cela quand nous y serons.

Nous allâmes à pied jusqu'à Heron Bay Lodge cet après-midi-là, dans la douceur du soleil de mai. De grands arbres dissimulaient une partie de la vue sur la maison depuis le chemin, et j'avais hâte de découvrir les lieux au-delà des grilles.

À ma grande surprise, je vis Elijah pêcher une clé dans sa poche et ouvrir un petit portail annexe avant de me guider dans la propriété. Je pris le temps d'apprécier la splendeur des jardins. Les pelouses étaient tondues avec une telle netteté qu'on les eût dites taillées aux ciseaux. Les parterres regorgeaient de buissons et d'arbustes en fleurs déployant tout un panel de teintes mauves, roses et lilas.

Autre surprise : à notre arrivée, Ben Gilbert était assis près d'Horace dans la véranda qui s'ouvrait sur tout l'avant de la demeure et dominait Waldenmere. Ben était en train de desserrer son col, souffrant visiblement de la chaleur dans son uniforme de police.

Un jeune homme élégamment vêtu accueillit Elijah comme un vieil ami et nous accompagna dans une salle de réception puis dans un escalier. Ben parut soulagé de nous voir, et je lui adressai un petit sourire amical. Horace attendit que le jeune homme revienne avec un plateau chargé de verres et d'un pichet de limonade avant d'en venir aux faits.

— Merci à vous tous d'être venus.

Il s'arrêta pour boire une gorgée.

— Voilà maintenant des semaines que Lord Timpson est mort, et je m'inquiète du peu de progrès dans l'enquête. J'ai contacté le commissaire Cobbe, qui a eu l'amabilité d'autoriser l'agent Gilbert à venir ici pour discuter de tout cela avec nous.

Elijah eut un petit sourire en coin. Je supposai qu'Horace avait fait en sorte que cela en vaille la peine pour le commissaire.

— Je m'apprête à donner à l'agent Gilbert un dossier contenant des informations sur la situation financière de Lord Timpson, qui pourraient éventuellement avoir une influence sur le dossier. Éventuellement, répéta-t-il en posant la main sur un épais classeur cartonné.

Je commençais à comprendre comment il procédait. Les contacts de son réseau avaient mené leur propre enquête sur le lord, et Horace se servait de ses trouvailles comme d'un levier auprès du commissaire afin d'avoir accès à l'enquête officielle.

— J'ai pu me procurer les relevés financiers de Lord Timpson. Ceux-ci nous révèlent qu'il était considérablement endetté. Il devait de grosses sommes d'argent à des clubs de jeu.

Horace toussota.

— Ainsi qu'à d'autres établissements de nature... douteuse, dirons-nous.

Je n'étais pas tout à fait sûre de ce qu'il entendait par là – je présumai qu'il s'agissait de bordels, mais n'osai poser la question. Le fait d'avoir été conviée à cette discussion me faisait me sentir adulte, et je ne voulais pas compromettre l'illusion. Malgré tout, je fus choquée par ces révélations, qui ne correspondaient nullement à l'image que j'avais de Lord Timpson.

— Pensez-vous qu'il puisse s'être suicidé à cause de ses dettes ? demanda Elijah.

— Non, répondit Ben. Il n'a pas pu s'infliger lui-même cette blessure à la tête. Ce peut être le résultat d'une chute... Mais tout porte à croire que quelque chose s'est produit alors, entraînant cette chute.

— Par ailleurs, ajouta Horace, sa femme ne possède aucune dette – au contraire, elle est même extrêmement riche. Les relevés de compte montrent que depuis plusieurs années, c'est elle qui a régulièrement renfloué son mari. Elle est toujours propriétaire de Hinchcliffe Holdings, qui finance à son tour Crookham Hall.

— Mais si c'est elle qui contrôle les finances, comment se fait-il qu'il ait pu accumuler autant de dettes avant qu'elle commence à le renflouer ? demanda Elijah.

Horace lui sourit.

— C'est là que les choses deviennent intéressantes. Jusqu'à il y a six ans, Lord Timpson se servait du saphir Star comme caution. Or, les registres montrent que la dernière fois qu'il l'a fait était en juillet 1914.

— Juste avant que Rebecca disparaisse.

Cette idée me trottait dans la tête depuis le jour où Horace nous avait parlé de l'absence du bijou. Ce ne pouvait pas être une coïncidence.

21

— Ne l'aurait-il pas signalé, si elle l'avait volé ? demanda Ben.

Horace éclaira sa lanterne :

— S'il l'avait fait, ses affaires d'argent se seraient effondrées. Il ne pouvait pas se permettre que ses créanciers apprennent qu'il ne le possédait plus.

— Mais pourquoi l'aurait-elle pris ? s'étonna Elijah en secouant la tête. Il lui aurait été impossible de le vendre sans attirer l'attention des autorités compétentes.

— C'est exact. Mes contacts ont vérifié : il n'existe nulle trace de l'apparition du bijou sur le marché, légal ou autre. Il se peut tout à fait qu'il soit toujours bien au chaud dans le coffre-fort de Crookham Hall.

Horace effleura le bord de son verre du bout des doigts.

— Comme ses dettes augmentaient, Lord Timpson a pu décider qu'il ne voulait pas risquer de le perdre et préférer s'en remettre au soutien financier de son épouse.

— Mais s'il avait été volé, cela pourrait expliquer pourquoi il a déployé tant de zèle pour retrouver Rebecca.

Je me rappelai Lord Timpson étreignant mes mains à la réception. J'avais cru qu'il se souciait réellement d'elle, mais peut-être s'inquiétait-il seulement pour son saphir.

— Lorsque j'en ai parlé à Constance, il était clair qu'elle n'avait pas vu le bijou depuis des années. Pas plus que leur femme de chambre principale, Olive Evans.

Je songeai soudain qu'Horace avait probablement sollicité ma présence ici en raison de mon amitié, si ténue fût-elle, avec Constance et Daniel. Il était en quête d'informations provenant du sein de la famille.

— Voilà qui expliquerait également pourquoi il a laissé Lady Timpson exploiter le domaine à des fins commerciales.

J'avais à cœur de faire montre de mes qualités.

— Le projet ne l'enthousiasmait pourtant pas beaucoup, et Daniel l'a en horreur, précisai-je.

— Donc, elle l'aurait renfloué en contrepartie du fait qu'il lui laisse le champ libre sur la propriété ? s'interrogea Ben.

— C'est envisageable, commenta Horace.

— Mais peut-être commençait-elle à en avoir assez de payer pour lui. Après tout, le moindre soupçon de scandale pouvait saboter ses chances de devenir députée, dis-je.

— Et elle est la dernière à l'avoir vu vivant, ajouta Ben.

Elijah avait l'air songeur.

— Pourquoi veut-elle devenir députée, d'ailleurs ?

— Pour avoir son mot à dire sur les lois du travail, peut-être ? suggéra Horace. Ou est-ce un peu cynique de ma part ?

— Vous êtes probablement dans le juste.

Elijah but une gorgée de limonade et grimaça. Ce n'était pas sa boisson préférée.

Il était vrai que l'introduction d'une nouvelle législation sur les salaires et les conditions de travail en usine pouvait avoir un impact non négligeable sur l'activité de Hinchcliffe Holdings. Mais il existait aussi une autre dimension : celle de l'étrange rivalité avec Mme Siddons. Constance estimait que c'était ce qui avait poussé sa mère à se présenter. Je ne comptais pas évoquer mon hypothèse selon laquelle les deux femmes se seraient disputé les faveurs de Lord Timpson. Mon amitié avec Mme Siddons était trop précieuse pour cela.

— Mais pourquoi aurait-elle pris le risque de le tuer si elle obtenait déjà tout ce qu'elle voulait ? demanda Ben.

— C'est vrai, concéda Horace dans un soupir.

— Et la piste d'un employé rancunier, alors ?

Je m'adressai à Ben :

— Tu as parlé d'une femme de chambre qui s'est suicidée… À quand cela remonte-t-il ?

— En 1916. C'était Lydia Moffat, la cadette de Samuel et Hannah Moffat. Elle avait quinze ans et était blanchisseuse au manoir.

— As-tu parlé aux Moffat ?

J'étais choquée. Pas étonnant que Samuel soit un homme en colère.

— Samuel n'avait pas grand-chose à dire à ce sujet. Il était au combat quand c'est arrivé. Hannah m'a dit que Lydia avait peur parce que leurs parents étaient dans une grande précarité. Ils se tuaient à la tâche pour se débrouiller à la ferme sans leurs garçons. Isaac, le jumeau de Daniel, avait été tué un mois plus tôt.

— La guerre a été une période effarante pour quantité de jeunes gens, observa Horace.

Quel homme étrange, pensai-je. Compatissant et avide de contrôle à la fois.

— Peut-être que Samuel tenait les Timpson responsables de la mort de Lydia ? suggérai-je. En outre, il semble croire qu'ils lui doivent de l'argent pour le droit de passage sur ses terres afin d'accéder au domaine.

— Nous allons essayer de lui parler à nouveau, mais lui et ses acolytes des baraquements resserrent les rangs en ce moment, plus que jamais. Nous savons qu'ils ont dû braconner sur le domaine, la nuit, et ils sont peu enclins à parler.

— Est-ce votre piste principale dans l'enquête ? s'enquit Horace.

— Oui : un flagrant délit de braconnage ou de violation de propriété qui aura mal tourné, opina Ben. Nous pensons que ce n'était probablement pas volontaire, plutôt une confrontation malheureuse. L'individu ne devait pas avoir l'intention de tuer.

— Tout de même… en plein jour ?

Elijah n'avait pas l'air convaincu.

— En effet, c'est le problème, concéda Ben. Samuel et sa bande ne franchissent jamais le pont en journée. Ils savent que le domaine est surveillé.

— Lord Timpson aurait-il pu être menacé par ses créanciers ? s'interrogea Elijah. Lesquels auraient mis leurs menaces à exécution.

— J'en discuterai avec le commissaire quand je lui donnerai ceci, dit Ben en tapotant le classeur cartonné. La piste mérite d'être creusée.

— Ou alors a-t-il pu être tué parce qu'il avait appris quelque chose sur le compte de Rebecca ?

Je devais leur faire part de ma crainte.

— Donald Anstey nous a dit que Daniel Timpson était amoureux d'elle ; et Olive Evans croit avoir vu Lord Timpson sortir de la chambre de Rebecca.

— M. Anstey aurait dû venir nous voir tout de suite et dire à la police qu'il avait une relation avec Mlle Dent.

De toute évidence, Ben n'appréciait guère le comportement de Donald Anstey.

— Il est convaincu que les Timpson savent ce qui lui est arrivé, ajoutai-je.

— Mais cet homme a aussi des préjugés contre l'aristocratie.

Elijah s'essuya le front avec son mouchoir.

— Rien d'étonnant à ce qu'il les croie impliqués dans l'affaire.

— À mon avis, le petit ami a plus de chances d'être l'assassin, dit Ben en mettant sa main en visière sur son front pour se protéger des rayons du soleil. Ce pourrait juste être une tentative de diversion de sa part.

— Tu crois qu'elle est morte ?

— Je ne sais pas, reconnut Ben avec un haussement d'épaules. Mais six ans déjà ont passé, sans la moindre trace d'elle… Si elle est morte, cela remonte sûrement au moment de sa disparition.

— Lorsque Donald Anstey était en Écosse chez ses parents, me rappela Elijah.

— Nous n'avons que sa parole à ce sujet. As-tu demandé au commissaire s'il était possible de le vérifier ? demandai-je à Ben.

— Oui : réponse négative. Désolé. Mais après tout ce temps, j'ai du mal à croire que l'on puisse un jour savoir ce qui lui est arrivé. À moins qu'un corps ne se matérialise subitement.

Je revins en ville à pied avec Ben, Elijah s'étant laissé convaincre de rester pour boire deux doigts du fameux cognac français d'Horace. Je ne m'attendais pas à le revoir de la journée.

— D'après toi, qu'espérait gagner Horace à cette discussion ?

— Un après-midi divertissant ?

Ben défit le bouton du haut de sa tunique.

— Avec lui, on a souvent l'impression d'être un pion sur un plateau de jeu d'échecs, dis-je en riant.

— C'est sûrement le cas, approuva Ben.

— Est-ce qu'il intervient souvent, comme ça ?

— Pas souvent, non. Mais il est toujours au courant de tout ce qui se passe en ville. Et on l'écoute en haut lieu.

Il brandit devant lui le classeur en carton.

— Je commence à me rendre compte de l'étendue de son réseau.

— La plupart du temps, c'est juste pour aider, mais ça peut être assez agaçant. Parce que du coup, je dois rendre des comptes à deux personnes.

— Tu crois que ses informations pourront être utiles dans cette affaire ?

— Cela nous a permis de mieux cerner la personnalité de Lord Timpson. Mais je ne vois pas bien ce que ses créanciers auraient à gagner en lui faisant du mal. Surtout s'ils savaient que Lady Timpson était là pour renflouer les caisses.

— Que vas-tu faire avec elle ?

J'imaginais déjà sa réaction face au questionnement plus poussé de la police.

— C'est compliqué… Ses déclarations sur le lieu et l'heure où elle a quitté son mari ce matin-là étaient un peu floues. Et si on insiste, elle prétend être une femme très occupée et ne pas pouvoir tout se rappeler.

— Allez-vous l'interroger à nouveau ?

— Non, le commissaire ne préfère pas, comme rien ne suggère qu'elle y soit pour quelque chose. Il préfère qu'on se concentre sur les autres pistes.

J'avais le sentiment que le cas de Lady Timpson était écarté un peu trop vite. Mais en même temps, quelles chances y avait-il pour qu'elle ait attaqué son propre mari en plein jour ?

J'avais rédigé une lettre de condoléances à l'attention de Constance et Daniel et été tentée d'aller les voir, mais je me ravisai en songeant que je risquais d'outrepasser le cadre somme toute étroit de notre relation. C'est alors qu'à mon grand étonnement, le secrétaire de Lady Timpson téléphona au journal en nous demandant, à Elijah à moi, de bien vouloir rendre visite à Madame à Crookham Hall. Celle-ci nous ferait envoyer une voiture.

Nous nous retrouvâmes donc une nouvelle fois dans le grand salon tapissé de glycines, qui commençait à me devenir familier. Constance était là avec sa mère, mais Daniel brillait par son absence.

Lorsque Lady Timpson se leva pour nous accueillir, nous le vîmes tous deux en même temps.

Elijah parvint à maîtriser toute manifestation de surprise, mais je ne pus m'empêcher de rester bouche bée.

— Est-ce le… ? bredouillai-je.

Une incroyable pierre d'un bleu profond ornait la gorge de la lady. Une étoile à six branches semblait jaillir de sa surface.

22

— Le saphir Star ? Oui.

Lady Timpson l'effleura du bout des doigts, comme s'il s'agissait de son talisman personnel.

— Je me suis dit que je devais le porter pour honorer la mémoire de mon défunt mari.

Nous nous assîmes sans quitter la pierre des yeux. Elle était fascinante. Je remarquai que Constance, elle non plus, ne pouvait en détacher son regard.

— Je souhaitais vous remercier pour la gentillesse de votre article sur le décès de mon époux, annonça Lady Timpson. Et vous demander une faveur.

Elijah hocha la tête pour l'inviter à poursuivre. Il devait avoir hâte de raconter cela à Horace.

— J'ai décidé de mettre un terme à ma campagne.

Elle était pâle, et ses mains tremblaient en tenant sa tasse de thé.

— Cela signifie-t-il que vous retirez votre candidature à l'élection ? demandai-je, parvenant enfin à oublier un peu le saphir.

Mme Siddons l'emporterait haut la main s'il ne restait que Donald Anstey en lice.

— Non. Après tout le chemin parcouru, j'aurais l'impression de laisser tomber ma famille et mes électeurs en me retirant si près de l'échéance. Seulement, il me paraîtrait inconvenant de continuer à faire campagne dans ces circonstances tragiques. Je vous serais reconnaissante de bien vouloir en informer vos lecteurs.

En dépit de ses paroles, Lady Timpson manquait de sa vigueur coutumière ; il émanait même d'elle une sorte de fragilité.

— Certainement, répondit Elijah.

— Naturellement, les autres candidats jugeront eux-mêmes de ce qu'ils décident de faire, ajouta-t-elle.

Un silence se fit. Le sous-entendu était limpide.

— Mère… Je ne pense pas que nous devions nous attendre à ce que Mme Siddons ou M. Anstey cessent leur campagne pour autant, dit Constance en me coulant un regard confus.

— Leur conscience leur dira s'ils estiment correct de continuer ou non, murmura sa mère.

C'était une manière astucieuse et retorse de mettre ses adversaires dans une position délicate. J'imaginais déjà la réaction de Mme Siddons lorsque je lui en ferais part. Delphina Timpson était peut-être fragilisée, mais elle ne se laisserait pas dominer sans se battre. Il était même possible qu'elle gagne des votes d'apitoiement dans l'affaire.

— A-t-on obtenu de nouvelles informations après la publication de votre article ?

Elle porta à nouveau la main à sa gorge, comme pour vérifier que le saphir s'y trouvait toujours.

— Pas à ma connaissance, répondit Elijah. Le commissaire Cobbe ne nous a rien communiqué qui irait dans ce sens.

— Je m'en doutais un peu… Broad Oak Bridge est assez éloigné du centre – et, bien sûr, c'est une propriété privée. Peu de gens passent par là.

— L'agent Gilbert nous a dit qu'on avait vu votre mari là-bas, peu avant sa mort. Avez-vous une idée de ce qu'il pouvait y faire ?

— J'imagine que cela devait être en rapport avec Basingstoke Canal Holdings. Il avait une multitude d'idées pour cette nouvelle aventure.

Constance haussa les sourcils à ces mots. Lord Timpson n'avait fait preuve d'aucun enthousiasme à l'idée qu'une partie de son domaine servît à héberger une entreprise de fret. De toute évidence, il paraissait peu vraisemblable à Constance que son père se soit rendu près du canal pour cette raison.

J'aurais aimé pouvoir lui parler en seul à seul, mais l'occasion ne se présenta pas – sa mère semblait ne pas vouloir la lâcher. Je lui adressai un sourire compatissant au moment de partir, et regardai une dernière fois l'époustouflante pierre précieuse. Elijah en fit de même. Je supposai qu'il enregistrait le moindre détail pour tout raconter à Horace.

Nous nous rendîmes dans la cour où la voiture nous attendait, mais les chevaux, encore à l'abreuvoir, n'étaient pas attelés. Elijah alluma une cigarette et dit au palefrenier de prendre son temps.

J'en profitai pour observer les alentours et pus ainsi apprécier l'immensité de la demeure et la quantité de personnel qui y travaillait. Il y avait là des garçons d'écurie, des ouvriers agricoles, du personnel de cuisine et de ménage, qui allaient et venaient. On s'affairait probablement ici de nuit comme de jour, afin que la machine bien huilée de Crookham continue de tourner. Auquel cas, il était difficile d'imaginer que Rebecca ait pu quitter le quartier des domestiques sans être vue.

Soudain, j'entendis une voix chuchoter « Mlle Woodmore », et je vis Olive Evans à moitié cachée derrière deux gigantesques bidons à lait. Je m'assurai que personne ne nous regardait avant de la rejoindre dans sa cachette.

— Vous travaillez pour le journal, n'est-ce pas ? demanda-t-elle en me fixant avec des yeux ronds.

— Oui, *The Walden Herald*.

— Est-ce que je peux vous dire quelque chose à titre privé, qui ne paraîtra pas dans le journal ?

— Bien sûr. Mais vous devriez en faire part à la police si vous savez quelque chose à propos de la mort de Lord Timpson.

— Il ne s'agit pas de ça.

Elle enfonça les mains dans les poches de son tablier.

— C'est juste que j'ai entendu Daniel et son père se disputer au sujet de Rebecca. Je me disais que ça pourrait vous intéresser… Comme ça avait l'air très important pour vous de la retrouver.

— Que disaient-ils ?

— Je n'ai pas pu entendre. Daniel a haussé le ton à plusieurs reprises, mais Lord Timpson lui a ordonné de parler moins fort. En tout cas, je suis sûre d'avoir entendu Daniel prononcer le nom de Rebecca Dent.

— Quand était-ce ?

— La veille. La veille de l'accident de mon maître.

— L'avez-vous dit à la police ?

Elle fit non de la tête.

— Daniel est quelqu'un de gentil. Je ne pense pas qu'il ait la moindre responsabilité dans ce qui est arrivé.

Je réfléchis quelques instants.

— Olive, je vais mentionner à l'agent Gilbert ce que vous venez de me dire. C'est un ami à moi, il ne répétera rien à moins que cela se révèle vraiment important. Mais si tel devait être le cas, il voudra sûrement vous parler. Je lui demanderai d'être discret et de venir vous trouver en privé. Cela vous convient-il ?

Elle acquiesça.

— L'agent Gilbert nous a interrogés. Il avait l'air gentil.

Elle sourit, visiblement peu réfractaire à l'idée de revoir Ben en tête à tête.

— Je dois y aller, dis-je en apercevant l'air perplexe d'Elijah entre les bidons de lait. Merci de me l'avoir dit.

Je sortis de ma cachette après avoir vérifié que le champ était libre, et avançai en catimini pour apparaître comme par enchantement à ses côtés.

— Où étais-tu ? me demanda-t-il tandis que nous montions dans la calèche.

J'attendis que la voiture avance et que le bruit des sabots des chevaux couvre ma voix avant de lui raconter ce qu'Olive venait de me confier.

— Qu'en pensez-vous ?

— Que c'est une fin bizarre à un après-midi bizarre, dit-il en se grattant la tête.

L'entretien avait en effet été assez étrange.

— Je crois que Daniel sait ou soupçonne quelque chose à propos de Rebecca. Peut-être que cela concerne sa mère… et que, n'ayant pu lui en parler, il s'est alors adressé à son père ?

— C'est possible. C'est une drôle de femme, cette Delphina Timpson. Je ne parviens pas à la cerner.

— Pourquoi porter le saphir maintenant ? Vous avez vu, elle le touchait comme s'il s'agissait d'un porte-bonheur plutôt que d'un bijou de famille d'une valeur inestimable.

Mais j'étais aussi soulagée de savoir que Rebecca ne l'avait pas volé. Ce qui prouvait également que Lord Timpson s'était réellement fait du souci pour elle, et non pour le saphir.

— Ça ne peut pas être une coïncidence qu'elle se remette à le porter juste après la mort de son mari, dit-il en cherchant ses cigarettes.

— Vous pensez qu'il lui interdisait de le porter, avant ?

— Sûrement. Après tout, ce bijou vient de sa famille à lui, non à elle.

Il tourna la tête pour regarder le manoir qui s'éloignait par la fenêtre.

— Mais que se passe-t-il donc ici ?

— À votre avis, elle y est pour quelque chose ?

Exception faite de la brusque réapparition du saphir Star, il y avait un je-ne-sais-quoi qui ne sonnait pas juste dans la réaction de Lady Timpson aux événements ; sans que je parvienne à mettre le doigt dessus.

— Pas directement, non. Mais elle sait quelque chose.

— Quand vous dites « pas directement », vous voulez dire qu'elle aurait pu embaucher quelqu'un pour faire le sale boulot à sa place ?

J'aurais voulu qu'Elijah puisse jeter de la lumière sur tout cela. Malheureusement, il paraissait aussi perdu que moi.

— Peut-être. Il y a vraiment quelque chose qui ne tourne pas rond dans cette maison, murmura-t-il en continuant de scruter le manoir dans le lointain.

— Et maintenant ?

— Maintenant ? Eh bien, j'ai bien peur qu'il ne se passe plus grand-chose, répondit-il avec un geste en direction du domaine. S'il y a quelque chose de caché ici, cela risque de le rester.

— Et Lady Timpson n'est pas du genre à se livrer à de quelconques aveux.

Je m'adossai dans la banquette et écoutai le bruit des sabots sur l'allée de gravier. Je n'avais plus envie de regarder tous ces hectares boisés.

Une semaine plus tard, en arrivant au bureau, je trouvai Ben en grande conversation avec Elijah dans son antre enfumé. Je me précipitai pour les rejoindre.

— Que se passe-t-il ?

Ben leva les yeux vers moi.

— On vient d'arrêter Lady Timpson pour soupçon d'assassinat sur son mari.

23

Je restai médusée et vis qu'Elijah était encore sous le coup de la nouvelle.

— Pourquoi ?

— Nous avons réinterrogé Samuel Moffat. Il a reconnu s'être trouvé près de Broad Oak Bridge le matin de la mort de Lord Timpson, et il les a vus, lui et son épouse, approcher du pont à cheval et descendre de leurs montures.

— Et ensuite ?

— Il a détalé avant qu'ils ne le voient. Tu aurais du café ?

J'allai réchauffer le café de la veille.

— Pourquoi Samuel ne l'a-t-il pas dit avant ?

— Il avait peur. Il croyait que si nous savions qu'il était là, nous penserions qu'il était pour quelque chose dans la mort de Lord Timpson.

— Mais qu'a fait exactement Lady Timpson ?

Je m'appuyai dans l'encadrement de la porte, gardant un œil sur le réchaud et le café.

— Elle seule pourra nous le dire. Et jusqu'ici, elle ne lâche rien, dit Ben avec un geste d'impuissance.

— Ce qui est assez suspect, marmonna Elijah en cherchant ses cigarettes.

— Extrêmement, même, ajouta Ben.

— Vous croyez qu'elle a pu le frapper à la tête et le pousser dans l'eau ? demanda Elijah, l'air peu convaincu. C'est une manière très risquée de tuer quelqu'un.

— L'autre jour, vous disiez qu'elle en savait plus qu'elle ne voulait le reconnaître, intervins-je en servant le café à Ben.

— Oui, mais je n'ai pas dit qu'elle l'avait tué elle-même.

Elijah agita sa cigarette vers moi.

— Pourquoi prendre un tel risque ? Vous la voyez vraiment l'entraîner là-bas, le frapper à la tête avec une pierre et le pousser dans le canal ? Cela demande une sacrée force… Non, je n'y crois pas.

— Pourtant, elle a menti quand elle a dit ne pas être allée à Broad Oak Bridge avec lui, objecta Ben. Elle a déclaré l'avoir quitté plus tôt, vers 10 heures, après avoir traversé les champs vers l'aval du canal, et qu'il avait dû poursuivre sa promenade à cheval au bord du canal après cela. Sauf que Samuel Moffat l'a vue là-bas vers 10 h 15.

— Il peut aussi mentir… Si ça se trouve, c'est lui qui a agressé Lord Timpson.

J'essayai de faire travailler mes méninges au milieu de l'odeur du café et des cigarettes.

— C'est possible, convint Ben en avalant une gorgée de café. Mais Lady Timpson ne nie pas ce qu'il a déclaré.

— Qu'en pense le commissaire Cobbe ? s'enquit Elijah.

— Il était assez réticent à l'idée de la mettre en garde à vue, mais nous n'avons pas eu le choix. Lorsque nous l'avons interrogée à Crookham Hall, elle n'a pas voulu parler. Elle ne nous a pas laissé d'alternative.

— Décidément, je ne comprends pas cette femme.

Elijah se carra dans son fauteuil en soupirant.

— Nous non plus, maugréa Ben.

— Peut-être a-t-elle aussi assassiné Rebecca ? suggérai-je, même si, comme Elijah, j'avais du mal à croire à cette hypothèse.

— Comment ? demanda-t-il. Ce ne doit pas être simple, pour une femme aussi connue, de se débarrasser d'un corps.

— Elle a pu charger quelqu'un de le faire à sa place, répondis-je.

— Ce qui nous ramène à la question : pourquoi aurait-elle tué son mari elle-même si elle avait d'autres moyens à sa disposition ? Si elle avait payé quelqu'un pour éliminer Rebecca et se débarrasser du corps, elle aurait sûrement procédé de la même manière cette fois. Et elle ne serait pas allée se promener à cheval avec lui pour le tuer de ses propres mains.

Elijah secoua la tête. Il n'était décidément pas convaincu de la culpabilité de Lady Timpson.

— A-t-on trouvé des armes sur place ? demandai-je.

— Jusqu'ici, rien, répondit Ben. Mais des hommes continuent les fouilles dans l'eau.

— En quête d'une arme ? Ou d'un autre corps ?

Je me demandai si Lady Timpson aurait pu utiliser la même méthode précédemment, sans que la victime ait été retrouvée la première fois.

— De tout ce qui pourra nous aider à démêler tout cela.

— Que va-t-il se passer maintenant ?

— L'arrestation de Lady Timpson ne peut pas être gardée secrète – des domestiques nous ont vus l'emmener, de toute façon. Nous aimerions que vous divulguiez l'information, mais… avec délicatesse.

Elijah se frotta les mains. Enfin, nous avions autre chose que l'élection partielle à mettre en une du journal. Et Horace ne pourrait s'y opposer.

— Les journaux londoniens ne vont probablement pas se priver d'écrire tout et n'importe quoi. Voici ce que le commissaire Cobbe aimerait que vous publiiez.

Ben sortit une feuille de papier froissé.

— Il souhaite que vous le citiez directement.

— Qu'en espère-t-il, au juste ? demanda Elijah en parcourant la page.

— Nous avons besoin que des gens nous fournissent des informations. L'affaire n'est pas résolue. Si Lady Timpson ne parle pas, nous serons contraints de l'accuser. Mais il nous faut davantage d'éléments dans le dossier.

Elijah lut ce que le commissaire avait rédigé et acquiesça. Lorsque Ben quitta le bureau, il se leva et attrapa sa veste accrochée au vestiaire.

— Où allez-vous ?

Je croyais qu'il allait entreprendre de rédiger l'article immédiatement.

— Voir Horace. Je dois lui annoncer de vive voix ce qui se passe, dit-il en se déplaçant d'un pas sautillant.

— Puis-je utiliser le téléphone ? demandai-je.

Il me lança un regard suspicieux.

— Pourquoi ?

— Je voudrais voir si je peux joindre Crookham Hall. J'aimerais parler à Constance.

— D'accord, mais sois prudente.

Il s'arrêta, la main posée sur la poignée.

— Je sais que tu t'inquiètes pour elle, mais je te rappelle que nous ne savons toujours pas ce qui se passe là-bas. Surtout, ne va pas à Crookham Hall sans être accompagnée.

Une demi-heure plus tard, je filais à toute allure vers Crookham Hall. Lorsque j'avais pu parler à Constance au téléphone, elle m'avait littéralement suppliée de venir la voir et avait envoyé une voiture avec chauffeur me chercher. J'avais beau être troublée par les événements, cela ne m'empêcha pas de profiter de l'occasion et d'apprécier la vitesse d'une voiture automobile.

— Je n'arrive pas à y croire.

Constance était dans tous ses états.

— Père est mort, et maintenant Mère est en garde en vue. C'est un cauchemar.

Une fois encore, je me retrouvais sur le canapé de velours vert du grand salon.

— Ils font fausse route, dit Daniel en posant un bras sur l'épaule de sa sœur. Mère sera bientôt rentrée, tu verras.

— Oui, sûrement, renchéris-je sans trop y croire. En quoi puis-je vous aider ?

— Pourrais-tu parler à Mme Siddons pour nous ? demanda Constance. Nous savons que vous êtes amies. Mère voudrait la voir.

— Mme Siddons ?

Pourquoi diable Lady Timpson voudrait-elle voir sa rivale à un pareil moment ?

— Cela nous a surpris, nous aussi.

Constance regarda son frère.

— Lorsqu'ils l'ont fait monter dans cet affreux fourgon noir, elle a dit : « Demandez à Sybil qu'elle vienne me voir. »

— Très bien. J'irai directement à Grebe House en partant d'ici, répondis-je.

— Notre voiture t'y emmènera, dit Constance.

— Il se peut qu'ils accusent Mère dès aujourd'hui, ajouta Daniel. Si c'est le cas, ils l'emmèneront dans une prison. Penses-tu que Mme Siddons acceptera de se rendre dans un tel endroit ?

— Elle est déjà allée dans des prisons pour femmes.

Cela ne répondait pas vraiment à sa question, mais je ne savais pas vraiment comment Mme Siddons allait réagir à tout cela.

— Crois-tu qu'elle pourrait y aller pour voir Mère ? insista Constance.

— Je le crois, oui, dis-je afin de les rassurer. La situation était désastreuse lorsque ma mère est morte… Nous ne savions pas quoi faire, et Mme Siddons s'est occupée de tout arranger pour nous. Je suis sûre qu'elle en fera de même pour vous.

Ils parurent soulagés.

— Nous nous sentons tellement perdus.

L'accent du désespoir perça dans la voix habituellement si calme de Constance.

— Je t'en prie, dis-lui à quel point nous lui en serions reconnaissants. Nous suivrons tous ses conseils à la lettre.

— D'accord.

Je marquai une petite pause avant de changer de sujet.

— Au fait, savez-vous pourquoi votre mère a déclaré ne pas être allée à Broad Oak Bridge ce matin-là ? Apparemment, tout ce que la police a contre elle, c'est le fait qu'elle ait déclaré avoir quitté votre père plus tôt, alors qu'on l'a vue là-bas en sa compagnie.

— Malheureusement, nous n'en savons rien.

Le doute et la confusion se lisaient sur les traits tirés de Daniel.

— Elle a dû oublier, dit Constance. Elle était bouleversée. Il n'y a rien d'étonnant à ce qu'elle ne se soit pas rappelé la dernière fois qu'elle a vu Père.

Daniel ne parut pas convaincu par l'argument mais resta coi.

Je quittai Crookham Hall et partis directement à Grebe House. Par chance, Mme Siddons était chez elle.

— D'après vous, pourquoi Lady Timpson veut-elle vous voir ? demandai-je sans plus de détour.

— Je ne sais pas.

— Vous croyez que c'est elle qui a fait le coup ?

Je me sentais à fleur de peau. Mme Siddons, quant à elle, passé le choc initial de la nouvelle, avait retrouvé sa sérénité habituelle.

— C'est possible, dit-elle en inclinant la tête.

— Mais pourquoi ?

Le seul mobile auquel je pouvais penser était le fait que Lord Timpson ait découvert quelque chose à propos de sa femme – et que ceci ait un lien avec Rebecca.

— Je préfère ne rien dire avant d'avoir parlé à Delphina.

— Vous irez donc la voir ? Même si elle se retrouve en prison ?

— J'irai la voir. Nous étions amies, avant ; et j'ai le sentiment que nous le serons à nouveau.

— Après ce qu'elle a fait ?

J'avais l'impression d'avoir raté un épisode.

— À cause de ce qu'elle a fait, précisa Mme Siddons. Et je vais également réduire mes activités de campagne.

— Vous n'allez pas abandonner, j'espère ? Lady Timpson va devoir se retirer maintenant. Vous ne pouvez pas laisser Donald Anstey gagner cette élection.

Lady Timpson éliminée de la compétition, Mme Siddons serait désormais la favorite. Mais ce n'était pas la manière dont j'avais espéré que nous remportions la victoire.

— Non, je ne me retirerai pas. Je compte toujours aller à la rencontre des électeurs, je veux entendre ce qu'ils ont à dire des problèmes qui les préoccupent le plus.

Elle considéra la bague d'émeraude à sa main.

— Mais il ne serait pas correct de maintenir les grands événements publics.

— Pensez-vous que Lady Timpson soit pour quelque chose dans la disparition de Rebecca ?

— Je ne vois pas pourquoi ce serait le cas.

— Mais… vous avez dit qu'il était possible qu'elle ait tué son mari ?

Je ne savais plus où j'en étais ni quoi penser. D'un côté, j'espérais que Lady Timpson était innocente, pour le bien de ses enfants. De l'autre, j'aurais aimé que ce soit elle, la clé permettant de résoudre l'énigme de Rebecca.

— Non, ce n'est pas ce que j'ai dit, corrigea Mme Siddons d'un ton affreusement calme. Nous reprendrons cette discussion une fois que j'aurai vu Delphina.

— Vous lui poserez la question, à propos de Rebecca ?

— Je ne peux rien te promettre.

24

Assise à la table de la cuisine, j'étalai maladroitement un peu de confiture sur un toast.

— Tu as l'air fatiguée.

Lizzy prit un torchon près de l'évier et essuya une tache sur la table.

— Qu'est-ce qui te tracasse comme ça ? Les Timpson ?

— En partie. Et Rebecca. Et maman.

— Tu as toujours eu du mal à lâcher prise, toi, hein.

Elle me caressa les cheveux.

— Arrête donc de ressasser la mort de ta mère, comme ça. C'était un tragique accident, voilà tout. Il n'y a rien de plus à dire.

La sonnerie de la porte ne me laissa pas le temps de répondre. Pour moi, il y avait au contraire quantité de choses à dire. Tant de questions restant sans réponse à propos de ce jour funeste à Westminster.

Lizzy revint à la cuisine.

— C'est Donald Anstey.

— Qu'est-ce qu'il veut ?

Je ne l'avais pas vu depuis la confrontation autour de la carte postale.

— Voir ton père. Je lui ai dit qu'il était sorti. M. Anstey m'a demandé si tu étais là.

— Je ne veux pas lui parler.

Je n'avais aucune envie de parler politique avec Donald Anstey. À moins qu'il ne fût venu pour voir mon père à mon sujet ? Peut-être n'avait-il pas apprécié la façon dont Elijah et moi l'avions forcé à parler de Rebecca.

— Je lui ai dit que tu prenais ton petit déjeuner. Il t'attend dans le salon.

Je poussai un grognement mécontent.

— Va te laver les mains et lui parler, sacré bon sang, gronda Lizzy en faisant claquer son torchon vers moi.

Je me levai et m'exécutai.

Donald Anstey était assis dans l'un des fauteuils en cuir. Il se leva à mon approche.

— Mademoiselle Woodmore. Navré de vous déranger pendant votre petit déjeuner. À vrai dire, c'est à votre père que j'espérais parler.

Il était habillé de manière formelle, comme pour se rendre à quelque rendez-vous d'importance.

— Il est parti pour Londres de bon matin. Je ne sais pas à quelle heure il rentrera.

Donald acquiesça et se rassit. Voyant qu'il n'avait aucune intention de s'en aller, je m'assis face à lui.

— Je vais aller voir la police – j'aurais dû leur parler de ma relation avec Rebecca dès le début.

La longue pause habituelle s'ensuivit.

— Il y a une chose que je dois leur dire… Mais étant donné que cela concerne votre mère, je voulais en parler d'abord avec vous et votre père.

Je le regardai, pleine d'impatience. Il resta muet un moment cependant que mon irritation allait croissant.

— Eh bien, de quoi s'agit-il ?

Les mots sortirent plus sèchement que je ne l'aurais souhaité, mais je n'étais pas d'humeur à supporter ces silences qui n'en finissaient pas.

— Je savais que Rebecca était avec votre mère à la Chambre des communes ce jour-là. Elle me l'a dit, après.

— Que vous a-t-elle dit ? Vous a-t-elle raconté comment ma mère a fini dans la Tamise ?

À sa réaction dans le bureau d'Elijah, je m'étais doutée qu'il connaissait le rôle de Rebecca dans l'action qu'elles avaient menée. Allait-il me révéler quelque élément nouveau concernant la mort de ma mère ?

— Non, elle n'en savait rien. Elle se trouvait encore à l'intérieur quand c'est arrivé.

Il me regarda avec affliction, conscient que sa réponse allait me décevoir. Ma frustration monta en flèche en même temps que mes espoirs s'écroulaient. Je pris une profonde inspiration.

— Pourquoi était-elle encore à l'intérieur ?

Si seulement il pouvait tout cracher d'un coup ! Mais non, il fallait qu'il y aille à petits pas.

— Pourquoi n'est-elle pas partie avec ma mère ?

Un nouveau et long silence se fit. Je joignis les mains pour m'empêcher de pianoter sur l'accoudoir de mon fauteuil. Ou de lui envoyer une châtaigne.

— Le plan était qu'elles partent séparément et se retrouvent près du fleuve. Mais Rebecca a été mise en retard.

— En retard ?

Comment avait-elle pu être mise en retard dans une Chambre des communes déserte ? Je ne comprenais pas.

— Est-ce que quelqu'un l'a vue ?

— Non, mais elle, en revanche, a vu quelqu'un. Sa patronne.

Il s'arrêta et mit ses mains en chapiteau devant lui.

— Lady Timpson est entrée dans le hall avec un homme. Rebecca s'est cachée. Elle ne pouvait pas quitter sa cachette sans qu'ils la voient.

— Avec qui était Lady Timpson ?

Cela devenait enfin intéressant.

— Rebecca ne connaissait pas son nom. Mais d'après ce qu'elle a entendu, il est clair qu'il s'agissait d'un député. Celui-ci avait mis la main sur une liste de sites que la SPNR avait choisis pour être préservés. Il l'a donnée à Lady Timpson en lui disant qu'elle pouvait acheter certaines de ces terres pour une bouchée de pain.

— Pourquoi aurait-il fait cela ?

Pour l'argent, si les informations de Percy étaient exactes.

— La conversation indiquait assez clairement que Lady Timpson allait le dédommager financièrement.

— Quand Rebecca vous a-t-elle dit cela ?

L'action avait eu lieu le 21 mai, et Rebecca avait disparu le 1er août.

— Quelques semaines après, en juin. Elle ne se remettait pas de la mort de votre mère, et ne cessait de dire qu'elle se sentait coupable. Elle n'a pu quitter sa cachette qu'une fois que Lady Timpson et le député s'en sont allés. C'est alors qu'elle s'est rendu compte qu'elle ne pouvait pas sortir par l'endroit où elle était entrée – une porte donnant sur la Cour des orateurs. La porte avait été verrouillée. Lorsqu'elle a enfin réussi à sortir, on sortait votre mère de l'eau.

— Pourquoi n'en avez-vous parlé à personne ?

— Parce que Rebecca ne le voulait pas. J'ai essayé de la persuader de le dire à quelqu'un, et elle a accepté que j'en souffle un mot à la SPNR, afin qu'ils sachent ce qui était arrivé à leur liste. Il était clair que Hinchcliffe Holdings escroquait les fermiers et les propriétaires terriens. Et qu'un député profitait de sa position pour aider Lady Timpson.

Il secoua la tête, visiblement écœuré.

— Je voulais qu'elle m'accompagne à la Chambre des communes pour identifier l'homme.

— Mais elle a refusé ?

Pauvre Rebecca. Dans quel pétrin s'était-elle fourrée ?

— Oui. Elle était trop chamboulée. Et je crois qu'elle avait peur de Lady Timpson.

— Pourquoi n'êtes-vous pas allé voir la police après sa disparition ?

— Parce que je ne voulais pas lui attirer d'ennuis… Elle se livrait à un acte illégal quand elle a surpris cette conversation.

L'angoisse se lisait sur son visage.

— J'avais peur que Rebecca refasse surface et qu'ils l'arrêtent à cause de ce que j'avais dit.

Je comprenais le dilemme.

— Mais aujourd'hui, vous comptez aller à la police ?

Il acquiesça d'un hochement de tête.

— À cause de l'arrestation de Lady Timpson ?

— Cela m'a fait me demander si…

— Si quoi ?

Je voulais entendre tout ce qu'il avait à dire. Avais-je raison de craindre que mon enquête sur Rebecca ait pu entraîner la mort de quelqu'un d'autre ?

— Si Lord Timpson n'avait pas découvert quelque chose à propos de sa femme. Quelque chose qu'elle ne pouvait pas se permettre de voir étalé au grand jour. Cela peut paraître un peu tiré par les cheveux, je sais.

— Vous pensez qu'elle a fait tuer Rebecca ? Et que son mari l'a appris ensuite, c'est ça ? Mari qui est mort maintenant.

— C'est une hypothèse, reconnut Donald. Elle est peut-être ridicule… mais je dois à Rebecca de dire à la police ce que je sais.

Ce soir-là, au dîner, je racontai à mon père ce que Donald Anstey m'avait confié.

— Si seulement ta mère ne s'était pas lancée dans une telle folie… Elle serait sûrement encore là maintenant, et Rebecca aussi.

Il repoussa son assiette, l'appétit coupé.

— Tu crois que Rebecca est morte ?

Je n'avais plus faim, moi non plus.

— C'est probable. Anstey a raison d'aller dire ce qu'il sait à la police.

— Tu penses que c'est Lady Timpson qui l'a tuée ?

— Je ne sais pas quoi penser… Je n'ai jamais aimé cette femme, mais jamais je ne l'aurais crue capable de tuer. Cela dit, elle a les moyens de payer quelqu'un pour faire le sale boulot à sa place.

Il soupira et se frictionna le visage.

— De toute façon, c'est entre les mains de la police maintenant. Nous ne pouvons rien faire.

Mon père était un homme terre à terre. S'il estimait plausible que Lady Timpson fût impliquée dans un meurtre, l'éventualité ne pouvait être tout à fait fantaisiste.

— Je ne comprends toujours pas comment maman a fini dans la Tamise.

Il se pencha et me prit la main.

— C'était un affreux accident. Je le déplore profondément et je regrette chaque jour que ta mère ne soit plus parmi nous. Mais nous devons continuer sans elle. Je ne veux pas que tu te fasses de la bile pour ça. Nous sommes revenus à Walden pour être heureux.

Je pressai sa main et le gratifiai d'un petit sourire. La vérité, c'est que je n'étais pas sûre de me sentir à ma place à Walden. Pour quelque obscure raison, j'avais imaginé qu'en apprendre plus sur mon passé m'aiderait à affronter l'avenir. Mais peut-être que je me berçais d'illusions. Peut-être que je ne me sentirais jamais à ma place, où que j'aille.

Quelques jours plus tard, je reçus un message de Mme Siddons et m'empressai de gagner Grebe House.

— Alors ? Que voulait vous dire Lady Timpson ?

Mme Siddons arborait son calme habituel. Elle finit de servir le thé et s'adossa dans son fauteuil.

— C'était un accident. Elle s'est défendue contre son mari. Il a essayé de la tuer.

25

— Vous la croyez ?

Personnellement, j'en étais loin.

Mme Siddons eut un petit sourire triste, comme si elle avait anticipé ma réaction.

— Oui, je pense que Delphina m'a dit la vérité. Il ne reste plus qu'à prier pour qu'un jury la croie aussi.

Son expression indiquait qu'elle en doutait.

— Mais… Elle se défendait contre quoi, exactement ?

J'imaginais mal Lord Timpson menaçant quelqu'un. L'homme était trop poli, trop délicat.

— Tobias avait prémédité de la tuer. Il a sorti un fusil et était sur le point de tirer. Le cheval de Delphina s'est cabré, ce qui a déstabilisé Tobias.

Elle avala une gorgée de thé.

— Le coup est parti. Delphina a poussé son mari, qui est tombé dans le canal. Elle est remontée sur son cheval et est repartie. Elle dit qu'elle pensait qu'il sortirait de l'eau, mais il a dû se cogner la tête en chutant.

Je la regardai, incrédule.

— Pourquoi aurait-il voulu la tuer ? C'est absurde.

— Pour l'argent, pardi. C'est elle qui tenait les cordons de la bourse, et elle lui avait dit qu'elle ne rembourserait plus ses dettes de jeu. Elle essayait de le forcer à arrêter – le moindre scandale aurait pu l'empêcher d'accéder au Parlement.

— Mais comment pensait-il pouvoir expliquer cela ?

C'était une histoire abracadabrante. Lord Timpson n'était pas le genre d'homme à braquer un fusil sur sa femme pour une sombre affaire d'argent.

— Delphina croit qu'il avait l'intention de l'abattre et de prétendre ensuite que c'était l'acte d'un braconnier.

Mme Siddons racontait cela comme si tout était parfaitement logique.

— Elle pense qu'il comptait dire qu'il y avait eu conflit, et qu'elle avait été tuée dans le feu de l'action.

— Mais c'est ridicule. Lord Timpson n'était pas du genre à agir de la sorte.

— Tu crois vraiment savoir quel genre d'homme il était ? me demanda-t-elle avec un sourire cynique.

— Je l'ai trouvé gentil et charmant, chaque fois que je l'ai vu. Et il est le seul à s'être inquiété du sort de Rebecca.

J'avais le sentiment qu'elle me prenait maintenant de haut.

— Et tous ceux à qui j'ai parlé le trouvaient charmant également, ajoutai-je.

— Oh ça, pour être charmant, il était charmant, répliqua-t-elle avec un regard d'acier. Mais ce n'était pas quelqu'un de bon.

— Constance et Daniel l'adorent.

Je ne comprenais pas comment Mme Siddons pouvait gober cette histoire. Elle n'avait pourtant rien de crédule, et elle ne s'entendait pas avec Lady Timpson.

— C'est bien là le problème. Delphina leur a dissimulé la vérité. Mais si elle doit se défendre, elle va être obligée de leur dire qui était vraiment leur père.

— C'est-à-dire ?

Était-il un meurtrier calculateur qui avait dupé tout son monde ? Ou était-on en train de salir sa mémoire pour des motifs purement égoïstes ? J'avais ma petite idée là-dessus.

— C'était un pervers manipulateur qui la tyrannisait.

— Ce n'est pas l'impression que j'ai eue.

Je m'étais toujours fiée au jugement de Mme Siddons. Mais cette fois, j'avais la ferme impression qu'elle se fourvoyait.

— Tu crois que c'était elle, le tyran, dans ce couple ?

Une fois de plus, je m'irritai de son attitude condescendante.

— Non. Enfin, si. En tout cas, elle était la plus énergique des deux.

— Je crois que personne ne sait ce qu'il se passe réellement au sein d'un couple à part les deux personnes qui le constituent. Pas même leurs enfants. La perception qu'en a le monde extérieur est souvent bien loin de ce qui se passe derrière les murs d'un foyer.

— Lady Timpson est une femme autoritaire et dominatrice. Pas une timide petite fleur des champs.

— Certes, Delphina possède une volonté de fer, convint Mme Siddons. Mais sous de nombreux aspects, elle est aussi fragile et naïve. Elle n'a pas voulu admettre qu'elle avait commis une erreur en épousant Tobias, et elle ne supporte pas l'idée que ses enfants sachent quel homme il était vraiment. Seulement, pour se défendre devant la Cour, elle va maintenant devoir témoigner du fait qu'il la battait.

— Il la battait ?

— Fréquemment, au début de leur mariage. Moins souvent, ces dernières années.

— Je n'arrive pas à le croire. A-t-il aussi frappé Constance et Daniel ?

— Elle dit que non. D'après elle, il était un père aimant, et elle a toujours nourri l'espoir de les préserver de la vérité. Mais à présent, il faut la convaincre de tout raconter à la police. Sinon, elle sera pendue.

Un long silence se fit. Je ne savais plus trop que croire. Quoi qu'il en soit, l'idée de l'exécution de Lady Timpson m'horrifiait.

— Je lui ai conseillé d'écrire une lettre à Constance et Daniel, pour tout leur dire, reprit-elle. Une fois que ce sera fait, j'irai leur rendre visite et j'essaierai de les aider à surmonter ce qui s'est passé. D'ailleurs, j'aimerais que tu viennes avec moi.

— Ils adoraient leur père. Je ne suis pas sûre qu'ils la croient.

Pourquoi la croiraient-ils ? Mais je me trompais peut-être. Avaient-ils déjà soupçonné que quelque chose n'allait pas dans le couple que formaient leurs parents ? Constance n'avait rien laissé paraître de tel.

— S'ils ne le font pas, ils enverront leur mère à l'échafaud.

Mme Siddons posa ses doigts chargés de bagues sur ses genoux.

— Que voulez-vous dire ?

J'avais le sentiment que tout cela tournait à la farce grotesque.

— Delphina a dit que si Daniel et Constance se dressent contre elle, elle n'opposera pas de défense. Elle assistera au procès mais ne fournira aucun élément de preuve. Le cas échéant, il est probable qu'un jury la condamnera.

Je m'adossai pour encaisser tout cela. Toutes mes convictions étaient ébranlées. Et ce n'était rien en comparaison de ce qui attendait Constance et Daniel.

— Pourquoi Lady Timpson vous a-t-elle demandé de venir la voir ?

La question me trottait dans la tête depuis le début de notre échange.

— Je veux dire, pourquoi vous, spécialement ? Je sais que vous étiez amies autrefois, mais…

— Pour me dire que j'avais raison, répondit Mme Siddons.

— Raison ? À quel sujet ?

Si maligne qu'elle fût, elle ne pouvait pas avoir deviné que Lord Timpson finirait un jour par décider de tuer sa femme.

— C'est à cause de Tobias Timpson que nous nous sommes brouillées, il y a bien longtemps.

— Parce que vous vouliez l'épouser, vous aussi ?

— Moi ? s'exclama-t-elle, perdant pour une fois un peu de son élégance si maîtrisée. Juste ciel, non. Je n'ai jamais eu de vues sur lui.

— Alors pourquoi cette brouille ?

— Mon ancien mari avait servi dans le même régiment que Tobias. Il m'a parlé de lui. De son penchant pour le jeu, l'alcool et les femmes… Et de sa tendance à leur taper dessus.

— Vous l'avez dit à Lady Timpson ?

— Nous étions amies. Quand elle m'a annoncé qu'elle voulait épouser Tobias, je me suis sentie obligée de lui confier ce que je savais de sa personnalité.

De l'avis général, Delphina Hinchcliffe avait à cœur de gagner un titre de noblesse. J'imaginai sa réaction.

— Elle ne vous a pas crue ?

— Elle n'a pas voulu me croire. Elle a dit que j'étais jalouse, parce qu'elle épousait un lord. Je lui ai répondu qu'elle était idiote de penser une chose pareille.

— Et après ?

Personne n'aime se faire traiter d'idiot ; encore moins la future Lady Timpson, en l'occurrence.

— Ils se sont mariés, dit Mme Siddons avec un geste de défaite. Et c'en était fini de notre amitié.

— Vous n'avez jamais remarqué quoi que ce soit suggérant qu'elle regrettait cette union ?

— Au contraire. Elle a sorti le grand jeu pour faire croire à tout le monde que ce mariage était une réussite. Dès que nous nous croisions, c'était une véritable débauche de manifestations d'affection. J'étais heureuse de m'être trompée… Mais j'avais quand même quelques doutes.

— Ce devait être un fardeau bien lourd à porter pour elle, dis-je, réfléchissant à haute voix.

Croyais-je vraiment à l'histoire de Delphina Timpson, maintenant ? Force était d'admettre que ma sympathie commençait à changer de camp. Mais fallait-il vraiment accorder du crédit à cette nouvelle version des faits ?

— Je n'ose penser à tout ce qu'elle a enduré, dit Mme Siddons. Et je veux l'aider. Je lui ai trouvé un bon avocat – Philip Johnson, un vieil ami à moi.

— Il y a une chose qui risque de ne pas faciliter sa défense…

Je lui fis part de la visite de Donald Anstey et de la conversation que Rebecca avait surprise à la Chambre des communes.

— Hélas, cela ne m'étonne guère de Delphina.

— Donald Anstey est allé parler à la police. Il soupçonne qu'elle ait quelque chose à voir dans la disparition de Rebecca. Et si Lady Timpson avait découvert que sa domestique avait entendu tout cela ?

— Dans ce cas, elle aurait facilement pu régler les choses en lui proposant quelque arrangement ; sans avoir recours à la violence.

— Et Lord Timpson, alors ?

Je commençais à le voir sous un jour différent, même si, quelque part, je résistais encore à la nouvelle version de sa personnalité.

— Aurait-il pu faire du mal à Rebecca ?

Mme Siddons posa une main sous son menton.

— L'idée m'a effleurée, quand tu m'as fait part de cette possible relation avec elle.

— Que devons-nous faire ?

— D'abord, nous devons parler à Daniel et Constance. Sans eux, il n'y aura pas de défense possible. Tu viendras avec moi ?

J'acquiesçai. Crookham Hall recelait encore de nombreuses questions sans réponse. Mais je ne me sentais pas à l'aise à l'idée d'être présente lorsqu'ils seraient confrontés à cette violente exposition de la vie intime de leurs parents.

— Avez-vous reçu la lettre de votre mère ? demanda Mme Siddons.

— Oui. Nous apprécions tout ce que vous avez fait.

Constance était pâle mais arborait une expression déterminée.

— Lui avez-vous répondu ?

— Pas encore. Vous comprendrez que cela requiert une certaine réflexion de notre part, répondit Constance.

Assise au bord du canapé de velours vert, je baissai le nez sur ma tasse de thé. J'ignorais totalement si Lady Timpson disait la vérité ou non. Elle avait convaincu Mme Siddons. Mais Constance et Daniel ne l'auraient-ils pas su, si leur père était un homme violent ? De toute évidence, la révélation avait constitué un choc pour eux.

— Pourquoi ne nous a-t-elle pas dit ce qui se passait ? demanda Daniel.

— Parce qu'elle avait honte. Elle voulait vous protéger, répondit Mme Siddons.

— Pourquoi avoir honte ? Ce n'était pas sa faute. C'était celle de Père.

Constance demeurait raide et inébranlable, mais Daniel paraissait enclin à croire sa mère.

— Elle avait le sentiment que c'était sa faute à elle, et elle ne voulait pas l'avouer, à qui que ce soit.

Mme Siddons s'adressait à Daniel.

— Elle préférait que les gens croient que leur mariage était heureux. Et je pense qu'elle l'aimait, autrefois.

— Oui, je le pense aussi, dit Constance d'une voix chancelante. Nous savons que c'était un mariage d'intérêt, mais il y avait tout de même une affection mutuelle entre eux.

— Non, pas du tout, lui opposa Daniel. Il nous aimait. Mais il n'a jamais aimé Mère.

Je m'étais attendue à ce que Daniel défende son père et Constance sa mère ; or, c'était tout le contraire.

— Croyez-vous votre mère ? demanda Mme Siddons à Daniel.

Il se passa une main dans les cheveux et regarda à nouveau sa sœur, qui demeurait implacable.

— Je ne sais que croire.

— Vous comprenez que si vous ne la soutenez pas, elle ne prendra même pas la peine de se défendre ? Cela la mettra dans une position extrêmement périlleuse, dit Mme Siddons.

Constance resta muette. C'est Daniel qui brisa enfin le silence :

— Je vais lui écrire, dit-il en serrant les poings. Pour lui dire qu'elle a mon soutien.

— Alors tu crois que Père était un meurtrier ?

Constance ne voulait pas céder. Il y avait en elle un sang-froid et une assurance qui me rappelaient ceux de Mme Siddons. Daniel eut le mot de la fin :

— Nous ne pouvons pas laisser Mère aller à l'échafaud, Constance.

Sa sœur se détourna et s'en alla.

26

Je n'eus plus de nouvelles de Mme Siddons ou des Timpson durant la semaine suivante. Ils semblaient désormais être dans une impasse. Ce que cela pouvait impliquer pour Lady Timpson me glaçait le sang et occupait toutes mes pensées.

Une distraction fort bienvenue me parvint sous la forme d'une lettre de ma tante. J'aurais préféré la lire en privé, mais Lizzy la posa devant moi sur la table du petit déjeuner, où mon père me regarda la décacheter. Tante Maud avait reçu une lettre de Kathleen Hooper, et elle voulait que je vienne à Londres afin que nous puissions la rencontrer ensemble. Elle m'expliquait que Kathleen ne lui avait pas donné l'adresse de son domicile, mais que l'on pouvait la contacter par l'intermédiaire d'une boutique de vêtements appelée Hartnell's Boutique à Covent Garden. Nous devions la retrouver à la Lyons Corner House le samedi suivant.

— Tu ne vois pas d'inconvénient à ce que j'aille passer le week-end chez mamie et tante Maud ?

J'espérais que mon père ne me poserait pas trop de questions. Je ne lui avais pas dit que nous recherchions Kathleen.

— Aucun problème. Une raison particulière à cette visite ? Est-ce qu'elles se portent bien ?

— Je crois que tante Maud apprécierait d'avoir une compagnie autre que celle de mamie.

Je sentis son regard scrutateur sur moi.

— Cela n'a rien à voir avec ce Percy, n'est-ce pas ?

Il sirotait doucement son thé, essayant – vainement – de ne pas avoir l'air inquiet. Je faillis éclater de rire ; je ne m'attendais pas à cela.

— Non, rien à voir.

— Tu sais, tu peux me le dire, si tu comptes le voir, continua-t-il en posant sa tasse de thé. Je ne me fâcherai pas. Cela m'est égal, du moment que je sais où tu es.

J'étais sûre que cela lui serait beaucoup moins égal s'il savait que j'allais danser dans un club de Soho.

— Je n'ai pas prévu de le voir.

Mais puisqu'il m'avait mis cette idée en tête, je décidai d'écrire à Percy.

— C'est curieux qu'elle n'ait pas indiqué l'adresse de son domicile. À ton avis, pourquoi veut-elle nous parler maintenant ?

Comme il était bon d'être ailleurs qu'à Walden ! On n'y parlait plus que des Timpson, et ce petit voyage me donnait l'occasion de me concentrer davantage sur ma mère.

— Elle dit qu'elle vient juste d'apprendre que je la cherchais, mais je soupçonne que la vraie raison soit l'affaire Timpson. Elle a dû apprendre la nouvelle dans les journaux. Si Rebecca lui a dit ce qu'elle avait entendu, Kathleen a peut-être envie de savoir ce que nous savons. Et ce qui risque de se passer au procès.

Ma tante et moi étions arrivées en avance afin de nous assurer d'avoir une table à la Corner House. Nous n'eûmes pas à attendre longtemps avant de voir apparaître Kathleen Hooper.

— Vous aviez douze ou treize ans la dernière fois que je vous ai vue, me dit-elle. Vous ressemblez beaucoup à votre mère.

Elle m'effleura affectueusement la joue. Kathleen devait avoir environ trente-cinq ans. Elle avait de beaux cheveux blonds rassemblés en un chignon chaotique au sommet de sa tête. Le front de son joli visage était plissé, et on lisait une forme de tension dans son regard. Ses épaules semblaient accablées de fatigue.

— J'ai été navrée d'apprendre la nouvelle, pour Leonard, dit tante Maud en l'invitant à s'asseoir avec nous. Comment t'en es-tu sortie ?

Les lèvres tremblantes, elle confia ses difficultés à ma tante. La solitude dont elle souffrait était évidente, mais sa tension parut s'atténuer légèrement à mesure qu'elle parlait.

— Ça me fait du bien de parler à quelqu'un, dit-elle en tordant sa serviette entre ses doigts. Ena m'a dit que tu me cherchais, mais je ne savais pas trop pourquoi.

— Nous voulions discuter avec toi du jour de l'accident de Violet.

— Je suis sincèrement désolée de ce qui est arrivé… Mais pourquoi ce questionnement, aujourd'hui ?

Je voyais bien qu'elle était inquiète et me demandai quand elle avait vu Ena. J'avais l'impression qu'elle avait pris son temps avant de nous contacter.

— À cause de quelque chose que j'ai découvert récemment.

Je lui fis part de ce que le marin m'avait raconté.

— Vous étiez bien à la Chambre des communes ce jour-là ? Avec Rebecca Dent ?

— Moins fort, murmura-t-elle. C'est Mme Hartnell, là-bas… La propriétaire de la boutique où je travaille. Je ne veux pas qu'elle entende ce que nous disons.

Une dame bien habillée était assise près de la fenêtre. Kathleen lui adressa un petit signe de la main, que la dame lui rendit aimablement.

— Oui, nous y étions.

Elle cessa de parler comme notre thé et nos gâteaux arrivaient. Une fois la serveuse partie, Kathleen se tourna vers moi.

— En voyant l'affaire Timpson dans les journaux, j'ai repensé à Rebecca et à ce qui s'était passé. Ça l'avait tellement ébranlée… Elle se sentait responsable de la mort de votre mère.

— Pourquoi ?

— Parce qu'elle n'a pas pu la retrouver avec la boîte comme il était prévu.

Elle sortit un mouchoir de sa poche.

— Nous étions toutes complètement bouleversées de ce qui est arrivé à Violet.

— La boîte ? Quelle boîte ?

Je n'avais jamais entendu parler de cela avant.

— Pour l'acide.

De toute évidence, Kathleen pensait que nous étions au courant de ce détail.

— Quel acide ? demanda tante Maud.

— L'acide dont Violet s'est servie pour enduire les grilles de métal afin qu'elles deviennent vertes. C'était un produit dangereux.

Mon cœur se mit à battre un peu plus vite. Enfin, j'apprenais quelque chose de nouveau. J'avais toujours cru que ma mère avait utilisé de la peinture.

— Elles avaient un gros pot d'acide dans une boîte en métal, expliqua Kathleen. Quand elles sont parvenues à l'intérieur, Violet a sorti le pot de la boîte et est montée à la galerie. Elle avait un pinceau caché dans une poche de sa robe, avec lequel elle a appliqué l'acide sur les grilles.

— Où était Rebecca pendant ce temps-là ?

— Elle faisait le guet en bas, dans le Vestibule des députés, pour s'assurer que personne ne montait à la galerie. Quand Violet est partie par la Cour des orateurs, Rebecca était censée la suivre dehors avec la boîte, Violet devait y déposer le pot et le pinceau, après quoi elles partiraient chacune de leur côté. Moi, j'attendais avec un cheval et une charrette au pied de Westminster Bridge afin que Rebecca puisse dissimuler la boîte à l'arrière, sous une bâche. Je n'avais alors qu'à m'en aller, de sorte que si Violet et Rebecca étaient arrêtées, elles n'aient rien sur elles qui puisse les incriminer.

— Sauf que Rebecca n'a pas suivi ma mère dehors... Elle était toujours cachée dans le Vestibule des députés, en train d'épier la conversation de Lady Timpson, c'est bien cela ?

Kathleen fronça les sourcils.

— Comment le savez-vous ?

— Par Donald Anstey.

— Ah.

Les rides de tension réapparurent sur le front de Kathleen.

— Il habite à Walden maintenant. Il s'y est installé pour essayer de savoir ce qui était arrivé à Rebecca.

— J'ai vu qu'il se présentait à l'élection partielle.

— Oui. Vous saviez qu'ils se voyaient, Rebecca et lui ?

Kathleen opina du chef.

— Était-elle amoureuse de lui ? demandai-je.

— Il était très gentil avec elle. Mais quand il a disparu en Écosse, elle s'est sentie abandonnée.

Je trouvai le mot « abandonnée » un peu curieux – même si je me demandais toujours pourquoi Donald Anstey était allé en Écosse à ce moment-là. Il avait déclaré vouloir annoncer à ses parents qu'il s'engageait, alors que la guerre n'était pas encore déclarée. Je refoulai cette question, préférant me concentrer sur le sujet de ma mère.

— Donc, maman s'est retrouvée coincée dans la Chambre des communes avec un pot d'acide ?

— Nous avons pensé que le sergent d'armes avait dû la voir et qu'elle avait paniqué, parce qu'elle avait toujours l'acide. C'est affreusement toxique – elle a pu éprouver des vertiges. Nous nous inquiétions déjà qu'elle en inhale dans la Galerie des dames, comme l'endroit est tout petit. J'imagine qu'elle avait hâte de retrouver un peu d'air frais.

— Mais le marin m'a dit que le sergent n'était venu qu'après qu'elle était tombée dans l'eau.

— L'acide a peut-être commencé à fuir ; il était censé retourner dans la boîte qu'avait Rebecca. Violet portait des gants de protection, mais si quelqu'un d'autre venait à entrer en contact avec le produit, il aurait pu être gravement brûlé. Peut-être qu'elle a sauté pour empêcher le produit de se répandre davantage ?

Un son étrange s'échappa de ma gorge malgré moi, entre sanglot et exclamation. Tante Maud et Kathleen posèrent sur moi des yeux inquiets. L'émotion me submergea comme je prenais soudain conscience de la vérité.

— Maman s'est retrouvée… piégée, bredouillai-je.

J'imaginai l'angle de Westminster d'où elle avait sauté.

— Elle ne pouvait pas rejoindre le pont, à cause des enfants qui couraient dans les marches. Alors elle a sauté pour éviter qu'ils ne la heurtent au passage et risquent de se faire asperger d'acide.

Le saut insensé et inexpliqué de ma mère prenait maintenant tout son sens. Aux tables voisines, les clients avaient cessé de parler et nous dévisageaient.

— Je suis retournée parler au marin, repris-je en parlant plus bas. Il m'a dit qu'une nourrice descendait les marches avec un groupe d'une dizaine de jeunes enfants qui voulaient aller voir les bateaux. Des petits garçons en culottes courtes et des petites filles en robes vichy, qui couraient tous vers ma mère. Elle a sûrement essayé de faire marche arrière vers la Chambre des communes, sauf que la porte avait été verrouillée – raison pour laquelle Rebecca n'a pas pu sortir.

— Pourquoi ne pas avoir simplement jeté le pot dans le fleuve ? chuchota tante Maud.

— Parce que l'embarcadère était plein de péniches et de bateaux, et qu'elle se trouvait trop au-dessus d'eux. L'acide serait tombé en pluie sur les personnes dans les bateaux. Le marin m'a dit qu'elle tenait un pot contre elle, et qu'elle a gardé la main sur l'ouverture tout en sautant. À mon avis, elle voulait juste diluer son contenu dans l'eau.

Ma tante acquiesça lentement, semblant imaginer la scène.

— Ça se tiendrait. Violet a toujours respecté cette règle.

Kathleen hocha également la tête.

— Quelle règle ? demandai-je.

— La règle des suffragettes selon laquelle on ne doit nuire à aucune vie humaine autre que la sienne. Nous avions prêté serment. On avait le droit de nuire à des biens matériels ou à soi-même, mais pas à autrui, expliqua Kathleen. Au cours de toutes ses actions, votre mère n'a jamais fait de mal à personne physiquement.

Les larmes roulaient sur mes joues ; je m'efforçai de maîtriser ma respiration.

— Je suis désolée que cela se soit fini ainsi pour elle, dit Kathleen.

Je m'essuyai les yeux, et tante Maud remplit à nouveau nos tasses. Nous bûmes notre thé en silence. Autour de nous, les tables voisines s'étaient désintéressées de notre cas et avaient repris leurs conversations.

Kathleen reprit la parole au bout d'un moment :

— Que vous a dit Donald Anstey, au juste ?

Je lui résumai ses déclarations.

— Va-t-il aller le dire à la police ?

— C'est chose faite.

Je vis son visage se décomposer et me rendis compte de ce que cette information impliquait. Trois personnes avaient commis un délit à Westminster ce jour-là ; et Kathleen était la seule qui restait à pouvoir être condamnée pour cet acte.

— J'irai le voir dès que je rentrerai à Walden, afin de savoir ce qu'il a dit exactement, ajoutai-je.

— La police a-t-elle interrogé votre père à ce sujet ? demanda-t-elle.

Je secouai la tête.

— Je ne pense pas qu'ils comptent rouvrir l'enquête maintenant.

Elle parut soulagée.

— Vont-ils interroger Lady Timpson pour avoir soudoyé un député ?

— C'est possible. Ils essaient encore de rassembler des éléments à charge contre elle.

Mais je n'étais pas sûre que cet argument pèse lourd dans la balance.

— Ce n'est pas juste.

Kathleen étreignit sa serviette en papier.

— Vous pensez qu'elle est innocente ? En dépit de ce que disent les journaux ?

J'avais été choquée par certains titres racoleurs. Si tout le monde dans ce pays croyait ce qui avait été écrit, Lady Timpson était sûre de finir au bout d'une corde. J'étais curieuse de savoir ce que pensaient les gens qui ne connaissaient de l'affaire que ce qu'ils avaient lu dans la presse. J'étais moi-même trop impliquée pour avoir une opinion objective.

— Elle ne devrait pas être pendue.

Voilà qui n'était pas vraiment une réponse.

— Vous savez, il est possible qu'ils l'accusent aussi de l'assassinat de Rebecca. L'accusation pourrait arguer qu'elle avait un mobile pour vouloir sa mort, si Rebecca avait tenté de la faire chanter.

Ce n'était pas vrai, mais je voulais voir comment Kathleen allait réagir.

— Lady Timpson a-t-elle dit qu'on l'avait fait chanter ?

Il y avait de l'affolement dans sa voix. J'avais touché un point sensible.

— Non, reconnus-je avant de percevoir une lueur de soulagement dans ses yeux. Selon vous, qu'est-il arrivé à Rebecca ?

— Je ne sais pas. Mais je ne crois pas que Lady Timpson y soit pour quelque chose.

27

— Comment ça s'est passé ?

Percy m'attendait sur un banc à Trafalgar Square. C'était un bel après-midi ensoleillé de juin, et il portait une chemise blanche déboutonnée en haut. Ses cheveux étaient encore plus indisciplinés qu'à l'accoutumée et son pantalon aurait eu besoin d'être repassé. Pourtant, cette apparence un peu négligée le rendait encore plus séduisant. Je détournai les yeux du haut de sa poitrine et lui fis part de notre conversation avec Kathleen. Il me prit la main.

— Ta mère était une sacrée femme, dis donc.

— C'est une façon de voir les choses.

Je bougeai mes doigts pour les mêler aux siens.

— Au moins, je sais maintenant qu'elle n'avait pas l'intention de mettre fin à ses jours de cette manière.

— D'après ce que tu m'as dit, elle était déjà fragile. Je pense qu'elle a fait preuve d'un immense courage en agissant ainsi.

Son visage était tout près du mien.

— Oui, moi aussi.

— Allez, viens.

Le Percy monté sur ressort était de retour ; il me fit lever et passa son bras sous le mien.

— Allons voir quels films passent en ce moment au cinéma sur les quais.

Bras dessus, bras dessous, nous partîmes flâner dans les rues animées du quartier, bavardant et nous arrêtant pour regarder les affiches placardées à l'entrée des cinémas. Voilà bien longtemps que je ne m'étais pas sentie aussi jeune et insouciante.

De toute évidence, Percy avait jeté son dévolu sur le nouveau film de Douglas Fairbank. Je validai ce choix, du moment que nous pouvions regarder toutes les actualités qui passaient avant.

— La plupart des filles veulent voir Mary Pickford, se plaignit-il. Mais toi, tu veux voir les Pathé News. Je parie que ta copine Alice aime Mary Pickford. Elle lui ressemble un peu.

Je souris malgré un petit pincement au cœur. Alice brûlait d'envie d'aller au cinéma, mais son père le lui interdisait. Au moins pourrais-je lui dire que d'après Percy, elle ressemblait à la belle Mary Pickford.

Il insista pour m'acheter une boîte de chocolats, dont il engloutit ensuite une grande partie durant le film. Cela m'amusa autant que ses fréquents changements d'expression. Percy semblait vivre le moindre instant de combat à l'épée aux côtés de Douglas Fairbank.

En sortant de la salle obscure, nous trouvâmes une température aussi agréable qu'à l'intérieur – à ceci près qu'il régnait dans l'air extérieur une odeur de gaz d'échappement et de crottin de cheval.

— As-tu revu Constance ?

Il me prit la main, et nous traversâmes le pont de Waterloo.

— Je suis allée deux fois à Crookham Hall. Et toi, as-tu vu Daniel ?

— Il est venu passer quelques jours chez moi. Ce n'est pas son habitude, il n'aime pas beaucoup la ville. Mais il avait besoin de changer d'air, histoire de s'éclaircir un peu les idées.

— Est-ce qu'il t'a fait part des déclarations de sa mère ?

Percy acquiesça.

— Apparemment, il a moins de mal à la croire que Constance, dis-je. Cela m'a étonnée.

— Probablement parce que son père le frappait. Alors que Constance était la fille chérie du papa.

— Quoi ? Lord Timpson frappait Daniel ?

Il s'arrêta et s'accouda sur la rambarde du pont.

— Un soir, on a bu un peu trop de whisky et on a beaucoup discuté… C'est là qu'il a craché le morceau. Si j'ai bien compris, ce n'était pas régulier. Son père s'en prenait à lui de temps en temps, en disant à Daniel qu'il devait grandir, s'endurcir, ce genre de chose.

— Juste ciel.

Je levai les yeux vers le dôme de la cathédrale Saint-Paul.

— Daniel est un garçon profondément gentil. Il préfère la compagnie des animaux à celle des hommes. Il a détesté être nommé officier, mais il n'a pas eu le choix. Il ne supporte pas la violence, et je crois que c'est pour cette raison que certaines personnes essaient de le rudoyer. Les autres garçons à l'école, les soldats sous son commandement et ses parents… ils semblent tous estimer que c'est un faible.

— Ce qui explique sa compassion envers sa mère.

Je tirai sur la main de Percy. L'heure tournait, et j'avais promis à ma tante d'être rentrée pour prendre un chocolat avec elle.

— Vont-ils réellement accuser Lady Timpson ? demanda-t-il tout en caressant ma main comme nous marchions en direction de la gare.

— Ben pense que c'est probable.

— Quelle affreuse histoire, soupira Percy.

— Tu y crois, toi, à la version de Lady Timpson ?

— Honnêtement, je ne sais pas quoi penser. Je ne savais pas quoi répondre à Daniel. Pourtant, tu me connais… il est rare que je n'aie rien à dire, ironisa-t-il avec une grimace d'autodérision.

— Pareil pour moi. Comment soutenir Constance quand je ne sais même pas ce que je dois croire ? dis-je avec un haussement d'épaules.

— Tu peux toujours lui offrir ta présence et ton écoute.

Il passa un bras autour de ma taille et m'attira plus près de lui.

— Percy, grondai-je.

— Je sais, je sais… Tu préfères qu'on soit seulement bons amis.

Je l'embrassai sur la joue et m'écartai de lui, même si j'aurais préféré rester là où j'étais.

La semaine suivante, Mme Siddons et moi fûmes appelées à venir voir Daniel et Constance à Crookham Hall. Je m'arrêtai à Sand Hill Hall pour rendre visite à Alice avant de me rendre à Grebe House.

— Voilà ce qui arrive quand les femmes se mêlent de politique.

Le colonel Thackeray agita un journal devant moi, puis fila dans son bureau et claqua la porte sans me laisser le temps de répondre. Je ne voyais pas trop par quel raisonnement il en était venu à la conclusion que des femmes aspirant à être députées aient pu mener à la mort de Lord Timpson.

— Désolée, murmura Alice.

Je connaissais suffisamment la situation pour ne pas l'embêter avec la réaction de son père. Le colonel avait perdu deux doigts dans une attaque à la grenade. L'explosion avait également endommagé son oreille interne, le laissant avec un trouble de l'équilibre assez handicapant, quoiqu'il refusât d'utiliser une canne. Mais ses blessures physiques ne constituaient qu'un moindre problème. L'homme avait toujours été du genre sévère, seulement, depuis la guerre, il était devenu agressif et insociable. Son épouse, Florence, subissait le plus gros de sa colère. La seule personne capable de l'apaiser était Alice.

— Pauvres Constance et Daniel. J'aimerais aller les voir, mais Père ne voudra pas.

Comme le reste de Walden, les parents d'Alice avaient été prompts à présumer de la culpabilité de Lady Timpson. Au moins ne mettraient-ils plus de pression sur leur fille pour qu'elle se rapproche de Daniel.

— Est-ce que tu crois aux déclarations de Lady Timpson ? me demanda-t-elle.

Je venais de lui expliquer ce que m'avait dit Mme Siddons. Elle me fit signe de la suivre dans un petit salon où elle avait un secrétaire – elle souhaitait que je transmette une lettre de condoléances à Constance.

— Je ne sais pas.

Je m'assis près d'elle tandis qu'elle sortait du papier à lettres ivoire d'un tiroir. J'avais ressassé cent fois tous les éléments de l'histoire et ne parvenais toujours pas à me faire une conviction.

— Lord Timpson semblait être tellement gentil, dit-elle.

J'imaginai que ces mots seraient prononcés d'innombrables fois lors du procès. J'entendis le colonel vociférer dans son bureau. Pendant qu'elle écrivait, je me rendis compte qu'Alice devait éprouver une forme d'affinité avec Constance et Daniel.

Je m'étais souvent demandé si le colonel Thackeray était violent avec sa femme et, Dieu l'en préserve, sa fille. Le problème, c'est qu'Alice se montrait farouchement protectrice envers son père. Si j'abordais le sujet, elle l'ignorait purement et simplement. Si bien qu'au bout du compte, comme tout un chacun, j'avais fini par accepter que le colonel Thackeray ait un mauvais caractère en raison de sa triste expérience de la guerre. En était-il allé de la même manière chez les Timpson ? Sa brutalité envers sa femme avait-elle simplement été acceptée ?

Je songeai à la remarque de Mme Siddons, selon laquelle on ne sait jamais ce qui se passe derrière les murs d'un foyer. Lady Timpson avait-elle aimé son mari ? Si non, pourquoi avait-elle supporté ces abus ? C'était une femme riche ; elle avait le choix. Alice, elle, aimait beaucoup son père, mais c'était une jeune femme sans argent personnel et ne disposant que de très peu de choix.

— Alice m'a demandé de vous donner ceci.

Je tendis la lettre à Constance alors que Daniel faisait entrer Mme Siddons dans le grand salon.

— Elle voulait venir vous voir, mais…

— Ses parents ont jugé que ce ne serait guère convenable ?

— En quelque sorte.

Comme la roue avait tourné… Hier, Lady Timpson avait interdit à Constance d'envoyer des fleurs après le décès de ma mère, afin que sa fille ne soit pas associée à une histoire déshonorante. Et voilà qu'aujourd'hui, la réputation des Timpson était entachée par un scandale bien plus retentissant.

— Dis-lui de ne pas s'inquiéter. J'apprécie son amitié. Et la tienne.

— Nous sommes allés voir Mère, annonça Daniel, qui se tenait près de la cheminée.

— Est-ce qu'elle tient le coup ? s'enquit Mme Siddons.

Elle tapota le coussin du canapé à côté d'elle, et il vint la rejoindre.

— Elle a perdu du poids, dit-il. Et elle avait l'air perdue.

— Vous lui avez dit que vous alliez la soutenir ?

— Oui. Nous lui avons dit que nous serions là pour elle, au procès.

Constance opina, sans paraître aussi sûre d'elle que son frère.

— Nous voulions aussi te remercier, Iris, pour l'article que tu as fait paraître dans *The Walden Herald*. Il est tellement différent des bêtises sans nom que l'on peut lire dans la presse londonienne. Tu transmettras nos remerciements à M. Whittle.

— C'est écœurant de voir ce que certains de ces torchons racontent, s'indigna Daniel. De purs mensonges. Ça devrait être interdit.

Il commença à servir le café mais en répandit la moitié dans les soucoupes.

— Allez-vous assister au procès, avec M. Whittle ? demanda Constance.

Je hochai la tête, gênée de l'admettre ; mais Horace Laffaye tenait à ce que nous en rapportions le moindre détail. À moins d'un acquittement inattendu, ç'allait être une terrible épreuve.

— Avez-vous pensé à quelque chose qui pourrait se révéler utile pour défendre votre mère ?

Mme Siddons s'empara de la cafetière et finit de nous servir à la place de Daniel.

— Nous avons parlé avec tout le personnel, répondit Constance.

— Ceux qui sont restés à notre service.

Daniel se leva et marcha jusqu'à la fenêtre.

— Je ne peux pas reprocher aux autres d'êtres partis, ils doivent penser à leur avenir. Et nous ne savons pas ce qui va nous arriver, financièrement.

— Quelques-uns ont entendu Père et Mère se disputer à propos de questions d'argent, poursuivit Constance. Mère était en colère de voir tout l'argent que gaspillait

Père dans ses clubs de jeu. Ils étaient réticents à l'idée de le dire à la police – ils adoraient Père. Il était charmant avec eux, et ils lui étaient loyaux.

— Raison pour laquelle certains sont partis, dit Daniel. Ils pensent que Mère est coupable.

— Votre père a-t-il déjà été violent avec vous ?

Mme Siddons posa la question avec douceur, mais je vis frémir les narines de Constance.

— Bien sûr que non, répondit-elle immédiatement.

Nous attendîmes que Daniel s'exprime à son tour. Mme Siddons posa les yeux sur lui et hocha subtilement la tête.

— Il me frappait parfois… Quand je ne faisais pas ce qu'il voulait.

Il enfouit les mains dans ses poches.

— Daniel ! s'exclama Constance. C'est vrai ?

— Bien sûr que c'est vrai, aboya son frère.

— Pourquoi se mettait-il en colère contre vous ? demanda Mme Siddons.

— Il disait que j'étais faible. Il voulait que je devienne comme lui.

— Peut-être voulait-il dire que tu étais parfois trop sentimental avec les animaux… À la ferme. Et parce que tu refusais de chasser.

En dépit de son soutien à sa mère, Constance ne semblait toujours pas disposée à entendre les accusations portées contre son père.

— Daniel est-il susceptible de témoigner à ce propos ? suggérai-je, ce qui me valut un regard noir de sa sœur.

— J'imagine mal Philip Johnson le faire venir à la barre, répondit Mme Siddons. Malheureusement, un homme qui frappe son fils ne serait jugé coupable de rien. Si ce n'est de chercher à l'endurcir un peu.

— C'est ce qu'il pensait, en effet. Il voulait que je sois plus fort.

Daniel fixa les motifs du tapis oriental.

— Vous savez, avec les femmes… Il disait qu'à ce train-là, je n'étais pas près d'engendrer un héritier.

— Je suis sûre qu'il voulait seulement plaisanter, commenta Constance, les joues empourprées.

— Eh bien, ce n'était pas drôle.

J'avais envie de le prendre dans mes bras. Pour quelqu'un d'aussi doux que Daniel, il avait dû être terriblement éprouvant, physiquement et moralement, de recevoir des coups de son propre père.

La visite de Daniel et Constance à leur mère eut l'effet désiré. Le lendemain, Ben passa la tête par la porte du bureau.

— Entre ! Il me reste un peu de café, si tu veux.

— Avec plaisir, merci.

Il prit place dans la première chaise venue tandis qu'Elijah sortait de son antre pour nous rejoindre.

— Des nouvelles ?

— Ça y est : Lady Timpson a parlé, dit-il en prenant la tasse que je lui tendais. Elle propose enfin une défense.

— Et ? le relança Elijah.

— Elle brosse un portrait accablant de son mari.

— Que penses-tu de sa version ? demandai-je.

— Je ne sais pas.

Ben avala une gorgée de café.

— La façon dont elle décrit Lord Timpson n'a rien à voir avec l'homme que je connaissais. Non que je l'aie particulièrement bien connu, mais chaque fois que je l'ai vu, il était très agréable. La plupart des gens disent la même chose.

— Les hommes peuvent se comporter différemment dans l'intimité, commenta Elijah, validant l'hypothèse de Mme Siddons. Y a-t-il quelque chose qui corrobore la version de Lady Timpson ?

— Ce n'est pas exclu. Nous avons retrouvé une arme.

Ben étendit les jambes et bâilla.

— Où ça ?

Tout élément de preuve susceptible de démêler la fiction de la réalité serait le bienvenu.

— Un fusil de chasse a été trouvé dans le canal à côté de Broad Oak Bridge.

— Avait-il servi ? demandai-je.

— Il manquait une balle.

— Ce qui correspond à la version donnée par Lady Timpson, dit Elijah.

— Si elle dit la vérité, relativisa Ben entre deux nouveaux bâillements. On ne sait ni quand ni comment l'arme a fini dans l'eau, mais elle n'y était pas depuis très longtemps.

— Vous dites que le palefrenier est certain que ni l'un ni l'autre n'avait d'arme sur lui lorsqu'ils ont quitté les écuries ?

Elijah s'assit plus à son aise sur mon bureau. Je m'empressai de retirer une feuille de papier avant qu'il ne pose les fesses sur la maquette de l'édition du lendemain.

— Il est prêt à en faire serment devant la Cour. Il les a aidés à monter en selle. D'après lui, il est impossible que l'un ou l'autre ait dissimulé un fusil de chasse sur lui ou sur les chevaux.

— Alors, où Timpson se serait-il procuré l'arme ? demanda Elijah.

Je notai qu'il paraissait désormais enclin à croire la version de Delphina Timpson.

— Lady Timpson dit que son mari l'a pris quelque part à proximité du pont. Elle lui a tourné le dos un moment, le temps d'attacher son cheval. Lorsqu'elle s'est retournée, il braquait l'arme sur elle.

— Dans ce cas, il l'avait dissimulée là-bas précédemment, marmonna Elijah en se grattant le menton. Vous disiez qu'on l'avait vu dans le coin peu avant sa mort, n'est-ce pas ?

Ben acquiesça.

— L'affaire va partir au tribunal, mais nous avons besoin de plus de preuves. Nous aimerions que vous publiiez un nouvel appel à témoignages.

— Qui dirait quoi ?

— Nous voulons savoir tout ce qui s'est passé à Broad Oak Bridge au cours des semaines précédant le meurtre. Plus précisément, nous cherchons quelqu'un qui aurait eu un fusil sur lui, ou essayé de dissimuler quelque chose.

Elijah opina et Ben se leva, prêt à partir.

— Au fait, Donald Anstey est-il venu vous voir ? demandai-je.

— Oui. Mais je ne crois pas que ça changera grand-chose.

— Cela mettait pourtant Rebecca dans une position dangereuse.

Et cela lui donnait également une bonne raison de s'enfuir.

— Seulement si quelqu'un a su qu'elle avait entendu la conversation.

— Lord ou Lady Timpson ont pu l'apprendre.

— Sauf que rien ne suggère que ç'a été le cas, objecta Ben.

— Dans quelle mesure cela peut-il peser contre Lady Timpson si les jurés apprennent qu'elle a corrompu un membre du Parlement ? s'enquit Elijah.

— Cela ne fera pas partie des éléments à charge au procès. Ce n'est pas assez solide. Nous ne savons même pas qui était le député en question.

— Et le fait que Lord Timpson ait été vu sortant de la chambre de Rebecca ? ajoutai-je.

— Là encore, ce n'est pas assez solide. Olive Evans pense l'avoir vu sortir de là, mais il n'y a rien de plus pour étayer le fait.

— Quand le procès aura-t-il lieu ?

— Nous sommes obligés de le mettre aux assises du milieu d'été – probablement en juillet, à Winchester. Le commissaire aimerait avoir davantage de temps, mais nous ne pouvons pas la retenir en détention indéfiniment. C'est pourquoi il veut que l'appel à témoignages paraisse dans la prochaine édition.

Il ne restait donc que quelques semaines seulement avant que Lady Timpson doive se présenter devant le juge et le jury. Si on la déclarait coupable, la sentence serait la mort.

28

Je mis sous pli la dernière profession de foi. C'était l'ultime semaine de campagne pour l'élection partielle, mais le cœur n'y était plus.

La ville entière ne parlait plus que de l'affaire Timpson. Si le conseiller municipal William Mansbridge avait remplacé Lady Timpson pour représenter les Conservateurs, l'homme n'était pas assez populaire pour menacer les autres candidats. La compétition se jouerait entre Mme Siddons et Donald Anstey.

Les sympathisants de Mme Siddons avaient décidé de mettre un dernier coup de collier : nous allions distribuer des professions de foi dans toutes les maisons de la circonscription, afin de rappeler le programme proposé aux électeurs avant qu'ils se rendent aux urnes.

C'était un beau dimanche après-midi, propice à la promenade. J'avais l'intention de me rendre chez Donald Anstey, mais je décidai de distribuer mes tracts d'abord, me voyant mal débarquer à son cottage avec sous le bras de la publicité pour un de ses adversaires.

Alors que je marchais au bord du lac, j'aperçus Donald posté une fois encore sur la jetée proche de la gare. Cette fois, il n'avait pas de fleurs ; il regardait simplement dans l'eau. J'hésitai à avancer davantage, ne voulant pas le déranger, mais il releva les yeux à mon approche et j'allai le rejoindre.

— Rebecca adorait Waldenmere. Elle en parlait souvent quand nous nous retrouvions à Londres. C'est triste de penser que je n'aurai connu ce lac qu'après sa disparition… J'aurais aimé y venir avec elle.

— Est-ce pour cette raison que vous aviez des fleurs, l'autre jour ? Des violettes… parce qu'elle était une suffragette ?

Il acquiesça d'un hochement de tête.

— Je me sens proche d'elle quand je suis ici. De son âme. Elle aimait profondément être une suffragette. Cela donnait un objectif à sa vie, ainsi qu'un sentiment d'indépendance. Elle croyait qu'un jour, les femmes pourraient avoir le contrôle de leur destin. Si seulement cela avait pu être vrai pour elle…

— Je suis désolée.

Je lui parlai de ma rencontre avec Kathleen Hooper.

— Ne vous en faites pas, je n'ai pas mentionné le nom de Mme Hooper à la police. Cela ne m'a pas paru utile.

J'en fus soulagée.

— J'ai eu l'impression qu'ils ne se préoccupaient guère de poursuivre les suffragettes de l'époque, dit-il. Malheureusement, ils ne se sont guère préoccupés de la disparition de Rebecca, non plus.

— Je sais. J'ai discuté avec l'agent Gilbert. Il m'a dit que sans information nouvelle, le commissaire Cobbe rechignait à rouvrir le dossier. Quand avez-vous vu Rebecca pour la dernière fois ?

J'étais toujours curieuse de savoir pourquoi il était brusquement parti en Écosse.

— C'était début juillet. Nous nous sommes retrouvés un vendredi après-midi à Londres, comme à notre habitude. Nous allions souvent voir une exposition, ou nous promener dans un parc.

— Qu'avez-vous fait cet après-midi-là ?

— Nous nous sommes promenés à Hyde Park en bavardant. Nous avons écouté la musique jouée dans un kiosque pendant un moment.

— Comment Rebecca vous a-t-elle paru ?

— Distante, comme si elle avait la tête ailleurs. Je lui ai demandé si quelque chose n'allait pas. Elle m'a dit que tout allait bien.

Il marqua une longue pause avant de poursuivre :

— J'ai eu peur de la perdre.

— Dans ce cas, pourquoi êtes-vous parti pour l'Écosse ? demandai-je un peu brutalement.

Il me dévisagea quelques instants, et je crus l'avoir offensé en lui posant cette question de la sorte. Il sortit alors une petite boîte carrée de la poche de son pantalon et me la tendit.

Je l'ouvris. À l'intérieur se trouvait une bague ancienne sertie d'une émeraude et de diamants.

— Elle appartenait à ma grand-mère. Elle me l'a laissée. Je suis allé voir mes parents pour la prendre, et je leur ai dit que j'avais l'intention de demander à Rebecca de m'épouser. Comme je n'ai finalement pas pu lui demander sa main, je l'ai apportée ici et je lui ai dit combien je l'aimais.

— Je suis désolée, dis-je en lui rendant l'écrin.

— J'avais trente ans. Je trouvais qu'il était temps que je fonde un foyer. Je voulais subvenir aux besoins de Rebecca, avoir des enfants avec elle. Mais quand je suis rentré, elle n'était plus là. Et puis la guerre a éclaté, et j'ai atterri en France. C'est drôle, les tournants que peut prendre la vie.

Il fit tourner la bague entre ses doigts.

— Parfois, je me dis que je ferais mieux de la jeter dans le lac et de m'en aller. De quitter Walden.

Il se lisait sur ses traits un authentique désespoir. S'il n'était effectivement pour rien dans la disparition de

Rebecca, je pouvais comprendre pourquoi il émanait de lui un tel abattement. Tous ses rêves avaient été anéantis en l'espace de quelques semaines. Et il ne savait toujours pas pourquoi.

Mais qu'en aurait-il été s'il avait découvert que sa bien-aimée Rebecca avait une liaison avec quelqu'un d'autre ?

Une semaine plus tard, les trois candidats occupaient la scène dressée dans la mairie d'Aldershot, attendant l'annonce des résultats. Donald Anstey avait la mine de celui qui a déjà perdu.

Mme Siddons, à l'inverse, affichait une forme éblouissante. Vêtue d'une robe de soie bleu marine et coiffée à la perfection, elle avait l'attitude de celle qui attend la victoire. Quant à William Mansbridge, le froncement de sourcils qui lui barrait le front en permanence semblait indiquer qu'il n'avait jamais souhaité participer à cette élection.

La tension était palpable dans l'atmosphère quand l'officier vint lire les résultats. Je retins mon souffle.

— M. Donald Anstey, Parti travailliste, 6 315 voix. M. William Mansbridge, Parti conservateur, 2 816 voix. Mme Sybil Siddons, Parti libéral, 9 131 voix.

Je lâchai un soupir de soulagement. Nous avions gagné ! Enfin, nous avancions. C'était ce pour quoi ma mère avait combattu.

— Je déclare donc Mme Sybil Siddons députée pour la circonscription d'Aldershot.

De vives acclamations retentirent dans la salle. Mon père avait l'air déçu, tandis que je me gonflais de fierté. J'éprouvai également un certain plaisir à voir la consternation du colonel Thackeray. Il sortit de la mairie d'un pas claudicant tout en marmonnant quelque chose d'inaudible.

Mme Siddons descendit de l'estrade et commença à embrasser ses sympathisants, y compris moi. Donald Anstey s'approcha pour lui présenter ses félicitations.

— Monsieur Anstey, j'ai repensé à votre idée de remplacer les cabanes insalubres de Crookham par des logements décents. C'est très intéressant.

Plusieurs personnes tournèrent la tête en entendant cet échange.

— Je me demandais si vous seriez d'accord pour travailler avec moi sur ce projet ?

Donald parut surpris mais ravi.

— Certainement. C'est un sujet qui va au-delà de la politique. Je serais heureux de vous apporter ma contribution.

Je comprenais pourquoi mon père avait soutenu cet homme mais je conservais aussi l'obscure impression qu'il s'agissait d'une forme de trahison envers ma mère. Parce que les suffragettes s'étaient battues pour que les femmes aient leur mot à dire dans le processus parlementaire. Depuis ma rencontre avec Kathleen, ma colère envers ma mère avait commencé à s'atténuer. Je ne digérais toujours pas son décès, mais je ne pouvais nier que je me sentais fière de son engagement. Et j'étais bien décidée à poursuivre son œuvre à ma manière.

Quelques jours plus tard, je reçus un message de Mme Siddons, me demandant de les accompagner, Donald Anstey et elle, lors d'une visite à la ferme des Moffat.

— Je veux commencer sans délai, annonça-t-elle.

Donald était assis en face d'elle dans la calèche.

— Je sais que nous allons rencontrer une certaine forme d'opposition, raison pour laquelle j'ai tenu à ce que tu sois présente, Iris. J'aimerais que tu écrives un article sur les conditions de vie de ces pauvres gens, afin d'essayer de susciter un peu d'empathie dans l'opinion.

Donald approuva d'un hochement de tête mais ne dit rien. Son abattement semblait former une sorte de nuage permanent au-dessus de sa tête.

Le chemin de terre sinueux menant à la ferme des Moffat était en piètre état. Nous faisions des bonds dans la calèche chaque fois que la voiture rencontrait un nid-de-poule. Ce fut un soulagement d'en descendre pour finir le trajet à pied.

Donald et moi suivîmes Mme Siddons comme elle passait à grands pas devant le bâtiment de la ferme pour se diriger vers les caravanes et les cabanes. Au loin, je distinguais Broad Oak Bridge et, au-delà, les verts pâturages du domaine de Crookham.

Un groupe d'hommes, Samuel Moffat en tête, s'était formé en entendant arriver notre attelage. Ils nous avisèrent avec un air de suspicion frôlant l'agression. Donald passa devant afin d'expliquer la raison de notre visite.

Pendant ce temps, Mme Siddons alla se présenter à un groupe de femmes assises avec des enfants d'âges variés autour d'un feu de camp. Quoiqu'elle eût renoncé à ses bijoux habituels, elle était trop bien habillée pour l'occasion. Mais les femmes parurent fascinées par sa robe en soie et, conformément à son habitude, elle ne tarda pas à les apprivoiser puis à les rallier à sa cause.

Elijah m'avait mise en garde : je ne devais pas prendre de notes, au risque de susciter l'hostilité. Je restai donc légèrement en retrait, me contentant d'écouter les discussions en cours. En dépit de leurs différences – ou peut-être grâce à elles –, Mme Siddons et Donald Anstey formaient une bonne équipe. Chacun commençait doucement à gagner des hochements de tête approbateurs chez ses interlocuteurs.

Donald tendit le bras en direction des terres agricoles des Moffat. Samuel fit un signe de tête et nous invita à le suivre vers la ferme. Les bâtiments étaient dans un état déplorable. Une des granges semblait tenir debout par l'opération du Saint-Esprit, sans qu'aucune tentative de réparation ait jamais été entreprise. Il y avait pourtant quelques améliorations depuis ma dernière visite. Des poules picoraient le sol dans un poulailler fraîchement aménagé.

Une jeune femme d'environ vingt ans passa la tête par la porte du corps de ferme et nous regarda de ses grands yeux noisette. Elle avait la peau mate et de longs cheveux couleur caramel retenus en arrière.

— Prépare du thé, Hannah, lança Samuel. Ces gens veulent nous parler d'acheter la propriété.

Au vu de l'aspect négligé de l'extérieur, je m'attendais à trouver l'intérieur dans un état similaire. Il n'en était rien. La cuisine se révéla propre et bien organisée. Des miches de pain frais étaient posées sur le buffet, à côté d'un panier rempli d'œufs.

Mme Siddons, Donald Anstey et Samuel Moffat prirent place autour de la table. Comme il n'y avait que trois chaises, je restai debout avec Hannah Moffat à côté de la cuisinière.

— Vous avez acheté de nouvelles poules, à ce que je vois ? lui dis-je.

— C'est Samuel qui les a amenées.

Elle jeta à son frère un regard plutôt hostile.

Je me demandai où celui-ci avait pu trouver l'argent pour acquérir toutes ces poules pondeuses. L'expression désapprobatrice d'Hannah pouvait suggérer que Samuel les avait volées.

De son côté, Mme Siddons expliquait qu'il serait possible de construire un ensemble de logements si la municipalité achetait la ferme et ses terres pour les associer aux terres en friche qu'elle possédait déjà. Samuel acquiesçait, mais la tension visible sur les traits d'Hannah semblait indiquer qu'elle était moins partante.

— Et où est-ce qu'on vivra, nous, si on vend ?

Elle posa avec fracas la théière en terre cuite sur la table.

— Nous tenons à ce que les nouvelles maisons soient proposées à des prix accessibles, que ce soit en location ou à l'achat, voulut la rassurer Mme Siddons. Je veillerai personnellement à ce que vous ayez la priorité sur l'une d'elles, et que vous ne vous retrouviez pas sans abri.

— Mais on n'aura plus de travail sans la ferme, rétorqua Hannah.

— De toute façon, elle ne rapporte rien, dit Samuel d'une voix lasse.

De toute évidence, ils avaient déjà abordé ce sujet ensemble.

— Pa' disait qu'au moins, on aurait toujours ça.

J'eus un pincement au cœur pour elle. Elle avait perdu sa mère, son père, un frère et une sœur, et maintenant elle était sur le point de perdre le seul foyer qu'elle ait jamais connu.

— Pa' n'est plus là. Et je ne sais pas comment il a pu tirer le moindre sou de cette ferme. Ça ne donne rien.

Ses doigts crasseux tirèrent sur la manche de sa sœur.

— Ça nous ferait de l'argent pour partir d'ici et prendre un nouveau départ ailleurs.

Je me demandai comment Ned Moffat était parvenu à survivre ici si longtemps. Daniel avait dit que la terre était pauvre.

— Je pourrais demander à Mlle Constance s'il y a du changement au manoir. Il paraît que certains domestiques sont partis…

Elle laissa sa phrase en suspens.

— On ne peut plus attendre d'argent des Timpson, maugréa Samuel.

— La situation est un peu incertaine au manoir en ce moment, dit Mme Siddons avec gentillesse en s'adressant à Hannah. Peut-être y aura-t-il moyen de s'arranger, quand le procès sera passé.

Le silence se fit dans la cuisine.

— Qu'est-ce qu'il se passera si elle est déclarée coupable ? demanda Hannah.

— Dans ce cas, Daniel et Constance seront peut-être contraints de vendre Crookham Hall, répondit Mme Siddons.

— Non, je voulais dire : pour Lady Timpson, précisa Hannah.

29

Le procès s'ouvrit le 9 juillet 1920 aux assises du Hampshire dans le Grand Hall de Winchester.

Une foule de reporters s'étaient rassemblés devant le tribunal et jouaient des coudes pour prendre des photos de Daniel et Constance. Mme Siddons posa un bras protecteur sur cette dernière et la guida jusqu'en haut des marches. Je les suivis, consciente que Daniel se faisait bousculer à côté de moi, mais incapable de lui offrir ma protection tandis qu'il trébuchait dans le chaos.

Soudain, une haute silhouette apparut. L'homme repoussa les photographes, décocha à Daniel une tape dans le dos et l'escorta en haut des marches avec une facilité désarmante. Les portes se fermèrent derrière nous, coupant court au bruit de la rue.

— Percy, lâcha Daniel, surpris.

— Salut, vieille branche. Je me suis dit qu'un petit coup de main de cette grande perche de Baverstock pourrait t'être utile dans cette mêlée.

Percy nous adressa son plus beau sourire tout en écartant de ses yeux quelques mèches rebelles.

— C'est gentil à toi d'être venu, dit Constance.

— Je voulais vous soutenir. Cela dit, ma présence en ces lieux n'est peut-être pas désirée… Vous n'avez qu'un mot à dire, et je m'en vais. Mais si je peux vous être de la moindre utilité, sachez que je suis à votre disposition, dit-il en s'inclinant légèrement.

Je ne cessais de m'étonner de ce qu'une même personne puisse être aussi sensible et attentionnée que parfois gaffeuse et dénuée de tact.

— Merci beaucoup, répondit Daniel. J'avoue qu'avoir un camarade de plus à mes côtés me ferait le plus grand bien.

— Alors allons nous chercher une tasse de thé.

Et Percy de décocher à son ami une nouvelle bourrade dans le dos.

— Ah, voilà Philip, dit Mme Siddons.

Philip Johnson, avocat à la Cour, était grand et large d'épaules. Il ressemblait davantage à un joueur de rugby qu'à un homme de loi. Il nous mena dans un escalier.

— Comment va Mère ? s'enquit Constance.

— Elle a peur, répondit-il par-dessus son épaule. Elle s'inquiète de la manière dont Daniel et vous allez réagir à certains éléments de défense que je vais devoir présenter.

— Préférerait-elle que nous n'assistions pas à l'audience ? demanda Daniel.

— Je ne sais pas. De toute façon, votre présence est vitale : les jurés doivent voir que vous soutenez votre mère et que vous ne vous êtes pas retournés contre elle.

Le Grand Hall était le seul vestige de la première construction du château de Winchester ; avec ses superbes vitraux et ses salles médiévales à hauts plafonds, il donnait davantage au visiteur l'impression d'entrer dans une cathédrale que dans une salle d'audience.

Nous nous levâmes comme un seul homme quand le juge Radden entra dans la salle. C'était un homme grand et maigre, au visage hâve.

— Il a l'air sévère, murmurai-je à l'oreille d'Elijah.

— En fait, il a plutôt la réputation d'être indulgent. Par contre, il ne supporte pas la comédie.

Nous étions installés dans la galerie publique. Elijah était assis à ma gauche, Mme Siddons à ma droite. À côté d'elle se trouvaient Constance, Daniel et Percy.

Les douze jurés prirent bientôt leur place.

— Toujours pas de femmes, dis-je à Elijah.

Je trouvais inadmissible qu'en dépit d'un changement de loi l'année précédente, aucune femme ne figure encore parmi les jurés.

— Dommage que Johnson n'ait pas pu en avoir une. Cela aurait pu changer la donne, dans une affaire comme celle-ci.

Le juge Radden prit la parole :

— Messieurs les jurés, avant que nous commencions, j'aimerais mettre plusieurs choses au clair. Avant tout, dans cette affaire, vous ne devrez prendre de décisions qu'au regard des éléments de preuve et témoignages qui vous seront présentés ici, au sein de cette Cour. Vous ne devrez en aucun cas prendre en compte les articles de presse que vous avez pu lire ou les rumeurs que vous avez pu entendre. Vous ne discuterez de cette affaire qu'entre vous, et avec personne d'autre. Des gens de votre entourage vous feront peut-être part de leur opinion : il est de votre devoir de les ignorer. Vous écouterez attentivement tout ce qui vous sera présenté dans ce tribunal, et votre décision se fondera uniquement sur ces éléments.

Sitôt que le juge eut fini de s'exprimer, le greffier se dressa.

— Accusée, levez-vous.

Lady Timpson se leva avec raideur, comme si le moindre mouvement la faisait souffrir. Elle avait perdu du poids et présentait des traits tirés. Cela avait dû être terriblement éprouvant pour elle de passer du luxe de Crookham Hall au dénuement d'une cellule de prison.

— Lady Delphina Timpson. Vous êtes accusée du meurtre de Lord Tobias Timpson le 15 avril de cette année. Que plaidez-vous ?

— Non coupable.

Sa voix était faible et rauque. Un murmure parcourut l'assistance.

— Vous pouvez vous asseoir.

Constance étreignit la main de son frère tandis que Sir Nigel Bostock, l'avocat général, se levait. Ce dernier était un homme aussi large que grand. Les boutons de sa veste semblaient mis à rude épreuve par sa corpulence.

Sir Nigel plaida contre Lady Timpson au nom de la Couronne. Il présenta l'accusée comme une femme forte, calculatrice, qui avait assassiné son mari parce que celui-ci dilapidait son argent et perturbait sa campagne électorale. Lorsqu'il eut fini, on aurait entendu une mouche voler dans la salle d'audience, et des gouttes de sueur perlaient à son front.

Philip Johnson, avocat de la défense, prit la parole à son tour :

— Mon vénérable confrère a qualifié ma cliente de tueuse de sang-froid.

Il s'interrompit pour considérer Lady Timpson, et les jurés suivirent son regard. La silhouette pitoyable assise dans le box n'avait rien de la harpie féroce décrite par l'accusation.

— Rien ne saurait être plus éloigné de la vérité. Messieurs les jurés, ce que je vais vous dire risque parfois de vous choquer. Vous serez surpris d'apprendre que ma cliente était en fait victime des violences exercées par son époux bien longtemps avant que celui-ci ne tente de la supprimer. Elle a été victime d'abus et de cruauté caractérisée tout au long de son mariage avec Lord Tobias Timpson. Elle a subi la violence physique et verbale d'un homme qui croyait avoir le droit de traiter les femmes selon son bon vouloir. En dépit de tout cela, Lady Timpson a fourni mille efforts pour dissimuler ces abus aux yeux de tous, et particulièrement à ceux de ses enfants.

Il se tut un instant pour se tourner vers Sir Nigel.

— Mon vénérable collègue va essayer de vous convaincre que ma cliente a entraîné son époux dans un coin reculé du domaine de sa propriété ancestrale, Crookham Hall, et qu'elle l'a tué là-bas, de ses propres mains. C'est de la pure fiction. Ma cliente n'a rien d'une athlète. Son mari, en revanche, était un homme fort, en bonne santé. Pensez-vous vraiment qu'elle ait pu essayer de le tuer d'une telle manière ? Je vous demande aussi de vous rappeler que Lady Timpson est une femme riche et intelligente, à la tête d'une entreprise florissante. Croyez-vous qu'elle se serait hasardée à s'en prendre à son mari d'une façon aussi brutale ?

Philip Johnson but un peu d'eau puis reprit sa position face au jury.

— Non, évidemment non. La vérité, c'est que c'est ma cliente qui était en danger. C'est sa vie qui était menacée. C'est elle qui a été entraînée dans cet endroit reculé par son mari, et c'est lui qui a braqué une arme sur elle.

Daniel et Constance se décomposèrent à cette dernière remarque.

— Mais pourquoi aurait-il agi de la sorte ? me direz-vous. Parce qu'il était au désespoir. Lord Timpson avait de nombreuses dettes. Il devait beaucoup d'argent à ses créanciers, et la seule personne capable de le sauver était sa femme. Seulement, celle-ci en avait assez. C'est l'argent de Lady Timpson qui avait permis à son mari de rester à flot pendant leur mariage. C'est cet argent qui lui a épargné la banqueroute et le déshonneur. Et c'est ce même argent qui lui a permis de conserver la demeure familiale. Sans ma cliente, Crookham Hall aurait été vendu il y a bien des années, afin de rembourser les créanciers. Si Lord Timpson a pu continuer de jouir d'une existence privilégiée, c'est parce que son épouse la finançait. Et cela ne lui plaisait guère ; raison pour laquelle il a souhaité sa mort. Il voulait reprendre le contrôle de la situation.

Philip Johnson possédait un physique et une gravité qui avaient quelque chose de rassurant – avec lui, on se sentait entre de bonnes mains. Les jurés l'écoutaient avec beaucoup d'attention.

— Messieurs les jurés, dans les jours à venir, vous allez entendre des témoignages qui ne vous laisseront aucun doute sur le genre d'homme qu'était Lord Tobias Timpson. Une fois ces témoignages entendus, vous comprendrez pourquoi ma cliente doit être lavée de tout soupçon et déclarée innocente des faits dont on l'accuse.

Sur ce, il hocha brièvement la tête et se rassit.

— Voici ton copain policier, chuchota Percy.

L'agent Ben Gilbert était le premier témoin appelé par la Couronne. On lui demanda d'expliquer les raisons qui avaient mené à l'arrestation de Lady Timpson.

— Un témoin oculaire avait vu Lady Timpson sur les lieux du crime.

— Ce qui contredisait la déclaration précédente de l'accusée, si je ne m'abuse ? dit Sir Nigel.

— Oui. Avant, elle nous avait déclaré qu'elle avait quitté Lord Timpson vers 10 heures ce matin-là, après avoir chevauché à travers les champs vers le sud du canal. Elle présumait qu'il avait poursuivi la promenade le long du canal après son départ.

— C'est alors que vous avez décidé de lui faire subir un interrogatoire ?

— Tout à fait.

— Lady Timpson a-t-elle répondu à vos questions ?

— Non, pas au début. Elle ne voulait pas parler. Je crois qu'elle voulait communiquer avec ses enfants avant de nous dire ce qui s'était passé ce matin-là.

— Une fois que ç'a été chose faite, quelle a été sa version des faits ?

— Elle nous a dit que son mari lui avait demandé de venir faire un tour à cheval avec elle à Broad Oak Bridge en début de journée. Une fois arrivés là-bas, elle était en train d'attacher son cheval quand il a brusquement sorti un fusil. Sa monture n'était pas encore attachée et s'est cabrée sous le coup de la frayeur. C'est alors qu'elle a poussé Lord Timpson, et qu'il est tombé dans le canal.

Ben se tenait très droit, les yeux fixés sur un point immuable, tel un soldat en parade.

— Avez-vous trouvé des preuves étayant ce récit ?

— Nous avons procédé à une fouille des lieux. Nous avons trouvé les traces de sabots de deux chevaux différents, mais rien qui indique ce qui s'était passé. Plus tard, en sondant le canal, nous avons trouvé un fusil.

— À qui ce fusil appartenait-il ?

— Le propriétaire de l'arme n'est pas connu.

— Je vois. Existe-t-il des éléments suggérant que l'arme appartenait à Lord Timpson ?

— D'après le majordome, il ne manque aucun des fusils de la collection des armes du manoir. Le palefrenier est également certain que ni Lord ni Lady Timpson n'avaient de fusil en leur possession lorsqu'ils sont partis à cheval ce matin-là.

— Lorsque vous avez interrogé Lady Timpson, l'avez-vous questionnée sur sa relation avec son époux ?

— Oui.

— Vous a-t-elle dit que c'était un mariage heureux ?

— Au début, oui.

— Au début ? A-t-elle changé de discours par la suite ? demanda Sir Nigel avec un étonnement feint.

— Effectivement. Lors du premier interrogatoire, elle a affirmé que sa relation de couple était placée sous le signe de la tendresse et de l'amour.

— La tendresse et l'amour… Elle a utilisé ces termes ? répéta Sir Nigel.

— Tout à fait.

J'ignorais si Ben avait déjà été appelé à s'exprimer face à un tribunal, mais il ne semblait nullement décontenancé par la situation.

— Mais ensuite, ce récit a changé ?

— Oui. Après avoir reconnu qu'elle s'était rendue jusqu'à Broad Oak Bridge avec Lord Timpson, elle nous a dit qu'il était violent et qu'il lui avait fait subir de mauvais traitements durant tout leur mariage.

Ben exposait les faits avec la plus grande sobriété.

— Je vois. Avez-vous eu connaissance d'éléments venant corroborer cette version des faits ?

— Plusieurs membres du personnel de Crookham Hall ont déclaré avoir entendu des disputes entre le mari et la femme.

— Des disputes… violentes ?

— Non, simplement houleuses.

— Quel était le sujet de ces disputes ?

— L'argent. Il semble que chaque fois, Lady Timpson reprochait à son mari d'accumuler les dettes dans divers clubs de Londres.

— Avez-vous creusé cette piste ?

— Nous avons pu obtenir certains détails de l'état des finances de Lord Timpson.

Ben ne mentionna pas que ces « détails » avaient été obtenus par d'autres moyens que ceux de l'enquête de police. Je vis que le commissaire Cobbe ne le quittait pas des yeux depuis le fond de la salle.

— Et qu'ont-ils révélé ? demanda Sir Nigel.

— Qu'il devait plus de dix mille livres à ses créanciers.

Une clameur stupéfaite s'éleva dans la salle d'audience.

30

Sir Nigel haussa les sourcils.

— On peut comprendre que Lady Timpson ait réprimandé son époux. C'est une somme considérable. Pouvez-vous nous dire comment Lord Timpson a accumulé de telles dettes ?

— La plupart des sommes concernaient des clubs de jeu, d'autres étaient des factures en souffrance émises par différents établissements, répondit Ben.

Je me rappelai l'expression faussement pudique d'Horace Laffaye, quand il avait mentionné des « établissements de nature douteuse ». Je fus surprise que Sir Nigel ne demande pas à Ben de développer.

— Je comprends. Il n'y a rien d'étonnant à ce que Lady Timpson ait été en colère contre son mari.

Comme il s'agissait d'une affirmation plus que d'une question, Ben ne commenta pas, demeurant impavide.

— Merci, agent Gilbert. Je n'ai pas d'autre question.

Sir Nigel se rassit, et Philip Johnson se leva.

— Agent Gilbert, pourriez-vous nous dire comment le fusil s'est retrouvé dans l'eau ?

— Je ne voudrais pas spéculer, mais il est possible qu'il ait été jeté là par un inconnu, et que cela n'ait rien à voir avec l'affaire.

— L'arme était-elle en bon état ? Vous a-t-elle paru récente ou ancienne ?

— Elle était neuve, ou presque.
— Chargée ?
— Oui.
— Avait-elle été utilisée ?
— Un coup seulement a été tiré.
— Permettez-moi de récapituler. Il s'agissait donc d'une arme neuve et pleinement chargée, avec laquelle un coup a été tiré, et vous l'avez retrouvée dans le canal de Basingstoke, non loin de Broad Oak Bridge. C'est exact ?
— Absolument, approuva Ben.
— Lady Timpson vous a dit que son mari l'avait menacée avec un fusil, que le coup est parti, que son cheval s'est cabré et qu'elle a poussé Lord Timpson, qui est tombé à la renverse dans le cours d'eau.
— Oui.
— Cela ne nous dit-il pas comment le fusil s'est retrouvé dans le canal près de Broad Oak Bridge ? demanda l'avocat en souriant.
— Voilà qui est assez logique, murmura Percy.
— Nous n'avons rien qui corrobore ses dires ou nous permette de savoir comment l'arme a fini dans l'eau, répondit Ben sans se laisser influencer. On a vu beaucoup de braconniers dans cette zone. Le fusil aurait aussi bien pu appartenir à l'un d'eux.
— J'ai du mal à imaginer qu'un braconnier aurait jeté à l'eau un fusil tout neuf aussi facilement. Mais avançons un peu : vous disiez que Lord Timpson devait de l'argent à des clubs de jeu et d'autres établissements. Pouvez-vous nous préciser de quel genre d'établissements il s'agissait ?
— Apparemment, Lord Timpson fréquentait des salons privés qui, après enquête, se sont révélés être des bordels de luxe.
Le regard de Ben était toujours fixé droit devant lui.
— Lord Timpson était-il un client régulier de ces « salons privés » ?

— Oui. Il en connaissait certaines propriétaires depuis des décennies.

— Était-il en bons termes avec ces personnes ?

— Non, je ne dirais pas cela.

— Pourquoi ? Un homme de la classe de Lord Timpson devait pourtant être un genre de client très recherché ?

— Les propriétaires ont porté plainte contre le défunt à deux occasions. L'une concernait le non-paiement de ses factures.

— Et l'autre ?

Philip Johnson mit un certain poids dans ces mots pour attirer l'attention de chacun sur ce qui allait suivre.

— Il était parfois violent avec les femmes – je veux dire, les prostituées avec lesquelles il allait.

— Violent, comment ?

— On a su qu'il pouvait les frapper – des coups de poing, ou des gifles.

— Je vois. Pouvez-vous nous dire quelles blessures présentaient les victimes ?

— Principalement des hématomes ; parfois un œil poché ou une lèvre fendue.

— Merci pour ces éclaircissements, agent Gilbert. Ce sera tout.

Ben descendit de l'estrade. Son intervention avait été irréprochable, précise, factuelle et dénuée de toute émotion. Il sortit de la salle sans regarder personne, et le juge décida de faire une pause avant de poursuivre l'audience.

Pour ma part, le moins qu'on puisse dire est qu'il n'avait guère été confortable d'écouter toutes ces révélations sur Lord Timpson avec Daniel et Constance à mes côtés. Je me surpris à éviter leur regard tandis que nous nous levions de notre banc pour sortir de la salle.

À notre retour, c'est Samuel Moffat qui fut appelé à la barre. Il présentait mieux que la dernière fois où je l'avais vu – il portait une veste en velours côtelé qui paraissait neuve et s'était fait couper les cheveux. Son témoignage fut bref. Il confirma qu'il se trouvait à proximité de Broad Oak Bridge à 10 h 15 ce matin-là, quand il avait vu Lord et Lady Timpson à cheval, s'apprêtant visiblement à descendre de leurs montures respectives.

— Quelle impression vous ont-ils faite ? Chevauchaient-ils côte à côte ? Bavardaient-ils ? demanda Philip Johnson.

— Lord Timpson était devant sa femme. Ils ne parlaient pas. Tout avait l'air normal.

À la différence de Ben, Samuel ne savait pas où regarder. Ses yeux oscillaient sans cesse entre Philip Johnson, le juge et les jurés.

— Avez-vous vu un fusil sur eux ou quelque part dans les environs ?

— Non, monsieur.

— Vous êtes parti en courant quand vous les avez vus approcher, c'est bien cela ?

Samuel opina.

— J'essayais de pêcher. J'étais de mon côté du canal, mais je ne voulais pas qu'ils m'accusent de braconner, alors j'ai détalé.

— Vous n'avez pas assisté à ce qui s'est passé ensuite ? s'enquit Philip Johnson.

— Non, monsieur, grommela Samuel. Je suis retourné à la ferme.

— Avez-vous entendu un coup de feu pendant que vous rentriez chez vous ?

Samuel hésita.

— Je n'en suis pas sûr.

— Vous ne savez pas si vous avez entendu un coup de feu ?

— Non, monsieur. J'ai pu en entendre un, mais sans l'avoir vraiment remarqué. Il y a tout le temps des coups de feu dans les bois, vous savez.

L'air exaspéré, Philip Johnson déclara qu'il n'avait plus de questions.

Sir Nigel indiqua ne pas avoir de contre-interrogatoire pour ce témoin – de toute évidence, Samuel Moffat n'avait pas grand-chose à apporter à l'affaire. Le juge annonça alors la fin anticipée de l'audience, car nous étions vendredi. Le procès reprendrait la semaine prochaine.

Nous quittâmes le tribunal dans le silence. Philip Johnson n'était pas parvenu à discréditer totalement le sombre portrait de Lady Timpson brossé par Sir Nigel.

— Nous allons perdre Mère aussi, entendis-je Constance murmurer à son frère.

— Ne dis pas ça.

Il étreignit la main de sa sœur.

— C'est toujours ainsi le premier jour, dit Elijah. Ça ira mieux quand la défense avancera tous ses pions.

Au sortir du Grand Hall, nous trouvâmes la chaleur d'un bel après-midi de juillet. Mme Siddons accompagna Daniel et Constance à la voiture qui les attendait tandis que, clignant des yeux sous le soleil, Elijah, Percy et moi prenions la direction de la gare ferroviaire de Winchester.

Je fus soudain frappée par la sensation d'avoir été coupée du monde dans la salle d'audience, confinée dans un terrible univers où il n'existait rien d'autre que l'affaire Timpson.

— Vous pensez vraiment que cela se passera mieux la semaine prochaine ? demandai-je à Elijah.

— On ne peut jamais prédire comment un procès va se dérouler… Rien n'est joué dès le début. Mais il faut davantage de preuves pour qu'un jury puisse se faire une conviction.

— Je trouve que le dossier de l'accusation est mince, déclara Percy. Selon moi, tout le boulot de Sir Nigel a été démonté.

— Je suis d'accord pour dire que c'est un peu mince, en effet.

Elijah sortit son étui à cigarettes de sa poche.

— Mais je le soupçonne d'avoir d'autres cordes à son arc et de compter monter en puissance dans son offensive en opposant un féroce contre-interrogatoire à Lady Timpson.

— Je suis curieux de voir quelle impression elle fera quand elle viendra à la barre, dis-je.

— Ce moment sera déterminant.

Elijah tira une longue bouffée sur sa cigarette.

— Si les jurés ne se font pas une meilleure image d'elle…

Il n'osa pas finir sa phrase.

— Je pense que c'est une sacrée guigne qu'ils aient tout le week-end devant eux pour réfléchir aux accusations de Sir Nigel, commenta Percy, les sourcils froncés.

— Vous avez probablement raison, dit Elijah en hochant la tête.

Nous étions arrivés à la gare. Percy prit son train pour Londres tandis qu'Elijah et moi repartions pour Walden.

— Ce Percy m'a l'air d'être quelqu'un de bien, lança Elijah pendant le trajet. Tu devrais aller danser avec lui.

J'eus un petit rire ; ce fut le moment le plus léger de toute la journée. Je m'adossai dans la banquette de la voiture, brusquement consciente de la tension qu'avait subie mon corps après toutes ces heures sur un banc en bois.

— Il y a encore tellement de choses que nous ignorons, dis-je d'un ton plaintif.

— C'est vrai.

Elijah tira sur sa cigarette, l'air pensif.

— Lord Timpson avait-il une liaison avec Rebecca ?

J'étais frustrée de ne toujours pas avoir de certitude à ce sujet.

— Cela paraît de plus en plus vraisemblable, après tout ce que nous avons appris sur lui.

— La relation aurait pu tourner au vinaigre, dis-je en baissant la vitre au maximum. Du coup, Lord Timpson décide de se débarrasser d'elle… Comme il décidera, plus tard, de se débarrasser de sa femme ?

— Dans ce cas, pourquoi avoir demandé à la police de redoubler d'efforts pour la trouver ? Il n'aurait pas agi ainsi s'il dissimulait son corps.

— Peut-être justement pour détourner l'attention de lui ? Et faire croire qu'il s'en souciait ?

— À moins que Lady Timpson n'ait découvert le pot aux roses et fait assassiner Rebecca…

Entre la conversation surprise à Westminster et la liaison avec son mari… Lady Timpson avait plus d'une raison de souhaiter voir disparaître Rebecca. Tout revenait toujours à elle. Je ne pourrais pas patienter tout le week-end que le procès reprenne, et décidai d'essayer de parler à nouveau avec Kathleen Hooper. J'avais la conviction qu'elle en savait plus que ce qu'elle avait bien voulu nous dire.

31

Ce soir-là, je sortis à nouveau la lettre de tante Maud pour vérifier le nom de la boutique de Covent Garden que Kathleen Hooper avait donné en guise d'adresse. Dès le lendemain matin, j'étais de retour à la gare de Walden.

En franchissant Waterloo Bridge, je repensai à la soirée où j'étais passée là, main dans la main avec Percy. Ce sentiment de jeunesse et d'insouciance avait été trop fugace. Sitôt que le procès serait terminé, je lui demanderais s'il voulait bien retourner au cinéma avec moi.

Non loin du marché de Covent Garden, je trouvai Hartnell's Boutique et passai quelques minutes à contempler les robes en vitrine. Elles étaient de belle facture. Aux pieds de chaque mannequin en bois se trouvaient une paire de gants, de chaussures et des bas soigneusement choisis pour aller avec la robe présentée. Je ne m'imaginais même pas habillée avec un tel souci du détail.

J'entrai jeter un œil aux articles suspendus des deux côtés de la boutique. Il y régnait un fort parfum de muguet qui dissimulait mal l'odeur des boules de naphtaline. Les murs étaient peints en mauve et ornés çà et là de miroirs en pied dans des cadres en teck.

Tous les articles étaient faits à la main. Certains arboraient des broderies sophistiquées, et aucune étiquette ne venait indiquer les prix. Tout cela devait signifier qu'ils étaient chers.

— Puis-je vous aider ?

Une femme élégante surgit du fond du magasin. Elle portait une robe bleu marine ajustée et un boléro assorti. Ses cheveux gris étaient retenus en un chignon bien net au sommet de sa tête. Je reconnus Mme Hartnell, la dame qui était assise près de la fenêtre à la Lyons Corner House lorsque nous y avions rencontré Kathleen.

— Je me demandais si je pourrais parler à une amie, lui dis-je. Kathleen. Mme Kathleen Hooper.

— Mme Hooper ne travaille pas ici, répondit Mme Hartnell d'une voix claire et claquante. Elle nous livre l'ouvrage de Mme Bowen.

— Ah, d'accord.

J'effleurai le crêpe de soie bleu et scintillant d'une robe de soirée. La soie était recouverte d'un tissu translucide incrusté de minuscules perles de verre entourées de pétales brodés à la perfection.

— On dirait le travail de Mme Bowen, hasardai-je avec un geste faussement assuré en direction de la robe.

— C'est exact, confirma Mme Hartnell, radieuse. Exquis, n'est-ce pas ?

— Elle a beaucoup de talent. Si c'est bien celle à laquelle je pense, ajoutai-je. Grande, blonde avec des cheveux longs ?

— Non, Mme Bowen a les cheveux courts et bruns. Mais elle est grande. Cela dit, nous ne la voyons pas beaucoup. Habituellement, c'est Mme Hooper qui lui transmet les commandes et nous livre ensuite les vêtements.

— C'est Mme Hooper que j'espérais voir. J'ai dû égarer son adresse… Vit-elle toujours à Catford ?

— Oh, non. Mme Hooper vit à Lambeth maintenant.

— Auriez-vous l'amabilité de m'indiquer son adresse ?

— Je ne sais pas… Enfin, j'imagine qu'elle n'y verra pas d'inconvénient. Je vous ai vue avec elle l'autre jour à la Corner House, n'est-ce pas ? Avec une autre dame ?

— Tout à fait : ma tante Maud. Mme Hooper et ma tante sont de vieilles amies. Mme Hooper a donné son adresse à ma tante, mais ma grand-mère a jeté le papier.

Je me penchai vers elle et ajoutai sur le ton de la confidence :

— D'ailleurs, je crois que ma grand-mère l'a fait exprès.

— Vraiment ?

Mme Hartnell parut soudain fort curieuse.

— C'est que ma tante s'occupe de ma grand-mère, voyez-vous, dis-je en jubilant de ma petite improvisation. Mais mamie est extrêmement exigeante, et je crois qu'elle n'apprécie guère que ma tante ait des amies. Elle voudrait que sa fille veille sur elle vingt-quatre heures sur vingt-quatre.

— Je compatis pleinement avec votre tante, me dit Mme Hartnell avec conviction. Ma propre mère n'est pas toujours facile à vivre pour mon mari et moi.

— Tante Maud était vraiment chamboulée quand elle s'est aperçue qu'elle ne retrouvait plus l'adresse. Je lui ai dit que j'essaierais de retrouver Kathleen moi-même.

— Attendez, je vais aller voir dans mon registre. Je dois avoir ça quelque part.

Elle s'éclipsa dans l'arrière-boutique, et je profitai de son absence pour examiner à nouveau la broderie des robes. Ce ne pouvait pas être une coïncidence.

Mme Hartnell revint deux minutes plus tard avec l'adresse écrite en lettres appliquées, regorgeant de boucles : *27 Victoria Street, Lambeth*.

Je la remerciai et sortis de la boutique. Mes émotions oscillaient entre la fierté du succès de ma petite manœuvre et l'excitation de ce qui allait suivre. Il ne me faudrait pas bien longtemps pour me rendre à Lambeth.

Mais que dirait Kathleen en me trouvant sur le pas de sa porte ? Je marchai en direction de la station de métro. J'aviserais sur place.

Le guichetier de la station de Lambeth m'indiqua que Victoria Street se trouvait à cinq minutes à pied. Je me retrouvai bientôt dans une longue rue toute droite flanquée de maisons mitoyennes des deux côtés. Le numéro 27 était au milieu d'un de ces ensembles.

De grands platanes bordaient la chaussée. Je restai derrière l'un d'eux tout en scrutant la maison d'en face, où je vis une silhouette élancée se déplacer dans une chambre de l'étage.

Au bout d'un moment, une dame âgée avec un yorkshire sortit de la maison derrière moi. Le petit chien renifla le pied de l'arbre puis leva la patte. Je m'empressai de m'écarter.

— Excusez-moi, est-ce bien ici qu'habite Mme Hooper ? demandai-je à la dame en désignant le numéro 27.

— Elle a des chambres à l'étage.

Elle sentait fortement l'alcool et le tabac.

— Merci, dis-je en reculant. J'ai vu une autre dame en haut… Je me demandais si je m'étais trompée d'adresse.

— Ce doit être Mme Bowen.

La vieille dame se rapprocha de moi tandis que son chien me reniflait les pieds.

— Elles partagent le logement. Elles sont veuves toutes les deux.

— Bien sûr… Mme Hooper m'en a parlé, j'avais oublié. Merci beaucoup, madame.

Je traversai la rue et remarquai du mouvement par la fenêtre du haut. En dépit de mes efforts, je ne pus distinguer de qui il s'agissait.

Comme la vieille dame me regardait toujours, je pris une grande respiration et avançai vers la porte du numéro 27. Si je me trompais, j'allais avoir du mal à me justifier. Je grattai à la porte.

Un homme costaud à la barbe noire m'ouvrit. Il portait une chemise blanche, au col ouvert, et un pantalon d'une épaisse toile grise avec des pièces aux genoux.

— Qu'est-ce que j'peux faire pour vous ? me demanda-t-il avec un fort accent cockney.

— Bonjour, pourrais-je parler à Mme Hooper, s'il vous plaît ? demandai-je précipitamment.

L'homme fit un pas en arrière et beugla dans l'escalier :

— Kathleen ! Y a quelqu'un qui veut te voir.

— Ton déjeuner refroidit, cria une femme au bout du couloir.

Une forte odeur de bacon grillé s'échappait par la porte ouverte.

Kathleen Hooper apparut en haut des marches. Elle sembla surprise de me voir mais hocha la tête à l'adresse de l'homme. Celui-ci émit un grognement et nous laissa, visiblement pressé de retourner manger.

— Iris. Que faites-vous ici ?

Ses doigts agrippèrent la rampe de l'escalier tandis qu'une forme d'inquiétude se dessinait sur ses traits.

— Je veux voir Rebecca.

32

— Comment cela ?

Kathleen serrait toujours la rampe avec force.

— Mme Bowen, si vous préférez.

En dépit de son impavidité, je sus que j'avais tapé dans le mille.

— Entrez, dit une voix derrière Kathleen.

Une grande silhouette féminine se matérialisa alors en haut de l'escalier et me fit signe d'approcher. Kathleen parut sur le point de dire quelque chose, avant de reculer.

Je montai à la chambre que j'avais aperçue depuis la rue. Dans un coin se dressait un mannequin de couture couvert d'un tissu bleu glacier. Une machine à coudre occupait une table, près d'un panier plein de bobines de fils de toutes les couleurs.

— Je serai dans ma chambre, dit Kathleen en disparaissant dans le couloir.

— Je suis heureuse que vous soyez venue, Iris.

La femme avait des cheveux courts et bruns, et parlait avec un accent plus typique du Hampshire que de Londres.

— Kathleen m'avait dit que vous ressembliez à votre mère. Vous avez les mêmes jolis yeux marron, et les mêmes cheveux. Elle aurait aimé votre coiffure… Très moderne.

J'examinai son visage tandis qu'elle m'invitait à m'asseoir dans un fauteuil usé près de la cheminée. Elle paraissait jeune – on aurait pu lui donner vingt-cinq ans. Rebecca devait en avoir maintenant trente et un. S'agissait-il de la même femme qui avait autrefois de longs cheveux blonds et m'avait appris à broder ?

— Vous êtes Rebecca Dent, c'est bien ça ?

Le doute venait de m'envahir.

— Oui. Mais je m'appelle désormais Grace Bowen.

Elle s'assit en face de moi.

— Vous vous rappelez, quand je vous ai appris à coudre à la table de votre mère, il y a bien longtemps ? Nous avions brodé de petites fleurs violettes sur nos écharpes.

J'acquiesçai. J'avais retrouvé Rebecca.

— Comment avez-vous su que j'étais ici ? me demanda-t-elle.

— Je suis allée à la boutique de Mme Hartnell. Kathleen avait été très secrète, elle n'avait pas donné son adresse à ma tante. Je voulais lui reparler, pour voir si je pouvais découvrir ce qu'elle cachait. Et puis, j'ai vu vos broderies à la boutique. Ç'a été le déclic.

— Vous êtes maligne et curieuse. Comme votre mère.

Elle me considéra avec tristesse.

— Je suis désolée de ce qui est arrivé. J'aurais aimé pouvoir vous en parler, sur le moment.

— Pourquoi ne l'avez-vous pas fait ? Vous auriez pu venir nous voir.

— J'avais peur de la réaction de votre père. Il était en colère. Et je craignais que les gens apprennent que j'étais suffragette – j'aurais perdu mon poste.

— Mais vous êtes tout de même partie.

Elle baissa les yeux vers ses mains, semblant soupeser ce qu'elle allait dire.

— Kathleen m'a expliqué pourquoi votre mère avait sauté dans la Tamise. Je la reconnais bien là… Violet n'aurait pas supporté de faire du mal à quelqu'un.

— Je crois savoir que vous ne vouliez pas spécialement aller à Westminster avec elle, je me trompe ?

Cette femme paraissait très jeune, et en même temps, il émanait d'elle une sorte de lassitude qui devait être le fruit d'années de souffrance. Tout était-il parti des événements de ce jour-là ?

Rebecca secoua la tête.

— Est-ce que maman vous a persuadée de le faire ?

L'action choc voulue par ma mère avait-elle été la raison ayant décidé Rebecca à tourner le dos à son ancienne vie ?

— Elle avait très envie de le faire… Elle disait que nous ne risquerions rien. Que la police serait à Buckingham Palace. Elle pensait être de retour auprès de vous et de votre père avant que quelqu'un se rende compte de quelque chose. Je n'en étais pas aussi sûre.

Ce fut un soulagement pour moi de savoir que ma mère comptait nous retrouver juste après. Elle voulait seulement peindre les grilles, accrocher sa banderole et forcer les hommes au pouvoir à prendre en compte les revendications du WSPU. Hélas, tout avait très mal tourné. Et pas seulement pour ma mère.

— Si seulement je pouvais revenir en arrière et changer le cours de ce jour-là, dit Rebecca, les larmes aux yeux. Je regrette de ne pas m'être confrontée directement à Lady Timpson, là-bas, et de ne pas être partie avec Violet. Je me sens tellement coupable de sa mort.

— Est-ce pour cette raison que vous vous êtes enfuie ? Ou à cause de la conversation que vous avez surprise ?

Je ne comprenais toujours pas pourquoi elle était restée cachée pendant toutes ces années.

— Non, cela n'a rien à voir avec les événements de ce jour-là.

Elle attrapa un bout de fil argenté qui traînait sur l'accoudoir de son fauteuil, et l'entortilla autour de ses doigts.

— Pourquoi, alors ?

— J'avais peur.

— De Lady Timpson ?

— De lui, murmura-t-elle dans un souffle à peine audible.

— De Donald Anstey ?

— Oh non, pas de Donald, dit-elle avant de baisser la tête. De Lord Timpson.

— Vous aviez une liaison avec lui ?

Elle releva brusquement la tête et un petit rire sans joie s'échappa de sa gorge.

— Non, rétorqua-t-elle avec hargne. Je n'avais pas de *liaison* avec lui.

— Dans ce cas, pourquoi l'a-t-on vu sortir de votre chambre ?

— Parce qu'il me violait.

Un frisson glacé me parcourut l'échine, et les mots que je m'apprêtais à prononcer moururent sur mes lèvres.

— Vous ne me croyez pas ?

Elle avait dû percevoir l'incrédulité que je tentais de masquer.

— Mais il était…

Je m'interrompis. Après ce que j'avais entendu au tribunal, pourquoi étais-je si choquée ? Force était d'admettre que je trouvais cela difficile à concevoir. Cet homme si charmant, si séduisant, aux beaux yeux bleus pétillants, était-il vraiment un violeur ?

— Il était quoi ? Un lord ? Et moi, une simple bonniche ?

Le visage de Rebecca était déformé par la souffrance. Elle tira sur le fil d'argent, qui se resserra sur la chair de ses doigts.

— Non, ce n'est pas ça. Simplement, il était tellement…

J'hésitai. Où voulais-je en venir, en juste ?

— Gentil, en apparence. Il avait l'air gentil.

Je me rappelai qu'Alice avait utilisé ce même mot pour évoquer Lord Timpson. Il m'avait paru creux sur le moment, et voilà que je l'utilisais à mon tour.

— Oh, il pouvait être gentil. Et même extrêmement charmant.

Rebecca marqua un bref silence.

— J'ai failli tomber amoureuse de lui. Failli, seulement. Il était clair qu'il m'aimait bien, que je lui plaisais, mais je ne voulais pas prendre le risque de perdre ma place à Crookham Hall. Je lui ai dit de me laisser tranquille. Ça ne lui a pas plu.

— Pourquoi n'êtes-vous pas allée voir la police ? bredouillai-je.

— Parce que vous pensez qu'ils m'auraient crue ? Ç'aurait été la parole d'une domestique contre celle du charmant Lord Timpson, dit-elle d'une voix fissurée. Vous-même, vous m'avez dit qu'il était gentil.

Je grimaçai à ces mots. Une fois de plus, j'allais devoir réviser mon jugement sur cet homme.

— C'était un monstre, continua-t-elle. Il estimait que j'étais sa propriété, en tant qu'employée de Crookham Hall. Une possession de plus dont il pouvait faire ce qui lui plaisait. Je n'avais aucun moyen de l'en empêcher et de mettre un terme à tout cela.

— Vous avez donc décidé de vous enfuir ?

Je me rendis compte qu'elle n'avait dû avoir d'autre choix que la fuite pure et simple.

— Je ne pouvais pas le laisser continuer à me faire ça éternellement.

— Comment avez-vous pu partir ?

— C'est Lady Timpson qui a tout organisé.

Je restai bouche bée. Ce que j'avais pu être bête ! J'avais toujours soupçonné Lady Timpson d'en savoir plus qu'elle ne le disait – et son obstination à s'opposer à de nouvelles recherches m'avait portée à croire qu'elle ne tenait pas à ce que l'on retrouve Rebecca. Mais jamais il ne m'était venu à l'esprit qu'elle avait pu l'aider à disparaître.

— Pourquoi a-t-elle fait cela ?

— J'ai essayé de lui faire du chantage. J'avais honte de moi, mais j'étais désespérée.

Rebecca respirait maintenant un peu plus calmement.

— Je lui ai dit ce que j'avais entendu à la Chambre des communes, et qu'elle pourrait être ruinée si cela venait à se savoir.

— Alors elle vous a aidée pour acheter votre silence ?

— Non. Elle s'est moquée de ma tentative, en me disant que je pouvais bien le raconter à qui je voulais, parce que personne ne me croirait.

— Mais alors, pourquoi vous a-t-elle aidée à vous enfuir ?

J'étais intriguée et horrifiée en même temps.

— Elle m'a demandé pourquoi je tenais tant à quitter Crookham Hall. À la manière dont elle me regardait, j'ai eu l'impression qu'elle s'en doutait déjà. Alors je lui ai dit tout ce que Lord Timpson me faisait, précisément.

J'allais de surprise en surprise.

— Comment a-t-elle réagi ?

— Elle n'a rien dit. Elle a juste hoché la tête, une fois, histoire de me signifier qu'elle me croyait. Oh, je l'ai détestée, à ce moment-là… Elle ne paraissait même pas étonnée. Comment pouvait-elle le laisser s'en sortir si facilement ? J'avais envie de lui hurler dessus.

— Pourquoi ne l'avez-vous pas fait ?

Personnellement, je crois que j'aurais eu envie de la frapper.

— Parce que c'est là que j'ai vu ce regard dans ces yeux… Et j'ai compris.

— Compris quoi ?

— Qu'il lui avait fait la même chose.

Je sentis mes mains devenir brusquement moites.

— D'un coup, ma haine s'est muée en pitié. Et je me suis retrouvée totalement démoralisée.

Rebecca appuya sa tête contre le dossier du fauteuil.

— J'avais cru que cela ne pouvait arriver qu'à une pauvre petite femme de chambre comme moi, sans le moindre pouvoir. Mais elle, c'était une lady. Il faisait ce qu'il voulait avec les femmes, qui qu'elles soient. Cela ne changeait rien pour lui.

— Et après cela, elle vous a aidée à vous enfuir ?

— Elle a tout arrangé. Elle m'a donné de l'argent, de nouveaux vêtements. Elle a même trouvé un endroit où nous pourrions vivre, Kathleen, Leonard et moi. Il fallait que ce soit dans un quartier très animé de Londres, où l'on ne nous remarquerait pas.

J'étais stupéfaite. Jamais je n'aurais pu imaginer cela.

— Mais comment êtes-vous parvenue à quitter le manoir sans que personne vous voie ? Lady Timpson n'était même pas présente ce jour-là. D'après la police, Lord Timpson et elle étaient à Londres pour le week-end.

— Elle m'avait donné une clé pour que je puisse passer par une porte latérale du manoir plutôt qu'en traversant le quartier des domestiques. Je l'avais cachée sous une planche du parquet de ma chambre. Dans sa salle de bains, elle m'avait laissé un billet de train ainsi que des ciseaux et de la teinture pour les cheveux. J'y suis allée pour me les couper et les teindre. J'ai caché mes longs cheveux blonds dans un tiroir de sa commode.

— Et vous avez filé en douce ?

— Oui. Personne ne m'a vue partir. J'ai marché jusqu'à la gare de Walden et j'ai pris le dernier train pour Waterloo, où Lady Timpson m'attendait. Elle avait payé une voiture taxi pour m'emmener à la maison où

Kathleen et Leonard habitaient. Elle leur avait déjà donné l'argent et les vêtements pour moi.

Mon cerveau était en ébullition. Tout ce que j'avais appris au sujet de Lord Timpson, ces dernières semaines, m'avait contrainte à revoir totalement l'opinion que j'avais de lui. Et voilà que maintenant, j'allais devoir en faire de même concernant Lady Timpson.

— Je suis devenue Mme Grace Bowen, la locataire. Nous n'avions pas prévu d'autre scénario pour la suite, mais tout a été plus facile avec la guerre. Les maris étaient tous partis se battre. Nous avons dit aux gens que j'étais veuve, que mon mari avait été tué au front et que je n'avais pas goût à sortir, étant en deuil. Je m'en sentais un peu coupable, surtout vis-à-vis des personnes qui étaient les plus gentilles avec moi. Il y avait tant de femmes qui étaient réellement veuves. J'avais l'impression d'être un imposteur. Ce qui doit être vrai, en fin de compte.

— Lord Timpson vous a fait rechercher par la police. Vous n'avez pas été inquiétée ?

— Au début, nous déménagions souvent. Puis, le temps passant, nous avons commencé à nous sentir plus en sécurité. Et un jour, Kathleen a reçu un télégramme lui annonçant que Leonard était mort au combat. Elle aussi est devenue veuve.

Rebecca déglutit avec peine.

— Le couple d'en bas, Arthur et Molly, ils ont été gentils et nous ont permis de nous installer ici.

— Comme cela a dû être difficile, sans lui… sans Leonard.

Je ne parvenais même pas à imaginer les épreuves que les deux femmes avaient dû traverser.

— Oui, très dur. Mais Kathleen a trouvé des points de vente pour mon ouvrage, comme la boutique de Mme Hartnell.

— Pourquoi n'avez-vous pas dit ce qui se passait à Donald Anstey ?

D'après ce que je savais de lui, c'était quelqu'un de bien. Mon père en tout cas en était convaincu.

— Il vous aurait aidée, ajoutai-je. Il vous aimait sincèrement.

Rebecca pencha la tête et se pinça l'arête du nez. Elle exhala un soupir, semblant ferrailler contre ses émotions.

— À cause de Violet.

Je ne comprenais pas. Que venait faire ma mère dans cette histoire ?

Une petite tête surgit soudain par la porte de la pièce voisine.

— Tu m'as appelée, maman ?

33

— J'ai donné à ma fille le nom de votre mère.

Une enfant blonde d'environ cinq ans me scrutait de ses grands yeux bleus. Je la dévisageai, sidérée.

— Ce n'est rien, ma chérie. Tu peux retourner dessiner.

Rebecca se leva et ramena la petite fille dans la pièce d'à côté, avant d'en refermer la porte. Elle se dirigea ensuite vers un poêle dans un angle et réchauffa du café.

Les implications de cette ultime révélation me clouèrent littéralement dans mon fauteuil. Je suivis du regard les mouvements las de Rebecca et remarquai que ses mains tremblaient comme elle posait deux tasses de café sur la petite table en bois.

— Est-ce que… Lord Timpson est son père ?

Rebecca acquiesça.

— Donald et moi n'avons jamais été ensemble de cette manière-là.

Elle se rassit dans le fauteuil.

— Je suis désolée. Désolée de tout ce que vous avez subi.

Je me massai les tempes, tentant de refouler la migraine qui menaçait d'exploser sous mon crâne.

— C'est un soulagement de le dire à quelqu'un.

Elle s'adossa, visiblement fatiguée.

— Kathleen et Leonard étaient les seuls à le savoir. Avec Lady Timpson.

— Cela a dû être un choc pour elle.

J'imaginai la réaction de Delphina Timpson en apprenant que son mari avait laissé derrière lui un enfant illégitime.

— Je suis sûre qu'elle n'avait aucune envie que quelqu'un découvre que son époux avait engrossé une domestique, dit Rebecca, semblant lire dans mes pensées.

— Et Lord Timpson, le savait-il ?

— Je lui ai dit que j'étais enceinte de lui. J'avais pensé que cela l'empêcherait peut-être de remettre ses sales pattes sur moi… Peine perdue.

La douleur se lut à nouveau sur ses traits.

— Il a dit que c'était ma faute et s'est montré encore plus brutal que d'habitude.

Je bouillais de rage. Je ne parvenais pas à croire ce que j'entendais.

— Que voulait-il que vous fassiez ?

— Il a dit qu'il prendrait des dispositions pour que j'aille voir quelqu'un qui ferait passer le bébé.

La cruauté de cet homme était ahurissante. Je bus mon café en essayant d'enregistrer tout cela. Je ne m'attendais pas à de telles découvertes, en venant frapper à la porte du 27. Tout avait radicalement changé en une demi-heure.

— J'avoue que je me suis sentie infiniment soulagée quand j'ai appris sa mort. Au moins, je pouvais être sûre qu'il ne viendrait jamais nous chercher, Violet et moi. J'ai songé un moment me rendre à la police, mais…

— Vous avez peur que les gens sachent la vérité ?

— Je m'inquiète pour Violet… Que diront les gens ? Je redoute aussi la réaction de la police si je leur dis que j'ai participé à l'action de la Chambre des communes et voulu faire chanter Lady Timpson.

Ses mains tremblaient encore en cramponnant sa tasse de thé.

— Visiblement, ils ne se préoccupent plus guère des dossiers des suffragettes. Et en dépit de ce que Donald leur a dit, la police n'a pas de preuve concrète du pot-de-vin offert par Lady Timpson au député. Il est peu probable qu'elle évoque votre tentative de chantage.

— En effet, je ne pense pas qu'elle le fasse. Savez-vous ce qu'elle m'a dit quand je l'ai remerciée ?

Rebecca semblait revivre le moment ayant eu lieu six ans plus tôt.

Je fis non de la tête.

— Elle m'a dit que je n'aurais pas eu besoin de lui faire de chantage ; qu'elle m'aurait aidée même sans cela. Lorsque je lui ai demandé pourquoi, elle m'a répondu : « Parce que j'ai connu la détresse, autrefois. Et que je me souviens de ma peur. »

— J'étais au tribunal hier, pour le début du procès.

Je n'aimais pas beaucoup l'idée de compliquer l'existence de Rebecca, mais je n'avais pas le choix. Son témoignage rendrait la version de Lady Timpson bien plus crédible.

— Si elle est déclarée coupable, elle sera pendue.

Elle frémit à cette idée et réagit immédiatement :

— Je ne laisserai pas faire cela. Jamais je n'aurais cru qu'on puisse en arriver là, sans quoi j'aurais agi plus tôt.

— Vous parlerez donc à la police ?

— J'aurais dû le faire depuis longtemps. Mais je croyais que ma situation était unique – prise dans les filets d'un ignoble lord. Seulement, depuis que je vis à Londres, dans les quartiers les plus pauvres, je vois bien que c'est la même chose partout ; qu'il s'agisse de domestiques dans de grandes maisons ou de jeunes filles abusées par les propriétaires d'usine.

Elle secoua la tête.

— Je parlerai, même si je doute que quelqu'un m'écoute.

— Ce sera dur, je sais.

Il eût été vain de lui faire croire que la tâche serait facile.

— L'avocat de la défense voudra certainement vous faire venir à la barre, afin de consolider ses propres arguments pour défendre Lady Timpson.

— C'est ce qui me fait peur.

Rebecca se redressa dans son fauteuil.

— Mais je n'ai pas le choix. Si elle était condamnée, je devrais vivre avec cette culpabilité jusqu'à la fin de mes jours.

— Il y a des gens qui vous aideront. Je pense que vous pourrez compter sur Donald Anstey.

— Je me suis mal comportée avec lui. Mais je me suis sentie abandonnée quand il est parti en Écosse.

Elle toucha un médaillon doré à son cou.

— Que pouvait-il faire, de toute façon ? C'est moi qui devais reprendre le contrôle de ma vie.

— Est-ce lui qui vous a donné ce médaillon ?

Elle acquiesça. Le fait qu'elle avait conservé ce bijou malgré le tournant pris par son existence semblait indiquer qu'elle avait tenu à lui.

— Je lui ai demandé pourquoi il était allé en Écosse à ce moment-là. Il m'a montré une bague dont il avait hérité de sa grand-mère… Il était allé voir ses parents pour la récupérer et leur dire qu'il allait vous demander en mariage.

La douleur refit surface dans les yeux de Rebecca, et elle enfouit son visage entre ses mains pour pleurer.

Elle releva la tête quelques minutes plus tard.

— J'ai voulu attendre son retour, mais je n'ai pas pu. C'était trop dur.

— Il comprendra.

En étais-je aussi certaine ? Après tout, je ne le connaissais pas très bien.

— J'ai envisagé de tout lui dire, mais… Pourquoi lui gâcher la vie ? J'ai pensé qu'il serait bien mieux sans moi.

— Il vit à Walden maintenant. Il s'y est installé pour essayer de comprendre ce qui vous était arrivé.

— J'ai lu qu'il s'était présenté à l'élection partielle…

Elle se tut un instant et renifla.

— Vous voudrez bien lui parler pour moi ? Je sais que c'est beaucoup demander, mais si je vais à la police, je ne sais pas ce qu'ils feront. Qui sait s'ils ne m'arrêteront pas ?

Je ne pensais pas que ce serait le cas, mais il fallait admettre cette éventualité. Que deviendrait la petite Violet si Rebecca était inculpée ? Je me sentais quelque peu responsable de cette enfant qui portait le nom de ma mère.

— Dites-lui ce que je viens de vous expliquer, reprit-elle d'un ton plus déterminé. Ensuite, demandez-lui s'il veut me voir. Je comprendrai, s'il refuse. Mais si je témoigne au procès, tout figurera dans les journaux. Il mérite d'apprendre la vérité autrement.

La mission ne m'enthousiasmait guère, mais il fallait effectivement que quelqu'un parle à Donald avant que la réapparition de Rebecca ne soit de notoriété publique. Je ne pouvais pas le laisser l'apprendre dans les journaux. Et ce serait trop éprouvant pour lui de la revoir sans quelques informations préalables.

— D'accord, je lui parlerai, dis-je en me levant. Je vais vous donner mon adresse. N'allez pas voir la police tout de suite – je préfère en parler d'abord à l'avocat de Lady Timpson.

— Merci de m'avoir retrouvée, Iris. Ç'a été tellement dur.

Rebecca me serra entre ses bras frêles, et je lui rendis son étreinte.

Le lendemain matin, je pris la direction de Church Road pour aller voir Donald Anstey. Mais d'abord, il fallait que je parle à Elijah.

Par chance, il faisait un temps magnifique, ce qui nous permit de nous installer dans le jardin plutôt que dans son salon empestant le tabac. Je me détendis quelques minutes, savourant le soleil de juillet. Mon patron n'était pas un jardinier dans l'âme ; la parcelle de terre que ma mère avait autrefois soigneusement entretenue pour le potager était maintenant couverte d'herbes folles. Je fermai les yeux, me rappelant les mains fines de ma mère semant délicatement des rangées de graines dans les sillons.

Elijah craqua une allumette, me ramenant au présent. Il m'observa tout en allumant sa cigarette, alors qu'un bâillement m'échappait. Je n'avais pas dormi de la nuit. Je n'avais cessé de ressasser l'histoire de Rebecca, et il fallait maintenant que je la raconte à quelqu'un d'autre.

— Qu'as-tu fait à Londres hier ? Tu es sortie avec le jeune Baverstock ?

— Oh, j'aurais préféré, dis-je en bâillant encore.

— Quoi donc, alors ?

— J'ai trouvé Rebecca.

Ses sourcils se levèrent de surprise.

— Quoi… vivante ?

Je pris une grande inspiration et lui racontai tout.

— Bon Dieu.

C'est tout ce qu'il dit – à plusieurs reprises. Lorsque j'eus terminé, il secouait encore la tête, incrédule.

— J'ai parlé à Mme Siddons, elle va arranger un rendez-vous entre Philip Johnson et Rebecca. Vous croyez qu'il va lui demander de venir témoigner ?

— C'est quasiment certain, répondit-il, la mine sombre. Il a besoin que le jury croie Timpson capable de tuer sa femme. Et cette histoire prouve qu'il pouvait être violent.

— Rebecca risque-t-elle d'être accusée de quelque chose ?

— J'imagine mal Cobbe essayant de l'accuser maintenant… Mais j'en toucherai deux mots à Horace, au cas où il pourrait exercer une quelconque influence à ce sujet. Non, je crois surtout que le plus gros problème va être Sir Nigel Bostock. Il risque de lui faire passer un sale quart d'heure à la barre.

— Elle a déjà suffisamment souffert.

— Tu l'as crue, n'est-ce pas ? En même temps, je vois mal pourquoi elle aurait inventé une histoire pareille. Mais je n'étais pas là pour l'entendre.

— Oui, je l'ai crue, répondis-je avec fougue. Si vous l'aviez vue, vous ne poseriez même pas la question.

Il hocha la tête.

— Pauvre femme… et pauvre Anstey, aussi.

— Je n'ai pas hâte de lui dire, croyez-moi.

— Je peux venir avec toi, si tu veux. Quoique je ne sois pas sûr que ce soit une bonne idée. Cela pourrait lui donner l'impression d'une interview pour le journal.

— Si papa était là, je lui aurais demandé de m'accompagner. Il s'entend bien avec Donald. Mais en l'état, je pense qu'il vaut mieux que j'y aille seule.

— Tu ne veux pas attendre que Thomas revienne ?

Je secouai la tête.

— Il ne reviendra pas avant plusieurs semaines. Si je n'en parle pas à Donald tout de suite, il risque de l'apprendre au tribunal.

— Bon, eh bien, reviens me voir après. Je sortirai le cognac, au cas où tu aurais besoin d'un petit remontant.

— Oh, ça ira.

J'en étais moins convaincue que je ne le laissais paraître, n'ayant aucune idée de la manière dont Donald Anstey allait réagir.

Une demi-heure plus tard, j'étais assise dans le salon étriqué du minuscule cottage de Donald Anstey. Il avait la tête entre les mains et n'avait pas bougé de cette position depuis plusieurs minutes.

J'aurais voulu pouvoir lui offrir des paroles de réconfort, seulement, je n'en trouvai aucune. Le silence me paraissait interminable. Je me devais d'être patiente avec lui, mais au bout d'un moment, je n'y tins plus :

— Alors, voudriez-vous voir Rebecca, oui ou non ? demandai-je.

— Pourquoi ne m'a-t-elle rien dit ? répéta-t-il une nouvelle fois.

— Parce qu'elle ne voulait pas gâcher votre vie, répondis-je encore.

Cette question et sa réponse tournaient en boucle depuis un moment déjà.

— Elle a gâché ma vie en disparaissant ainsi, sans un seul mot.

Le chagrin se mêlait à la colère dans sa voix.

— Elle croyait ne pas avoir le choix. Vous devez comprendre à quel point elle était désespérée.

J'étais navrée pour Donald, mais ce qu'avait enduré Rebecca était bien pire.

Il ne répondit pas.

— Qu'aimeriez-vous que je lui dise ?

— Rien. Je n'ai rien à lui dire.

— Bon. Je suis désolée.

Je me levai. Il était toujours dans la même position, la tête entre les mains, lorsque je sortis de chez lui. Je m'empressai de retourner auprès d'Elijah.

— Finalement, je veux bien un peu de cognac.

34

C'est avec appréhension qu'Elijah et moi retournâmes au tribunal le mercredi suivant. Des discussions avaient eu lieu entre-temps et, comme attendu, Philip Johnson avait été autorisé à faire entendre le témoignage de Rebecca Dent.

Donald Anstey suivait l'audience depuis la galerie. Si le témoignage à venir risquait d'être dur pour lui, j'avais le sentiment qu'au bout du compte, cela lui ferait du bien d'entendre de sa bouche ce que Rebecca avait à dire.

Une élégante femme blonde monta à la barre ; il me fallut quelques instants pour la reconnaître. Rebecca avait décoloré ses cheveux, qui avaient retrouvé leur blondeur originelle. Elle portait un tailleur qu'elle avait dû confectionner elle-même, un ensemble bleu sur un chemisier crème au col brodé.

Elle prêta serment avec une apparente sérénité. Philip Johnson se leva.

— Mademoiselle Dent. Vous avez commencé à travailler à Crookham Hall en 1904, après la mort de votre mère, en tant que blanchisseuse. Quel âge aviez-vous à ce moment-là ?

— Quinze ans.

Sa voix était claire et posée.

— Vous êtes ensuite devenue femme de chambre. Mais c'est lorsque vous avez été promue femme de chambre principale que Lord Timpson a commencé à s'en prendre à vous, c'est bien cela ?

— Oui, confirma-t-elle avec un hochement de tête. À partir de ce moment-là, mon travail m'amenait régulièrement dans les pièces les plus fréquentées du manoir, et je voyais souvent Lord Timpson.

— Il a donc commencé à s'intéresser à vous ?

— De temps en temps, il m'adressait des compliments charmeurs – souvent sur ma silhouette, ou mes cheveux… Je les avais longs, à cette époque.

— D'autres domestiques ont-ils été témoins de ces remarques ?

— Non, il les prononçait uniquement lorsque nous étions seuls.

— Vous touchait-il à ces occasions ?

La voix de Philip Johnson se faisait plus sourde et plus grave à mesure que son questionnement se précisait. Elle restait cependant audible pour toute la salle.

— Il me touchait parfois la joue, ou les cheveux. Une fois, il a posé une main sur ma poitrine.

— Comment réagissiez-vous à cela ?

— J'essayais de quitter la pièce immédiatement.

— Et lui, quelle était sa réaction ?

— Plus je résistais, plus il se montrait insistant.

— Jusqu'à ce que, une nuit, Lord Timpson pénètre dans votre chambre ?

Le ton de l'avocat suggérait que la suite risquait d'être pénible pour le témoin.

— Oui. Je dormais. J'ai entendu un bruit… Quand je me suis réveillée, il avait une main plaquée sur ma bouche.

— Voilà qui a dû être terrifiant pour vous, mademoiselle Dent.

Philip Johnson marqua un bref silence avant de poursuivre :

— Je suppose que cela vous sera fort désagréable, mais pouvez-vous nous dire ce que Lord Timpson a fait ensuite ?

Je remarquai que les yeux de Donald Anstey ne quittaient pas un instant le visage de Rebecca.

— Il a touché mes seins, puis baissé son pantalon et relevé ma chemise de nuit. Et il m'a violée. Cela s'est reproduit à quatre autres occasions.

Rebecca relatait les faits avec calme. Il n'y avait plus trace de la détresse palpable que je lui avais vue lorsque nous étions seules dans son petit salon. Je comprenais pourquoi : elle ne voulait pas mettre son âme à nu devant une assemblée d'étrangers, mais j'espérais que les jurés ne la trouveraient pas trop dénuée d'émotions.

— Vous êtes ensuite allée voir ma cliente, Lady Timpson, pour lui demander de l'aide, c'est bien cela ?

— En effet.

— Lui avez-vous dit ce que son mari vous faisait ?

— Oui.

— Vous a-t-elle crue ?

Rebecca acquiesça.

— Cela vous a-t-il surprise ?

— Oui. J'avais peur de lui parler, craignant qu'elle ne me traite de menteuse. Mais je n'avais pas d'autre choix.

— Vous n'aviez pas peur de perdre votre travail ?

— J'étais… enceinte, dit-elle en bredouillant légèrement.

Une rumeur parcourut la salle.

— J'étais enceinte et non mariée, continua Rebecca. J'aurais perdu ma place de toute façon, quand cela se serait su.

— Mais ma cliente, Lady Timpson, est venue à votre secours ?

— Oui. Elle savait que j'étais en danger, alors elle m'a aidée à m'enfuir. Elle m'a donné de l'argent et m'a trouvé un endroit sûr où m'installer.

— Lord Timpson savait-il que vous portiez un enfant de lui ?

— Oui, fit-elle d'une voix étranglée.

Le masque commençait à se fissurer, révélant la souffrance sur ses traits.

— Il est venu dans ma chambre. Je le lui ai dit, dans l'espoir qu'il cesse de me toucher.

— Et vous a-t-il touchée à nouveau ? demanda Philip Johnson.

— Oui, souffla-t-elle. Il m'a donné un coup dans le ventre puis m'a violée une nouvelle fois.

Daniel avait fermé les yeux. Constance, elle, avait les joues inondées de larmes. Le choc se lisait sur le visage des jurés – quelques-uns paraissaient dubitatifs, mais tout de même horrifiés.

Rebecca prit une profonde inspiration.

— Après, il m'a dit qu'il prendrait les dispositions nécessaires pour que je puisse subir un avortement.

— Mais vous avez décidé de garder le bébé ?

— Oui. Sur le moment, je pensais que je ne serais pas capable de l'élever. Une fois installée à Londres, je m'arrangerais pour le faire adopter par une bonne famille.

— Ce qui n'est finalement pas arrivé, n'est-ce pas ?

— Non.

Elle regardait Philip Johnson droit dans les yeux.

— Lorsque vous avez accouché de votre petite fille, vous avez préféré la garder ?

— Mon amie m'avait dit de ne pas la prendre dans mes bras. D'après elle, il valait mieux que je laisse l'infirmière l'emmener dès sa naissance. Mais je n'ai pas pu résister. Je l'avais portée pendant neuf mois… Je voulais la voir.

Rebecca s'exprimait avec la force de celui qui tient à se faire comprendre.

— Je voulais juste la tenir contre moi un moment avant de la laisser partir.

— Et vous avez changé d'avis ?

— Oui. Dès cet instant, j'ai su qu'il était de ma responsabilité de m'occuper d'elle. C'était en février 1915. Personne ne savait combien de temps durerait la guerre, et je ne savais pas où elle allait atterrir. Je ne pouvais pas l'abandonner, pas dans un monde et une période aussi troublés. J'ai décidé que nous resterions ensemble, quoi qu'il arrive.

Philip Johnson hocha la tête.

— Une dernière question, mademoiselle Dent : avez-vous demandé à Lady Timpson pourquoi elle avait choisi de vous aider ?

— Je le lui ai demandé, en effet.

— Et quelle a été sa réponse ?

— Elle a dit : « Parce que j'ai connu la détresse, autrefois. Et que je me souviens de ma peur. »

— À votre avis, qu'entendait-elle par là ?

Philip Johnson croisa les bras sur sa robe et regarda les jurés.

— Que Lord Timpson lui avait fait la même chose qu'à moi.

Constance avait la tête baissée. Daniel fixait sa mère, l'air totalement atterré.

— Je n'ai pas d'autre question, monsieur le juge.

Sir Nigel se leva à son tour, et un bourdonnement parcourut l'assemblée.

— Combien de temps en tout avez-vous travaillé à Crookham Hall, mademoiselle Dent ?

Il n'avait pas levé les yeux et lisait les notes posées sur son bureau.

— Dix ans.

— Étiez-vous heureuse, là-bas ?

— Heureuse, je ne dirais pas ça… Mais satisfaite d'avoir un emploi et un toit au-dessus de la tête.

— Vous n'aimiez pas votre travail ?

L'avocat général daigna enfin regarder Rebecca.

— Non, pas particulièrement.

— Aviez-vous d'autres aspirations ?

Il appuya sur le mot « aspirations », comme pour l'assimiler à une notion enfantine.

— Je voulais devenir couturière.

— Vous avez donc décidé de vous volatiliser d'un jour à l'autre pour commencer une nouvelle vie ?

Il agita un bras pour indiquer qu'il s'agissait là d'un simple coup de tête de la part du témoin.

— Non, ce n'était pas ça du tout.

— Quoi donc, alors ? demanda-t-il durement.

— Comme je l'ai expliqué, je me suis enfuie pour échapper à Lord Timpson.

— Vous avez donc eu une relation avec lui, êtes tombée enceinte, et vous êtes enfuie pour échapper aux conséquences de cette relation, déclara-t-il à l'intention des jurés.

— Je n'avais pas de relation avec lui. Lord Timpson me violait.

— Et quand exactement auraient eu lieu ces prétendus viols ?

La sueur perlait au front de l'avocat de la Couronne.

— C'est arrivé plus d'une fois. La première en mai 1914.

— Vous travailliez donc à Crookham Hall depuis presque dix ans déjà. Or, vous dites que la première fois que votre employeur a abusé de vous, c'était en mai 1914, alors qu'il ne vous prêtait aucune attention auparavant.

— Il m'avait manifesté de l'attention avant, mais j'avais toujours évité de me trouver seule avec lui. En mai 1914, j'ai obtenu une promotion, si bien que j'ai eu une chambre à moi. Avant cela, je partageais une chambre avec une autre domestique.

— J'ai un peu de mal à croire que dans une demeure aussi vaste que Crookham Hall, le maître des lieux connaisse aussi bien le quartier des gens de maison, ironisa Sir Nigel.

— Je crois au contraire que Lord Timpson savait précisément où tout le monde dormait. C'était son royaume. Il aimait en contrôler toutes les dimensions.

Rebecca avait retrouvé son sang-froid.

— Il vous aurait isolée dans ce but précis ?

— Le fait est qu'il est venu dans ma chambre et m'a finalement violée à cinq reprises.

— Avez-vous des preuves de cette accusation ? Des témoins oculaires ? Quelqu'un qui vous aurait entendue crier lors de ces prétendues agressions ?

Sir Nigel sortit un grand mouchoir blanc et s'épongea le front.

— Non. Les faits se produisaient la nuit. Je ne pouvais pas crier, parce qu'il me bâillonnait. Il m'a aussi menacée de me renvoyer si j'en parlais à quelqu'un. Il disait qu'il ruinerait ma réputation et ferait en sorte que personne d'autre ne m'embauche.

— Je suis navré, mademoiselle Dent, mais votre histoire n'est pas crédible. On imagine mal un homme du rang de Lord Timpson aller ainsi se compromettre avec une simple domestique. Je crois que vous avez profité de sa mort pour inventer ce tissu de mensonges afin d'excuser votre conduite irresponsable.

Sir Nigel s'exprimait comme s'il était en train de réprimander un enfant.

— C'est faux.

— D'abord, vous avez fait perdre son temps à la police en vous enfuyant parce que vous étiez enceinte. Et maintenant, vous tentez d'entacher la réputation d'un homme de la haute société. Heureusement, je crois que messieurs les jurés auront le bon sens d'y voir clair dans votre petit jeu et vos mensonges.

— Ce ne sont pas des mensonges.

Si Sir Nigel s'ingéniait à la faire sortir de ses gonds, il n'y parvenait pas.

— Votre employeur savait-il que vous étiez une suffragette ? demanda-t-il, changeant soudain de tactique.

— Non.

Rebecca parut inquiète.

— Vous gardiez donc secrètes vos activités illégales ?

Il glissa un regard complice en direction des jurés.

— Mes activités se réduisaient à de petits services au bureau de l'association lorsque je le pouvais. Je n'estimais pas utile d'informer mon employeur de ce que je faisais lors de mes jours de congé.

— Vraiment ? fit Sir Nigel en bombant le torse. Pourtant, la police a reçu la visite de M. Donald Anstey, qui nous dit tout autre chose. Celui-ci déclare que vous avez pris part à une action illégale des suffragettes le 21 mai 1914, au cours de laquelle vous êtes entrée dans la Chambre des communes, où vous avez provoqué de gros dégâts. À cause de cette action, une de vos camarades suffragettes a perdu la vie. Pendant que cette pauvre femme luttait contre la mort après être tombée dans la Tamise, vous étiez cachée dans le Vestibule des députés de la Chambre des communes, épiant une conversation entre l'accusée et un membre du Parlement. Est-ce exact ?

Tout mon corps s'était raidi en écoutant ce froid récit de la mort de ma mère. Je sentis Percy me prendre la main.

Rebecca leva les yeux vers la galerie, sans aviser Donald. Son regard croisa brièvement le mien.

— Il est exact que j'y étais. Il est exact que j'y ai vu Lady Timpson et que je me suis cachée. En conséquence de quoi, une amie chère est décédée.

— Mais d'après votre petit ami de l'époque, M. Anstey, vous avez fait plus que vous cacher. Vous êtes restée là pour espionner Lady Timpson alors qu'elle acceptait de soudoyer ce député en échange d'une liste de sites que la Society for the Promotion of Nature Reserves voulait protéger. Ce député proposait d'aider Lady Timpson à acquérir ces terres à un prix défiant toute concurrence.

— Objection, lança Philip en se levant. Ma cliente n'a été accusée de rien relevant de ce sujet. Lady Timpson se rend régulièrement au Parlement et est amie avec nombre de ses membres. Il n'existe aucune preuve pour étayer la moindre mauvaise conduite de sa part.

— Votre digression va trop loin, Sir Nigel, déclara le juge Radden.

— J'essaie juste de montrer la nature douteuse de la personnalité de Mlle Dent. Je ne pense pas qu'elle soit allée voir Lady Timpson avec son histoire à dormir debout et que celle-ci l'ait crue aussi facilement qu'elle le prétend. Je soupçonne plutôt qu'un chantage a été la base de cet échange.

Il inclina la tête en signe de soumission.

— Mais je respecte votre souhait et n'ai plus de questions à poser, monsieur le juge.

Sir Nigel se rassit, mais le mal était fait. Le jury avait maintenant connaissance des obscures manœuvres de Lady Timpson et de la possible tentative de chantage exercée par Rebecca.

— À mon avis, il ne va pas s'arrêter en si bon chemin, entendis-je Elijah chuchoter à Percy.

— Juste ciel…, répondit Percy.

Et Sir Nigel de se redresser à nouveau.

— Une dernière chose, monsieur le juge.

— Oui, Sir Nigel ?

— À la lumière des déclarations de Mlle Dent, j'aimerais appeler un autre témoin.

— Qui donc ? demanda le juge en regardant par-dessus ses lunettes.

— M. Donald Anstey.

Je ne pus contenir un grognement. Percy serra ma main dans la sienne.

— Merde alors !

35

— Je discuterai de cela avec les avocats dans mon bureau, déclara le juge en se levant. Nous reprendrons donc après le déjeuner.

Elijah et Percy sortirent fumer au soleil. J'allais les suivre lorsque j'entendis quelqu'un m'appeler. C'était Rebecca.

— Vous avez été très courageuse, dis-je en l'étreignant. Et si calme. J'aurais perdu mon sang-froid face à un homme aussi abject.

— Je suis contente que ce soit fini, répondit-elle avec un faible sourire. Merci d'être allée voir Donald pour moi.

Je lui avais écrit pour l'informer de ma rencontre avec Donald, en me contentant de décrire une réaction de choc de sa part. Je regrettais maintenant de ne pas avoir été plus honnête en évoquant la colère qu'il avait aussi manifestée. J'ignorais ce qu'il pourrait dire en venant à la barre des témoins.

— Allez-vous revenir après le déjeuner ? demandai-je.

Si Donald devait témoigner, il valait peut-être mieux qu'elle ne soit pas présente.

— Oui. Kathleen s'occupe de Violet. Je veux revenir tous les jours, jusqu'à la fin du procès.

Rebecca se poussa contre le mur du couloir pour laisser passer des gens.

J'opinai du chef. Même si nous n'en faisions pas un dossier à publier dans *The Herald*, je voudrais moi aussi y assister jusqu'au dénouement.

— Donald était-il très chamboulé ? me demanda-t-elle, l'air inquiet. J'espérais avoir une chance de lui parler.

— Un peu, reconnus-je. Cela faisait beaucoup de choses à encaisser.

— Selon vous, que va-t-il dire s'il est appelé à la barre ?

— Ne vous en faites pas, cela n'arrivera pas forcément…

J'essayai de me montrer rassurante, mais s'il témoignait, Donald Anstey pouvait tout à fait aggraver les choses pour Lady Timpson comme pour Rebecca. Le récit détaillé de la conversation épiée ne plaiderait guère en faveur de Lady Timpson. Et s'il s'appesantissait sur le rôle de Rebecca dans l'action du 14 mai, la police risquait de se sentir obligée d'arrêter celle-ci.

Je cogitais la réponse à lui donner quand Daniel et Constance surgirent du bureau de Philip Johnson. Ils se raidirent tous deux en voyant Rebecca.

Daniel fit un pas vers elle et s'éclaircit la voix.

— Mademoiselle Dent. J'ai pleinement conscience de la difficulté que cela a dû représenter pour vous de venir témoigner à ce procès. Je suis navré de tout ce que vous avez traversé. Je voulais vous dire qu'il y aura toujours une place pour vous à Crookham Hall.

Il regarda sa sœur, mais celle-ci garda le silence.

— Et pour votre enfant, ajouta-t-il.

L'expression de Constance témoignait sans aucun doute de sa stupéfaction à cette invitation.

— C'est gentil de votre part, répondit Rebecca en s'efforçant de sourire un peu. Mais je ne souhaite pas revenir au manoir.

Constance parut immédiatement soulagée.

— J'espère que le jury rendra le bon verdict et que votre mère sera bientôt de retour chez vous, dit Rebecca.

Daniel hocha la tête et la remercia ; Constance demeura muette.

À notre retour de déjeuner, Philip Johnson attendait déjà dans la salle. Le juge avait tranché en faveur de la requête de Sir Nigel : Donald Anstey allait venir témoigner à la barre.

C'est une Lady Timpson visiblement fragile et fatiguée qui revint dans le box des accusés. Je vis Rebecca assise en galerie, cramponnant son sac à main sur ses genoux.

Donald Anstey avança lentement jusqu'à la barre, l'air profondément concentré, cependant que Sir Nigel feuilletait ses documents à grand bruit avant de se lever.

— Monsieur Anstey, j'aimerais vous interroger à propos d'une conversation que vous avez eue avec l'agent de police Gilbert au sujet de Mlle Rebecca Dent. Elle et vous étiez des amis proches.

L'avocat général se tourna vers les jurés, un petit sourire entendu sur les lèvres.

— Vous vous fréquentiez, si je ne m'abuse ?

— Oui, répondit Donald. Je comptais lui demander de m'épouser.

Les jurés le considérèrent avec compassion. Je m'attendais à le voir nerveux et mal à l'aise, au lieu de quoi, il paraissait calme et posé. Cela m'inquiéta. Était-il encore en colère contre Rebecca ? Le témoignage qu'elle avait livré avait sans aucun doute ému les jurés. Seulement, s'ils entendaient encore parler des événements de la Chambre des communes, ils risquaient de remettre en question ce qu'ils avaient perçu de sa personnalité. Et, plus encore, de celle de Lady Timpson.

— Le 22 mai de cette année, vous vous êtes rendu au poste de police de Walden et avez parlé à l'agent Gilbert.

Vous lui avez confié l'existence d'une conversation que Mlle Dent aurait surprise alors qu'elle était engagée dans une action illégale aux côtés des suffragettes. Est-ce exact ?

— Mlle Dent n'avait qu'un tout petit rôle à jouer dans une action ne présentant pas de danger, répondit Donald.

— Le 21 mai 1914, Mlle Dent et une autre membre du Women's Social and Political Union, Mme Violet Woodmore, sont entrées par effraction dans la Chambre des communes. Une fois à l'intérieur, Mme Woodmore est montée à la Galerie des dames et a endommagé des grilles métalliques. Elle a également déployé une banderole du WSPU dans la chambre du Parlement, en contrebas. Pendant ce temps-là, Mlle Dent est restée dans le Vestibule des députés, où elle montait la garde. C'est bien ce que vous avez déclaré à l'agent Gilbert ?

— Mlle Dent avait peu ou prou décrit les faits de cette manière, oui.

Le ton adopté par Donald insinuait que tout cela n'avait que peu d'importance.

— Elle vous a également dit que, pendant qu'elle était là, elle a vu son employeuse, Lady Timpson, retrouver un homme dans le vestibule, ce qui l'a contrainte à se cacher. Tandis qu'elle se dérobait à leur vue, elle a entendu leur conversation. Peut-être pourriez-vous nous dire de quoi ils discutaient ?

— Je l'ignore, répondit Donald. Je n'y étais pas.

Deux ou trois jurés sourirent à cette réponse.

— Dans ce cas, permettez-moi de vous rafraîchir la mémoire, monsieur Anstey. Vous avez dit à l'agent Gilbert que Lady Timpson a été surprise en train de soudoyer un député. En échange d'une somme d'argent, celui-ci devait lui fournir une liste de sites initialement destinés à être protégés. C'est bien cela ?

— Non, opposa Donald en secouant la tête, visiblement outré.

Sir Nigel attendit que le témoin développe, puis, voyant que rien ne venait, continua :

— Mlle Dent vous a-t-elle dit qu'elle avait vu Lady Timpson tenter de corrompre un député ?

— Ce dont je me souviens, c'est que Mlle Dent ne savait pas qui était l'homme.

Donald semblait sonder ses souvenirs.

— Il était question d'une liste de sites. Je connais bien le travail de la SPNR, alors cela m'a marqué.

— Je vois. Pourquoi être allé donner cette information à la police récemment alors que vous saviez que l'enquête était finie depuis longtemps ?

— Parce que j'ai pensé qu'ils devaient tout savoir sur Mlle Dent. Je voulais qu'ils la recherchent.

— Mais vous auriez pu le leur dire il y a six ans ? Pourquoi maintenant ?

Un long silence se fit. Donald adopta une expression suggérant qu'il prenait la question très au sérieux et réfléchissait à sa réponse.

— Je n'étais pas sûr que ce soit pertinent, sur le moment, finit-il par dire.

— Alors pourquoi avez-vous pensé que ce le serait aujourd'hui ?

Sir Nigel semblait perdre patience.

Pour une fois, j'appréciais les blancs interminables de Donald. À vrai dire, je me délectais même de l'ensemble de sa performance.

— Avec tout ce qui s'est passé à Crookham Hall, cela m'est revenu à l'esprit.

L'explication était un peu légère, mais il y avait quelque chose dans l'intensité de sa présence qui vous donnait l'impression que cet homme était bien trop sérieux pour pouvoir proférer un mensonge. J'espérais que sa gravité naturelle jouerait en sa faveur.

— Peut-être Mlle Dent était-elle allée voir Lady Timpson pour tenter de la faire chanter... Est-ce là ce que vous avez pensé ?

Donald parut choqué.

— Non. Je suis certain qu'elle n'aurait jamais fait cela.

— Mais niez-vous avoir dit à l'agent Gilbert que vous pensiez que Lady Timpson pouvait être impliquée dans la disparition de Mlle Dent ? Êtes-vous oui ou non allé jusqu'à dire que vous pensiez que Lady Timpson pouvait avoir assassiné Mlle Dent ?

Sir Nigel commençait à transpirer à grosses gouttes. Donald ne lui facilitait pas la tâche.

— Non, je n'ai pas dit cela. Il semblerait que vous ayez mal compris, assena Donald comme s'il s'adressait à un enfant. Je voulais juste dire à la police tout ce que je savais sur Mlle Dent. Elle était portée disparue depuis six ans. J'ai songé que quelqu'un devait bien savoir quelque chose, au manoir.

— Il se trouve en effet que Lady Timpson savait exactement où était Mlle Dent. Qu'est-ce que cela vous inspire ?

— Je suis plein de reconnaissance envers Lady Timpson pour tout ce qu'elle a fait pour Mlle Dent, déclara Donald avec gravité. Je crois que ces deux femmes ont affreusement souffert entre les mains de Lord Timpson.

Visiblement, Sir Nigel ne s'attendait pas du tout à une telle déclaration. Il considéra Donald quelques instants, puis haussa les épaules.

— Je n'ai pas d'autre question pour ce témoin, monsieur le juge.

Philip Johnson sourit et indiqua au juge qu'il n'avait pas de question non plus.

— Dans ce cas, je vais mettre fin à l'audience pour aujourd'hui, annonça le juge Radden. La Cour ne siégera pas demain. Je dois discuter de certaines choses avec les avocats. Nous reprendrons vendredi.

Dans le hall, je trouvai Rebecca assise sur un banc. Je pris place à côté d'elle, mais une haute silhouette se dressa devant nous avant que j'aie le temps de lui parler.

— Rebecca.

Donald Anstey se tenait face à elle, tordant son chapeau entre ses mains.

— Je suis désolé, dit-il.

— Tu n'as pas à être désolé, Donald, répondit-elle d'une voix tremblante. J'aurais dû te le dire.

— Tu pensais ne pas avoir le choix… Je comprends.

— En partant, j'ai cru faire ce qui était préférable pour tout le monde. Je veux que tu saches à quel point Leonard s'est senti mal de te cacher tout cela. Il a toujours voulu te le dire, mais c'est moi qui le lui ai interdit.

Donald hocha la tête en manière d'approbation.

— J'ai été navré d'apprendre son décès.

— Nous pensions faire ce qui était le mieux pour tout le monde.

Un silence gêné s'installa. Rebecca se leva.

— Merci pour ce que tu as fait aujourd'hui. C'était gentil de ta part.

Elle prit son sac sur le banc.

— Je dois aller retrouver Violet, maintenant.

— Est-ce que je peux t'accompagner à la gare ? demanda-t-il.

Elle hésita, avant d'accepter. Prudemment, elle prit le bras qu'il lui offrait.

— Mademoiselle Woodmore ? lança-t-il.

— Je vais attendre M. Whittle.

Il m'adressa un bref sourire. Je les suivis jusqu'en haut des marches du Grand Hall et les regardai partir bras dessus, bras dessous.

Après avoir pris congé d'Elijah à la gare de Walden, je décidai de me promener un peu au bord du lac. C'était un soulagement que de me sentir loin de ce tribunal oppressant. Ce procès me paraissait interminable.

Je déambulai le long de Grebe Stream, me repassant en boucle ce que nous avions appris ce jour-là. Une pensée m'était venue pendant le témoignage de Rebecca. Sans réfléchir davantage, je décidai de suivre le sentier menant le long du canal. Une fois là-bas, je continuai de marcher jusqu'à Broad Oak Bridge.

Rien n'indiquait qu'il se fût passé quelque chose de particulier sur les lieux du crime. À vrai dire, il y avait même quelque chose de réjouissant dans le spectacle de ce vaste espace de nature. La vue sur le domaine était plus somptueuse que jamais. Je pensai à Lady Timpson, confinée dans sa minuscule cellule de prison.

Je me tournai pour franchir le pont, et ce fut comme passer d'un monde à un autre.

Derrière moi s'étalait la splendeur du domaine de Crookham. Devant moi, au loin, ce n'était que la misère et la crasse des abris de fortune.

Une odeur de fumée et de nourriture flottait dans l'air. Les familles étaient assises devant leurs cabanes, savourant la douceur du soir. Quelques-uns me regardèrent comme je passais devant eux, mais personne ne me parla. Je leur adressai un hochement de tête, sans qu'ils semblent me reconnaître après ma visite avec Donald Anstey et Mme Siddons.

Je frappai à la porte de la ferme aux murs de brique rouge. La peinture s'écaillait autour des fenêtres et une vitre cassée avait été couverte d'une planche en bois.

Hannah Moffat ouvrit la porte et me dévisagea de ses grands yeux noisette.

— Je peux vous aider ? dit-elle, presque dans un murmure.

— Je suis Iris Woodmore. Vous vous souvenez de moi ? Je suis venue avec Mme Siddons et Donald Anstey, l'autre jour.

Hannah acquiesça.

— Pourrais-je vous parler quelques instants ?

— À quel propos ?

— À propos de votre sœur, Lydia. Je peux entrer ?

Elle vérifia si personne ne nous regardait dans la cour.

— Je ne serai pas longue, promis, insistai-je.

Elle m'ouvrit la porte et nous entrâmes dans la cuisine. J'hésitai sur la façon d'aborder les choses.

— Avez-vous suivi l'évolution du procès de Lady Timpson ?

— J'ai entendu ce qu'on dit et vu les gros titres des journaux en ville.

Elle paraissait fascinée par mon apparence et ne pouvait détacher son regard de mes vêtements et de mes cheveux.

— Une dame appelée Rebecca Dent a témoigné aujourd'hui. C'est la domestique qui avait disparu du manoir au début de la guerre.

— Oui, je me rappelle sa disparition. Cela dit, je ne la connaissais pas personnellement.

— Avez-vous appris ce que Mlle Dent a déclaré lors de son témoignage ?

Hannah secoua la tête. Je vis que j'avais piqué sa curiosité.

— Elle a dit à la Cour ce qui lui était arrivé quand elle vivait à Crookham Hall. Ce que Lord Timpson lui faisait.

Je n'en dis pas davantage. Je voulais la pousser à me demander ce que Rebecca avait déclaré.

— Qu'est-ce qui lui est arrivé ?

Elle me fit signe de m'asseoir. Je pris place face à elle autour de la table et lui racontai l'histoire de Rebecca.

— Ce type était un salaud.

Elle se mordit la lèvre si fort que je crus qu'elle allait saigner.

— Cela m'a fait me poser des questions, à propos de votre sœur…

Un sanglot s'échappa de la gorge d'Hannah, puis elle acquiesça. Les larmes se mirent à rouler sur ses joues.

— L'ont-ils crue ? Mlle Dent. Les gens de la Cour, est-ce qu'ils l'ont crue ?

Ses yeux sondaient les miens, entre espoir et désespoir.

— Je le pense, oui. Mais c'est difficile à dire, ajoutai-je par souci de sincérité.

Je me sentis brusquement harassée et me voûtai sur ma chaise. Ç'avait été une longue journée ; j'étais heureuse que l'audience ne reprenne que vendredi. J'avais besoin d'une pause dans cette histoire aussi horrible que déprimante.

— Qu'est-ce qu'ils vont lui faire ? Ils vont la pendre ? murmura Hannah avec angoisse.

— S'ils la déclarent coupable, oui.

Je n'oubliais pas que notre conversation ne devait pas trop durer.

— Seriez-vous d'accord pour aller à la police et leur parler de Lydia ? Vous connaissez l'agent Gilbert ? Il habite au poste, à Walden. Il est très gentil.

Hannah secoua la tête avec vigueur, juste avant que Samuel Moffat entre dans la maison.

— Qu'est-ce qui se passe ? demanda-t-il en me regardant avec surprise.

— Je suis juste venue parler à Hannah.

Je me levai, tout en me demandant s'il était au courant pour Lydia. Mais ce n'était pas le moment de poser la question.

— Qu'est-ce que tu lui as dit ? aboya-t-il en direction de sa sœur. C'est une journaliste, elle travaille pour le journal.

— Je n'ai rien dit.

Hannah tourna vers moi des yeux affolés.

— Je ne veux pas qu'on parle de nous dans le journal.

— Ne vous en faites pas, je ne suis pas venue pour ça, je vous le promets.

— Alors pourquoi vous êtes là ?

Samuel avança vers moi.

— Parce que des gens ont besoin de savoir la vérité, dis-je en regardant Hannah. Une vie en dépend.

— Quelle vérité ? dit Samuel, perplexe. La vie de qui ?

— Vous feriez bien d'y aller maintenant, bredouilla sa sœur.

— Je vous en prie, Hannah, l'implorai-je en guise d'au revoir tout en trébuchant sur le seuil.

36

Je doutais fort qu'Hannah Moffat se rendît au poste de police. Avais-je fait une bêtise en tentant de l'en persuader ?

Lorsque je franchis à nouveau le pont, je me sentais lasse et frustrée. J'avais mal aux jambes et hâte d'être rentrée et de dîner. Mais une fois parvenue au lac, je décidai de me diriger vers Walden pour rendre visite à Ben, que j'espérais trouver chez lui. Par chance, je n'eus pas à marcher jusqu'au poste de police ; je tombai sur lui alors qu'il intervenait pour mettre fin à une bagarre devant le Drunken Duck.

— Iris, grogna-t-il en me voyant approcher. Ce n'est ni le lieu ni l'heure pour te promener toute seule, tu sais.

— Il faut que je te parle de quelque chose.

— Ça ne pouvait pas attendre demain matin ? Allez, viens, je te raccompagne chez toi.

Sur ce, il partit d'un pas vif, et je dus mobiliser tour ce qu'il me restait d'énergie pour suivre sa cadence. Le souffle court, je lui racontai alors d'où je venais et la conversation que je venais d'avoir avec Hannah.

— Tu n'aurais pas dû aller là-bas toute seule. Que va dire ton père ?

— Il ne le saura pas, il n'est pas là. Écoute, j'aimerais que tu fasses une chose, lui dis-je, pressée d'en venir aux faits.

— Comme aller voir Hannah Moffat ? devina-t-il.

— Oui.

Je ne pus m'empêcher de sourire face à son expression résignée.

— Je t'assure, ça vaut la peine d'essayer.

— D'accord. À condition que tu me promettes de ne plus aller là-bas toute seule.

— Merci, Ben. Tu es vraiment un bon copain. Et un excellent policier, ajoutai-je avec un soupçon de flagornerie.

Il secoua la tête avec un soupir exaspéré.

Le vendredi venu, on nous fit encore attendre longuement avant de nous laisser pénétrer dans la salle d'audience. Lorsque tout le monde fut assis, le juge s'adressa aux jurés.

— La défense a demandé à entendre un nouveau témoin. Je sais que le procès est déjà bien avancé mais, en dépit des objections de Sir Nigel, j'ai décidé d'accepter cette audition, l'estimant suffisamment digne d'intérêt dans l'affaire.

Tous les yeux de la salle se braquèrent sur ce nouveau témoin qui avançait maintenant vers la barre, l'air pétrifié. C'était Hannah Moffat. Elle portait une vieille veste en lin bleu qui avait été raccommodée à plusieurs reprises. Assis dans le public, son frère Samuel, lui, arborait la belle veste en velours côtelé qu'il avait portée pour témoigner.

Les mains tremblantes, elle prit la Bible et prêta serment.

— Mademoiselle Moffat, est-il exact que votre sœur cadette, Lydia Moffat, a été employée à Crookham Hall comme blanchisseuse en septembre 1916 ? demanda Philip Johnson avec beaucoup de douceur.

— Oui, monsieur.

— Ah bon ? murmura Daniel à Constance.

Il devait être au front à cette époque.

— Je n'en ai aucune idée, répondit Constance avec un haussement d'épaules.

— Votre sœur est-elle allée vivre au manoir ? questionna Philip Johnson.

— Non, monsieur. Elle est restée vivre chez nous. Mais il fallait qu'elle se lève très tôt pour y aller tous les jours. Elle traversait les champs et entrait là-bas par les cuisines.

— Quel âge avait-elle, à l'époque ?

— Quinze ans.

Hannah tordait dans sa main un mouchoir gris pâle qui avait perdu toute sa blancheur d'antan.

— Combien de temps Lydia a-t-elle travaillé à Crookham Hall ?

— Environ six mois, monsieur.

— Y était-elle heureuse ?

— Au début, oui. Elle était très contente d'avoir trouvé ce travail. La paie était bonne, et la maison tellement belle… Elle n'arrêtait pas de nous raconter comment c'était, là-bas. Elle nous parlait de la cuisine, de ce qu'ils avaient mangé, des choses comme ça. Mais au bout de quatre ou cinq mois, elle a dit que ça ne lui plaisait plus.

— Vous a-t-elle précisé pourquoi ?

Philip Johnson semblait avoir décidé de prendre son temps.

— Pas tout de suite, non. Elle a juste dit qu'elle n'avait plus envie d'y aller. Mais maman lui a dit qu'elle devait continuer. Parce qu'on avait besoin de son salaire, vous voyez.

— Lydia a donc continué de travailler à Crookham Hall ?

— Oui, monsieur. Pendant quelque temps. Et puis…

Hannah s'interrompit et renifla.

— Prenez le temps qu'il vous faudra, mademoiselle, dit le juge Radden.

— Et puis, un jour… On l'a retrouvée dans la grange. Elle s'était pendue avec une corde.

Une exclamation muette parcourut l'assemblée.

— Votre sœur a mis fin à ses jours ? reformula Philip Johnson avec beaucoup de douceur.

Hannah acquiesça tout en s'essuyant les yeux avec son mouchoir.

— Savez-vous ce qui l'a poussée à commettre un tel acte ?

Elle renifla encore tout en levant sur Philip Johnson des yeux effrayés. Il l'encouragea d'un hochement de tête.

— Un soir, elle rentrait à pied quand Lord Timpson l'a rattrapée, à cheval. Elle a été contente quand elle l'a vu descendre de son cheval pour lui parler. Elle l'aimait bien. Elle disait qu'il était très gentil.

Constance baissa la tête comme pour se protéger de ce qui allait suivre, tandis que Daniel, bouche bée, regardait fixement le témoin à la barre.

— Que s'est-il passé une fois que Lord Timpson est descendu de sa monture ? demanda Philip Johnson.

De son côté, Sir Nigel avait le nez plongé dans ses papiers, ignorant le témoignage en cours.

— Il s'est mal conduit.

Hannah baissa les yeux, visiblement gênée de poursuivre.

— Que voulez-vous dire par là ?

— Il a voulu l'embrasser. Ça lui a fait peur, et elle a dit qu'elle devait rentrer. Elle a essayé de s'enfuir, mais il l'a poussée par terre.

— Mademoiselle Moffat, vous devez nous dire précisément ce que Lord Timpson a fait, indiqua Philip Johnson.

— Il a remonté les jupes de ma sœur.

La jeune femme était rouge jusqu'aux oreilles.

— Et ensuite ?

— Elle s'est débattue, elle a essayé de le repousser, murmura-t-elle. Et puis il s'est arrêté et il s'est relevé.

— Il n'y a pas eu de rapport sexuel ?

— Non, monsieur, répondit-elle en secouant la tête. Elle était très soulagée qu'il la lâche enfin sans avoir vraiment… enfin, vous voyez.

Ce n'était pas ce à quoi je m'attendais. Les jurés semblaient eux aussi se demander où cela nous menait.

— Et Lord Timpson lui a-t-il dit quelque chose ?

— Il a demandé à Lydia si elle était vierge, murmura-t-elle d'une voix sourde. Elle lui a dit que oui.

— Qu'a-t-il répondu à cela ?

— Il a dit que dans ce cas, il valait mieux la réserver pour son fils.

Une rumeur outrée s'éleva dans la salle. Daniel écarquilla les yeux cependant que Constance se tournait vers lui, horrifiée, avant qu'il ne secoue la tête pour nier avec vigueur.

— Selon vous, que voulait dire votre sœur par là ? demanda Philip Johnson.

— Elle pensait que…

Hannah baissa les yeux vers le mouchoir qu'elle torturait toujours entre ses mains.

— Qu'il allait la forcer à aller avec maître Daniel.

— Votre sœur avait-elle déjà eu des rapports sexuels ?

— Bien sûr que non, monsieur, répondit-elle, l'air outré. Mon père nous aurait rouées de coups s'il avait cru qu'on avait seulement regardé un garçon.

— Lydia n'avait donc jamais eu de petit ami ? continua Philip Johnson.

— Non, monsieur. Mes parents étaient très croyants, répondit-elle en se tamponnant le nez. Ils nous disaient qu'on irait en enfer si on allait avec un homme en dehors des liens du mariage.

— Et comment a réagi Lydia à la menace de Lord Timpson ?

— Elle avait très peur. Elle ne voulait pas retourner au manoir, mais maman l'a forcée.

— Elle a donc repris le travail comme à son habitude ?

— Lydia a essayé de faire croire qu'elle était malade, mais papa n'a rien voulu entendre. Elle ne mangeait plus et elle tremblait tout le temps, mais ils l'ont obligée à y aller quand même. J'ai essayé de lui dire que ça se passerait bien, et…

Elle marqua une pause.

— Et je lui ai dit qu'elle n'irait pas en enfer. Pas s'il lui arrivait quelque chose qui ne serait pas sa faute. Je lui ai dit que Dieu lui pardonnerait. Mais elle ne m'a pas crue.

— A-t-elle été de nouveau confrontée à Lord Timpson, par la suite ?

— Au début, non. Pas pendant plusieurs semaines.

— Que s'est-il passé ensuite ?

— Un jour, je l'ai vue traverser la cour pour rentrer à la maison, et il s'est mis en travers de son chemin.

— Que lui a-t-il dit ?

— Il a dit : « Je vais avoir besoin de toi bientôt, et tu devras faire exactement ce que je te dirai. »

— D'après Lydia, que voulait-il dire par là ?

— Elle pensait qu'il allait la forcer à avoir des relations sexuelles.

Hannah ploya la nuque et parla à mi-voix :

— Maître Daniel allait bientôt revenir, il avait une permission.

— Et donc, à quinze ans seulement, cette jeune fille a pris la décision de mettre fin à ses jours.

Philip Johnson se tourna face au jury en assenant cette déclaration.

Hannah hocha la tête. Une larme roulait sur sa joue.

— Parce qu'elle pensait qu'en connaissant un homme hors des liens sacrés du mariage, elle irait en enfer, c'est bien cela ? demanda Philip Johnson.

— Oui, monsieur.

On se mit à chuchoter partout dans l'assemblée.

— Je le déteste. Je le déteste, entendis-je Daniel marmonner à sa sœur, qui serra sa main dans la sienne.

— Sa mort a dû être un choc terrible pour vous, continua l'avocat avec délicatesse.

— J'avais promis de l'aider…

Les larmes ruisselaient maintenant sur le visage d'Hannah.

— Mais je ne savais pas quoi faire… Samuel était parti combattre. Isaac, notre autre frère, avait été tué en France. Et on ne pouvait rien dire à maman et papa…

— Merci, mademoiselle Moffat, dit Philip Johnson en s'inclinant légèrement. Vous avez été très courageuse. À moins que mon confrère n'ait des questions à vous poser, vous pouvez aller vous asseoir.

Un soupir de soulagement s'échappa de la gorge de la jeune femme.

— Juste une ou deux questions, je vous prie.

Sir Nigel se leva, et Hannah se cramponna à la barre.

— Mademoiselle Moffat. À part vous, votre sœur s'est-elle ouverte à quelqu'un d'autre de ses mésaventures ?

— Non, monsieur, souffla-t-elle.

— Puis-je vous demander de parler plus fort, s'il vous plaît, mademoiselle Moffat ? demanda gentiment le juge. Les jurés doivent pouvoir entendre ce que vous dites.

Elle acquiesça d'un hochement de tête.

— Elle n'en a parlé à aucun autre membre de la famille ? reprit Sir Nigel. Pourquoi ne l'a-t-elle pas dit à votre père ? Il l'aurait sûrement protégée, non ?

— Elle avait trop peur. Lord Timpson donnait de l'argent à papa. On ne s'en serait pas sortis sans cet argent.

— C'était gentil de sa part, commenta Sir Nigel, comme si cela pouvait atténuer ce qui avait été dit précédemment. Il n'y a donc personne qui puisse corroborer votre version des faits ?

— Je… je ne comprends pas, dit-elle en appelant le juge à l'aide du regard.

— Sir Nigel demande s'il existe quelqu'un d'autre qui savait ce qui s'est passé entre Lord Timpson et votre sœur. Vous, ou elle, avez-vous parlé de tout cela à une autre personne ? expliqua-t-il.

— Non, monsieur.

— Votre sœur est morte il y a quatre ans déjà, reprit Sir Nigel. Est-ce la première fois que vous racontez cette histoire à quelqu'un, aujourd'hui ?

— J'en ai parlé avec l'agent Gilbert.

Elle leva le menton vers Ben, assis non loin d'elle. Il lui adressa un sourire d'encouragement.

— En effet, mademoiselle Moffat, vous l'avez dit à l'agent Gilbert, poursuivit Sir Nigel. Seulement, c'était après que vous avez lu le détail de l'affaire dans les journaux, n'est-ce pas ? Et c'est ce qui vous a décidée à aller en parler à la police, si je ne m'abuse ?

— Ou… oui, monsieur, bredouilla-t-elle.

— Vous avez donc décidé que c'était le bon moment pour révéler ce qui était arrivé à votre sœur Lydia. Pourquoi cela ?

— Parce que cela montre que Lord Timpson était quelqu'un de mauvais. Qui agresse les femmes, répondit-elle d'un ton plus déterminé.

— Ce que cela montre surtout, mademoiselle Moffat, c'est que vous avez vu là une belle occasion de gagner de l'argent, déclara Sir Nigel avec un rictus méprisant.

— Objection.

Philip Johnson se leva de son siège.

— Mais… je n'ai demandé d'argent à personne, se défendit Hannah, visiblement abasourdie. Je veux juste que les gens sachent ce qu'il a fait à Lydia.

— Oh, je suis sûr que certains journaux vous rémunéreront grassement pour que vous leur racontiez cette histoire sordide, railla Sir Nigel.

Hannah le fixa, consternée. Je l'imaginais mal confier son récit à un journal. Samuel, en revanche… Je me demandais encore avec quel argent il s'était payé une veste neuve et tout un poulailler.

— Il ne s'agit pas d'une question, mais d'une déclaration péremptoire et infondée, intervint le juge. Messieurs les jurés, rien ne nous incite à croire que Mlle Moffat ait quoi que ce soit à gagner financièrement en témoignant devant vous aujourd'hui. Sir Nigel, avez-vous d'autres questions pour le témoin ?

— Non, monsieur le juge.

L'avocat de la Couronne adressa un geste vague à Hannah, qui quitta la barre sans se le faire dire deux fois et trébucha dans sa hâte. Ben s'empressa de se lever pour l'aider à se redresser et l'accompagna jusqu'à la porte.

— Bien. Nous allons faire une pause, annonça le juge Radden.

Tandis que Percy et Elijah partaient en direction de la lumière du jour, je m'arrêtai pour parler à Ben, qui attendait près de l'entrée principale. Fuyant les allées et venues, nous nous rendîmes dans un petit coin sous l'escalier.

— Tu as pu parler seul à seul avec Hannah ? lui demandai-je.

Il secoua la tête.

— Quand je suis arrivé, elle était en train de se disputer avec Samuel. Il avait mis certains de leurs biens en gage – des choses qui devaient appartenir à leurs parents, je suppose. Hannah était furieuse.

— C'est donc ainsi qu'il aurait obtenu de l'argent pour ses vêtements et ses poules…

— J'imagine, oui. Quand je lui ai demandé si je pouvais discuter avec sa sœur, il a refusé. Mais elle m'a fait entrer et elle lui a dit de se taire.

— Savait-il pourquoi Lydia s'était suicidée ?

— Il l'a appris tout récemment, répondit Ben. Il ne voulait pas qu'Hannah aille témoigner, mais elle lui a dit que ce serait sa faute si Lady Timpson était exécutée. Et elle lui a expliqué qu'elle avait décidé de révéler à tout le monde ce que cet homme avait fait à sa sœur.

— Il en faut, du courage, pour aller à la barre et raconter tout ça en public.

L'image d'Hannah Moffat livrant son triste récit devant une salle pleine à craquer allait me poursuivre un bon moment.

— Elle a dit qu'elle le faisait pour sa sœur. Mais elle avait peur que personne ne la croie.

— Moi, je l'ai crue. Et je pense que les jurés aussi.

— Attendons de voir. Au moins, elle aura fait ce qui lui semblait juste. Je pense que ça la réconfortera un peu… Elle s'est toujours sentie coupable de la mort de Lydia.

— Qu'a dit le commissaire Cobbe de son témoignage ? demandai-je.

— Il était favorable à ce qu'elle aille s'exprimer devant le juge.

— Même si cela vient soutenir la défense de Lady Timpson ?

— Oh, il n'a jamais cherché à l'accabler sans avoir de preuves. Mais il n'a pas vraiment eu le choix… S'il l'avait laissée en liberté, les gens auraient pu penser qu'il favorisait l'aristocratie.

— Il la croit innocente ?

Ben hésita.

— Il estime que le dossier de l'accusation n'est pas assez solide pour se faire une conviction. Il aurait aimé avoir plus de temps pour rassembler des témoignages et autres éléments de preuves.

J'opinai du chef.

— Excuse-moi, dit-il. Je vais ramener Hannah chez elle.

Hannah venait d'apparaître au pied de l'escalier, à côté de Rebecca. Les deux femmes avaient les yeux rougis par les larmes.

— Prête ? demanda Ben.

Hannah acquiesça puis se tourna vers Rebecca.

— Ce n'était pas votre faute.

Elle lui donna une accolade un peu maladroite avant de s'en aller avec Ben.

— Je me sens affreusement coupable. Quand je pense à cette pauvre enfant… Si j'avais dénoncé Lord Timpson, elle serait peut-être encore en vie. J'ai manqué de courage, dit Rebecca d'une voix tremblante.

Donald Anstey surgit soudain près d'elle.

— Tu ne pouvais pas faire grand-chose pour arrêter ce monstre. Il s'en serait sorti en embobinant tout le monde, de toute façon.

— Il a raison, dis-je.

— Tu n'es absolument pas responsable de ce qu'il a fait, renchérit Donald avec véhémence.

Rebecca ne répondit pas.

37

J'eus un véritable pincement au cœur en voyant Lady Timpson avancer à pas lents vers la barre pour témoigner. Elle paraissait vulnérable et effrayée. Le tailleur formel de la femme politique était bien loin ; cette fois, elle ne portait qu'une modeste robe de lin vert. Philip Johnson lui adressa un sourire d'encouragement.

Il se leva dès qu'elle eut prêté serment.

— Lady Timpson, aviez-vous peur de votre mari ?

— Oui.

— Pourquoi ?

— Parce que c'était un homme brutal.

— Vous frappait-il ?

— Oui, c'est arrivé de nombreuses fois au cours de toutes ces années.

Elle paraissait éteinte, presque résignée à ce qui l'attendait.

— Avec ses poings ?

— Oui. La plupart du temps, il me donnait des coups de poing ou des gifles.

Sa voix se réduisait presque à un murmure. Le juge se pencha en avant sur son bureau.

— Lady Timpson, puis-je vous demander de parler plus fort, je vous prie ? Il est impératif que les jurés entendent tout ce que vous dites.

— Pardonnez-moi, dit-elle un ton plus haut. Donc, oui, il me donnait souvent des coups de poing ou des gifles.

— Est-il arrivé qu'il vous frappe avec un objet quelconque ?

— Une seule fois. Peu de temps après notre mariage.

Elle but une gorgée d'eau.

— Voulez-vous me dire quel était cet objet ? demanda son avocat.

Elle évita le regard de ses enfants.

— Il s'agissait de sa ceinture. Il l'a retirée de son pantalon et s'en est servi pour me frapper sur le dos et les fesses.

Une rumeur outrée s'éleva dans l'assistance, et je sentis Constance frémir. Daniel était pâle comme un linge. Il posa un bras sur l'épaule de sa sœur, qui enfouit son visage contre lui.

— Que portiez-vous à ce moment-là ?

— Une chemise de nuit en soie. Il l'a relevée pour pouvoir frapper ma peau directement.

Elle releva la tête.

— Il disait qu'il voulait que les choses soient claires : c'était lui le chef. Il m'a dit que je lui étais inférieure socialement et que je devais rester à ma place… Qu'il aurait préféré ne jamais m'épouser, mais qu'il n'avait pas d'autre choix s'il voulait conserver Crookham.

— Est-il arrivé que votre époux vous force à avoir des relations sexuelles contre votre gré ?

— Objection, lança Sir Nigel en se levant. Tout homme possède des droits conjugaux. Il est tout à fait légitime de coucher avec sa femme, que cela plaise à celle-ci ou non.

— Du point de vue strictement légal, vous avez raison, Sir Nigel, approuva le juge Radden. Le crime de viol n'existe pas au sein du mariage. Cependant, je vais autoriser maître Johnson à poser cette question.

Sir Nigel hocha subtilement la tête et se rassit.

— Merci, monsieur le juge.

Philip Johnson se tourna à nouveau vers sa cliente.

— Je vous repose donc la question : est-il arrivé que votre époux vous force à avoir des relations sexuelles contre votre gré ?

Un silence absolu régnait dans la salle.

— Oui.

— Désirez-vous faire une pause, Lady Timpson ? proposa le juge Radden.

Elle secoua la tête.

— Je préférerais continuer.

Je la comprenais parfaitement. À sa place, j'aurais voulu en finir au plus vite. C'était une femme fière – parfois arrogante, même. Comparaître ainsi dans un tribunal et révéler à tous les humiliations qu'elle avait subies devait mobiliser le peu de forces qu'il lui restait.

— Quand ce genre de faits a-t-il eu lieu ?

Philip Johnson avisa le visage des jurés. Tous fixaient Lady Timpson avec la plus grande attention.

— En de nombreuses occasions durant les premières années de notre mariage.

— Et les coups, se produisaient-ils aussi régulièrement ?

— Oui, pendant ces premières années également. Mais il y en a eu moins au fil du temps.

— Pourquoi cela ?

Du regard, l'avocat l'incita à développer.

— Il a commencé à me témoigner davantage de respect à mesure que les enfants grandissaient. Il les aimait beaucoup.

Elle tourna les yeux vers eux et parvint presque à leur sourire.

— Il ne voulait pas qu'ils sachent ce qui se passait et, peu à peu, j'ai pu regagner un certain contrôle sur la situation. Tobias avait des dettes de jeu colossales, or c'est moi qui tenais les cordons de la bourse. Tout notre argent provenait de Hinchcliffe Holdings, que mon père m'avait léguée. Mon mari ne pouvait pas y toucher. Nous avons fini par trouver un accord tacite.

— Quel était cet accord ?

— Nous nous évitions autant que possible. Nous dormions dans des chambres séparées. Mais nous affichions une image unie pour sauver les apparences en société, et pour le bien de nos enfants. Nous les aimions tous deux follement.

— Vous nous avez dit que votre mari vous agressait régulièrement. L'accusation pourrait arguer que cela constitue un mobile puissant pour désirer sa mort.

— Il ne me frappait plus, et nous passions très peu de temps ensemble. Nous ne nous aimions pas, mais nous avions pris le pli de la relation que nous avions mise en place. À un moment, j'ai même cru que Tobias avait changé et voulait se racheter.

Elle prit une grande inspiration.

— Grossière erreur…

— Merci, Lady Timpson. Je vois que vous êtes très éprouvée et n'ai plus de questions à vous poser pour le moment, conclut Philip Johnson avec un petit hochement de tête.

— Si elle ment, c'est une sacrée bonne comédienne, me chuchota Elijah.

Un frémissement parcourut l'assemblée tandis que le représentant de l'accusation se levait. Sir Nigel se posta face à l'accusée.

— Lady Timpson, j'aimerais que vous me racontiez ce qui s'est passé le matin du 15 avril de cette année. Vous dites que votre époux vous a proposé une promenade à cheval avec lui, c'est bien cela ?

— C'est exact.

— Était-ce chose courante ?

— Non, habituellement nous ne faisions du cheval ensemble que lorsque nous avions de la compagnie. Il était rare que nous le fassions seulement tous les deux.

— Quelle raison votre époux a-t-il invoquée pour justifier cette promenade à deux, ce matin-là ?

— Il m'a dit qu'il voulait que nous discutions de l'emplacement des bâtiments que nous comptions construire près du canal.

— Cela a-t-il éveillé en vous un doute sur ses motivations ?

— Non. Je savais que Tobias n'aimait pas l'idée que je fasse construire sur le domaine. C'était la propriété de ses ancêtres. Je trouvais juste de lui laisser son mot à dire dans l'affaire, et j'étais contente qu'il s'y intéresse un peu.

— Vous êtes donc partis tous deux à cheval. Que s'est-il passé ensuite ?

— Une fois arrivés à Broad Oak Bridge, nous sommes descendus de nos montures. J'ai essayé d'attacher ma jument, Bessie, mais le poteau près du pont était trop bas. Au bout d'un moment, j'ai laissé tomber – c'est une bête docile, je ne pensais pas qu'elle s'enfuirait. Lorsque je me suis retournée, Tobias avait un fusil à la main.

— Et c'est à ce moment-là que vous l'avez attaqué ? lança Sir Nigel avec emphase.

— Je ne l'ai pas attaqué, répondit froidement Lady Timpson. Il m'a dit quelque chose comme « Tu croyais peut-être que j'allais te laisser transformer Crookham Hall en l'une de tes horribles usines, espèce de garce ». Il a pointé le fusil sur moi et j'ai hurlé. C'est là que mon cheval s'est cabré de toute sa hauteur.

— Qu'a fait votre mari ? questionna Sir Nigel d'un air sceptique.

— Il a levé les bras au moment où les jambes du cheval redescendaient vers lui, et je l'ai poussé. Je crois l'avoir poussé aux bras, dit-elle d'une voix hésitante. Mais peut-être était-ce à la poitrine, je ne suis pas sûre… Un coup de feu est parti. Il a trébuché en arrière et est tombé dans l'eau.

— Êtes-vous allée voir s'il était blessé ?

— Non, je croyais qu'il était juste tombé à la renverse… J'ai pris les rênes de Bessie et suis parvenue à monter en selle. J'avais une peur bleue qu'il se lance à mes trousses ou qu'il me tire dessus pendant que je partais. J'ai filé droit jusqu'aux écuries.

— Une fois arrivée là, avez-vous dit à quelqu'un ce qui venait de se passer ?

Elle secoua la tête.

— Non, répondit Sir Nigel à sa place. Vous avez donné votre cheval au palefrenier et lui avez dit que Lord Timpson continuait sa promenade. C'est exact ?

— Oui.

— Vous êtes rentrée au manoir et n'avez dit à personne, ni aux domestiques ni à vos enfants, que Lord Timpson gisait, mort, dans le canal.

Le ton était celui du fait établi plus que d'une question.

— J'ignorais qu'il était mort, se défendit Lady Timpson en regardant les jurés. Il fallait que je m'enfuie avant qu'il se relève.

— Qu'avez-vous fait en revenant au manoir ?

— Je me suis changée. Puis je suis allée dans mon bureau.

— Vous n'avez pas repensé à votre mari ?

— Je ne pensais qu'à cela, dit-elle avant de paraître hésiter. Je ne savais pas quoi faire… Comment allais-je lui faire face après ce qui venait de se passer ? Il avait prévu de me tuer, la chose était claire. J'ai décidé de lui dire que j'irais porter plainte à la police.

— Et vous ne vous êtes pas inquiétée en voyant qu'il ne rentrait pas pour déjeuner ? demanda Sir Nigel avec un ébahissement feint.

Elle fit non de la tête.

— J'étais soulagée. Je pensais qu'il devait réfléchir à la manière dont il allait se conduire après cela.

— Ce qui m'intéresse, Lady Timpson, c'est ce que *vous* comptiez faire après cela.

— Je comptais écrire une lettre, répondit-elle d'un ton plus assuré.

— Une lettre. À qui donc ?

— À la police. Je voulais la confier à ma fille Constance, en lui disant de ne la donner à la police que s'il m'arrivait quelque chose. Et je dirais à Tobias que j'avais écrit cette lettre.

Elle parut retrouver un peu de son ancienne vigueur en décrivant son plan.

— L'idée était de m'assurer qu'il sache que s'il tentait encore de s'en prendre à moi, la police et nos enfants sauraient qui était responsable.

— Avez-vous rédigé cette lettre ? demanda Sir Nigel.

— J'étais en train de l'écrire quand Daniel est revenu en nous disant ce qu'il avait vu.

— Qu'avez-vous éprouvé à ce moment-là ?

— Du soulagement. Mais j'étais aussi bouleversée pour mes enfants. Ils aimaient beaucoup leur père. Comme lui les aimait aussi.

Elle leva les yeux en direction de Daniel et Constance.

— Mais vous n'avez pas reconnu être responsable de sa mort ?

— J'étais paniquée quand j'ai poussé Tobias. Et je croyais sincèrement qu'il était encore en vie lorsque je suis partie, dit-elle en se tournant à nouveau vers les jurés. Je croyais qu'il sortirait de l'eau. Ce n'est pas bien profond, à cet endroit du canal.

— Avez-vous éprouvé du remords lorsque l'on vous a appris qu'il s'était noyé à cause d'une blessure à la tête ?

Sir Nigel se tourna vers les jurés.

— En tout cas, vous n'avez visiblement pas ressenti le besoin d'aller à la police pour leur dire ce qui s'était passé, n'est-ce pas ?

— J'étais désemparée et apeurée.

— Vraiment ?

Sir Nigel poursuivait son escalade dans le cynisme.

— On peut aussi envisager que vous nous ayez tout simplement raconté un tissu de mensonges. Je suggère que c'est vous qui avez demandé à votre mari de partir en promenade à cheval ce matin-là. Et que c'est vous qui l'avez attaqué, en le frappant avec tant de force qu'il a chuté dans l'eau.

— Je n'avais aucune raison de tuer mon mari, répondit froidement Lady Timpson.

— Au contraire, vous aviez toutes les raisons de le faire. Il dilapidait votre argent. Il continuait d'amasser des dettes. Et il s'opposait à ce que vous construisiez d'affreux entrepôts sur son splendide domaine familial, énuméra Sir Nigel avec un rictus.

— C'est absurde, répliqua Lady Timpson avec dédain. J'avais toutes les cartes en main.

J'observai le visage des jurés. Ils avaient paru compatissants envers la femme fragile qui était montée à la barre. Mais face au questionnement agressif de Sir Nigel, l'esprit combatif de Lady Timpson refaisait surface, et le regard qu'ils portaient maintenant sur elle n'était plus le même.

— Sir Nigel, ceci était une affirmation, non une question, intervint le juge Radden. Avez-vous d'autres questions pour l'accusée ?

L'avocat de la Couronne répondit au juge en s'adressant aux jurés :

— Je ne fais que répondre à l'affirmation de Lady Timpson selon laquelle elle n'aurait eu aucune raison de tuer son mari. Je viens de lui en fournir deux excellentes, et, par-dessus le marché, elle a décrit Lord Timpson comme un mari violent. Autant de mobiles puissants pour vouloir sa mort.

— Mais j'avais son saphir, annonça soudain Lady Timpson.

Un murmure parcourut l'assistance. Daniel et Constance parurent surpris.

— Que voulez-vous dire ?

Pour une fois, Sir Nigel avait l'air moins sûr de lui. Philip Johnson paraissait tout aussi perplexe.

— Mon mari s'était servi du saphir Star comme caution pour ses dettes pendant des années. Moi, je dirigeais Hinchcliffe Holdings, qui finançait les dépenses de Crookham Hall. C'est le seul actif qu'il détenait.

— Vous voulez dire que vous avez volé le saphir ?

Sir Nigel semblait maintenant tâtonner à chaque mot. Philip Johnson se passa une main sur le visage ; de toute évidence, il n'était pas au courant de cet élément.

— Non, je l'ai juste changé de place. Lorsque j'ai aidé Rebecca Dent à s'enfuir.

— Pourquoi avoir fait cela ?

Sir Nigel marchait toujours sur des œufs.

— Parce que je savais qu'il présumerait qu'elle l'avait volé. Seulement, il ne pourrait pas signaler la disparition du bijou sans alerter ses créanciers, expliqua-t-elle avec une note de triomphe dans la voix.

— Mais..., bredouilla Sir Nigel. Euh, qu'est-ce qui vous a poussée à cacher un bijou d'une telle valeur, et qui appartenait à votre mari ?

— Le besoin de sécurité. S'il dépendait de moi financièrement, je reprenais le contrôle sur son comportement. Je voulais faire en sorte qu'il ne lève plus jamais la main sur moi.

Le silence se fit. Sir Nigel avala une gorgée d'eau et remua quelques feuilles de notes sur son bureau sous le regard plein d'attente des jurés.

— Sir Nigel, avez-vous fini d'interroger l'accusée ? demanda le juge.

— Euh, oui. Oui. Pas d'autres questions, monsieur le juge.

L'avocat de la Couronne s'inclina poliment.

À côté de Donald, Rebecca avait l'air atterrée par cet aveu : Lady Timpson avait assuré sa sécurité personnelle en la mettant encore plus en danger.

38

La semaine suivante, nous étions de retour au tribunal. Toutes les preuves avaient été présentées à la Cour, et cette affreuse séquence d'événements approchait de son terme. Il ne restait plus qu'à entendre les conclusions et préconisations du juge Radden. Le dernier acte serait ensuite l'acquittement de Lady Timpson – ou sa condamnation à mort.

J'étais tendue et fatiguée, et n'osais imaginer ce que Constance et Daniel devaient éprouver. Tous deux avaient les yeux cernés.

Sir Nigel se leva le premier.

— Messieurs les jurés. Ces dernières semaines, vous avez entendu des témoignages évoquant les dettes de jeu de Lord Tobias Timpson et ses mœurs dissolues. Vous avez notamment entendu le témoignage de Mlle Dent, une ancienne femme de chambre de Crookham Hall, qui a fait en sorte que l'accusée soit informée des badinages de son époux.

— Des badinages ?

J'étais outrée. Comment pouvait-il qualifier de badinage un viol pur et simple ? Elijah secoua la tête, aussi écœuré que moi.

— Il est clair à mes yeux qu'à un moment, Mlle Dent a tenté de faire chanter l'accusée. Doit-on prendre son témoignage au sérieux ? Il me semble qu'on peut sérieusement douter de sa crédibilité. Ensuite, nous avons eu droit au récit de la malheureuse Lydia Moffat, par la bouche de sa sœur Hannah. Mais Lord Timpson savait-il seulement qui était Lydia Moffat ? Je suis presque sûr qu'il ignorait tout de l'existence de cette petite blanchisseuse.

Il sourit aux jurés.

— Je pense que, sans prendre de risque, nous pouvons donc ignorer le témoignage de Mlle Hannah Moffat et son histoire délirante.

J'étais heureuse qu'Hannah ne soit pas présente pour entendre ce déni méprisant de sa version des faits.

— Vous pourriez être tentés de croire la version de mon honorable collègue, selon laquelle l'accusée a agi par légitime défense. Mais est-ce réellement crédible ? Lady Timpson déclare que son mari était violent avec elle. Pourtant, de son propre aveu, ses enfants ne savaient rien de ces prétendues violences. Non, je crois que ce qui s'est vraiment passé, c'est que l'accusée en est arrivée au point où elle en avait simplement assez. Elle ne supportait plus les écarts conjugaux de son époux, et ne voulait plus éponger ses dettes. Son plan était de devenir députée et de diriger Hinchcliffe Holdings et Crookham Hall comme bon lui semblait. Même si cela impliquait de défigurer le domaine ancestral de son époux pour en faire une entreprise de fret. Mais comment parvenir à cela ?

Il posa sur elle un regard noir.

— En se débarrassant de tous les obstacles sur son chemin, pardi.

Il se tourna face aux jurés.

— L'accusée a tenté de nous convaincre qu'elle avait repris la main sur son mariage en dérobant à son mari un bijou de famille d'une valeur inestimable. Voilà qui suffit à prouver la nature fourbe de cette femme. Mais il n'en reste pas moins que Lord Timpson demeurait une épine dans son pied et un fardeau pour ses finances. Plus important encore, il devenait pour elle une source d'embarras. Un embarras qui aurait pu lui coûter ce qu'elle désirait le plus au monde : un siège à la Chambre des communes.

Sir Nigel accrocha ses pouces aux poches de sa robe.

— Vous avez entendu Lady Timpson déclarer que son mari avait l'intention de la tuer avec une arme à feu et de prétendre ensuite que des braconniers les avaient attaqués… Voilà un scénario intéressant, n'est-ce pas ? Je me demande ce qui a pu amener Lady Timpson à dire une telle chose.

Elijah émit un grognement. Nous savions déjà où Sir Nigel voulait en venir.

— Pourquoi ? Eh bien, parce que c'était précisément ce que Lady Timpson avait prévu de raconter elle-même, continua Sir Nigel. Elle serait revenue au manoir au grand galop en pleurant, paniquée, et aurait dit qu'ils avaient été attaqués par des braconniers au cours de leur promenade, et que son mari avait été tué. Seulement…

Il marqua une pause pour soigner son effet.

— Quelque chose ne s'est pas passé comme prévu. Quoi, précisément ? Nous en sommes réduits à spéculer. Peut-être que Lord Timpson ne s'est pas laissé faire et a fini dans le canal… Nous ne le saurons probablement jamais. Seules les deux personnes présentes à Broad Oak Bridge ce matin-là le savent. Et l'une des deux est morte.

Sir Nigel but un peu d'eau puis considéra les jurés.

— Quoi qu'il en soit, je pense que nous pouvons être certains qu'il ne s'agissait pas d'un accident. Ni d'un cas de légitime défense. C'était un meurtre prémédité et perpétré de sang-froid. Et c'est pour cette raison, messieurs les jurés, qu'il est de votre devoir de déclarer l'accusée coupable.

Le discours était plein d'assurance et de l'arrogance propre à Sir Nigel. Je n'aurais su dire quel impact il pouvait avoir sur les membres du jury.

Philip Johnson se leva à son tour pour plaider.

— Messieurs les jurés. Comme l'a évoqué l'accusation, cette affaire repose sur le fait que Lord Tobias Timpson était un homme violent, ou non. Un homme violent qui avait pris la décision d'assassiner sa femme. Demandons-nous donc pourquoi il aurait pu vouloir sa mort. Pourquoi ?

Il s'arrêta et frappa un coup sec sur le bureau, faisant sursauter les jurés.

— Parce que sa femme avait fini par dire « non ». Et que, comme nous l'avons entendu, c'était un homme qui ne supportait pas qu'on lui dise « non ». Or, quelle est sa réaction typique lorsqu'une femme refuse de lui donner ce qu'il veut ? Il utilise la force et la brutalité pour le prendre quand même.

L'avocat de la défense avala une gorgée d'eau.

— Je plains sincèrement toutes les femmes et jeunes filles dont Lord Timpson a pu s'enticher, car dès lors, leur corps ne leur appartenait plus. Elles devenaient de simples objets livrés à la brutalité d'un homme s'estimant au-dessus des lois. Lord Timpson est né dans un univers de privilèges. Il croyait avoir le droit de prendre tout ce qu'il voulait. Nous avons entendu la façon dont il a violé Mlle Dent à plusieurs reprises. Lydia Moffat n'avait que quinze ans quand il l'a agressée et menacée. Celles-ci étant des domestiques de Crookham Hall, il jugeait que ces femmes lui appartenaient et qu'il pouvait en disposer selon son bon vouloir.

Philip Johnson baissa les yeux vers ses notes.

— Mlle Dent et Mlle Moffat ont fait preuve d'un très grand courage en venant ici s'ouvrir à nous de leur triste expérience. Rien ne les y obligeait ; elles auraient aussi bien pu garder le silence. Sir Nigel a prétendu que c'était l'appât du gain qui les motivait. C'est faux. Ni l'une ni l'autre n'a quelque chose à gagner en venant témoigner, si ce n'est la satisfaction morale de voir la justice rendue. Toutes deux avaient même beaucoup à perdre, mais elles voulaient que la vérité soit entendue. Elles savaient qu'une innocente serait envoyée à l'échafaud si elles ne parlaient pas. Nous avons également entendu le courageux témoignage de Lady Timpson elle-même. Des années durant, elle a subi les abus de son mari et, des années durant, elle a tenté de préserver ses enfants de cette triste réalité. Mais au bout du compte, elle n'a plus eu le choix. Elle devait parler.

Il se tourna vers les jurés.

— Qui sait à quel moment Lord Timpson a commencé à ourdir ce plan maléfique ?

Il haussa les épaules et eut un geste vague des deux mains.

— À ce sujet, nous ne pouvons que spéculer. Mais ce que nous savons, c'est qu'il avait soigneusement préparé le coup de ce matin-là. D'abord, il avait fait croire à sa famille et à tous ses employés que les braconniers qui vivaient de l'autre côté du canal représentaient un danger. En vérité, tout ce que ces prétendus braconniers ont pu voler, c'est un faisan égaré en bordure de la propriété. Mais Lord Timpson avait besoin que ce soit eux qu'on accuse de la mort de sa femme, si bien qu'il a considérablement exagéré l'ampleur du problème. Ensuite, il a acheté un fusil et l'a caché sous le pont de Broad Oak.

Philip Johnson but une nouvelle gorgée d'eau.

— Son plan était de tuer sa femme puis de rentrer au manoir en déclarant qu'ils avaient été attaqués par ces vauriens. Sa femme décédée, il pourrait alors prendre le contrôle de tout. Il tiendrait à nouveau les cordons de la bourse. Il n'aurait plus à aller réclamer de l'argent à son épouse, la queue entre les jambes, pour éponger ses dettes. Il pourrait jouer et courir les jupons autant qu'il le voudrait.

Les yeux des douze jurés étaient fixés sur Philip Johnson. Il exhala un profond soupir.

— Telles sont les tristes circonstances de la mort de Lord Timpson. Sa fin prématurée n'est que le résultat de ses propres méfaits. Et pourtant, c'est ma cliente qui se trouve maintenant dans le box des accusés, accusée à tort de l'avoir tué. Cette femme n'a jamais fait preuve de violence envers quiconque, de toute sa vie. Et il se trouve que nous avons entendu les témoignages accablants de plusieurs tiers, attestant tous de la violence inouïe dont Lord Tobias Timpson pouvait être capable. Par conséquent, laquelle de ces deux personnes est la plus susceptible d'avoir manigancé un meurtre ? J'aimerais que vous réfléchissiez à cela, ainsi qu'aux autres faits que je vous ai rappelés, lorsque vous vous retirerez dans la salle des délibérations. Quand ce sera chose faite, je pense que vous conviendrez que la seule décision juste sera d'acquitter l'accusée de l'ensemble des charges qui pèsent sur elle.

Sur ce, il s'inclina avec révérence. Le plaidoyer était convaincant ; mais serait-il suffisant ? Le visage des jurés ne trahissait rien. Sir Nigel et Philip Johnson se rassirent. La partie était terminée.

Pendant la brève suspension d'audience, Mme Siddons fit entrer Daniel et Constance dans la salle réservée à Philip Johnson et les laissa là. Lorsque l'avocat sortit de la salle d'audience, elle le prit par le bras et ils se mirent à discuter à voix basse au bout du couloir, évoquant certainement des choses qu'ils ne voulaient pas que Constance ou Daniel entendent.

— À votre avis, de quoi s'agit-il ? demandai-je à Elijah.

— Ils doivent convenir de ce qu'il faudra faire en cas de verdict de culpabilité. Le juge sera obligé de prononcer la sentence immédiatement.

— Philip ne peut pas faire appel ?

— Plus tard, peut-être. Mais Daniel et Constance doivent être préparés. Si elle est jugée coupable, le juge prononcera la peine de mort.

Un frisson me parcourut l'échine.

Nous n'étions pas fiers au moment de revenir dans la salle pour entendre les conclusions du juge.

— Messieurs les jurés, vous avez écouté patiemment les témoignages qui vous ont été livrés.

Le juge parlait lentement, à mots choisis. Sans quitter les jurés du regard, il procéda à un résumé des divers éléments de preuve présentés au cours du procès.

Il faisait une chaleur étouffante dans la salle, et la sueur perlait déjà au front de nombreux jurés lorsqu'il acheva son discours :

— La défense affirme que Lord Timpson était un homme cruel et violent, conclut le juge. Vous avez entendu le témoignage de Lady Timpson à ce propos. Vous avez aussi entendu ceux de Mlle Dent et Mlle Moffat, qui étayent cette déclaration. Si vous croyez que ces femmes ont dit la vérité, cela implique que vous allez dans le sens de la version des faits de Lady Timpson. L'accusation n'a convoqué aucun témoin pour suggérer que Lady Timpson, de son côté, ait jamais fait preuve de violence.

Le juge joignit les deux mains devant lui comme pour signifier le poids de ses prochaines paroles.

— Comme vous le savez, dans le droit britannique, un accusé est présumé innocent jusqu'à ce que soit faite la preuve du contraire. La défense n'a donc pas à prouver l'innocence de Lady Timpson. En revanche, la Couronne doit prouver sa culpabilité. Par conséquent, à moins que vous n'ayez l'intime conviction de la culpabilité de l'accusée, il est de votre devoir de rendre le verdict de « non coupable ». Est-ce bien clair pour vous ? demanda-t-il aux jurés.

Les douze hommes hochèrent la tête.

— Dans ce cas, je vais vous demander de vous retirer pour établir et rendre votre verdict.

— Je ne sais pas ce que vous en pensez, mais je boirais bien un verre, moi, lança Percy.

Mme Siddons avait renvoyé chez eux Daniel et Constance. Nous reviendrions le lendemain, et tous les jours nécessaires jusqu'à ce qu'un verdict soit rendu. Nous ignorions combien de temps cela prendrait.

— C'est bien la chose la plus sensée que j'aie entendu sortir de votre bouche, le taquina Elijah.

Je les suivis tandis qu'ils s'allumaient une cigarette. Ces deux-là n'avaient cessé de se chambrer amicalement depuis le début du procès.

Percy nous emmena dans un pub sur les rives de l'Itchen, non loin du Grand Hall – c'était son repaire à l'époque où il fréquentait les bancs de l'université de Winchester. Il faisait chaud, cet après-midi-là, et nous prîmes place à l'extérieur, d'où l'on pouvait voir des truites nager dans l'eau claire du fleuve. Le patron nous apporta trois bières.

— Je trouve que les conclusions du juge étaient très bien, dit Elijah en buvant une longue gorgée pour se désaltérer.

— Le problème, répondit Percy, c'est que même si le jury croit que Lord Timpson était un violeur, rien ne prouve qu'il était un tueur.

— Mais rien ne prouve non plus que Lady Timpson l'est, ajoutai-je.

— Excepté le fait qu'on ait retrouvé le corps de son mari dans le canal, et non le sien, répliqua Elijah.

— Admettons que les choses se soient passées autrement, suggéra Percy. Admettons que Lord Timpson ait tiré sur sa femme puis soit reparti au manoir en disant à tout le monde que des braconniers les avaient attaqués.

— On l'aurait probablement cru, dit Elijah.

— Auquel cas, il aurait hérité de tout son argent, et il aurait eu le contrôle de tout, continua Percy.

— Et personne n'aurait jamais su ce qu'il lui avait fait, pas plus qu'à Rebecca ou à la pauvre Lydia Moffat, complétai-je. Il n'y aurait eu aucune conséquence fâcheuse et il aurait été libre de poursuivre ses agressions sur les femmes.

— Il comptait sur son statut pour le protéger de toute poursuite.

Elijah avait le regard perdu dans sa bière.

— La noblesse est à l'abri des accusations de meurtre depuis bien longtemps. Mais au bout du compte, le châtiment va finir par tomber.

— Daniel soupçonnait-il que quelque chose n'allait pas ? demandai-je à Percy.

— Pas quand il était plus jeune, non.

Il se passa une main dans les cheveux.

— Mais quand il est parti se battre, il a eu le temps de cogiter. Comme nous tous. C'était un adulte quand il est revenu à Crookham Hall. Et il a commencé à se rendre compte du genre d'homme qu'était son père.

— En raison de son comportement avec les femmes ? s'enquit Elijah.

Percy acquiesça.

— Il poussait Daniel à… à… Bref, à s'intéresser plus aux filles. Sexuellement, je veux dire.

— À les violer ? demandai-je, outrée.

— Disons qu'il l'encourageait à prendre ce qu'il avait envie de prendre. Mais Daniel n'est pas comme ça, et ça le révoltait. Alors quand vous êtes venus poser des questions sur Rebecca, il a compris pourquoi elle avait pu s'enfuir.

— A-t-il questionné son père à ce sujet ?

— Oui, et il s'est pris une gifle en guise de réponse. Ça a suffi à convaincre Daniel que son père y était pour quelque chose, d'une manière ou d'une autre.

— Seigneur…

Elijah tira sur sa cigarette.

— Dieu sait combien de femmes il a pu faire souffrir pendant toutes ces années, dit Percy en secouant la tête.

— Quand les femmes deviendront politiciennes, avocates et juges, ce genre d'homme ne s'en sortira plus aussi facilement, assenai-je.

— Et jurées, ajouta Elijah. C'est le principal problème dans cette affaire.

— Vous pensez qu'ils vont croire Sir Nigel ? demandai-je.

— Sûrement pas, dit Percy en vidant son verre.

Elijah fronça les sourcils.

— Ça s'est déjà vu.

Le lendemain matin, nous étions de retour au Grand Hall. Il faisait encore très chaud, et l'attente fut longue et pénible. Nous ne savions pas si le jury rendrait son verdict ce jour-là mais, en milieu d'après-midi, on nous invita soudain à pénétrer dans la salle d'audience.

Nous nous levâmes tous comme le juge entrait. Daniel et Constance se tenaient la main avec angoisse. L'air grave, Lady Timpson leur glissa un timide sourire assorti d'un petit hochement de tête, comme pour leur signifier qu'elle était assez forte pour encaisser ce qui allait suivre, quel que fût le verdict. Je ne pus m'empêcher d'admirer son courage. Moi-même, j'avais les jambes qui tremblaient.

Le greffier s'épongea le front et se leva pour s'adresser aux jurés. La température devait approcher les trente degrés dans la salle.

— Messieurs les jurés, avez-vous établi un verdict ?

— Tout à fait, répondit leur président.

— Ce verdict a-t-il été adopté à l'unanimité ?

— Absolument.

— Bien. Déclarez-vous l'accusée coupable ou non coupable ?

— Coupable.

Constance laissa échapper un cri de stupéfaction tandis que Daniel couvrait son visage de ses mains. Leur mère les regarda, les yeux emplis de larmes. Brusquement, toutes ses forces parurent déserter Constance, dont les jambes cédèrent sous elle avant qu'elle ne s'effondre sur place. Sa tête aurait percuté le banc en bois si Percy n'avait eu le réflexe de plonger en avant pour la retenir entre ses bras.

— Nous allons maintenant prononcer la sentence.

Et le greffier posa la toque noire devant le juge.

39

— Quels ordres as-tu reçus du commissaire ?

J'étais avec Ben au pied de Broad Oak Bridge.

— Il veut que je vérifie toutes les preuves, dit-il avec un froncement de sourcils. Le problème, c'est qu'il n'y a pas beaucoup de choses à vérifier.

Je comprenais fort bien. À part le magnifique paysage qui nous entourait, il n'y avait pas grand-chose de particulier à regarder. Le canal était calme et opaque, ses berges couvertes de ronces et de fleurs sauvages. Ce n'était pas le décor le plus évocateur d'une scène de crime.

— Est-ce que le commissaire la croit innocente ? Ou s'agit-il d'une simple réaction de sa part face à la violence du verdict ?

Philip Johnson avait interjeté appel. Sans nouveaux éléments de preuve, il serait difficile de renverser la conviction du jury, mais la peine avait une chance d'être réduite. Des articles étaient sortis dans différents journaux nationaux, révélant de nouvelles allégations d'agressions sur des femmes par Lord Timpson – fondées ou non, c'était dur à dire. Mais quand bien même elles l'auraient été, les jurés semblaient avoir décidé que, quoi qu'ils apprennent sur le compte du défunt, c'était Lady Timpson qui avait prémédité et commis le meurtre.

— Je crois qu'après ce qui s'est dit au procès, il est plutôt enclin à croire la version de Lady Timpson, même s'il ne l'a pas formulé clairement. Mais il a toujours le sentiment qu'elle n'est pas tout à fait honnête.

— La révélation sur le saphir Star n'a pas beaucoup aidé.

J'avais beau être convaincue qu'elle n'avait pas voulu le tuer, il fallait admettre qu'elle avait la mauvaise habitude de ne pas s'attarder sur les éléments les plus gênants – quand elle ne les passait pas sous silence.

Ben eut un geste vague balayant l'espace autour de lui.

— Bon, j'ai besoin de ton esprit d'analyse.

— La seule preuve matérielle est le fusil, dis-je avant de contempler l'eau boueuse du canal. Quelle profondeur y a-t-il, ici ?

— Environ un mètre cinquante.

— Et on n'a rien retrouvé à part le fusil ? Tu avais parlé d'objets que Lord Timpson pouvait avoir sur lui, non ?

— Une montre à gousset et un étui à cigarettes frappé des armoiries de la famille. On n'a pas pu mettre la main dessus. Ils doivent être enfouis dans la vase, au fond de l'eau.

— Il y avait moins de végétation en avril…

J'observai les berges.

— Où aurait-il pu cacher le fusil ?

— Une zone avait été piétinée, par ici, répondit Ben en se dirigeant vers le pied d'un saule. Lady Timpson essayait d'attacher son cheval à ce poteau près du pont. Lord Timpson devait savoir qu'elle procéderait ainsi, on peut donc partir du principe qu'il a dissimulé l'arme de ce côté. Ce qui lui permettait de faire feu d'assez près.

— Tu crois qu'il a chargé quelqu'un de l'acheter et de le dissimuler là pour lui ?

Le regard de Ben se porta au-delà du pont, en direction des cabanes.

— Quelqu'un qui avait besoin d'argent et ne poserait pas de questions…, murmura-t-il.

Je suivis son regard.

— Si c'est l'un d'eux, il ne l'avouera jamais.

— Nous avons interrogé tous les vendeurs d'armes du coin, mais le fusil peut venir de n'importe où.

— Et Samuel, alors ? Au procès, Hannah a dit que Lord Timpson donnait régulièrement de l'argent à son père. Peut-être en faisait-il de même avec Samuel ?

— Mais Samuel aurait-il accepté cet argent, sachant ce qui est arrivé à la petite Lydia ?

— Peut-être qu'il ne le savait pas, à ce moment-là. Tu m'as dit qu'Hannah ne le lui avait appris que récemment.

— C'est vrai, concéda-t-il. Seulement, ce serait difficile à prouver.

— As-tu encore les relevés financiers de Lord Timpson ?

— Uniquement ceux qui concernent ses dettes. Mais je crois que M. Laffaye a encore ceux du manoir.

— Eh bien, ma chère enfant, que désirez-vous savoir ? me demanda Horace.

Elijah et lui étaient confortablement installés, un verre de cognac à la main, et me regardaient tels deux oncles bienveillants.

— À quelle fréquence Lord Timpson donnait-il de l'argent aux Moffat ? demandai-je.

— Je ne savais pas qu'il le faisait, répondit Horace.

— Hannah Moffat en a fait mention lors de son témoignage au tribunal. Elle a dit qu'ils ne s'en seraient pas sortis sans l'argent que Lord Timpson donnait à son père. J'ai entendu Samuel le mentionner, lui aussi. Il semblait croire que cela concernait l'accès au domaine par leur exploitation, mais Daniel prétend que c'est infondé.

— Il devait vouloir parler de petites sommes versées de la main à la main pour des travaux occasionnels, ce genre de chose. Je serais surpris qu'il y ait eu le moindre accord formel, dit Elijah.

— Puis-je jeter un œil aux relevés financiers ? insistai-je.

— Certainement.

Horace tourna la tête vers un bureau dans un coin.

— Ils sont tous là.

— Merci.

Il y avait plusieurs registres, dont je m'empressai de parcourir les pages – je ne savais pas combien de temps Horace tolérerait ma présence dans son beau salon. Mais Elijah et lui étaient heureux d'être ensemble et bavardaient gaiement. Je me demandai quand ce couple s'était formé – car, de toute évidence, c'était bien un couple qu'ils formaient. Même s'ils ne pourraient jamais s'afficher ensemble publiquement, il était clair qu'en privé les deux hommes avaient décidé de s'engager l'un envers l'autre.

Il me fallut près d'une demi-heure pour repérer les entrées que j'espérais trouver dans les registres. Je m'adossai alors dans ma chaise et poussai un soupir de satisfaction.

— Avez-vous trouvé ce que vous cherchiez ? s'enquit Horace.

— Oui, merci.

Je fis exprès de les laisser mariner un peu.

— Et comptes-tu nous faire part de cette sublime trouvaille ? ironisa Elijah. Après avoir largement profité du précieux temps que nous accorde M. Laffaye ?

Je pivotai sur ma chaise pour leur faire face.

— Lord Timpson payait cinquante livres à Ned Moffat, tous les mois.

— Et ? fit Elijah avec une moue agacée.

— Ces paiements remontent à vingt-deux ans. Ils ont commencé en 1898… L'année de la naissance de Samuel Moffat et de son jumeau, Isaac.

— Oh ! lâcha Horace.

— Juste ciel, marmonna Elijah.

— Tu es sûre de vouloir y aller ?

Je pris une grande inspiration et acquiesçai. Sept années s'étaient écoulées depuis la fois où j'avais patienté devant les grilles de Holloway Prison, attendant la libération de ma mère. Mme Siddons fit signe au gardien, et nous commençâmes à parcourir de longs couloirs au sol carrelé où résonnait le bruit de nos pas. Des milliers de femmes avaient arpenté ces lieux, y compris ma mère.

Lady Timpson nous attendait dans une minuscule pièce carrée aux murs peints en blanc. Elle était assise d'un côté d'une table en pin. Nos chaises crissèrent sur le sol lorsque nous prîmes place face à elle.

Une gardienne aux cheveux gris acier et dénuée de toute expression se tenait près de la porte. Était-elle là quand ma mère avait été emprisonnée ? Faisait-elle partie de ces gardiennes qui réconfortaient les jeunes prisonnières sanglotant la nuit ? Et les maintenaient immobiles, le lendemain, quand il fallait les nourrir de force ?

— Je suis contente de te voir, Sybil.

Lady Timpson posa un bras sur la table pour prendre la main de son amie.

— Gardez les mains sur vos genoux, s'il vous plaît, ordonna la gardienne.

Mme Siddons parvint à étreindre brièvement la main de Lady Timpson avant qu'elles ne se séparent.

— Philip pense que l'appel sera jugé favorablement, et que la peine capitale sera annulée.

— Je l'espère. Ce serait trop dur pour Daniel et Constance.

Elle donnait l'impression d'avoir renoncé à tout espoir pour son propre compte. Une réduction de la peine reviendrait à la prison à perpétuité au lieu de la condamnation à mort.

— La police passe en revue toutes les preuves. Il n'est pas exclu qu'un nouvel élément surgisse et fasse basculer la conviction du jury.

Mme Siddons tentait de se montrer optimiste. Lady Timpson hocha doucement la tête, sans manifester de réel intérêt.

— Il est possible qu'un tiers ait acheté le fusil et l'ait dissimulé près du pont, dis-je. Quelqu'un qui aurait été payé pour cela.

Pas de réaction de l'intéressée.

— En vous penchant sur les comptes de votre mari, lui avez-vous jamais demandé pourquoi il effectuait des paiements réguliers à la famille Moffat ? demandai-je. Je parle des paiements qui ont commencé l'année de la naissance de Samuel et d'Isaac.

Elle eut un demi-sourire.

— T'a-t-il dit à quoi ils correspondaient ? renchérit Mme Siddons.

— Au début, non. Mais il n'a pas été bien compliqué de comprendre… Je savais que Samuel était du même âge que Daniel. J'ai mis Tobias face aux faits, et il a reconnu avoir engrossé Mary. Il n'est pas entré dans des détails sordides, et je n'en ai pas demandé. Ned Moffat avait du mal à joindre les deux bouts avec la ferme, et Tobias l'a convaincu d'épouser Mary et de dire que les jumeaux étaient de lui. J'ai dit à Tobias que les paiements devaient cesser ; Ned et Mary Moffat étaient morts, après tout, il n'était pas utile de continuer. Cela paraîtrait suspect si quelqu'un le découvrait.

— Comment a-t-il réagi ? demandai-je.

— Il s'est mis en colère. Mais j'ai refusé de céder. C'était au moins une petite revanche, dit-elle, une lueur dans les yeux.

— Pensez-vous que Samuel ait pu aider votre mari ?

Elle secoua la tête.

— Je ne crois pas qu'il soit au courant de sa filiation. Tobias ne le lui aurait pas dit. Mon mari n'a jamais reconnu publiquement le moindre de ses écarts.

Écart était un euphémisme. Je quittai la prison aussi désespérée que Lady Timpson.

— La grange a fini par s'écrouler ?

Hannah Moffat fit non de la tête tout en posant une tasse de thé devant moi.

— Samuel a pris une masse et démoli tout ce qu'il restait. C'est là que Lydia est morte.

Je me demandai où étaient Samuel et sa masse maintenant. J'étais toujours convaincue qu'il avait joué un rôle dans l'affaire. Sinon, où se serait-il procuré l'argent pour s'offrir une belle veste neuve et toutes ces poules ?

— Qu'allez-vous faire ?

— Vendre. Samuel a raison : il s'est passé trop de mauvaises choses ici.

Hannah contempla sa cuisine.

— Autant démolir tout ça et repartir de zéro.

J'observai les étagères récurées et les bocaux disposés en rangs bien nets. C'était la pièce qui lui manquerait le plus. Je n'avais aucune envie de lui causer davantage de peine et de frayeur, mais une vie était en jeu. Je fis le grand saut.

— Hannah, quand avez-vous dit à Samuel ce qui était arrivé à Lydia ? Était-ce le jour où Lord Timpson est mort ?

Ses yeux s'écarquillèrent.

— Pourquoi me demandez-vous ça ?

— Parce que je pense que c'est Samuel qui a caché le fusil à Broad Oak Bridge.

— Non, opposa-t-elle sans grande conviction.

— Mais je pense aussi qu'il ignorait pourquoi on lui avait demandé de le faire, ajoutai-je en lui touchant le bras. On lui a menti, n'est-ce pas ?

Elle hésita, avant de craquer :

— Je voulais qu'il aille le dire à la police.

— D'après lui, à quoi allait servir ce fusil ?

— Lord Timpson lui a dit qu'il voulait convaincre Daniel de chasser. Il a donné l'argent à Samuel pour aller acheter l'arme et lui a indiqué où la déposer. Il a dit qu'il viendrait ici à cheval avec Daniel et qu'il lui apprendrait à tirer, mais que Daniel ne voudrait pas venir s'il croyait que c'était pour chasser.

— Est-ce que Samuel a vu Lord Timpson arriver à cheval avec Lady Timpson ?

Elle acquiesça.

— Et après, il a entendu le coup de feu. Il est revenu ici dans tous ses états… Je lui ai demandé ce qui se passait, et il m'a raconté ce qu'il avait fait. Il disait qu'il ne comprenait pas pourquoi c'était Lady Timpson qui était là, et pas Daniel.

Je cogitai rapidement. Si je pouvais amener Samuel à reconnaître ce qu'il avait fait, nous pourrions renverser le verdict en faveur de Lady Timpson.

— Quel idiot, je vous jure, pesta Hannah. Je lui ai dit qu'il était bien bête de faire confiance à un homme pareil. Il a dit que c'est moi qui étais bête. C'est à ce moment-là que je me suis énervée pour de bon.

— Et que vous lui avez appris la vérité, pour Lydia ?

Elle hocha la tête.

— J'aurais dû le faire plus tôt.

— Écoutez, Hannah… Lors de son enquête, la police a eu accès aux registres financiers de Lord Timpson. Ils se sont surtout intéressés à ses dettes. Mais j'ai remarqué que certaines entrées concernaient des paiements en faveur de votre père. Vous l'avez évoqué au procès, n'est-ce pas ?

Elle prit un torchon et le plia soigneusement sans me répondre.

— Vous savez à quoi ils correspondaient ?

À son expression, je devinai qu'elle savait.

— Vous le savez, vous ? me demanda-t-elle, sur ses gardes.

— Oui. Je suis allée rendre visite à Lady Timpson en prison. Elle m'a dit qu'après avoir mis son mari en face des faits, il lui avait avoué la vérité.

Je regardai Hannah déplier et replier son torchon.

— Et vous, comment l'avez-vous su ? demandai-je.

— Pa' me l'a dit sur son lit de mort. Il voulait que j'aille voir Lord Timpson pour le faire chanter… Que je menace de le dire à tout le monde, si les paiements s'arrêtaient. Mais moi, j'avais trop peur pour y aller, et Samuel était au front à ce moment-là. Quand il est rentré et qu'il a repris la ferme, il croyait plus ou moins que c'était pour une question de droit d'accès au domaine. Mais c'était une excuse bidon que Pa' lui avait donnée.

— Vous ne lui avez pas dit la vérité ?

— Pas cette fois… L'argent continuait de rentrer.

— Et ce matin-là ?

Elle eut un frisson.

— J'ai tout lâché. Je ne pouvais plus m'arrêter, j'étais trop en colère.

Je sursautai en entendant les gonds grincer et le bruit de lourdes chaussures dans l'entrée. Elle me jeta un regard nerveux.

— Vous devriez y aller.

Je secouai la tête. Samuel entra dans la cuisine et s'arrêta brusquement en me voyant.

— Qu'est-ce que vous fichez là, encore ?

— Je suis venue vous parler du fusil que vous avez acheté pour Lord Timpson.

Je m'efforçai d'arborer la même assurance tranquille que Mme Siddons, mais mes mains tremblaient malgré moi. Je posai ma tasse de thé un peu trop bruyamment.

Il resta immobile un moment tandis que le silence se faisait dans la pièce.

— Ce fumier m'a tendu un piège. Il voulait dire à tout le monde que c'était moi qui avais fait le coup.

— Je suppose qu'il vous a indiqué où acheter le fusil ?

Je voulais entendre toute l'histoire de sa bouche.

Il acquiesça.

— Pour sûr. Il avait tout prévu pour que la piste mène directement à ma porte. Quel idiot j'ai été… Je savais pas qu'il était comme ça. Moi, je croyais que c'était un type bien, comme Daniel. Il a dit qu'il était désolé que sa femme ait arrêté de nous payer, mais que c'était elle qui gérait l'argent. Du coup, il a dit qu'il essaierait de nous aider autrement… en me payant pour faire des petits boulots, de temps en temps.

— Et c'était un de ces petits boulots ?

— Il m'a filé de l'argent pour acheter le fusil, en me disant qu'il m'en donnerait plus après.

Samuel eut un petit rire désabusé.

— Tu parles ! Tout ce que j'aurais eu plus tard, c'est la corde du pendu.

— Pourquoi n'êtes-vous pas allé voir la police quand vous vous êtes rendu compte qu'il vous avait menti ?

— Ils ne m'auraient pas cru. Et c'est moi qui me serais retrouvé derrière les barreaux à la place de Lady Timpson.

— Mais vous saviez qu'elle était innocente.

— Je croyais qu'elle s'en tirerait. C'est une sale bourgeoise, pleine aux as. Ça aide. Et puis, c'est elle qui nous a coupé les vivres.

— Elle a à cœur d'essayer de restaurer l'image de la famille, pour le bien de l'entreprise. Mais j'ai peur que Delphina soit trop fragile pour être interviewée.

Je priai pour que nous ne croisions pas trop de personnes qu'elle connaissait ; je préférais qu'elle garde les deux mains sur le volant.

— Je ne lui mettrai pas de pression. Elle sera peut-être plus à l'aise avec vous.

J'avais beau m'être rapprochée de Constance et Daniel, je demeurais moins proche de leur mère.

— Comment comptes-tu structurer ton article ?

— Je commencerai par montrer ce que la vie de Lady Timpson pouvait avoir d'idyllique, vue de l'extérieur. Belle famille, belle maison… Ensuite, j'expliquerai comment la violence de Tobias Timpson aurait pu rester un sombre secret s'il n'avait pas essayé de la tuer. Sans le procès, nous n'aurions jamais su ce qu'il lui avait fait, ou à Rebecca et Lydia Moffat. Je veux mettre tout cela en lumière.

— La pauvre enfant… Cet homme était un monstre, dit-elle en frémissant. Je n'aurais jamais cru.

— Il pensait être propriétaire de cette famille.

Mes mains ne lâchaient toujours pas les accoudoirs.

— C'était un homme cruel.

— Elles étaient toutes impuissantes et désemparées ; voilà ce que je veux montrer.

J'avais déjà une bonne partie de mon article en tête.

— Je vais évoquer le préjudice entraîné par le traitement qu'en a fait la presse, mais sans m'appesantir là-dessus – on aimerait que l'article soit repris par certains journaux nationaux. Et je finirai par une réflexion plus générale sur le fait que Lady Timpson, la victime de l'affaire, aurait facilement pu être exécutée pour rien.

Mme Siddons acquiesça d'un hochement de tête.

— Je vais intervenir au Parlement à propos de l'abolition de la peine de mort. Je vais me servir de ce dossier en exemple. Ç'aurait été un bien triste reflet de notre société si Delphina avait fini à l'échafaud.

Constance sortit pour nous accueillir. À ma grande surprise, elle passa ses bras autour de moi.

— Merci, Iris, de nous avoir rendu Mère. Je sais que c'est grâce à toi que Samuel Moffat est allé parler à la police.

Nous restâmes un moment sous le doux soleil de septembre. Je me rendis compte que Constance avait perdu un peu de la superbe que je lui enviais auparavant. Elle paraissait plus hésitante, moins sûre d'elle. Tant de choses s'étaient passées depuis ma première visite ici, six mois plus tôt. Certes, Lady Timpson avait été acquittée, mais cette famille autrefois puissante et admirée était en ruine. Peut-être pas financièrement, mais socialement, tout s'était effondré pour eux.

— Comment va Daniel ? s'enquit Mme Siddons. Est-il là ?

— Il est avec Mère. Il est devenu très renfermé, comme lors de son premier retour des tranchées. Il lutte encore pour essayer de digérer tout ce qui… enfin, tout ça.

— Laissez-lui le temps. Ç'a été une terrible épreuve pour vous tous. Et votre mère, comment va-t-elle ?

Constance haussa les épaules.

— Elle passe le plus clair de son temps dans sa chambre.

— Désire-t-elle nous voir ?

D'un certain côté, j'espérais que la réponse serait négative.

— Oui. Après le procès, je croyais qu'elle se montrerait réticente à parler de tout cela, dit Constance avant d'afficher une mine perplexe. À l'inverse, on dirait que cela a débloqué quelque chose en elle. Elle veut se soulager de ce fardeau. De tout ce que Père a pu faire.

— Ce doit être dur pour vous, dit Mme Siddons.

— Je tiens à la soutenir et à prendre soin d'elle.

Elle mit les mains sur ses oreilles.

— Seulement, je ne veux pas en entendre davantage. Je l'aimais… Je parle de mon père, bien sûr.

— Bien entendu. Et il vous aimait très fort aussi, vous et Daniel.

— Mais il a été tellement cruel avec les autres. Je me sens coupable.

— De quoi serais-tu donc coupable ? intervins-je. Tu n'as rien fait de mal.

— Les souvenirs commencent à se remettre en place, et l'on comprend peu à peu pourquoi il a fait certaines choses auxquelles on n'avait pas prêté attention, sur le moment. Je me sens affreusement stupide. Je n'ai jamais eu le moindre soupçon sur sa réelle nature. Même Daniel en savait plus que moi. Moi qui croyais… enfin, qui me croyais si maligne.

Elle secoua la tête.

— Quelle idiote j'ai été… Une enfant privilégiée, ignorant la souffrance des autres.

— Ce n'est pas vrai, protesta Mme Siddons. Vous l'ignoriez, parce que votre mère vous a protégée.

— Je regrette qu'elle l'ait fait. Le choc aurait été moins grand, dans le cas contraire. Et voilà qu'aujourd'hui je me retrouve à me demander ce qui est réel et ce qui ne l'est pas. La vie que je croyais avoir a disparu à tout jamais, mais je ne veux pas la retrouver. Je ne veux plus jamais vivre ainsi.

— Tu as l'intention de changer des choses ? demandai-je.

— Oui, en commençant par Hinchcliffe Holdings. Mère vient de me céder l'entreprise. Je m'opposerai au travail des enfants dans nos usines, et je compte augmenter les salaires. Mais pour ce faire, je dois d'abord m'assurer que nous ayons les finances suffisantes.

— Et Daniel ? s'enquit Mme Siddons.

— Il a hérité de Crookham Hall, mais il le perdra si je ne fais pas fructifier l'entreprise. Je ne le supporterais pas, pas après tout ce qu'il a traversé.

— Vous y arriverez tous les deux, si vous vous serrez les coudes.

— Oui, nous survivrons à tout cela, d'une manière ou d'une autre. Mais j'en suis moins sûre pour ma mère, répondit Constance.

— Allons la voir.

Mme Siddons passa son bras sous le sien.

Nous suivîmes Constance dans un grand escalier et un long couloir menant au salon privé de Lady Timpson.

C'était une pièce superbe décorée de tissu bleu canard et de lourds rideaux or aux fenêtres. Lady Timpson était assise dans un fauteuil capitonné installé près de la cheminée où crépitait un feu. Les rideaux étaient en partie tirés, la préservant de la lumière crue du soleil. Daniel était assis sur une chaise près de sa mère. Il nous adressa un petit sourire. Sa peau habituellement hâlée me parut plus pâle.

— Mère, Mme Siddons et Iris sont là, annonça Constance.

Lady Timpson leva sur nous des yeux légèrement vitreux. Elle n'avait pas repris le poids qu'elle avait perdu en prison. Sa robe d'été bleu clair à manches courtes révélait des bras blancs et maigres. L'espace d'un instant, elle parut confuse, avant de se rappeler qui nous étions.

— Sybil, quel plaisir de te voir.

— Delphina. Tu as l'air d'aller mieux.

Mme Siddons l'embrassa sur la joue. Son commentaire était un pieux mensonge.

Nous prîmes place sur le petit sofa en face du fauteuil de Lady Timpson. L'atmosphère était lourde et il faisait bien trop chaud à mon goût. Je ne savais pas comment entamer la conversation, mais Lady Timpson prit rapidement la parole :

— Tu m'avais mise en garde contre lui, Sybil. J'aurais dû t'écouter.

— Je suis navrée d'avoir vu juste.

— C'était une brute. Une brute charmante.

Un semblant de rire s'échappa de la gorge de Lady Timpson.

— Il était tellement séduisant… Je n'ai pas résisté à ces beaux yeux bleus, si pétillants.

Je m'attendais à ce qu'elle continue, mais elle se tut. Pendant un long moment, le seul son audible fut le tic-tac d'une pendule dorée sur la cheminée. Je commençai à croire qu'elle avait oublié notre présence.

— Oh, bien sûr, je savais pourquoi il voulait m'épouser, dit soudain Lady Timpson, reprenant vie. Il avait besoin d'argent. Et il savait que je me serais damnée pour obtenir un beau statut social. Chacun avait compris ce que l'autre désirait. Cela aurait pu être sordide, mais il abordait les choses avec une aisance désarmante.

— Étais-tu amoureuse de lui ? demanda Mme Siddons. Je me le suis toujours demandé.

— J'étais folle de lui, au tout début. Il était tellement attentionné… Affectueux, même, lorsque nous nous faisions la cour. N'étant pas une grande beauté, je me sentais flattée.

Elle sourit à ce souvenir.

— Il avait tout ce que je désirais : le charme et le titre.

— C'était en effet un homme charmant, confirma Mme Siddons. Si mon mari ne m'avait pas dit ce qu'il savait de sa personnalité profonde, j'aurais été séduite, moi aussi.

— Bien sûr, je savais qu'il ne m'aimait pas, poursuivit Lady Timpson. Une fois mariés, je ne m'attendais pas à ce qu'il me soit fidèle. Je pensais que nous saurions vivre indépendamment l'un de l'autre.

Elle marqua une pause, et sa lèvre se mit à trembler.

— Mais jamais je ne me serais attendue à ce qu'il soit violent. Ç'a été un tel choc. Ce que j'ai été bête de ne pas croire ce que tu m'as dit, Sybil. Je croyais que ce n'étaient que des ragots. C'est ce que je voulais croire. Jamais je n'aurais cru qu'il puisse lever la main sur moi.

Elle parut sur le point de fondre en larmes ; au lieu de quoi, elle se ressaisit brusquement.

— Mais voilà : j'ai vite découvert quel homme j'avais épousé. Je regrette amèrement de t'avoir bannie de mon existence, Sybil. Cela m'aurait été d'un grand réconfort que d'avoir quelqu'un à qui parler.

— Soupçonnais-tu qu'il s'en prenait à d'autres femmes ?

Depuis l'acquittement, de nouveaux articles de journaux avaient paru. Je me demandais combien de femmes Lord Timpson avait pu agresser pendant toutes ces années.

— Je croyais qu'il se limitait aux clubs qu'il fréquentait à Londres. Jamais il ne m'est venu à l'idée qu'il puisse s'en prendre à nos domestiques. Pas au sein de son propre foyer, jeta-t-elle avec mépris.

— Pourtant, vous avez cru Rebecca lorsqu'elle vous a dit qu'il l'avait violée ? demandai-je.

— J'étais horrifiée. À ce moment-là, j'ai eu peur qu'il y en ait d'autres… Je ne savais rien de l'histoire de cette pauvre petite blanchisseuse.

Je ne pus m'empêcher de dire ce qui me taraudait :

— Mais vous avez tout de même vu la disparition de Rebecca comme un moyen de vous protéger, en laissant croire qu'elle avait pu voler le saphir Star ?

— C'était une façon de nous protéger toutes les deux.

On vit un peu resurgir l'ancien ton de la dure Lady Timpson.

— Parce que, sans le saphir, Lord Timpson est venu vers vous pour vous demander de l'argent, c'est bien cela ?

— Comme je l'avais prévu, répondit-elle avec un demi-sourire. Ce n'était pas grand-chose, mais une petite vengeance tout de même.

— Avez-vous jamais songé à le quitter ? demandai-je, plus par curiosité personnelle que pour mon article.

— De nombreuses fois. Mais j'étais coincée : jamais il n'aurait accepté de divorcer, et il m'aurait humiliée publiquement si j'avais tenté de le quitter. Tout ce que je pouvais espérer, c'était de maintenir le maximum de distance avec lui. Et c'est ce que j'ai fait pendant des années. Tout a été plus facile quand les enfants ont grandi. C'était un bon père, à sa manière. Nous avons même passé quelques bons moments ensemble.

Daniel parut peu convaincu par cette dernière affirmation, mais Constance sourit et serra la main de sa mère.

Lady Timpson se tourna vers son fils.

— Je suis désolée de t'avoir laissé aller le chercher. Tu avais beau le haïr, je..., bredouilla-t-elle. Enfin, cela a dû être terrible pour toi de le retrouver ainsi.

— Je ne le haïssais pas à ce moment-là.

Daniel paraissait perdu et très éprouvé.

— Maintenant, oui. Mais, seigneur Dieu, je ne sais même plus ce que je pense, aujourd'hui...

Lady Timpson lui prit la main.

— C'était un tragique accident, Daniel.

La peur qui se lisait dans les yeux de Lady Timpson confirma mes doutes.

— À quel endroit votre mari gisait-il lorsque vous êtes repartie à cheval ? demandai-je.

Mme Siddons toussota à dessein. Ce n'était pas la direction qu'était censé prendre l'entretien.

— Il était dans le canal.

Lady Timpson répondit si bas que je dus tendre l'oreille pour comprendre.

— Il n'était pas inconscient, à terre ?

— Non.

Son souffle était devenu plus lourd.

— Vous croyez qu'il est tombé dans l'eau après que Mère est partie ? demanda Daniel.

— Ne dis pas un mot de plus, Daniel.

Lady Timpson avait maintenant l'air terrifié. Je devais la tirer de ce mauvais pas :

— Mais ce n'était pas Daniel, madame.

— Comment… ? Mais, mais…, bafouilla-t-elle.

— Iris, me mit en garde Mme Siddons.

— C'est Samuel Moffat qui a fait rouler le corps de votre mari jusque dans le canal.

41

— Qu'est-ce que vous racontez ? s'offusqua Daniel. Je n'y comprends rien.

— Ta mère pense que tu as trouvé ton père là où elle l'avait laissé, expliquai-je. Inconscient, gisant au pied du pont de Broad Oak.

— Mais..., bredouilla-t-il. Mais je l'ai trouvé flottant dans l'eau...

— Samuel Moffat ?

Le souffle de Lady Timpson se faisait de plus en plus laborieux.

— Samuel Moffat ? répéta-t-elle, abasourdie.

— Il a tourné les talons en vous voyant arriver ce matin-là, comme il l'a dit. Mais il n'y comprenait plus rien : c'est Daniel qu'il pensait voir, pas vous. Et puis, il a entendu le coup de feu. Il est retourné à la ferme et a dit à Hannah ce qu'il avait fait – que Lord Timpson l'avait payé pour acheter et dissimuler un fusil de chasse. Elle s'est mise en colère, parce qu'elle a tout de suite senti qu'il devait y avoir quelque chose de plus sinistre que d'apprendre à chasser à Daniel derrière tout cela. Et elle s'est dit qu'il était temps que Samuel sache la vérité à propos de Lydia, et sur la véritable raison des paiements mensuels que touchait Ned.

— Samuel..., répéta Lady Timpson, cherchant ses mots. Samuel Moffat a donc tué son père biologique ? C'est ce que vous êtes en train de me dire ?

Elle se couvrit les yeux de ses deux mains.

— Samuel s'est rendu compte qu'il avait été berné, poursuivis-je. Il est retourné au pont et là, il a vu Lord Timpson gisant à terre. Il n'a pas pu s'empêcher de lui prendre sa montre et son étui à cigarettes. Puis, sous le coup d'une impulsion, il l'a poussé dans l'eau. Il n'a jamais eu l'intention de le tuer… Juste de l'humilier.

— Mais pourquoi avoir prétendu que vous aviez poussé Père dans le canal si vous ne l'avez pas fait ?

Constance dévisageait sa mère avec une fureur qu'elle peinait à dissimuler.

— Je croyais que Daniel…

Elle ne parvint pas à achever sa phrase.

— Mais pourquoi ? demanda Daniel en la regardant avec effarement. Pourquoi avoir pensé cela ?

— Je vous avais entendus la veille, quand vous vous disputiez à propos de Rebecca. Je croyais que tu savais…

Lady Timpson se tourna soudain vers moi et me lança d'un ton accusateur :

— C'est vous qui avez semé la zizanie en venant ici pour poser des questions sur elle.

— Attendez. Daniel, tu t'es disputé avec Père à propos de Rebecca ? Pourquoi ne me l'as-tu pas dit ? demanda Constance à son frère avec dureté.

— J'avais remarqué la façon dont il se comportait avec elle. Dont il la regardait.

Le ton de Daniel était amer.

— Seulement, j'étais naïf à l'époque. Jamais je n'aurais pu imaginer qu'il puisse exercer la moindre pression sur elle. Mais à mon retour de France, je l'ai vu sous un jour différent. Et j'ai compris qu'il avait dû lui faire quelque chose.

— Lorsque tu as dit que tu l'avais trouvé dans le canal, j'ai cru que…, reprit Lady Timpson, la mine décomposée. Je l'avais laissé à terre. Je ne comprenais pas comment il avait pu finir dans l'eau. Il ne m'est pas venu à l'esprit que quelqu'un d'autre ait pu…

Les larmes roulaient maintenant sur ses joues.

— Tout cela à cause de Samuel Moffat ? jeta Constance avec rage. Tout cet enfer que nous venons de traverser ?

— Mais je devais protéger Daniel, se justifia Lady Timpson, éplorée. Je savais qu'il avait été amoureux de Rebecca. J'ai cru qu'il avait décidé de punir Tobias pour ce qu'il lui avait fait.

— Comment avez-vous pu penser une chose pareille ? répéta un Daniel sidéré.

— Avec tout ce qu'on vient de subir… Le procès…, s'écria Constance. Pourquoi n'avez-vous pas simplement dit la vérité ?

Mme Siddons se tourna vers moi avec son calme habituel.

— Es-tu bien sûre de tout cela ?

— Je suis allée à Aldershot hier, répondis-je. J'ai trouvé l'étui à cigarettes avec les armoiries de la famille chez le troisième prêteur sur gages chez qui je suis entrée. La montre à gousset se trouvait chez un autre.

— Mais pourquoi ? Pourquoi l'as-tu soupçonné ? demanda Mme Siddons.

— J'étais curieuse de savoir où il s'était procuré l'argent pour s'acheter une veste neuve et des poules.

— Des poules ? fit Daniel, abasourdi. Tu as eu des soupçons à cause de poules ?

— Oui. Ben a entendu Samuel dire qu'il avait vendu des choses à un prêteur sur gages. Seulement, ils vivaient dans la pauvreté depuis longtemps, et ils auraient dû avoir déjà vendu tout ce qu'il leur restait de valeur. En outre, Hannah n'avait visiblement pas profité de cette manne, puisqu'elle n'avait aucun habit neuf.

— Mais il aurait tout à fait pu s'agir de l'argent qui lui avait été donné pour acheter le fusil, suggéra Mme Siddons.

Je fis non de la tête.

— L'argent qui lui avait été donné couvrait uniquement l'achat du fusil. Le reste devait venir après. Bien entendu, ce ne serait jamais arrivé, puisque Lord Timpson aurait fait en sorte que Samuel soit arrêté pour le meurtre de Lady Timpson.

— Quelle cruauté sans nom, souffla Mme Siddons avec une moue de dégoût. Préméditer de faire cela à son propre fils.

— Je voulais savoir quels objets il avait vendus, continuai-je, alors je suis partie à leur recherche. Une fois que je les ai trouvés, je suis allée voir Hannah, qui a confirmé ce que je soupçonnais. Elle refusait de dépenser l'argent que Samuel avait voulu lui donner, parce qu'elle savait d'où il venait.

— Il faut que nous allions le dire à la police, s'enflamma Constance. Il doit être puni pour ce qu'il a fait à Père.

— Si vous le faites, votre mère devra expliquer pourquoi elle a menti devant la Cour, tempérai-je. Elle a déjà déclaré avoir poussé votre père dans l'eau. Je ne suis pas sûre qu'on la croira si elle change brusquement de version en disant qu'elle l'a laissé gisant dans l'herbe.

— Si j'avais su…

Les yeux de Lady Timpson suivirent Daniel, qui alla se poster devant la fenêtre.

— Si vous aviez su, vous auriez dit la vérité ? demandai-je.

— Vous n'avez aucune idée de ce que j'ai vécu. Et ce garçon reste impuni.

— Lorsque vous croyiez que c'était Daniel, le responsable, vous ne pensiez pas qu'il devait être puni.

Je voulais qu'elle comprenne l'inégalité des chances de leurs situations respectives.

— C'est mon fils. Il est encore jeune. Je me suis dit que c'était un acte impulsif, un moment d'égarement. Sous le coup de la colère.

— Ça l'était. Samuel était désorienté et en colère après tout ce qu'il venait d'apprendre. Tous ses repères avaient été mis sens dessus dessous, dis-je en la regardant droit dans les yeux. Et il aurait été moins désespéré si les paiements qui leur permettaient de subsister ne s'étaient pas arrêtés d'un jour à l'autre.

Lady Timpson lâcha un grognement et se prit la tête entre les mains.

— Il doit être puni quand même.

— Il est déjà puni. Lorsqu'il a appris que Lord Timpson était mort, il a avoué à sa sœur ce qu'il avait fait. C'est un homme dévasté.

Contre toute attente, je me faisais maintenant l'avocate de Samuel Moffat – parce que j'avais vu la peur et le désespoir dans ses yeux et ceux d'Hannah.

— Si Samuel va en prison, Hannah n'aura plus personne au monde.

— C'est fini, Mère.

La voix de Daniel était empreinte d'une autorité que je ne lui connaissais pas.

— Nous devons pardonner maintenant. Dieu sait le mal que notre famille a déjà fait à celle des Moffat. Nous devons prendre notre part de responsabilité dans tout cela.

— Je ne cautionne pas ce que Samuel a fait, intervint Mme Siddons avec douceur, mais je comprends sa colère. Et je reste sur mon idée de lui acheter la ferme, afin qu'Hannah et lui puissent prendre un nouveau départ dans la vie.

— Constance.

Daniel se tourna vers sa sœur.

— J'ai l'intention de faire tout ce que je pourrai pour réparer le mal qui a été fait aux Moffat et à Rebecca Dent. J'aimerais que tu m'aides dans cette tâche.

— Je t'aiderai, répondit Constance. Mais je suis d'accord avec Mère sur le fait que Samuel doit être puni.

— Et moi, je crois qu'il doit être pardonné, rétorqua Daniel. S'il venait à être pendu, ce ne serait pas de la justice, mais de la vengeance. La violence n'engendre que la violence. Il faut que cela cesse, maintenant.

Nul ne dit rien pendant un moment après cela. Le soleil déversait son flot de lumière par la grande fenêtre, illuminant les particules de poussière flottant dans l'air. Lady Timpson avait le regard perdu dans l'âtre de la cheminée. J'écoutai le tic-tac de l'horloge. Mme Siddons remplit à nouveau nos tasses.

Constance regarda longuement Daniel, et sa colère parut peu à peu se dissoudre. Elle le rejoignit près de la fenêtre.

— Je suis d'accord avec toi.

Mme Siddons considéra Lady Timpson.

— Il faut avoir pitié de ce pauvre garçon, Delphina.

— La dernière fois que j'ai ignoré ton conseil, Delphina, cela m'a coûté cher.

Lady Timpson baissa la tête.

— Cette fois, je vais le suivre à la lettre.

42

— Ton article a été repris par toute la presse.

Elijah poussa vers moi une pile de journaux.

— Je croyais que ça te ferait plaisir.

— C'est le cas, dis-je tout en feuilletant un exemplaire, sans le lire.

— On ne dirait pas. M. Laffaye est aux anges. Il n'est pas exclu que tu obtiennes une augmentation.

— Je n'ai pas dit toute la vérité.

— Et tu penses que tu aurais dû ?

— C'est ce qu'un journaliste est censé faire, non ?

— Dans ce cas, pourquoi ne l'as-tu pas fait ?

— Je ne voyais pas à quoi cela servirait. Je ne crois pas que Samuel Moffat ait eu raison d'agir comme il l'a fait, mais… Oh, je ne sais pas.

Je poussai un soupir.

— En tout cas, je ne regrette pas que Lord Timpson soit mort. Je le déteste pour ce qu'il a fait à Rebecca et à Lydia Moffat, et Lady Timpson n'aurait jamais été en sécurité auprès d'un homme comme lui. Il aurait continué de s'en prendre à elle et aux autres femmes.

— On ne peut pas savoir ce qu'il aurait fait.

— Il s'en est tiré tranquillement pendant si longtemps… À mon avis, ce type se croyait invincible. Et si son plan d'assassiner sa femme avait fonctionné, Samuel serait probablement pendu au bout d'une corde, à l'heure qu'il est. Son propre fils.

— Dans ce cas, pourquoi penses-tu que tu aurais dû révéler la vérité sur Samuel ?

— Parce que c'est la mission d'un journaliste, non ? Informer les gens de ce qui se passe réellement. Pas de s'accommoder de petits ou gros mensonges.

Elijah demeura silencieux quelques instants. On n'entendait plus que le bruit de la presse à imprimer, en bas.

— Je pense que tu as fait ce qu'il fallait. À ta place, j'aurais agi de la même manière, dit-il enfin.

Ses paroles me furent d'un grand réconfort.

— C'est vrai ? Pourquoi ?

— Pour les mêmes raisons que toi. J'ai parfois été confronté à un vrai dilemme moral concernant ce que je devais écrire. J'aime à penser que je n'ai jamais menti. Mais j'ai pu omettre certains faits quand je pensais qu'ils causeraient trop de mal ou de problèmes.

— De toute façon, mon article n'a jamais eu la mort de Lord Timpson pour sujet. Mon intention était de me servir de ce qui a été dit au procès pour illustrer l'impuissance et le désarroi où peuvent se retrouver les femmes, dans certaines situations. Je voulais raconter l'histoire de Rebecca. Et celle de Lydia Moffat.

— Et tu as réussi tout cela. C'est un très bon article. Si tu avais révélé ce qui concerne Samuel, ce serait devenu un procès journalistique à propos d'un crime déjà en partie avoué par Lady Timpson. Cela aurait détourné l'attention de ton message. Au lieu de quoi, ton article montre très clairement pourquoi les choses doivent changer ; pourquoi il doit y avoir davantage de femmes en position de pouvoir afin de combattre ces abus.

Je hochai la tête, sentant ma bonne humeur revenir.

— C'est à toi de décider quel genre de journaliste tu souhaites être.

Il prit ses cigarettes.

— Certains sont satisfaits de publier des tissus de mensonges et se fichent bien des conséquences que cela peut avoir. D'autres deviennent esclaves du principe de vérité, quel qu'en soit le prix. Et puis il y a les autres, comme nous, qui tâtonnent et essaient de se servir de leur bon sens, avec une approche pragmatique. Ce qui implique de prendre parfois des décisions difficiles. Quand on prend ce genre de décisions, il faut savoir faire preuve de compassion. C'est ce que tu as fait.

Je pris le journal sur le bureau et, pour la première fois, éprouvai un sentiment de fierté.

— Merci.

— Tu es la fille d'une suffragette. Tu dois savoir qu'il faut se concentrer sur ce qu'on peut changer, et pas sur le reste.

Il agita sa cigarette devant moi.

— Maintenant, oublie un peu tout ça et va donc danser avec le jeune Baverstock. Ça te changera les idées.

Je posai sur le lit la robe que je comptais porter. Vingt-trois ans auparavant, ma mère devait être dans cette même chambre, en train de choisir sa tenue pour aller retrouver un homme qu'elle venait de rencontrer et qui s'appelait Thomas Woodmore.

Je pris la caissette en bois que ma tante avait laissée sur la commode. Je lui avais demandé ce qu'elle avait fait des accessoires de suffragette de ma mère. J'imaginais mal que tante Maud eût pu les jeter, mais fus tout de même soulagée lorsqu'elle me dit qu'elle les avait gardés pour moi.

Je sortis la broche Holloway en argent et émail représentant une herse traversée d'une flèche. Elle avait été donnée à ma mère à sa sortie de prison. En bas de la broche, il y avait une petite médaille ternie accrochée à un ruban vert, blanc et violet. C'était le détail le plus douloureux : on l'octroyait aux suffragettes ayant effectué une grève de la faim pour protester contre le fait qu'elles étaient emprisonnées comme des criminelles de droit commun, et non comme des prisonnières politiques.

On frappa doucement à ma porte.

— Entrez.

Tante Maud entra et vint s'asseoir près de moi sur le lit.

— Je sais que ça te chamboule toujours.

Elle prit l'un des insignes.

— Mais tu devrais être fière de ce que ta mère a fait.

— Mais je suis fière d'elle. Je regrette juste qu'elle ne soit plus là. Elle me manque tellement.

Ma voix se fissura.

— Tu peux toujours revenir vivre ici, tu sais, dit ma tante en passant un bras autour de moi. Si tu es malheureuse à Walden.

— Je commence à m'y sentir plus chez moi. Mais ça me fait du bien de savoir que je peux toujours venir chez toi et mamie.

— Alors, où vas-tu ce soir ?

Je la soupçonnai de changer de sujet pour masquer sa déception.

— J'ai rendez-vous avec Rebecca. Constance et Daniel m'ont chargée de lui remettre une lettre. Je vais revoir la petite Violet.

— Ne rentre pas trop tard, d'accord ?

Elle avisa la robe posée sur le lit. J'aurais dû la cacher. J'avais prévu de la dissimuler sous un grand manteau en sortant, afin qu'elles ne voient pas ce que je porte.

— Non, je ne rentrerai pas tard. Mais je prendrai quand même ma clé au cas où, pour ne pas risquer de vous déranger.

Elle sortit de ma chambre et je m'assis face à la coiffeuse, où je me poudrai le nez et appliquai un soupçon de rouge sur mes joues. Je glissai ensuite un tube de rouge à lèvres dans mon sac à main – je n'oserais mettre cela qu'une fois loin de la maison. Mamie sauterait jusqu'au plafond si elle me voyait avec du rouge sur les lèvres.

C'est d'une main hésitante que je frappai à la porte du 27 Victoria Street. Je n'étais pas sûre que Kathleen me réserverait un bon accueil après la façon dont j'avais trompé Mme Hartnell pour obtenir son adresse.

Mais son sourire se révéla sincère et chaleureux quand elle m'ouvrit la porte, et je découvris une femme comme transformée. Elle paraissait plus légère, avec une expression ouverte et amicale. Le soulagement de ne plus avoir à se cacher était évident. Elle m'invita à la suivre à l'étage en bavardant gaiement. Il était clair que Kathleen et Leonard Hooper avaient consenti d'énormes sacrifices pour assurer la sécurité de Rebecca et de Violet.

— Rebecca a déjà un visiteur, m'annonça-t-elle avec un clin d'œil avant de disparaître dans sa chambre.

À ma grande surprise, je trouvai Donald Anstey assis dans le fauteuil élimé près de la cheminée. Violet était sur ses genoux. Les grands yeux bleus de la petite me scrutèrent avec suspicion. Je ne pus m'empêcher de penser aux yeux de Lord Timpson.

Je tendis à Rebecca la lettre de Daniel et Constance et m'assis face à Donald pour pouvoir jouer un peu avec l'enfant.

Rebecca apporta du café et prit place avec nous avant d'ouvrir l'enveloppe. Lorsqu'elle eut fini de lire la lettre, elle en replia les pages et les tapota sur l'accoudoir de son siège, semblant en jauger le contenu.

— Quelles nouvelles ? s'enquit Donald.

— Ils veulent me donner de l'argent pour financer l'éducation de Violet. Ils me demandent aussi s'ils pourraient la voir.

Je savais que Rebecca ne voulait pas remettre les pieds à Crookham Hall – ce qui se comprenait fort bien. L'alternative était que Daniel et Constance viennent jusqu'à ce quartier miteux avec leur belle voiture automobile.

— Qu'allez-vous faire ? demandai-je.

— Décliner. C'est gentil de leur part, et j'apprécie leur offre de soutien financier, mais je ne veux pas qu'ils rencontrent Violet. Ce serait trop perturbant pour elle. Comment lui expliquer qui ils sont ? Les Timpson peuvent peut-être m'apporter une stabilité financière, mais ils ne feraient que me rappeler la violence qui a précédé et engendré la venue au monde de Violet. Je dois la préserver de cela.

Je comprenais pourquoi Daniel et Constance souhaitaient subvenir aux besoins de leur demi-sœur ; et même la connaître. Mais je comprenais tout aussi bien ce que cela pourrait avoir de difficile pour Rebecca. Je regardai la petite fille jouer gaiement avec la cravate de Donald. Il semblait être sous le charme de l'enfant.

— J'ai enfin fait ma demande en mariage à Rebecca, annonça-t-il soudain avec fierté.

— Et j'ai dit oui.

Elle me montra la bague à son doigt.

Violet parut ravie du changement d'expression de sa mère et nous gratifia tous d'un immense sourire.

— Je suis heureuse pour vous.

Si quelqu'un méritait le bonheur, c'était bien Rebecca. Et Donald.

— Une fois que j'aurai mené à bien le projet de logements avec Mme Siddons, nous nous installerons en Écosse, pas loin de chez mes parents, à Dundee, dit Donald.

— Ce sera un tout nouveau départ pour nous, ajouta Rebecca en souriant.

— Vous m'écrirez pour me donner des nouvelles ?

J'éprouvais un léger sentiment de possessivité envers cette petite fille à qui l'on avait donné le nom de ma mère.

— Bien sûr.

Rebecca hésita.

— Si vous me promettez de ne pas donner notre adresse aux Timpson. Je sais qu'ils n'ont que de bonnes intentions, et je suis désolée de vous demander cela, mais je ne veux pas que Violet ait le moindre rapport avec eux. Je tiens à la protéger de son passé. Vous comprenez ?

J'opinai du chef. Encore des secrets. Mais Rebecca avait assez souffert. Elle avait gagné le droit d'élever sa fille comme bon lui semblait.

Nous parlâmes ensuite de leurs projets, et je remarquai que Kathleen n'était pas la seule à s'être métamorphosée. Donald s'exprimait avec animation et semblait débarrassé de sa fâcheuse tendance à laisser des blancs entre les phrases. Son air de lassitude s'était volatilisé, lui conférant une allure plus jeune.

Ne voulant pas m'imposer trop longtemps auprès du couple fraîchement reformé, je me levai pour partir. J'avais rendez-vous avec, peut-être, mon propre couple à venir.

— Votre robe est très jolie, commenta Rebecca en me raccompagnant. Vous allez dans un endroit chic ?

— Juste danser avec un ami, répondis-je en lissant nerveusement les plis de ma jupe.

J'ouvris la porte du Foxtrot Club, et la musique me sauta aux oreilles. Je descendis une volée de marches débouchant dans une cave où un groupe jouait une musique qui m'était inconnue. La piste était pleine de jeunes dansant avec fougue, dont plusieurs filles qui portaient des jupes étonnamment courtes – on pouvait voir leurs cuisses quand elles bougeaient. J'hésitai, puis je vis Percy venir vers moi, le visage fendu d'un immense sourire. Je déposai mon manteau au vestiaire.

— Je pensais que tu ne viendrais plus, dit-il en repoussant de ses yeux une mèche de cheveux. Tu es drôlement belle, dis donc. Mais, comme tu le sais, je pense ça de presque toutes les filles.

Je ris de bon cœur. Percy avait le don de me mettre de bonne humeur.

— Tu veux danser ? me demanda-t-il.

La musique était entraînante, mais les mouvements des danseurs se révélaient bien plus exubérants que tout ce que j'avais pu voir jusqu'alors.

— Je ne sais pas si j'y arriverai.

— Je vais te montrer. C'est facile, tu vas voir. Tu vas adorer ça.

— Je ne peux pas rester tard…

Je pris la main qu'il me tendait.

— Alors ne perdons pas un instant !

Je le laissai m'entraîner sur la piste de danse. Sans être certaine de bien maîtriser les mouvements, je prenais toutefois beaucoup de plaisir à être ainsi proche de Percy. Alors qu'il me faisait tournoyer entre ses bras, je sentis que le chagrin qui m'écrasait depuis tant d'années commençait à se dissiper.

Je finis par lever les mains devant moi en signe de capitulation. J'avais beau vouloir être comme ces filles modernes et insouciantes, je ne parvenais pas à faire bouger mon corps avec la même liberté qu'elles.

— Je vais te chercher un verre, dit Percy en me prenant la main. J'attendais de te voir depuis des lustres. Je veux te parler de quelque chose.

Il choisit les banquettes les plus éloignées du groupe de musique, mais dut tout de même s'approcher tout près de moi pour que je puisse l'entendre. Et j'éprouvai un délicieux frisson en sentant son souffle chaud dans mon cou.

— Je suis un peu gêné de te dire ça. Tu vas penser que je suis fou, mais…, commença-t-il.

— Mais quoi ? dis-je en souriant pour l'encourager. Vas-y, dis-moi.

— Eh bien, après tout ce temps qu'on a passé ensemble au tribunal…

— Oui ?

— Je crois que je suis amoureux de Constance.

Cet ouvrage a été composé par
Atlant'Communication au Bernard (Vendée)

Impression réalisée par
CPI Brodard & Taupin
en janvier 2024
pour le compte des Éditions Archipoche

#lisez! engagé
www.lisez.com
Pour plus d'information :
Imprimé sur du papier issu de forêts gérées durablement.

Imprimé en France
N° d'édition : 818
N° d'impression : 3054962
Dépôt légal : février 2024